Du même auteur, chez le même éditeur :

La Guerre de la Faille :
1. *Magicien*
2. *Silverthorn*
3. *Ténèbres sur Sethanon*

Le Legs de la Faille :
1. *Krondor : la Trahison*
2. *Krondor : les Assassins*
3. *Krondor : la Larme des dieux*

L'Entre-deux-guerres :
1. *Prince de sang*
2. *Le Boucanier du roi*

La Guerre des Serpents :
1. *L'Ombre d'une reine noire*
2. *L'Ascension d'un prince marchand*
3. *La Rage d'un roi démon*
4. *Les Fragments d'une couronne brisée*

Le Conclave des Ombres :
1. *Serre du Faucon argenté*
2. *Le Roi des renards*
3. *Le Retour du banni*

Faërie

En collaboration avec Janny Wurts :

La trilogie de l'Empire :
1. *Fille de l'Empire*
2. *Pair de l'Empire*
3. *Maîtresse de l'Empire*

www.bragelonne.fr

Raymond E. Feist

Les Faucons de la Nuit

La Guerre des ténèbres – tome 1

Traduit de l'anglais (États-Unis) par Isabelle Pernot

Bragelonne

Collection dirigée par Stéphane Marsan et Alain Névant

Titre original : *Flight of the Nighthawks*
Copyright © 2006 by Raymond E. Feist

© Bragelonne 2009, pour la présente traduction.

Illustration de couverture :
© 2006 par Steve Stone, représenté par Artist Partners Ltd.

ISBN : 978-2-35294-341-9

Bragelonne
35, rue de la Bienfaisance – 75008 Paris

E-mail : info@bragelonne.fr
Site Internet : http://www.bragelonne.fr

Remerciements

Comme je l'ai toujours fait et continuerai à le faire jusqu'à ce que Midkemia ne soit plus, j'exprime ici mon éternelle gratitude envers les mères et les pères de Midkemia. Merci de m'avoir donné un bac à sable dans lequel jouer. Pendant trente ans, nous nous sommes réunis tous les jeudis, puis tous les vendredis soirs, et vos voix résonnent à mon oreille chaque fois que je m'apprête à ajouter un nouveau fil dans la tapisserie de notre monde.

À Jonathan Matson, comme toujours, merci pour son amitié et ses sages conseils.

À mes éditeurs, merci pour tous leurs efforts dans des circonstances parfois complètement folles.

À ma mère, qui continue à être une source d'inspiration de par son endurance et l'amour inconditionnel qu'elle me porte.

À mes enfants, merci de me donner une raison de vivre, au-delà de l'autosatisfaction et de la poursuite de mes objectifs personnels.

Aux dames avec lesquelles je dîne, merci pour le divertissement, l'affection, le côté théâtral et l'aperçu d'un monde que je comprends à peine.

Aux nouveaux amis et aux projets qui rendent la vie intéressante.

À mes lecteurs, encore et toujours, car ce sont eux qui me permettent de continuer à écrire.

Sans toutes ces personnes, et d'autres encore que je n'ai pas citées, la vie ne vaudrait pas la peine d'être vécue.

Raymond E. Feist
San Diego, Californie, juillet 2005

Pour Andy et Rich,

des remerciements tardifs pour leur intervention et leur soutien quand j'en avais besoin

« Le destin réunit ceux que des
milliers de kilomètres séparent;

Sans lui, même face à face, ils ne se reconnaîtraient pas. »

Proverbe chinois

Prologue

Un mauvais présage

La tempête s'était calmée.

Pug sautait de rocher en rocher et veillait à ne pas glisser en se frayant un chemin entre les mares laissées par la marée descendante. Il fouillait de ses yeux noirs chacun de ces bassins naturels sous la falaise, à la recherche des bestioles épineuses que la tempête avait renvoyées sur les hauts-fonds.

Ses muscles d'enfant saillaient sous sa fine chemise lorsqu'il changeait d'épaule son sac rempli de couteaux, d'oursins et de crabes récoltés dans ce jardin aquatique. Le soleil, cet après-midi-là, faisait scintiller les embruns qui tournoyaient autour du garçon, portés par un vent d'ouest qui balayait en tous sens ses cheveux bruns que l'été avait blondis par endroits. Pug posa son sac, vérifia qu'il était solidement fermé, puis s'accroupit sur une langue de sable dégagée. Le sac n'était pas tout à fait plein, mais le garçon se réjouit de pouvoir se détendre pendant une heure environ. Megar, le cuisinier, ne lui ferait aucune remarque pourvu qu'il revienne avec un sac à peu près plein. Pug s'installa, le dos calé contre un large rocher. Brusquement, il écarquilla les yeux. Il s'était endormi ou, du moins, il savait qu'un jour il s'était endormi là... Il se redressa.

Une volée d'embruns froids l'atteignit en pleine figure. Il n'avait pas fermé l'œil, et pourtant, le temps avait passé. La peur monta en lui, car il savait qu'il était resté beaucoup trop longtemps. À l'ouest, en pleine mer, des nuages noirs et orageux se formaient au-dessus de la ligne sombre des Six Sœurs, les petites îles qu'on voyait à l'horizon. Ces nuages houleux et bouillonnants, porteurs d'une pluie semblable à une sorte de voile de suie, annonçaient l'une de ces tempêtes subites si communes sur cette partie de la côte au début de l'été. Le vent poussait les têtes d'orage avec une fureur surnaturelle, et le tonnerre grondait de plus en plus fort dans le lointain.

Pug se retourna et regarda dans toutes les directions. Il était animé d'un très mauvais pressentiment. Il était déjà venu là très souvent, mais... Oui, il était déjà venu là ! Et pas seulement à cet endroit ; il avait déjà vécu ce moment !

Au sud, les hautes falaises de la Désolation se découpaient sur le ciel tandis que les vagues venaient s'écraser à leur pied. De l'écume commençait à se former derrière les brisants, signe caractéristique de l'imminence d'une tempête. Pug se savait en danger, car les tempêtes estivales pouvaient noyer les imprudents sur la plage ou même, si elles étaient assez violentes, sur les basses terres qui s'étendaient au-delà. Il reprit son sac et partit vers le nord, en direction du château. En contournant les bassins, il sentit le vent frais devenir froid et humide. Le jour commençait à baisser, caché par les premiers nuages qui filaient contre le soleil, formant de grosses taches sombres où les couleurs se fondaient en teintes de gris. Au-dessus de la mer, des éclairs striaient les nuages noirs, et le grondement du tonnerre dans le lointain couvrait le bruit des vagues. Pug accéléra en atteignant la première bande de sable dépourvue de rochers.

La tempête venait plus vite qu'il l'aurait cru, poussant devant elle la marée montante. Lorsque le garçon atteignit la deuxième série de bassins naturels, il n'y avait déjà plus, entre les falaises et le bord de l'eau, qu'une langue de sable sec d'à peine trois mètres. Pug courut aussi vite que possible sur les rochers et faillit par deux fois se coincer le pied. Lorsqu'il rejoignit la bande de sable suivante, il calcula mal son dernier saut... et se réceptionna très mal, se tordant la cheville au passage !

Il avait déjà vécu ce moment. Dans son souvenir aussi, il se tordait la cheville en sautant ; quelques instants plus tard, les vagues l'assaillaient.

Pug se tourna vers la mer. Mais lui qui s'attendait à se faire tremper fut stupéfié de constater qu'au contraire l'eau reculait ! La mer se repliait sur elle-même et s'élevait de plus en plus haut à mesure qu'elle cédait du terrain. On aurait dit qu'un mur d'eau se dressait avec colère vers les cieux. Le tonnerre éclata telle une explosion au-dessus de la tête du garçon, qui courba le dos et s'accroupit pour se protéger de cette menace. Il jeta un coup d'œil en direction du ciel et se demanda comment les nuages avaient pu s'amonceler aussi rapidement. Où était le soleil ?

Les brisants houleux continuaient à monter à l'assaut du ciel. Terrorisé, Pug aperçut des silhouettes qui se mouvaient au sein du mur liquide. Ce dernier ressemblait à une barrière en verre teinté aux couleurs de la mer, obscurcie par des imperfections sablonneuses et des explosions de bulles mais suffisamment transparente pour que l'on puisse distinguer les formes qui bougeaient en son sein.

Des rangées de créatures en armes se tenaient au garde-à-vous en attendant de pouvoir envahir Crydee. Un nom vint à l'esprit de Pug : Dasati.

Il se retourna et lâcha le sac en essayant de grimper sur la falaise. Il devait prévenir le duc Borric ! Lui saurait quoi faire ! *Mais le duc est mort depuis plus d'un siècle.*

Paniqué, le garçon s'efforça tant bien que mal de se hisser sur la petite éminence, mais ses mains et ses pieds ne parvenaient pas à trouver une prise solide. Aveuglé par des larmes de frustration, il se retourna pour jeter un coup d'œil par-dessus son épaule.

Les silhouettes noires remuaient au sein du mur d'eau, qui ne cessait de s'élever toujours plus haut. Au-dessus et derrière cette énorme vague, une chose noire et en colère apparut, une espèce d'obscurité dépourvue de forme et de traits, mais qui n'en était pas moins cohérente. Il s'agissait d'une présence puissante, dotée d'un but et d'un esprit. Il s'en échappait un miasme de malveillance si fort que le garçon tomba à la renverse et ne put qu'attendre, impuissant. C'était le Mal à l'état pur.

Pug vit l'armée noire des Dasatis se mettre en marche vers lui, surgissant d'une vague devenue noire à cause de la chose détestable dans le ciel. Le garçon se leva lentement en serrant les poings et contempla les envahisseurs d'un air de défi. Pourtant, il se savait impuissant. Il aurait dû pouvoir faire quelque chose, mais il n'était qu'un gamin d'à peine quatorze ans qui n'avait pas encore été choisi comme apprenti, un garçon de château sans famille et sans nom.

Alors, tandis que le guerrier dasati le plus proche levait son épée, un cri de triomphe malveillant résonna, semblable à un coup de clairon, qui fit tomber l'enfant à genoux. Pug, qui s'attendait à voir l'épée s'abattre sur lui, vit le Dasati hésiter. Derrière le guerrier, la vague, désormais plus haute que la plus haute tour du château de

Crydee, parut se figer un instant elle aussi. Puis elle déferla et balaya le Dasati avant de s'abattre sur le garçon.

—Ah! s'écria Pug en s'asseyant dans son lit, le corps trempé de sueur.

—Qu'y a-t-il? demanda la femme à côté de lui.

Pug se tourna vers son épouse, en sentant plus qu'il ne vit ses traits dans la pénombre de leur chambre à coucher.

—Un rêve, répondit-il en recouvrant son calme. Rien de plus.

Miranda s'assit à son tour et posa la main sur l'épaule de son époux. D'une pichenette, elle fit s'allumer toutes les bougies de la pièce. Dans la douce clarté, elle découvrit sur la peau de Pug un voile de transpiration qui reflétait la lumière vacillante des chandelles.

—Ce devait être un sacré rêve, fit-elle remarquer doucement. Tu es trempé.

Pug se retourna pour la contempler à la lueur chaleureuse des bougies. Il était marié à Miranda depuis plus de cinquante ans – plus de la moitié de sa vie –, et pourtant, elle représentait pour lui un mystère constant et parfois un défi. Mais, dans des moments comme celui-là, il se réjouissait de l'avoir à ses côtés.

C'était un lien étrange qui les unissait, car ils étaient deux des plus puissants magiciens de Midkemia, ce qui suffisait à les rendre uniques l'un pour l'autre. Mais leurs histoires s'étaient entremêlées avant même leur rencontre. Macros le Noir, le père de Miranda, n'avait cessé de manipuler la vie de Pug. Même à présent qu'ils vivaient ensemble, ils se demandaient parfois si leur mariage n'était pas le fruit de l'une de ses ingénieuses machinations. Quoi qu'il en soit, chacun trouvait en l'autre une personne capable de comprendre mieux que quiconque les fardeaux et les défis qui l'accablaient.

Pug sortit du lit. Il se rendit jusqu'à une cuvette en porcelaine et trempa un linge dans l'eau.

—Parle-moi de ton rêve, Pug, l'encouragea Miranda.

Pug commença à se nettoyer.

—J'étais de nouveau un enfant. Je t'ai raconté la fois où j'ai failli me noyer sur la plage, le jour où le serviteur de Kulgan, Meecham, m'a sauvé du sanglier.

» Cette fois, je n'ai pas réussi à quitter la plage, et les Dasatis sont apparus au sein de la tempête.

Miranda s'adossa à la tête de lit ouvragée que Pug lui avait offerte des années auparavant.

— Ce rêve est compréhensible, dit-elle. Tu te sens submergé.

Son mari hocha la tête. Pendant un bref instant, dans la douce lueur des chandelles, elle entraperçut le petit garçon qu'il avait dû être. Ces moments étaient rares. Miranda était plus âgée que son époux – elle avait vécu une cinquantaine d'années de plus que lui –, mais Pug endossait plus de responsabilités que quiconque au sein du conclave des Ombres. Il en parlait rarement, mais elle savait qu'il lui était arrivé quelque chose au cours de la guerre contre la reine Émeraude, au moment où il était resté suspendu entre la vie et la mort, quand son corps n'était plus qu'une masse de brûlures dues à la magie d'un puissant démon. Depuis ce moment-là, il avait changé, il était devenu plus humble et moins sûr de lui. Seules les personnes les plus proches de Pug avaient remarqué ce changement, et encore, cela se voyait rarement. Mais c'était bien là.

— Oui, je me sens submergé. L'ampleur de la situation… me donne parfois l'impression… d'être insignifiant.

Miranda sourit, sortit du lit et rejoignit son époux. Bien qu'il soit âgé de plus de cent ans, Pug n'en paraissait pas plus de quarante. Son corps était encore svelte et athlétique, même s'il y avait une touche de gris dans ses cheveux. Il avait déjà vécu deux fois la vie d'un homme ordinaire et, même si Miranda était plus âgée encore, lui avait souffert davantage au cours de son existence. Il était resté prisonnier des Tsurani pendant quatre ans, avant de devenir l'un des hommes les plus puissants de cet empire, un Très-Puissant, une Robe Noire, un magicien de l'Assemblée.

Sa première épouse, Katala, l'avait quitté pour rentrer sur son monde natal et mourir parmi son peuple, car elle souffrait d'une maladie qu'aucun prêtre ni aucun guérisseur ne pouvaient guérir. Puis Pug avait perdu ses enfants, une épreuve qu'aucun parent ne devrait jamais avoir à subir. De ses plus vieux amis, il ne restait plus que Tomas, car les autres étaient mortels. Miranda avait brièvement connu certains d'entre eux, mais la plupart n'étaient que des noms qu'elle connaissait à travers ses histoires : le prince Arutha, que Pug admirait encore après toutes ces années ; le père du prince, messire Borric, qui avait donné à Pug un nom de famille ; la princesse Carline, son amour d'enfance ; Kulgan, son premier professeur et Meecham, le compagnon de ce dernier.

La liste de noms ne s'arrêtait pas là, mais tous ces gens étaient morts. Laurie, le compagnon de Pug dans les marais aux esclaves sur

Kelewan, l'écuyer Roland, tant d'étudiants au fil des ans, Katala… et les enfants qu'ils avaient eus ensemble, William et Gamina. Pendant un instant, il songea à ses deux autres fils encore en vie.

— Je me fais du souci au sujet de Magnus et de Caleb, avoua-t-il doucement, sur un ton qui trahissait son inquiétude autant que ses paroles.

Debout derrière lui, Miranda le serra très fort contre elle. Il avait la peau froide et moite.

— Magnus travaille dur avec les magiciens de l'Assemblée sur Kelewan. Caleb devrait arriver au port des Étoiles demain. Reviens te coucher, que je puisse te réconforter.

— Tu es toujours un réconfort, répondit-il doucement.

Lentement, il se retourna au sein du cercle formé par les bras de son épouse. En lui faisant face, il s'émerveilla de nouveau de son apparence. Elle était belle mais forte. Son haut front et son menton délicat venaient adoucir les angles de son visage. Ses yeux brillaient, noirs et perçants.

— Parfois, j'ai l'impression de te connaître à peine, étant donné ton penchant pour les secrets, mon amour. Mais, à d'autres moments, j'ai également l'impression de te connaître mieux que quiconque, y compris moi-même. Et je suis persuadé que personne ne me comprend mieux que toi. (Il la serra contre lui pendant quelques instants, puis chuchota :) Que va-t-on faire ?

— Le nécessaire, mon amour, chuchota-t-elle à son oreille. Viens, retournons nous coucher. La nuit est encore jeune.

D'un geste, Miranda éteignit les chandelles, et la pièce se retrouva de nouveau plongée dans les ténèbres. Pug suivit son épouse dans le lit, où ils s'allongèrent côte à côte pour puiser du réconfort dans les bras de l'autre.

Les images de son rêve tournaient encore dans l'esprit de Pug, mais il les chassa. Il savait ce qui le perturbait : une fois encore, les circonstances l'obligeaient à lutter contre des ennemis apparemment insurmontables et à affronter les répercussions d'événements qui avaient eu lieu bien avant sa naissance.

Pourquoi dois-je passer ma vie à rattraper les erreurs des autres ? se demanda-t-il. Mais, alors même qu'il formulait cette question, il devina la réponse. Il avait accepté ses pouvoirs bien des années auparavant et savait qu'ils étaient assortis d'une grande responsabilité. Malgré tous ses efforts, il était dans sa nature de se montrer responsable.

Toutefois, songea-t-il tandis que le sommeil revenait, ce serait agréable de revenir, ne serait-ce que pour une journée, à l'époque où Tomas et lui étaient enfants et remplis des espoirs et des ambitions de la jeunesse. Le monde était tellement plus simple, à l'époque.

1

Frères

Les garçons jaillirent de la maison.

Les poules s'éparpillèrent aussitôt. Jusque-là, elles picoraient tranquillement le sol à la recherche de graines ou d'insectes ; elles s'égaillèrent dans toutes les directions en caquetant tandis que les deux garçons passaient en trombe. Ils finirent par atterrir dans la rue du village en poussant force grognements.

Les quelques badauds qui passaient par là ne virent qu'une mêlée de poings, de coudes et de genoux qui roulait sur le sol nettoyé par les poules. Leurs coups désordonnés et inefficaces n'en étaient pas moins sincères, car chacun cherchait suffisamment de prise pour porter une attaque gagnante, tout en s'efforçant d'empêcher l'autre de répliquer. Le résultat ressemblait plus à un match de lutte qu'à une véritable bagarre.

Les garçons semblaient à peu près de la même taille et du même âge – environ seize ans. Celui qui avait les cheveux bruns portait une tunique marron et un pantalon en cuir. Légèrement plus petit que son compagnon, il possédait néanmoins des épaules plus larges et paraissait de toute évidence le plus fort des deux. L'autre garçon, le blond, était quant à lui vêtu d'une tunique bleue et d'un pantalon en cuir également. Il possédait une meilleure allonge et semblait être le plus rapide des deux.

On les avait élevés comme des frères pendant presque toute leur vie ; comme n'importe quels frères, ils étaient enclins à se disputer. Tous deux étaient beaux, à leur manière un peu fruste : ils avaient la peau tannée par le soleil et possédaient la minceur et la force que donnent de longues heures de travail et une nourriture à peine suffisante. Aucun n'était stupide mais, en cet instant, ils ne se comportaient pas non plus de manière très intelligente.

La cause de leur querelle actuelle franchit le seuil de la maison juste derrière eux et s'écria, sur un ton plein de colère :

— Tad ! Zane ! Arrêtez ça tout de suite, sinon, je n'irai à la fête avec aucun d'entre vous !

Les deux bagarreurs parurent ne pas l'entendre et continuèrent à rouler dans la poussière.

— C'est lui qui a commencé ! s'exclama le brun.

— Non, c'est faux ! protesta le blond.

La jeune fille était du même âge que les deux rivaux. Elle avait les cheveux bruns comme Zane et les yeux verts comme Tad. Plus intelligente que les deux réunis, elle était sans conteste la plus jolie fille de la Ville du port des Étoiles.

Une femme d'âge mûr sortit de la maison derrière Ellie. Elle tenait à la main un seau d'eau qu'elle renversa sans autre forme de procès au-dessus des deux garçons.

Criant sous l'effet de cette douche inattendue, ils se lâchèrent et se redressèrent enfin.

— M'man ! protesta le blond. Pourquoi t'as fait ça ? Je suis plein de boue, maintenant.

— Alors, va te laver, Tad.

La femme était grande et majestueuse, malgré la simplicité de sa robe faite maison. Il y avait du gris dans ses cheveux châtains et des rides sur son visage hâlé, mais elle possédait un air juvénile.

— Toi aussi, Zane, ajouta-t-elle en se tournant vers l'autre garçon. (Ses yeux bruns brillaient, même si elle le regardait d'un air sévère.) Caleb arrivera bientôt, et alors nous partirons, avec ou sans vous, jeunes voyous.

Les deux garçons se levèrent et firent de leur mieux pour chasser la poussière de leurs vêtements. La femme leur lança un grand torchon.

— Nettoyez la boue avec ; ensuite, vous irez le rincer au puits ! leur ordonna-t-elle. C'est l'un de mes meilleurs torchons de cuisine.

Ellie dévisagea les deux bagarreurs hésitants.

— Idiots ! Je vous avais pourtant dit que je vous accompagnerais tous les deux.

— Mais tu me l'as dit en premier, rétorqua Tad. Ce qui veut dire que la première danse est pour moi.

—Non, pas du tout, protesta Zane, prêt à se battre de nouveau.
—Arrêtez ça tout de suite ! s'écria leur mère. Fichez le camp et allez vous nettoyer !

Les deux garçons obéirent en grommelant.

—Marie, pourquoi est-ce qu'ils se battent tout le temps ? demanda Ellie.

—Parce qu'ils s'ennuient, c'est tout. (Elle dévisagea la jeune fille.) Quand vas-tu le leur annoncer ?

—Leur annoncer quoi ? répliqua Ellie en feignant l'ignorance.

Marie se mit à rire.

—Tu ferais mieux de le leur dire, ma fille. C'est un secret de polichinelle, ils risquent d'en entendre parler à la fête.

La jeune fille plissa le front et haussa les sourcils d'un air exaspéré.

—On était comme une famille avant, tu te rappelles ?

—Tout change. (La femme balaya la ville du regard.) Quand ma famille est venue s'installer ici, la Ville du port des Étoiles était toute petite. Maintenant, sa population a doublé. L'Académie était seulement à moitié construite, et regarde ce qu'elle est devenue.

Ellie acquiesça. Les deux femmes contemplèrent l'île lointaine au milieu du lac.

—Je la vois tous les jours, Marie, comme toi.

L'imposant bâtiment dominait l'île au milieu du grand lac de l'Étoile ; on aurait dit une montagne sombre. Le village qui s'étendait au pied de l'Académie recouvrait à présent toute la pointe nord-est de l'île. Seuls ceux qui servaient à l'académie des Magiciens vivaient là. La Ville du port des Étoiles, quant à elle, s'était développée autour de l'embarcadère des ferries à destination de l'île. Au début, il s'agissait d'un simple comptoir, qui était devenu depuis un centre de commerce florissant pour la région.

—Eh bien, si Grame Hodover ressemble un tant soit peu à son père, il commencera à jacter dès qu'il aura bu de la bière.

—Et Tad et Zane distribueront les coups de poing avant qu'on arrive à les raisonner, conclut Ellie.

—Donc, il vaut mieux les prévenir au plus vite, répéta Marie en faisant signe à Ellie de rentrer avec elle dans la maison.

Il s'agissait d'une bâtisse d'une seule pièce, avec juste assez de place pour la cheminée, la table et les trois lits.

—Les garçons sont tes meilleurs amis, reprit Marie, même s'ils ne s'en rendent pas compte encore. Ils croient tous les deux être amoureux de toi, mais je ne crois pas que ce soit sérieux, je pense que ça vient plutôt de la compétition entre eux.

Ellie acquiesça.

—Je les aime, mais comme des frères. En plus, même si je voulais épouser l'un d'eux, mon père…

—Je sais. Ton père est le plus riche affréteur de la Ville du port des Étoiles et celui de Grame est l'unique meunier, alors c'est une union logique.

—J'aime Grame, insista Ellie. Du moins assez pour vivre avec lui.

—L'amour n'est pas seulement la romance que décrivent les histoires, prévint Marie. Le père de Tad était un homme bien, mais on a eu nos disputes. Le père de Zane traitait bien sa mère, mais il avait l'alcool mauvais. Le mariage, c'est surtout accepter le bon et le mauvais d'un bloc, Ellie. La mère de Zane aimait sa famille en dépit de tous les tourments que cela pouvait lui apporter. C'était ma meilleure amie. Quand ils sont morts tous les deux, c'était normal que je recueille Zane, comme je t'aurais recueillie, toi, si ton père n'avait pas survécu.

Les parents de Zane et la mère d'Ellie étaient morts lors de la dernière attaque de trolls dans la région. Ce raid sanglant avait coûté la vie à des dizaines d'habitants de la ville avant que les magiciens sur leur île réagissent et chassent les monstres.

—Je sais, Marie, assura la jeune fille. Tu as été comme une mère pour moi pendant presque toute ma vie. Je veux dire, je me rappelle ma maman, enfin, je me souviens de sa voix et des chansons qu'elle fredonnait en cuisinant, pendant que je jouais par terre à côté d'elle. Je me souviens des câlins qu'on faisait. (Le regard d'Ellie se perdit dans le vague pendant quelques instants, puis revint se poser sur Marie.) Mais, en vérité, tu es la seule mère que j'ai eue. (Elle rit.) Heureusement que tu étais là, parce que mon p'pa m'a jamais rien dit sur les garçons, à part de rester loin d'eux!

Marie sourit et serra la jeune fille contre elle.

—Tu as été la fille que je n'ai pas eue.

Les deux garçons revinrent, et la mère de Tad les examina.

—Vos vêtements seront secs d'ici le début des réjouissances. Maintenant, vous allez promettre qu'il n'y aura plus de bagarre aujourd'hui.

—D'accord, m'man, répondit Tad.

— Ouais, m'man, ajouta Zane.

— Allez donc sur la place, tous les trois. Je suis sûre que les autres garçons et filles sont déjà en route, eux aussi.

— Et toi, m'man ? demanda Zane, dont l'expression trahissait l'impatience de s'en aller.

— J'attends Caleb. Il devrait bientôt arriver.

Zane et Ellie dirent « à tout à l'heure » et s'en allèrent, mais Tad s'attarda un instant. Visiblement, les mots avaient du mal à sortir, mais il parvint quand même à dire :

— M'man, est-ce que tu vas épouser Caleb ?

Marie se mit à rire.

— Qui t'a parlé de ça ?

— Ben, il est venu trois fois ces deux derniers mois, et tu le vois beaucoup.

— Son père a construit le port des Étoiles, tu te rappelles ? Je t'en ai déjà parlé. (Elle secoua la tête.) Qu'est-ce qui t'inquiète le plus ? que je l'épouse, ou le contraire ?

L'adolescent secoua la tête et son corps dégingandé parut soudain beaucoup plus adulte aux yeux de sa mère.

— J'sais pas. Caleb est quelqu'un de bien, je suppose. Seulement…

— Ce n'est pas ton papa, conclut-elle.

— C'est pas ce que je voulais dire, protesta Tad. C'est juste que… Enfin, il est très souvent absent.

— Plus d'une femme se réjouirait de l'absence de son mari, fiston, répliqua Marie avec un sourire ironique. (Elle posa les mains sur les épaules de son fils et l'obligea à se retourner.) Va, maintenant, rattrape les autres. Je vous rejoins rapidement.

Tad s'élança à la poursuite de ses amis, et sa mère tourna alors son attention vers sa petite maison. Tout était propre et net. En dépit de sa pauvreté, Marie s'enorgueillissait de bien tenir son foyer. Ce n'était pas toujours chose facile avec deux garçons dans les jambes, mais, en règle générale, ils lui obéissaient sans poser de question.

Marie s'en alla inspecter la soupe qui mijotait dans l'âtre et décida que c'était prêt. Tout le monde en ville devait contribuer à la fête des moissons. Malgré sa simplicité, cette soupe était délicieuse et très appréciée, même par ceux qui donnaient bien davantage.

Marie jeta un coup d'œil en direction de la porte, car elle s'attendait plus ou moins à découvrir une haute silhouette masculine se découpant sur la lumière du dehors. Pendant un bref moment d'amertume, elle s'aperçut qu'elle ne savait pas très bien qui elle aurait eu le plus envie de voir : Caleb ou son défunt époux ? Chassant ces pensées futiles, elle se rappela qu'il ne servait à rien de désirer quelque chose qu'on ne pouvait avoir. En tant que veuve d'un fermier, elle savait que la vie vous laissait rarement le choix. Pour survivre, mieux valait regarder vers l'avant plutôt que derrière soi.

Quelques minutes plus tard, Marie entendit quelqu'un arriver et découvrit Caleb sur le seuil de sa maison.

— Tu attends quelqu'un ? demanda-t-il avec un petit sourire.

Elle croisa les bras et lui lança un regard appréciateur. Âgé d'à peine quelques années de moins qu'elle, Caleb avait le menton rasé de près et un long visage dépourvu de rides. Cela lui donnait un air juvénile, en dépit des fils gris qui envahissaient peu à peu sa chevelure brune mi-longue. Ses yeux, bruns également, fixaient Marie comme un chasseur l'aurait fait. Il portait une tenue de bonne qualité mais d'une coupe banale, digne d'un forestier : elle comprenait un grand chapeau mou en feutre noir, une tunique en laine vert foncé suffisamment ample pour ses larges épaules, un pantalon en cuir et des bottes en daim qui lui arrivaient à mi-mollet. Marie le trouvait beau, malgré son visage tout en longueur, car il dressait fièrement la tête et les épaules. Il parlait toujours calmement et de façon réfléchie, et le silence ne lui faisait pas peur. Enfin, il lui donnait toujours l'impression, quand il la regardait, qu'il voyait quelque chose de beau, et c'était ce qui l'attirait le plus chez lui.

— Suis-je en retard ? demanda Caleb en souriant.

— Comme d'habitude, répondit-elle avec un petit sourire. (Puis son visage s'illumina lorsqu'elle se mit à rire.) Mais pas trop, ajouta-t-elle en traversant la pièce pour le rejoindre. (Elle l'embrassa et le serra contre elle.) Les garçons sont partis il y a quelques minutes.

Il lui rendit son étreinte, puis lui demanda :

— Combien de temps avons-nous ?

Marie lui lança un regard en coin.

— Pas assez pour ce que tu as visiblement à l'idée. (Elle inclina la tête en direction de la cheminée.) Aide-moi à prendre la marmite.

Elle se rendit près de l'âtre et prit une longue perche en chêne appuyée à côté de la cheminée en pierre de taille.

Caleb posa son arc, son carquois et son sac à dos dans un coin de la pièce. Lorsque Marie glissa la perche dans la poignée en fer de la grosse marmite, il en saisit l'autre extrémité.

Ensemble, ils la soulevèrent du crochet en fer suspendu au-dessus des flammes et se dirigèrent vers la porte.

— Toi d'abord, dit-il.

Lorsqu'ils furent sortis, Caleb changea de main afin qu'ils puissent marcher côte à côte avec la marmite entre eux.

— Comment s'est passé ton voyage ? lui demanda Marie.

— Sans problème, répondit-il.

Elle avait appris à ne pas lui demander où il était allé ni ce qu'il avait fait, car elle savait qu'il travaillait pour son père. Certains prétendaient que ce dernier avait un jour été le duc du port des Étoiles. Désormais, plus personne ne revendiquait la propriété de l'île ou de la ville sur la rive opposée. Des patrouilles du royaume, venues de la garnison de Shamata, passaient parfois une journée ou deux à l'auberge, et il arrivait de temps en temps que des patrouilles keshianes fassent le déplacement depuis la forteresse frontalière de Nar Ayab. Mais aucune de ces deux nations ne revendiquait ses droits sur le grand lac de l'Étoile ou la campagne environnante. Cette région était sous contrôle de l'académie des Magiciens sur l'île, et personne ne remettait en question leur autorité.

Mais Pug n'était plus à la tête de l'Académie. Comme tous ceux qui vivaient dans la Ville du port des Étoiles, Marie ne savait pas très bien comment c'était arrivé. Malgré tout, les fils du magicien – Caleb et son frère aîné, Magnus – venaient encore de temps à autre à l'Académie. Quelle que soit la teneur des relations entre Pug et le conseil régnant sur l'île des magiciens, tous les liens n'avaient pas été rompus, en dépit des brouilles qui avaient pu avoir lieu autrefois.

Marie avait rencontré Caleb quand elle n'était qu'une petite fille et lui guère plus qu'un garçon des bois débraillé. Ils avaient joué ensemble de temps à autre, puis il avait disparu. Certains avaient dit qu'il était parti vivre sur une île au milieu de la Triste Mer, tandis que d'autres racontaient qu'il séjournait chez les elfes. Les deux jeunes gens s'étaient retrouvés quand Caleb avait l'âge de Tad et Zane et que Marie avait tout juste quatre ans de plus. Les parents de la jeune fille n'approuvaient pas leur relation, mais ils n'avaient rien dit, à cause du père de Caleb.

Puis, après l'été au cours duquel ils étaient devenus amants, Caleb avait disparu une fois de plus. Il l'avait quittée en lui disant qu'il partait en mission pour son père mais qu'il lui promettait de revenir. Marie avait attendu plus d'un an avant de céder aux pressions familiales. Elle avait épousé le jeune Brendan, un homme pour lequel elle avait fini par éprouver une profonde affection, mais qui n'avait jamais fait battre son cœur comme Caleb. Les années étaient passées, et Caleb n'était pas revenu.

Quelle que soit la raison de cette longue absence, Marie s'était donc mariée et avait donné le jour à deux fils, dont l'un était mort tout bébé. Puis, sans prévenir, Caleb était réapparu, trois ans plus tôt, à la fête de Banapis, le solstice d'été.

Le cœur de Marie avait fait un bond quand elle l'avait vu. Elle s'en était voulu de laisser les souvenirs d'une jeune fille énamourée la submerger, mais ça ne l'avait pas empêché d'aller trouver Caleb dès qu'elle avait appris la nouvelle de son retour.

Cette nuit-là, elle avait bu et dansé beaucoup trop, mais elle ne s'était jamais autant amusée depuis la mort de son époux. Une fois les deux garçons profondément endormis, elle avait dormi dans les bras de Caleb.

Le lendemain, il avait de nouveau disparu.

Depuis, elle s'était habituée à cette façon qu'il avait de refaire surface sans prévenir avant de s'éclipser sans un mot. Il ne lui avait fait aucune promesse et elle ne lui avait rien demandé. Malgré tout, un lien s'était créé entre eux, et elle était certaine qu'aucune autre femme ne l'attendait. Elle n'aurait su dire pourquoi, elle en avait simplement la certitude.

—Tu restes longtemps?
—Ça dépend.
—De quoi? demanda-t-elle.
—D'un certain nombre de choses. Je dois délivrer un message au conseil régnant, qui aura peut-être besoin de temps pour réfléchir à sa réponse. Donc, je suis là pour quelques jours, peut-être une semaine.
—Tu as le droit de m'en parler?

Il sourit.

—Pas vraiment. Disons simplement qu'il s'agit encore d'une des missives extrêmement importantes de mon père.
—Et pourtant tu prends le temps de venir à la fête avec moi? demanda-t-elle avec un sourire entendu.
—Une journée de plus ou de moins ne fera aucune différence. (Il lui sourit d'un air malicieux.) De plus, j'ai mes propres raisons d'être ici.
—Oh, vraiment?

— Oui, et tu le sais très bien, répondit-il en riant.

Aux abords de la place de la ville, plusieurs personnes saluèrent Marie.

— Nous parlerons de ça plus tard, chuchota-t-elle après leur avoir rendu leur salut.

Caleb contempla la foule, plus nombreuse qu'à l'ordinaire.

— De nouveaux habitants sont arrivés ?

— Quelques-uns, confirma Marie. Un groupe d'affréteurs de Shamata s'est fait construire un bureau au bord de la route du sud, près du vieux pont de pierre. Trois nouvelles familles et quelques célibataires travaillent pour eux. Ils donnent des sueurs froides au père d'Ellie. Je crois que c'est en partie pour ça qu'il la marie au garçon du meunier Hodover, Grame. Il veut s'assurer qu'il a la mainmise sur tout le transport de grains jusqu'à Finisterre et Krondor.

— C'est une bonne raison de les marier, j'imagine, si on ne tient pas compte de l'amour, fit remarquer Caleb.

Marie lui jeta un coup d'œil pour voir s'il disait ça sérieusement. Une fois de plus, elle s'aperçut qu'elle ne parvenait pas à déchiffrer son humeur. Parfois, elle arrivait à lire en Caleb comme dans un livre ouvert mais, à d'autres moments, elle ignorait totalement ce qu'il pouvait bien penser. Malheureusement, il s'agissait précisément de l'un de ces moments-là.

Ils portèrent la marmite jusqu'à l'une des grandes tables en bois empruntées à l'auberge voisine et la déposèrent à l'endroit indiqué par l'une des femmes qui supervisaient les préparatifs du festin. Une autre femme leva les yeux à leur arrivée. Elle possédait un visage rubicond et des joues marbrées, comme si elle buvait beaucoup.

— Marie, Caleb, les salua-t-elle avec un sourire pincé.

— Bonjour, Tessa, répondit Marie.

— Tu nous apportes de nouveau ta bonne petite soupe, fit remarquer Tessa sur un ton condescendant. (Elle était la femme du meunier et deviendrait bientôt la belle-mère d'Ellie. Elle était bien mise et tapota la main de Marie d'un air dédaigneux en hochant sèchement la tête.) Nous comprenons, ma chère.

Elle n'aurait pas pu se montrer plus méprisante. Le sourire de Caleb ne vacilla même pas, mais des petites rides de tension apparurent autour de ses yeux.

— Ce n'est qu'un début, répondit-il en désignant la broche qui tournait au-dessus d'un feu à l'autre bout de la place. Nous avons également amené le bœuf qu'on est en train de rôtir là-bas. (Il tourna la tête de côté pour faire un clin d'œil à Marie sans que Tessa le voie.) Et aussi ce chariot, ajouta-t-il en désignant un véhicule qui venait d'apparaître. Il contient deux tonneaux de bière naine de Dorgin, ainsi que six caisses de vin de Ravensburg.

Tessa cligna des yeux comme une chouette effraie prise dans la lumière d'une lanterne.

— Vraiment ? fit-elle.

Caleb se contenta d'incliner la tête avec un petit sourire. Troublée, la femme du meunier marmonna quelque chose entre ses dents, esquissa un sourire peiné puis s'éloigna d'un pas pressé.

— Pourquoi as-tu fait ça ? demanda Marie en se tournant vers Caleb.

Ce dernier haussa les épaules.

— Je me souviens encore de la façon dont elle t'a embêté à la dernière fête de Banapis. En plus, l'année dernière, je n'ai apporté qu'une brassée de perdrix et quelques lapins.

— Non, je demandais pourquoi tu as dit « nous » quand c'est « toi » qui as apporté le bœuf et le chariot ?

— Eh bien, parce que je les ai apportés pour toi, répondit Caleb.

Marie se tut quelques instants avant qu'un petit sourire lui vienne aux lèvres. Mais ses yeux, eux, ne souriaient pas.

— Merci pour ton geste, Caleb.

— Tout le plaisir était pour moi. Tu veux que j'aille chercher des bols et une louche ?

— Non, répondit Marie d'un ton neutre. Je vais retourner à la maison les chercher moi-même. Trouve les garçons et veille à ce qu'ils évitent les ennuis, tu veux bien ? Je m'inquiète pour eux.

Caleb acquiesça et s'éloigna de la table. Il se fraya un chemin à travers la foule qui grossissait rapidement. Il était à la fois amusé et surpris par les changements que la ville avait subis depuis son enfance. Sa famille n'avait jamais vécu dans la Ville du port des Étoiles, mais ils y étaient souvent venus en visite.

Le père de Caleb entretenait avec le conseil régnant de l'Académie une relation qui, au mieux, était tendue. Caleb avait si souvent entendu Pug se plaindre des magiciens du conseil qu'il comprenait pleinement les raisons de leur éloignement. Mais il ne voyait pas les choses de la même façon. Magnus, son frère aîné, était un magicien comme leurs parents, alors que lui était l'enfant dépareillé, celui qui ne possédait aucun pouvoir magique.

Le reste de sa famille considérait le port des Étoiles comme un nid de conflits et de tensions politiques, alors que Caleb le voyait simplement comme l'endroit où il s'amusait quand il était petit. Au port des Étoiles, il avait trouvé d'autres enfants comme lui, des garçons et des filles ordinaires avec des préoccupations ordinaires : grandir, apprendre à aimer, à détester et à pardonner, essayer d'éviter de travailler et trouver des camarades de jeux, toutes ces petites choses du quotidien que Caleb ne connaissait pas avant de les rencontrer.

Bien sûr, il avait profité de son éducation inhabituelle en bien des façons. Pendant la majeure partie de son enfance, il avait assisté à des cours fastidieux destinés à des étudiants doués de pouvoirs magiques. Ce n'était que plus tard qu'il avait mesuré les bénéfices de cette éducation, lorsqu'il s'était rendu compte que, contrairement à la plupart des gens privés de pouvoirs, il parvenait au moins à sentir la présence de la magie. Or, comme les plus puissants ennemis du conclave des Ombres étaient eux aussi magiciens, Caleb considérait cette faculté comme une bonne chose.

Les enfants de l'île du Sorcier, et même ceux avec qui il avait vécu sur l'île du grand lac de l'Étoile, baignaient tous dans la magie. Elle imprégnait tout, jusqu'à leurs jeux, au grand dam de leurs professeurs. À cause de cela, pendant la plus grande partie de son enfance, Caleb avait été un solitaire. Bien qu'excellent coureur et doué pour taper dans un ballon, comme n'importe quel garçon de son âge, il était souvent resté seul en regardant les autres jouer à des jeux d'illusion auxquels il ne pouvait jamais prendre part, sauf en étant la cible d'une plaisanterie cruelle d'enfant. Ses affaires bougeaient souvent toutes seules lorsqu'il essayait de les prendre, ou des objets apparaissaient brusquement en travers de son chemin pour le faire trébucher.

Les blessures de l'enfance sont parfois les plus profondes. En grandissant, Caleb se rapprocha un peu des autres enfants, dont les intérêts avaient changé. Mais, même lorsqu'il était l'instigateur d'une bêtise, il continuait à se sentir différent.

Durant cette période, il ne s'était vraiment senti libre et en paix que dans deux endroits. Après son dixième anniversaire, on l'avait conduit en Elvandar, où il avait vécu parmi les elfes pendant cinq ans.

Caleb avait beaucoup appris à leur contact. C'était Tomas, le prince consort de la reine et le chef de guerre d'Elvandar, qui lui avait enseigné l'art de l'escrime. Le prince Calin et son demi-frère, le prince Calis, lui avaient quant à eux enseigné le tir à l'arc. Caleb ne possédait pas le don inné de Serwin Fauconnier pour l'escrime, mais il excellait comme archer. Tomas et le prince Calin avaient tous deux fait remarquer qu'il était l'égal d'un certain Martin l'Archer – d'après eux, le meilleur archer humain que les elfes aient connu.

Les elfes n'étaient pas très portés sur la flatterie. Ce compliment était pour eux une façon de reconnaître les prouesses de Caleb, dues à de longues heures d'entraînement ardu. Cela avait permis à l'adolescent de comprendre qu'on pouvait atteindre un but impossible, à condition de fournir suffisamment d'efforts et de sacrifices. Plus tard, il songea à regret que les elfes n'avaient jamais vu Serwin Fauconnier tirer à l'arc : il était sans conteste l'égal de Caleb, sinon meilleur que lui. Malgré tout, le fait d'être le deuxième meilleur archer humain au monde restait un exploit considérable.

Caleb éprouvait une grande affection pour les elfes et leur foyer magique en Elvandar. Il parlait très bien leur langue. Mais c'était au port des Étoiles qu'il avait appris ses premières leçons sur le fait d'être ordinaire.

Il traversa la place, qui grouillait de monde. Comme lors des fêtes précédentes, les garçons devaient à présent se trouver près de la fontaine avec les autres jeunes gens de la ville.

Nombre de personnes qu'il croisa en chemin le saluèrent, car il s'agissait des mêmes enfants avec qui Caleb avait joué trente ans plus tôt. Certains hommes avaient pris de l'embonpoint et d'autres avaient des cheveux gris – quand ils n'étaient pas chauves. Les femmes qu'il avait connues petites filles avaient mûri ; celles qui n'avaient pas grossi avaient le physique hâve que donnent trop de durs labeurs et pas assez de repos. Quelques-unes, comme Marie, avaient conservé leur beauté, en dépit des rigueurs du métier de fermier et de parent.

Mais, ce jour-là, tous avaient l'air plutôt contents, car c'était la fête des moissons. À en juger par tout ce qu'il y avait sur la table, les récoltes avaient été abondantes cette année-là. Les chariots de céréales allaient grincer sous le poids de leur chargement le long des routes menant à la Triste Mer, et de nombreuses barges partiraient du grand lac de l'Étoile pour descendre le fleuve jusqu'à la mer des Rêves et les ports commerciaux de Shamata ou Landreth. Le bétail dans le pré était bien gras en prévision de l'hiver, et les moutons paraissaient en excellente santé tandis que leur laine poussait en vue de la saison froide. Partout où il posait les yeux, Caleb ne voyait que des signes d'abondance : tonneaux remplis de pommes fraîchement cueillies, paniers de baies, de cerises et de figues, et toutes sortes de légumes. Les fermes qu'il avait croisées en venant abritaient plus de poulets et de cochons qu'il n'en avait jamais vus.

Il se souvenait d'autres années où les récoltes avaient été mauvaises ou durant lesquelles il y avait eu des attaques de trolls. Il reconnut en son for intérieur que ces gens avaient bien le droit de fêter leur bonne fortune. Les hivers étaient doux dans le val des Rêves, car la neige n'y était tombée qu'une seule fois en cinquante ans. Déjà, les fermiers plantaient les récoltes d'hiver qui ne poussaient nulle part ailleurs. Lorsque les marchands reviendraient du royaume ou de Kesh la Grande avec des chariots remplis d'outils et d'autres objets de première nécessité, la seconde moisson serait prête pour répondre aux demandes de nourriture du Nord gelé. Comparé à la plupart des communautés agricoles, le port des Étoiles était riche. Mais, même ici, la vie d'un fermier n'avait rien de facile.

Caleb repoussa ces réflexions dans un coin de son esprit lorsqu'il tourna à l'angle d'un bâtiment et aperçut les garçons. Il ne fit qu'un pas supplémentaire avant de se rendre compte qu'une bagarre était sur le point d'éclater.

— Si vous n'arrêtez pas ça tout de suite, tous les deux, je m'en vais, menaça Ellie en se levant.

Les deux personnes auxquelles elle s'adressait n'étaient autres que Tad et Zane, qui se faisaient face, prêts à se battre de nouveau. La jeune fille agile s'interposa entre eux pour les repousser avec une détermination surprenante. Cela fit hésiter les deux garçons et laissa le temps à Caleb de les rejoindre.

— C'est quoi le problème ?

Les deux garçons lancèrent un coup d'œil à Caleb, puis s'affrontèrent de nouveau du regard. Ellie les repoussa une dernière fois avant de les lâcher.

— Ces idiots croient qu'il est important de savoir lequel des deux aura droit à la première danse avec moi.

— Tu me l'as promise ! protesta Tad environ une demi-seconde avant que Zane lui fasse écho.

Le sourire de Caleb s'effaça. Les musiciens, réunis près des tonneaux de bière, accordaient leurs instruments. Dans quelques instants, ils commenceraient à jouer et les garçons se battraient.

— Votre mère m'a demandé de garder un œil sur vous deux. (Les deux garçons le dévisagèrent, Zane avec un air à peine plus belliqueux que Tad.) On dirait qu'elle avait raison de se méfier. (Il plongea la main dans la bourse à sa ceinture et en sortit une grosse pièce en cuivre qu'il montra aux garçons.) Ça, c'est pile et ça, c'est face. Pile, c'est pour Tad, face c'est pour Zane.

Il lança la pièce en l'air et la laissa tomber sur le sol. Les garçons suivirent de près sa descente. Elle atterrit côté face, si bien que Zane poussa un cri triomphant.

— J'ai droit à la première danse !

Au même moment, les musiciens attaquèrent les premières notes de la danse en question. Tad fit mine de protester, mais il se ravisa en voyant que Zane s'était rembruni. De fait, Caleb en avait profité pour conduire Ellie parmi les danseurs.

— Le gagnant a droit à la deuxième danse ! leur cria-t-il.

Ellie se mit à rire tandis que Caleb suivait avec elle les pas d'une gigue traditionnelle. Même ceux qui ne dansaient pas tapaient des mains.

— C'était bien pensé, Caleb, le complimenta Ellie lorsqu'il lui prit les mains pour lui faire faire une série de tours.

— Ils deviennent aussi difficiles que deux jeunes mâles aux cornes toutes récentes. Qu'est-ce que tu vas faire ?

Elle baissa un peu la voix.

— Je vais épouser Grame.

— Ça va créer un pugilat, fit remarquer Caleb en riant. Mais tu ne peux décemment pas les épouser tous les deux.

— Et je n'en ai pas envie, en plus, répondit Ellie. Ils sont comme mes frères.

Caleb passa derrière la jeune fille, posa les mains sur sa taille et suivit ses pas en disant :

— Visiblement, ils ne te considèrent pas comme une sœur.

— Oh, ils le feraient s'il y avait plus de filles en ville, répondit-elle en se retournant pour lui faire face. (Elle s'immobilisa et il s'inclina, mettant fin à la danse. Elle passa alors son bras sous celui de Caleb et ajouta :) Ce n'est pas juste, toutes les autres filles sont déjà promises à quelqu'un, ou alors elles sont trop jeunes.

Caleb savait à quoi elle pensait. Nombre d'enfants de leur âge avaient été tués au cours de la dernière attaque des trolls, neuf ans plus tôt. Les parents de ces enfants défunts en voulaient encore aux magiciens de ne pas avoir réagi plus vite. Caleb travaillait dans les royaumes de l'Est pour le conclave des Ombres à l'époque. Ellie, Zane et Tad n'étaient alors guère plus que des bébés.

Sans se presser, Caleb raccompagna Ellie jusqu'à l'endroit où se trouvaient les garçons. Il rejoignit ces derniers juste au moment où la deuxième chanson commençait. Il plaqua sa main puissante sur le torse de Tad lorsque le jeune garçon blond fit mine de protester de nouveau.

— Fiston, pas la peine de gâcher une aussi belle fête. Ton tour viendra.

Tad paraissait prêt à protester quand même. Mais, face au sérieux de Caleb, il se contenta de laisser échapper un petit soupir et d'acquiescer.

— D'accord, Caleb.

Ce dernier se réjouit que Zane ait gagné car, celui-ci étant le plus têtu des deux, il l'aurait probablement forcé à faire ce que Caleb ne voulait pas : le retenir par la force.

Caleb dévisagea Tad pendant qu'Ellie et Zane dansaient. Le garçon fulminait. Ellie avait raison. Ils agissaient contrairement à leur nature.

Lorsque la chanson prit fin, Ellie revint, et ce fut au tour de Tad de danser. Comme lors de la danse précédente, Caleb surveilla celui des garçons qui n'était pas avec la jeune fille. Zane contint à grand-peine sa jalousie.

— J'ai envie de boire quelque chose, déclara Caleb lorsque la troisième danse fut terminée. Ça vous dit, tous les trois ?

Ellie s'empressa d'acquiescer au nom de ses compagnons et glissa son bras sous celui de Caleb, obligeant ainsi les deux garçons à les suivre. Ils se rendirent jusqu'à la table où des hommes remplissaient des chopes de bière et les distribuaient aussi vite que possible. Ellie refusa l'alcool, mais accepta que Zane aille lui chercher de l'eau aromatisée aux fruits. Tad voulut lui rapporter quelque chose à manger, mais elle refusa, jusqu'à ce qu'elle le voie se rembrunir.

— Bon d'accord, tu peux peut-être me rapporter un petit truc, en attendant qu'on aille tous s'asseoir pour dîner.

Tad s'éloigna en courant. Caleb soupira.

— Qu'est-ce qu'on va faire de ces deux-là ?

— Je ne sais pas. Ils restent assis là toute la journée, ils n'ont pas grand-chose à faire. Ils ne sont pas du genre à boire de l'alcool... pas encore.

Caleb comprit. La Ville du port des Étoiles était assez grande pour abriter pas mal d'échanges commerciaux et quelques artisans ; par exemple, un forgeron avait ouvert sa forge l'année précédente et travaillait le minerai rapporté des contreforts. Mais la majeure partie du travail allait à des membres de la famille. Il y avait toujours plus d'hommes que d'emplois. Sans père pour leur apprendre un métier, Tad et Zane grandissaient sans rien savoir faire de leurs mains. Ils devenaient sauvages et agités.

Tous deux étaient pourtant des jeunes gens brillants et très capables. Mais, sans personne pour donner une direction à leur vie, ils risquaient de se perdre. Plus d'un fils cadet sans métier avait fini bandit ou vivant d'expédients dans une grande ville.

Caleb réfléchissait à ce problème lorsque Marie revint. Il lui fit un signe de tête et s'éloigna de Zane, qui attendait avec angoisse qu'Ellie s'intéresse de nouveau à lui.

—J'ai mal compris ce que tu disais, tout à l'heure, confessa Caleb à voix basse pour que le garçon ne puisse pas l'entendre. Je croyais que tu t'inquiétais seulement de ce soir, mais je vois ce que tu veux dire, à présent.

—Vraiment ? demanda-t-elle en le dévisageant.

Il acquiesça.

—Gardons-les à l'œil tout en essayant de nous amuser. Nous en reparlerons plus tard.

Elle acquiesça, puis se força à sourire.

—Tu veux danser ?

Il la prit par la main.

—Ce serait un plaisir.

Ils dansèrent sur plusieurs airs, puis retournèrent aux tables qui croulaient sous d'innombrables mets. Après avoir rempli leurs assiettes, ils allèrent s'asseoir dans un coin tranquille, sur les marches d'une boutique fermée en raison de la fête. Caleb posa les assiettes par terre et abandonna Marie quelques instants, le temps d'aller chercher deux chopes de bière.

—Où sont les garçons ? demanda-t-elle lorsqu'il revint.

—Par là-bas, répondit-il en désignant un endroit de l'autre côté de la place. Ne t'inquiète, je ne les perds pas de vue.

—Comment fais-tu ça ? s'émerveilla-t-elle.

—Je suis un chasseur, répondit-il en souriant. En plus, c'est difficile de les rater.

Elle hocha la tête et ajouta, la bouche pleine :

—Je sais, il suffit de voir où il y a des problèmes.

Il rit.

—Non, c'est juste à cause de ces deux tuniques.

Ils dînèrent tranquillement, sans vraiment se parler. Pendant une heure, la fête se poursuivit ainsi sans incident. Puis un homme corpulent grimpa sur l'un des chariots où l'on distribuait de la bière.

—Mes amis ! s'écria-t-il.

—Et voilà les ennuis, prédit Marie.

—Ouais, confirma Caleb.

Il posa son assiette et partit en direction du chariot, Marie sur les talons.

L'homme s'appelait Miller Hodover. Un jeune homme d'une vingtaine d'années environ se tenait à côté de lui. La ressemblance entre les deux était évidente, même si le premier était gros depuis des années, alors que le second était jeune et athlétique et que ses épaules restaient, pour l'instant, plus larges que sa ceinture.

Grame Hodover était un garçon robuste, qui paraissait réfléchi et brillant. En ville, tout le monde considérait comme un miracle le fait que ses parents aient pu mettre au monde un jeune homme si apprécié.

Caleb rejoignit directement Tad et Zane, qui encadraient Ellie. Cette dernière regarda Caleb avec une lueur de soulagement au fond des yeux – elle savait ce qui allait suivre.

—Mes amis, répéta Miller Hodover, j'ai une annonce à vous faire. Aujourd'hui, je suis un homme très heureux.

Il contemplait la foule d'un air rayonnant. L'un des villageois, sous l'emprise de trop de bière, s'écria à son tour :

—Pourquoi, tu vas encore augmenter les prix, Miller ?

Il y eut de nombreux rires, ce qui parut agacer Hodover. Mais son sourire réapparut presque aussitôt.

—Non, Bram Connor, je n'augmente pas mes prix… en tout cas, pas encore.

De nouveaux rires accueillirent sa remarque. Tout le monde se détendit en comprenant que le meunier était d'humeur particulièrement joviale. On se moquait souvent de sa pingrerie et de son amour de l'or.

—Non, mes amis, reprit le meunier. J'ai une nouvelle à vous annoncer. En ce jour où tout le monde semble prospérer après l'une des moissons les plus abondantes de notre histoire, je souhaite ajouter à la liesse générale en partageant avec vous une merveilleuse nouvelle.

— Ben, vas-y, crache le morceau, s'écria une autre voix dans la foule. Tu me donnes soif !

Le meunier lança à cette personne un regard noir, puis sourit de nouveau.

— Je voudrais vous annoncer que, cette année, mon fils, Grame, va épouser Ellie Rankin.

Il fit signe à Ellie, qui se tenait toujours entre les deux garçons, lesquels donnaient l'impression d'avoir été frappés par la foudre. Zane plissa le front, comme s'il n'arrivait pas à comprendre ce que le meunier venait de dire. Quant à Tad, il restait bouche bée et refusait visiblement d'y croire.

Ellie était déjà à mi-chemin du chariot lorsque les garçons voulurent la rattraper. Caleb attrapa chacun d'eux par le col et les tira en arrière.

— N'allez pas faire un scandale maintenant, les prévint-il d'une voix basse et menaçante.

Tad lui lança un regard noir et Zane brandit son poing fermé, mais Caleb se contenta de lever les bras, soulevant les garçons sur la pointe des pieds.

— N'y pensez même pas.

Zane se ravisa et laissa sa main retomber le long de son corps.

— Si vous tenez vraiment à Ellie, têtes de bois, vous devriez vous réjouir pour elle. Le premier qui déclenchera une bagarre aura affaire à moi. C'est clair ? gronda Marie.

Les deux garçons répondirent d'une seule voix « Oui, m'man » et hochèrent la tête, si bien que Caleb les relâcha.

Les habitants de la ville s'étaient rassemblés autour des fiancés pour les féliciter. Tad et Zane, de leur côté, se mirent à bouder. Caleb fit signe à Marie de se joindre à la foule.

— Les garçons, venez avec moi. Je garde quelque chose de spécial en réserve pour une occasion comme celle-ci.

Les garçons parurent sur le point de protester, mais le regard que leur lança leur mère suffit à les convaincre de suivre Caleb docilement.

Il les conduisit jusqu'à un chariot garé derrière celui qui avait apporté les tonneaux de bière. La nuit tombait rapidement, et la fête se faisait plus bruyante. L'un des charretiers, assis sur le siège de son véhicule, regardait la ville entière présenter ses vœux de bonheur aux nouveaux fiancés. L'homme n'était pas du coin, si bien qu'il n'avait pas envie de se joindre aux autres ; il se contentait de manger en buvant une bière.

— Salut, Thomas, dit Caleb.
— Bonsoir, répondit le charretier.
— Tu as la caisse dont je t'ai parlé ?
— Elle est sous la bâche, Caleb.

Ce dernier trouva la caisse en question et la tira jusqu'au bord du chariot. Puis il sortit son gros couteau de chasse pour ouvrir le couvercle, dévoilant ainsi une dizaine de bouteilles d'un liquide ambré. Il en prit une et la leva à la lueur de la lanterne.

— Qu'est-ce que c'est ? demanda Tad.
— Une boisson que j'ai découverte lors de mes voyages au pays de Kinnoch.
— À voir la couleur, on dirait du cognac, fit remarquer Zane.
— Ce n'en est pas, mais tu as l'œil, le félicita Caleb. (Il s'assit à l'arrière du chariot, les jambes ballant dans le vide.) Le cognac, c'est juste du vin bouilli, alors que ça, c'est tout autre chose.

» Au Kinnoch, ils distillent une bouillie de graines en la faisant cuire lentement au-dessus de feux alimentés par de la tourbe. Ensuite, le breuvage est mis à vieillir en fûts de chêne. Quand il est mauvais, il est capable de vous décaper la coque d'un navire de guerre, mais quand il est bon…

Caleb ôta le bouchon avec ses dents. Puis, de sa main libre, il fouilla à tâtons dans la caisse et en sortit un petit verre en verre véritable.

— Il ne faut pas boire ça dans de la terre cuite ou du métal, les garçons, ça gâche le goût.
— Qu'est-ce que c'est ? demanda Tad.
— Ils appellent ça du whiskey, répondit Caleb en remplissant le petit verre à ras bord.
— Ça n'en fait pas beaucoup, protesta Zane, les yeux plissés, en contemplant le minuscule récipient, qui ne contenait pas beaucoup de liquide.
— C'est plus que suffisant, rétorqua Caleb en avalant cul sec le contenu du verre. Ah ! s'exclama-t-il. Essayez, pour voir.

Il sortit un autre verre et les remplit tous les deux.

— Vous apprendrez à déguster ce breuvage plus tard, les garçons. Pour l'instant, cul sec !

Les deux jeunes gens suivirent ses conseils. Un instant plus tard, ils se mirent à tousser violemment, les yeux larmoyants.

— Mince, Caleb, t'essaie de nous empoisonner ? protesta Zane d'une voix rauque.

— Il faut un peu de temps pour s'y habituer, Zane, mais je suis sûr que tu vas finir par adorer ça.

— Ça brûle comme du charbon ardent, renchérit Tad en s'essuyant les yeux sur la manche de sa tunique.

— Attends une minute, tu vas voir, ça va te réchauffer les entrailles, assura Caleb.

Zane fit claquer ses lèvres.

— Je dis pas que c'est bon, mais j'en prendrais bien un deuxième.

Caleb remplit de nouveau les verres que les garçons vidèrent d'un trait. Cette fois, il n'y eut pas de quintes de toux, mais leurs yeux continuaient à larmoyer.

— Je crois que je vais m'en tenir à la bière, déclara Tad.

— Je sais pas, dit Zane. Je crois que ça me plaît.

— Tu es un jeune homme plein d'avenir, Zane Cafrrey, dit Caleb.

— Waouh, fit Tad en riant. Je sens que ça me monte à la tête.

— Les hommes du Kinnoch disent que ça vous fouette le sang, et ils savent de quoi ils parlent.

— Qu'est-ce que tu vas en faire ? demanda Tad en désignant les autres bouteilles.

— Je vais les offrir en cadeau à mon père. Ce n'est pas tous les jours qu'il découvre quelque chose de nouveau, alors je me suis dit qu'il apprécierait sûrement.

— Pourquoi tu nous as fait goûter ? insista Tad. Je t'en remercie, bien sûr, mais pourquoi ?

— Pour vous faire oublier une offense imaginaire, répliqua Caleb. Si je vous laissais boire tout seuls, deux choses arriveraient. (Il leva un doigt en leur versant une nouvelle tournée.) Premièrement, tous les hommes de la ville se moqueraient de vous parce que vous n'avez pas arrêté de vous battre au sujet d'Ellie depuis près d'un an. Deuxièmement, vous iriez provoquer une bagarre avec Grame.

Les garçons descendirent rapidement leur whiskey. Ils avaient l'air de s'y habituer. Caleb remplit de nouveau leurs verres.

— Tenez, buvez-en encore un autre.

Les garçons vidèrent leur quatrième verre. Les paupières de Tad commençaient à se fermer.

— Tu es en train de nous saouler, je le sens.

Caleb remplit encore une fois les verres.

— Une dernière tournée devrait faire l'affaire.

— Comment ça ? demanda Zane d'une voix qui devenait pâteuse.

Caleb sauta à bas du chariot.

— Ça devrait vous empêcher de déclencher une bagarre, vous êtes trop saouls.

Il donna une bourrade à Tad, qui tangua dangereusement.

— Venez, dit Caleb.

— Où ça ? s'enquit Zane.

— Je vous ramène chez votre mère et je vous mets au lit. Vous allez vous effondrer d'ici cinq minutes et je n'ai pas envie de vous porter.

Les garçons n'avaient jamais rien bu d'aussi fort que ce whiskey et ils suivirent Caleb docilement. Le temps d'arriver devant leur maison, ils titubaient.

Caleb les fit entrer. Dès qu'il les vit endormis sur leur matelas, il s'en alla et retourna à la fête. Il ne lui fallut que quelques minutes pour retrouver Marie.

— Qu'as-tu fait des garçons ? demanda-t-elle en le voyant.

— Je les ai saoulés.

— Comme s'ils avaient besoin de ton aide pour ça. (Elle regarda aux alentours d'un air inquiet.) Où sont-ils ?

— Chez toi, en train de dormir pour oublier.

Elle plissa les yeux.

— Ils n'ont pas eu le temps de se saouler à ce point-là.

Caleb exhiba la bouteille de whiskey, qui était presque vide.

— Si, étant donné qu'ils se sont enfilé cinq doubles portions chacun en quinze minutes.

— Eh bien, au moins, ils n'embêteront pas Grame et Ellie, fit remarquer Marie.

— Ou nous, ajouta Caleb en souriant.

— Je me fiche de savoir s'ils sont saouls, Caleb. S'ils sont à la maison, alors tu n'y mettras pas les pieds.

Il sourit d'un air malicieux.

— J'ai déjà une chambre à l'auberge. Si nous y allons maintenant, personne ne te verra monter l'escalier avec moi.

Elle passa son bras sous celui de son compagnon.

—Comme si je me souciais de ce que pensent les gens. Je ne suis pas une jeune fille qui essaie d'attraper un mari dans ses filets, Caleb. Je prends du bonheur là où j'en trouve et, si ça pose problème aux gens, tant pis pour eux.

Caleb la serra contre lui.

—Dans tous les cas, ceux qui comptent pour toi s'en moquent.

Ils sortirent de la foule et se rendirent à l'auberge.

Ils firent l'amour avec un sentiment d'urgence comme Caleb n'en avait encore jamais connu. Après, allongé avec la tête de Marie sur son épaule, il demanda :

—Qu'est-ce qui te tracasse ?

L'une des raisons de leur attirance mutuelle, c'était cette faculté qu'il avait de si bien déchiffrer l'humeur de sa compagne.

—Tad m'a demandé si on allait se marier.

Caleb garda le silence quelques instants, avant de pousser un long soupir.

—Si j'étais du genre à me marier, Marie, ce serait toi que je choisirais.

—Je sais. Mais si tu ne veux pas rester, m'épouser et devenir un vrai père pour les garçons, tu vas devoir les emmener avec toi.

Caleb se redressa sur un coude pour mieux la contempler.

—Quoi ?

—Tu vois bien comment c'est pour eux, Caleb. Ils n'ont pas d'avenir ici. J'ai dû vendre la ferme, et cet argent ne durera pas éternellement, même si je fais pousser la plus grande partie de notre nourriture dans le jardin. Je peux me débrouiller toute seule, mais nourrir deux garçons en pleine croissance… Et il n'y a personne pour leur apprendre le métier de fermier, il n'y a pas de guilde pour leur enseigner un artisanat. Il y a deux ans, tous les autres garçons sont devenus apprentis chez des fermiers, des marchands, des marins ou dans des guildes, mais mes deux garçons n'ont pas trouvé preneurs. Tout le monde les apprécie en ville. S'ils avaient pu, ils auraient déjà pris Tad et Zane en apprentissage, mais il n'y a pas assez de travail par ici.

» Si tu ne les emmènes pas avec toi, ils deviendront des fainéants ou pire. Je préfère les perdre maintenant que de les voir pendus pour vol dans quelques années.

Caleb garda le silence un long moment.

— Que veux-tu que je fasse d'eux, Marie ? finit-il par demander.

— Tu possèdes un certain statut, en dépit de ta tenue de chasse faite maison – ou, du moins, ton père en possède un. Tu connais le monde. Emmène-les avec toi comme tes domestiques ou tes apprentis, ou trouve-leur du travail à Krondor.

» Ils n'ont pas de père, Caleb. Quand ils étaient petits, ils avaient juste besoin d'une maman pour les moucher et leur faire des câlins quand ils avaient peur. Crois-moi, on en a fait des câlins, après la mort des parents de Zane lors de l'attaque des trolls. Mais, maintenant, ils ont besoin d'un homme pour leur dire ce qu'il faut faire, pour leur inculquer la discipline, à coups de taloches s'il le faut, ou pour les féliciter quand ils le méritent. Donc, si tu ne veux pas m'épouser et rester ici, alors, au moins, emmène-les avec toi.

Caleb s'adossa au mur en crépi.

— Ce que tu dis est logique, dans un certain sens.

— Alors, tu acceptes ?

— Je ne suis pas sûr de vraiment savoir dans quoi je m'embarque mais, oui, j'accepte de les emmener avec moi. Si mon père ne sait pas quoi faire d'eux, je les emmènerai à Krondor et les placerai comme apprentis chez un marchand ou dans une guilde.

— Ils sont comme des frères, maintenant. Ce serait un crime de les séparer.

— Ils resteront ensemble, je te le promets.

Elle se blottit contre lui.

— Tu reviendras de temps en temps me donner de leurs nouvelles ?

— Bien sûr, Marie. Je les obligerai à t'écrire souvent.

— Ce serait merveilleux, murmura-t-elle. Personne ne m'a jamais écrit. (Elle soupira.) En y réfléchissant, personne n'a jamais écrit à aucune de mes connaissances.

— Je veillerai à ce qu'ils le fassent.

— C'est gentil, mais tu devras d'abord leur apprendre à écrire.

— Ils ne connaissent pas leur alphabet ? se récria Caleb, incapable de dissimuler sa surprise.

— Qui pourrait le leur apprendre ?

— Toi non plus, tu ne sais pas… ?

— Non, je n'ai jamais appris. J'arrive à déchiffrer les mots écrits sur les enseignes, parce que je les ai entendus dans les magasins, mais je n'ai jamais réellement eu besoin d'apprendre à lire.

— Mais alors comment feras-tu pour lire les lettres qu'ils t'enverront ?
— Je trouverai quelqu'un pour me les lire, j'ai juste besoin de savoir qu'ils vont bien.
— Tu es quelqu'un de rare, Marie.
— Non, je suis juste une mère ordinaire qui s'inquiète pour ses garçons.

Caleb se rallongea et laissa Marie se nicher de nouveau au creux de son épaule. Mais, dans le silence de ses pensées, il se demanda dans quoi il s'était embarqué.

2

Une réunion du Conclave

Pug leva la main.

C'était un homme de petite taille qui ne paraissait pas plus de quarante ans. Vêtu, comme toujours, d'une robe de bure noire toute simple, il dévisageait de ses yeux foncés tous les gens qui se tenaient devant lui. Ses yeux étaient d'ailleurs la seule chose qui trahissait l'étendue de ses pouvoirs, car son apparence était celle d'un homme tout à fait ordinaire.

La grotte au nord de l'île du Sorcier était devenue le lieu de réunion habituel des chefs du Conclave. Basse de plafond, elle possédait une entrée étroite. À l'intérieur, il régnait une atmosphère sèche, et l'on n'y trouvait aucun lichen ni aucune mousse. De temps en temps, on y faisait les poussières afin de fournir un minimum de confort à ceux qui se réunissaient là. La grotte était presque nue, à l'exception de deux saillies en pierre et de quelques rochers qui fournissaient les seuls sièges. L'éclairage provenait d'un sortilège lancé par Miranda, un enchantement qui faisait luire faiblement les murs. Un seul détail dans cette grotte n'avait rien de naturel, c'était le buste de Sarig, le dieu défunt de la Magie, qui se trouvait sur un piédestal le long d'une paroi.

Au fil des ans, Pug commençait à comprendre de quelle façon les dieux pouvaient « mourir ». Sarig était perdu, présumé mort depuis les guerres du Chaos, et pourtant Pug était parvenu à la conclusion que le dieu existait encore sous une forme ou une autre et qu'il influençait toujours les événements en cours. Les traits de l'icône changeaient d'ailleurs constamment et ressemblaient parfois à ceux de Pug ou de l'un de ses compagnons. Ces changements perpétuels tendaient à soutenir la théorie que tous les magiciens étaient, d'une façon ou d'une autre, des avatars du dieu.

Pug chassa la curiosité que lui inspirait l'artefact et dévisagea chacun de ses compagnons tour à tour. Il y avait là ses conseillers les plus dignes de confiance, qui étaient tous ses anciens étudiants, sauf pour deux d'entre eux. Ces deux-là, Miranda et Nakor, se tenaient en silence sur le côté. Magnus, le fils de Pug et de Miranda, tout juste rentré du monde de Kelewan, se trouvait derrière sa mère. Dans la faible luminosité, Pug entraperçut une certaine ressemblance entre la mère et le fils, ce qui le fit sourire discrètement. On ne pouvait se méprendre sur le fait que Magnus et Caleb étaient frères, bien qu'ils n'aient pas le même teint ni la même couleur de cheveux. Magnus était pâle avec des cheveux blancs, tandis que Caleb avait le teint mat et les cheveux brun foncé. Mais ni l'un ni l'autre ne ressemblaient spécialement à leurs parents. On apercevait de temps en temps des soupçons de similitude, mais Pug s'était demandé plus d'une fois si les garçons ne ressemblaient pas à l'un de leurs grands-parents paternels, dont il ignorait tout.

Miranda, pour sa part, n'avait pas changé depuis leur première rencontre, plus de cinquante ans plus tôt. Seul un soupçon de gris animait sa chevelure noire, et ses yeux changeaient de couleur suivant son humeur, passant du gris foncé au vert et du noisette tacheté de brun au marron foncé. Elle possédait en outre des pommettes hautes et une bouche au pli déterminé, à tel point que cela sapait parfois sa beauté majestueuse.

Pug la trouvait toujours belle, même quand il était en colère au point d'avoir envie de l'étrangler. C'était pour sa force et sa passion qu'il l'aimait. Katala, sa première épouse, avait possédé ces qualités-là dans sa jeunesse. Pug croisa le regard de sa femme, et ils communiquèrent en silence comme ils le faisaient depuis des années.

Nakor s'installa sur l'une des saillies rocheuses, et Pug se demanda une fois de plus s'il réussirait un jour à comprendre cet étrange petit homme. Nakor refusait d'accepter le concept traditionnel de magie et insistait toujours sur le fait qu'il s'agissait simplement de « tours » dus à l'habile manipulation d'une espèce de matériau mystique qui sous-tendait toute chose. Il arrivait parfois que le petit homme aux jambes arquées rende Pug complètement fou avec ses réflexions abstraites sur la nature des choses. Mais, à d'autres moments, Nakor fournissait un éclairage intéressant sur la magie et maniait celle-ci avec une aisance qui stupéfiait Pug. À son avis, l'Isalani était potentiellement le magicien le plus dangereux du monde.

Les nouveaux venus dans le cercle privé du Conclave étaient assis en attendant que Pug prenne la parole. Il s'agissait de Rosenvar, un magicien d'âge moyen originaire de Salmater, et d'Uskavan, un magicien de l'esprit venu du monde de Salavan.

Uskavan avait une apparence humaine, mais sa peau possédait bel et bien une teinte magenta si l'on se trouvait assez près de lui pour le remarquer. Pug avait pris contact avec son monde natal une décennie plus tôt, grâce au Couloir entre les Mondes, et avait permis au magicien d'étudier avec le Conclave en échange de ses connaissances sur la magie de l'esprit. Uskavan parvenait à projeter des illusions si vives dans l'esprit d'un sujet que celles-ci étaient capables de produire des réactions physiques. Ainsi, il pouvait conjurer des lames fantômes qui coupaient vraiment ou des flammes imaginaires qui brûlaient bel et bien. Pug trouvait également utile son point de vue de personne étrangère à Midkemia.

Uskavan avait pris la place de Robert de Lyis, l'un des meilleurs étudiants de Pug et un valeureux serviteur du conclave des Ombres. Robert était mort paisiblement dans son sommeil l'année précédente, alors qu'il n'avait pas encore soixante-dix ans.

— J'ai parlé avec chacun d'entre vous individuellement et je souhaite à présent partager quelques informations, c'est pourquoi je vous ai demandé de me retrouver ici aujourd'hui. Cela va nous permettre de faire le point sur deux sujets de grande importance.

» Le premier concerne les Talnoys.

Il lança un coup d'œil à Magnus, qui s'avança, l'air soucieux.

— Les magiciens tsurani sont aussi perplexes que nous quant à la nature de la magie utilisée pour créer ces choses.

Les Talnoys étaient des artefacts provenant d'un autre cercle de réalité. Créés par la race dasatie, ils étaient extrêmement dangereux. Il s'agissait en effet d'armures capables de se mouvoir grâce à l'âme, ou à l'essence, d'un Dasati emprisonné à l'intérieur de chacune d'entre elles. Elles résistaient pratiquement à tous les dégâts, ne sentaient pas la douleur et obéissaient aveuglément. D'après les dires de Kaspar d'Olasko, qui avait apporté le premier Talnoy au conclave des Ombres, le mot « talnoy » provenait de la langue dasatie et signifiait « très dur à tuer ».

— Comme nous, ils sont d'avis qu'une invasion de grande ampleur dans notre niveau de réalité serait catastrophique. C'est pourquoi ils s'appliquent à découvrir le plus de choses possible sur les protections magiques que nous avons dérangées quand nous avons découvert la cache des Talnoys dans la grotte.

Magnus jeta un coup d'œil à Nakor, qui répondit :

— Il n'y a rien de nouveau de ce côté, désolé. (Celui qui se définissait comme un joueur professionnel et refusait d'admettre qu'il était un magicien marqua une pause, le temps de réfléchir. Puis il reprit :) Nos garçons et nos filles font de leur mieux pour comprendre ces choses. (Il considérait tous les jeunes magiciens de l'île du Sorcier comme des garçons et des filles.)

» Le point positif, ajouta-t-il en souriant, c'est que je crois avoir trouvé un moyen de m'assurer que nous serons les seuls à pouvoir leur donner des ordres si un affrontement devait avoir lieu entre nous et les Dasatis.

— C'est déjà quelque chose, reconnut Pug. Dix mille Talnoys sous nos ordres ne sont pas à prendre à la légère. (Il se retint d'ajouter, cependant, que ce nombre ne pèserait pas lourd face aux centaines de milliers de créatures que contrôlaient les Dasatis.) Mais je pense que ça nous sera plus utile de découvrir comment ils ont pu rester cachés aussi longtemps. En d'autres termes, si les Dasatis peuvent rester dans l'ignorance de notre existence, alors nous aurons accompli notre mission la plus importante, la deuxième étant de retrouver Leso Varen.

— Avons-nous la moindre idée de l'endroit où il a pu s'enfuir ? s'enquit Miranda.

— J'ai demandé à certains agents d'ouvrir l'œil si quelque chose sort de l'ordinaire sur le plan de la magie.

Miranda plissa ses yeux noirs.

— Il s'est parfois terré pendant plusieurs années de suite.

— Mais, cette fois, je pense qu'il est impatient de refaire surface, rétorqua Pug. Il sait qu'il se passe quelque chose d'important, même s'il ignore ce que représentent les Talnoys ou comment les utiliser à son avantage. Il les veut, ne serait-ce que pour nous priver de quelque chose d'aussi puissant.

» Ses attaques contre l'île et Elvandar l'année dernière prouvent qu'il est devenu plus audacieux et qu'il n'a plus envie de garder profil bas. Il a très vite récupéré ses pouvoirs après que Serwin Fauconnier a tué son hôte. Il est donc prudent de penser que nous entendrons bientôt reparler de lui.

— Pug, qu'est-ce que vous nous cachez ?

Pug sourit. Il avait choisi d'intégrer Rosenvar dans leur petit cercle parce que le magicien était très perspicace et parvenait, de manière presque intuitive, à glaner des réponses à partir d'informations très partielles.

— Rien de précis, vraiment. Il s'agit juste de quelques rêves troublants et d'un mauvais pressentiment.

— Il ne faut jamais ignorer ses rêves, Pug, rétorqua Uskavan en écarquillant ses yeux noirs. Mon peuple pense que certaines parties de notre esprit fonctionnent en permanence et cherchent sans cesse à comprendre. C'est souvent à travers les rêves qu'elles essaient de nous communiquer ce qui est sur le point de devenir une pensée consciente – surtout quand nos émotions sont fortes. Nos deux races ne sont pas si différentes ; nous avons beaucoup en commun en ce qui concerne le fonctionnement de l'esprit.

Magnus lança un coup d'œil au magicien étranger. Pug n'eut aucun mal à deviner les pensées de son fils. Peu d'humains, y compris leur famille de magiciens, étaient capables d'appréhender la magie pratiquée par Uskavan. L'esprit salavan était bien plus complexe qu'un esprit humain, même si Uskavan persistait à dire qu'il n'en était ainsi qu'à cause de l'ancienneté de la race salavane, qui pratiquait les arts mentaux depuis des milliers d'années.

Pug acquiesça avec un petit air de résignation.

— Effectivement. Je crains que mes rêves soient un présage du désastre à venir, à moins qu'ils ne soient qu'une manifestation du souci que je me fais au sujet des Dasatis.

— Père, nous devons nous préparer comme s'ils allaient vraiment nous envahir, déclara Magnus.

— Je sais. (Pug regarda chacun des membres du cercle privé du Conclave.) Prévenez tous nos agents en poste dans les cours royales. Je veux connaître toutes les ambitions, tous les complots, toutes les intrigues et toutes les situations que nous pourrions retourner à notre avantage. S'il le faut, nous soudoierons et nous menacerons pour obtenir de l'aide dans ce conflit à venir.

Pug se tut un instant. Il se remémora la guerre de la Faille. Pendant douze ans, tandis que les Tsurani assaillaient le royaume et les Cités Libres, Queg, Kesh la Grande et les petits royaumes de l'Est avaient observé les événements avec une véritable impatience, prêts à profiter de la moindre occasion pour s'étendre aux dépens du royaume des Isles.

— Si les Dasatis nous envahissent, il nous faut des amis haut placés qui soutiendront que chaque nation doit réagir rapidement, peu importe l'endroit où nos ennemis surgiront.

— Père, tout cela est bien beau, mais encore faut-il que l'attaque ait lieu quelque part sur Triagia. Tous les monarques de ce continent connaissent leur vulnérabilité. Si des étrangers d'un autre monde posaient le pied sur le sol de Triagia, tous courraient le même danger et ils s'uniraient face à cette menace. Mais que se passera-t-il si la tête de pont s'avère être un rivage désert des îles du Couchant, ou une plaine de Novindus, ou le haut plateau du Wynet ?

— Cela rendra notre mission plus difficile, reconnut Pug.

Une fois encore, il dévisagea tour à tour chacun des participants à cette réunion. Miranda apparaissait aussi énigmatique qu'une étrangère. Elle gardait souvent ses opinions pour elle et n'hésitait pas à prendre des initiatives de son côté. Au fil des ans, ils s'étaient disputés plus d'une fois parce qu'elle envoyait des agents sur le terrain sans le consulter ou parce qu'elle donnait des ordres que son mari n'approuvait pas. Pug esquissa un petit sourire. Tant que sa femme en faisait partie, on ne pouvait l'accuser de diriger seul le conclave des Ombres. Elle hocha discrètement la tête et lui rendit son sourire. Pour une fois, elle semblait parfaitement d'accord avec lui.

Le visage ridé de Rosenvar semblait taillé dans du cuir tanné par le soleil. Sa crinière de cheveux blonds en bataille, qui commençaient à virer au blanc, ne faisait qu'accentuer son teint rougeâtre.

— Il me semble, fit-il remarquer, que cela pourrait aider si nous commencions à laisser filtrer une ou deux rumeurs.

Pug réfléchit quelques instants.

— Dans quelle intention ? demanda-t-il enfin.

Le magicien de Salmater sourit. Pug se souvint de leur première rencontre. Assis dans un coin d'une taverne, Rosenvar distribuait sages conseils, charmes inoffensifs et mensonges outranciers à quiconque voulait bien lui payer à boire. Depuis son arrivée sur l'île, il avait réussi à rester relativement sobre, en espaçant ses beuveries qui se faisaient de plus en plus rares.

— Les rumeurs sont chose merveilleuse quand on les emploie à bon escient, expliqua Rosenvar d'une voix qui avait tendance à gronder, comme si elle prenait naissance quelque part au fond de ses entrailles et remontait lentement jusqu'à sa gorge. J'ai vu des cités entières dresser l'oreille rien qu'à cause d'une rumeur, Pug. Les souverains se méfient des rapports officiels et des témoins crédibles, alors qu'une rumeur bien juteuse… ah, ça les fait courir comme des poules dans la tempête, la tête tournée vers le ciel et le bec grand ouvert en essayant de se noyer sous l'averse.

Pug pouffa de rire. Il appréciait les métaphores de Rosenvar.

— Très bien, mais quelles rumeurs devons-nous répandre ?

Le sourire de Rosenvar s'effaça tout à coup.

— Il paraît qu'à Krondor le duc Erik est malade et peut-être même mourant.

— C'est ce que j'ai entendu dire, acquiesça Pug.

— C'est le dernier, rappela Miranda.

Pug savait ce qu'elle voulait dire par là. Erik était le dernier survivant de la compagnie d'« hommes désespérés » de Calis, ces prisonniers à qui on avait rendu la liberté à condition qu'ils se rendent sur Novindus au début de la guerre des Serpents. Erik était le seul gradé à avoir survécu au conflit. Il savait ce que signifiaient les mots « lointain danger ».

— Alors, on commence par Krondor ?

— Ça me paraît sage, répondit Rosenvar. Je connais deux colporteurs de rumeurs qui comptent divers officiels haut placés du royaume de l'Ouest parmi leurs clients. On pourrait lancer une rumeur suffisamment vague pour ne pas provoquer de réponse immédiate, mais suffisamment familière pour que monseigneur Erik se sente obligé de prévenir le prince de Krondor… ce serait un début.

— Et, si le royaume des Isles prend cette menace au sérieux, Kesh la Grande en fera autant, renchérit Magnus.

— Et, si Kesh la Grande et le royaume commencent à renforcer leurs défenses, tous les autres royaumes voisins s'empresseront de faire de même, ajouta Miranda.

— Mais on ne peut pas les obliger à rester éternellement sur leurs gardes ; on ne doit pas précipiter les choses, prévint Rosenvar.

— Il faut qu'Erik reste en vie assez longtemps pour que notre plan fonctionne, fit remarquer Pug.

— Je vais aller à Krondor rendre une petite visite au duc, proposa Nakor. Je ferai en sorte qu'il aille mieux pendant quelque temps.

Pug hocha la tête. Nakor avait traversé Novindus en compagnie d'Erik et de Calis à l'époque où ils avaient rencontré la reine Émeraude pour la première fois. Le vieux duc faisait confiance à Nakor.

— Rosenvar, j'ai besoin de vous pour choisir quelles rumeurs il faut lancer, à quel endroit et à quel moment, déclara Pug. Nous disposons d'agents bien placés dans pratiquement toutes les capitales de Midkemia. Mais je veux seulement créer une gêne et une inquiétude graduelles, pas une panique aveugle et instantanée.

— Je comprends, répondit Rosenvar en se levant. Nous allons dresser une liste d'idées capables de mettre les souverains du monde sur leurs gardes. (Il esquissa un petit sourire en coin.) Enfin, un petit peu seulement.

— Uskavan, j'aimerais bien connaître les noms de vos meilleurs étudiants, reprit Pug. Il faudra peut-être les envoyer bientôt sur le terrain.

Le magicien d'un autre monde hocha la tête, puis se leva et s'en alla avec Rosenvar, laissant Pug, Miranda, Nakor et Magnus seuls dans la grotte.

— Où est ton frère ? demanda Pug à son fils aîné.

— Au port des Étoiles, je crois. Il est censé livrer des marchandises, mais j'imagine qu'il s'y est attardé pour la fête des moissons.

— Ou pour passer du temps avec cette veuve, tu veux dire, rectifia Miranda.

Pug haussa les épaules.

— Laissons-le profiter des plaisirs qu'il peut trouver, mon amour. Nous n'avons pas besoin de lui ici pour l'instant, autant qu'il s'amuse.

— Veux-tu que j'aille le chercher, ou que je retourne sur Kelewan ? demanda Magnus en regardant sa mère.

Celle-ci se tourna vers son époux.

— À ton avis ?

— Ni l'un ni l'autre. Va sur Novindus poursuivre les recherches de Nakor sur les Talnoys. Les Très-Puissants de l'Assemblée de Tsuranuanni peuvent très bien se passer de toi quelque temps. Quand Nakor reviendra de Krondor, je te l'enverrai et tu pourras retourner sur Kelewan.

Nakor sourit.

— Ne casse rien avant mon retour, surtout.

Magnus lança un regard noir au petit Isalani, puis il hocha la tête et sortit de sa robe de bure un orbe doré. Il activa le mécanisme et disparut brusquement.

Miranda vint se placer derrière son époux et l'entoura de ses bras.

— Tu es inquiet.

— Comme toujours, répondit Pug.

— Non, il y a autre chose. (Elle dévisagea son époux.) Est-ce que tu pressens quelque chose ?

— Je crois savoir ce que tu es sur le point de lui dire, intervint Nakor. Je vais donc à Krondor faire en sorte que le duc Erik reste en vie assez longtemps pour nous aider. (Il regarda Pug et Miranda.) Vous deux, vous auriez vraiment besoin de vous parler plus souvent. Oui, vraiment, répéta-t-il en prenant son sac à dos et son bâton avant de disparaître sous leurs yeux.

Pug ferma les yeux un long moment avant de répondre à la question de sa femme :

— Oui, je pressens quelque chose, quelque chose qui ne cesse de grandir. Je ne sais pas comment le définir, mais c'est plus… intense qu'un simple pressentiment.

— Une prémonition ?

— Ce rêve me perturbe, mon amour. Je crois que quelque chose approche et que, quand cette chose surgira, le conflit sera bien plus effrayant que tout ce que nous avons imaginé.

— Ce qui n'est pas rien, compte tenu de tout ce qu'on a déjà traversé.

— Un jour, à l'époque du Grand Soulèvement, Tomas et moi avons affronté un maître de la Terreur. Nous l'avons vaincu, même s'il a fallu pour cela mettre en œuvre toute notre magie et notre ruse. Puis, à la fin, à Sethanon, j'ai posé les yeux sur un seigneur de la Terreur. Un Grand Dragon, malgré sa magie et sa puissance, a bien eu du mal à le vaincre.

— Mais les Terreurs proviennent d'un des niveaux inférieurs, alors que les Dasatis sont originaires du deuxième cercle. Cela les rend sûrement à peine plus dangereux que les hommes, non ?

Pug serra la main de sa femme.

— Tu en sais plus que moi sur bien des sujets, Miranda, mais les études n'ont jamais été ton premier amour.

Elle plissa le front mais ne dit rien, car c'était la pure vérité. Pug soupira et baissa la voix.

— C'est dans la nature des êtres des niveaux inférieurs que d'absorber la force de vie des habitants des niveaux supérieurs. Pense à une rivière dévalant une colline ; rien que le toucher d'un Dasati provoquerait des dégâts au bout de quelques instants à peine.

» Les Terreurs sont, parmi les créatures capables de survivre à ce niveau de réalité, les plus terrifiantes. Quant à celles issues de profondeurs plus grandes encore, elles attirent tant d'énergie à elles, et de façon si rapide, qu'elles sont instantanément détruites lorsqu'elles accèdent à notre niveau, à moins d'employer une magie puissante pour rester en vie. Non, c'est justement le fait que les Dasatis soient issus du niveau situé juste en dessous du nôtre qui les rend si dangereux, mon amour. (Il soupira comme s'il était fatigué.) Nakor comprend, car il a passé plus de temps à étudier les Talnoys que n'importe lequel d'entre nous. (Il jeta un regard en direction de l'entrée de la grotte.) Les autres découvriront tôt ou tard ce que je viens de t'apprendre. Inutile de risquer un vent de panique.

» Les Dasatis sont mortels, comme nous, mais, s'ils accèdent à ce niveau de réalité, ils aspireront lentement la force de vie de tout ce qui les entoure, jusqu'à celle de l'herbe sous leurs pieds. C'est pourquoi, même si nous parvenons à une impasse sur le plan militaire, comme avec les Tsurani pendant la première guerre de la Faille, ils finiront par nous vaincre en nous desséchant sur place. Qui plus est, la force de vie qui les alimente ne fera que les rendre plus difficiles à tuer tout en nous affaiblissant. Plus nous resterons aux prises avec eux et plus la victoire sera difficile à obtenir. Il ne faut pas non plus oublier leur nombre. Si Kaspar a raison et si sa vision de leur monde est juste, ils n'enverront pas des milliers de guerriers, mais des dizaines de milliers. S'ils nous trouvent, il faudra réagir, et rapidement. Nous ne pouvons laisser les monarques de Midkemia appréhender pleinement la menace qui nous guette, au moins pour le moment, car sinon la peur risque d'entamer leur détermination.

Miranda dévisagea son époux pendant quelques instants.

— Nous ferons tout notre possible.

— Je sais, soupira-t-il. Viens, du travail nous attend.

— Comment vas-tu rentrer ?

Il sourit.

— À pied. L'air frais m'aide toujours à réfléchir.

Elle déposa un baiser sur sa joue.

— Attends ! s'écria-t-il avant qu'elle disparaisse. As-tu vu Nakor utiliser un orbe pour s'en aller ?

— Non, je n'ai rien remarqué, répondit Miranda.

Il sourit.

— Encore un de ses « tours », j'imagine.

Elle lui rendit son sourire, puis disparut. Personne ne se téléportait mieux que Miranda. Elle avait essayé d'apprendre à Pug et à quelques-uns de leurs amis comment y parvenir sans l'aide d'un orbe tsurani. Mais rares étaient ceux qui réussissaient par la seule force de l'esprit, et encore, uniquement vers des endroits extrêmement familiers.

Pug en conclut que Nakor avait dû étudier avec Miranda. Le petit homme rusé avait raison, Miranda et lui avaient vraiment besoin de discuter plus souvent.

Pug sortit de la grotte et s'arrêta sur le seuil. L'après-midi touchait à sa fin sur l'île du Sorcier, et il serait presque l'heure du dîner lorsqu'il arriverait à la villa. Pug balaya une fois de plus la grotte du regard, puis partit en direction de son foyer.

Le chirurgien royal secoua la tête et s'adressa à voix basse à l'écuyer :

— Je crains qu'il ne passe pas la nuit.

Leurs deux silhouettes semblaient bien menues au sein de l'immense chambre dans laquelle le duc de Krondor se mourait. Une seule bougie brûlait sur la table à côté du lit.

— Dois-je en informer le premier écuyer, monsieur ? demanda l'adolescent, un petit blond monté en graine qui n'avait pas plus de quinze ans.

Le premier écuyer était au service du prince Robert, héritier du trône des Isles et souverain de Krondor depuis huit ans.

— Il se fait tard. Je reviendrai voir le duc très bientôt. Si son état empire, il sera bien temps de réveiller le prince.

— Bien, monsieur. Faut-il que je reste ?

— Inutile, répondit le vieux médecin, les traits creusés par l'inquiétude et la fatigue. Il ne se réveillera pas, et j'ai d'autres patients à voir. La grippe intestinale frappe la nurserie royale et, bien que ce ne soit pas une maladie dangereuse, la princesse sera sûrement en colère si je n'arrive pas à faire en sorte que les enfants se reposent toute la nuit.

Le médecin souffla la chandelle qui se trouvait à côté du lit. Le garçon et lui quittèrent la grande chambre à coucher ducale en refermant doucement la porte derrière eux.

Quelques instants plus tard, une silhouette surgit de l'ombre derrière un grand rideau. Elle traversa la pièce jusqu'au lit du malade et toucha du bout du doigt la mèche de la bougie encore chaude ; la flamme réapparut aussitôt. L'intrus baissa alors les yeux pour contempler le duc endormi.

— Oh, Erik, tu n'as pas l'air dans ton assiette.

Nakor avait connu le duc Erik alors que ce dernier n'était encore qu'un adolescent tout juste sorti de sa forge. À cette époque-là, il était grand, avec des épaules très larges et la force de trois hommes. Son mauvais caractère avait bien failli l'envoyer à la potence pour meurtre, mais, au bout du compte, il avait servi le royaume des Isles avec zèle et s'était élevé jusqu'au grade de maréchal des armées de l'Ouest. Il était également devenu duc de Krondor sous le règne du jeune prince Robert.

L'homme que Nakor contemplait était un vieillard désormais, qui avait dépassé les quatre-vingts ans. Sa peau ressemblait à un vieux parchemin plaqué sur son crâne. Ses épaules ne dévoilaient plus rien de la force impressionnante qu'il possédait autrefois ; au contraire, elles se perdaient sous la volumineuse chemise de nuit qu'il portait.

Nakor sortit une fiole de son sac à dos et en ôta le bouchon. Il fit couler une seule goutte du liquide qu'elle contenait sur les lèvres du mourant, puis il attendit. La bouche d'Erik remua légèrement, et Nakor versa une deuxième goutte. Il répéta ce geste pendant près d'un quart d'heure, une goutte à la fois, puis s'assit sur le côté du lit et attendit de nouveau.

Au bout de quelques minutes supplémentaires, les paupières du duc se mirent à papillonner, puis finirent par s'ouvrir complètement. Il cligna des yeux, puis laissa échapper un murmure rauque :

— Nakor ?

Le petit homme esquissa un sourire malicieux.

— Tu te souviens de moi.

Après avoir pris une profonde inspiration suivie d'un long soupir, Erik de la Lande Noire, autrefois sergent des Aigles Cramoisis de Calis, vétéran de la guerre des Serpents, héros de la bataille des Crêtes du Cauchemar et désormais duc de Krondor et maréchal de l'Ouest, s'assit sur son lit.

— Tu es sacrément difficile à oublier, mon vieil ami.

— Tu sembles aller mieux, fit remarquer Nakor.

Erik bougea les bras.

— Je me sens mieux. Qu'est-ce que tu as fait ?

Nakor exhiba la fiole.

— Je t'ai donné un peu de répit. Il faut que je te parle.

— Alors tu ferais bien de te dépêcher, répondit le duc en laissant échapper un petit rire sec et rauque. Visiblement, il ne me reste plus beaucoup de temps. Mais, attends un peu ! Comment es-tu entré ici ?

Nakor balaya cette question d'un geste de la main.

—J'ai attendu qu'il n'y ait plus personne et je suis entré par la fenêtre.

Erik sourit.

—Comme le vieux duc James quand il était petit, hein ?

—Quelque chose comme ça.

—Alors, pourquoi viens-tu troubler le repos d'un mourant ?

—J'aurais besoin que tu ne meures pas tout de suite, Erik.

—Je serais ravi de te faire ce plaisir, mais je crois que le destin en a décidé autrement.

—Comment tu te sens ?

Le duc tendit les mains devant son visage.

—Étonnamment bien, quand on y réfléchit. Encore une fois, qu'as-tu fait ?

—C'est une potion que m'a donnée un prêtre qui vit très loin d'ici. Elle va te… requinquer.

—Me requinquer ?

—Elle va te permettre de rester en vie un peu plus longtemps, voire très longtemps si tu en bois beaucoup.

Le duc remua dans son lit.

—Je ne suis pas sûr d'en avoir envie, Nakor. Mon corps m'a trahi et, pour dire les choses franchement, ça me vexe de dépendre des autres à ce point-là. C'est dur de ne plus pouvoir marcher jusqu'aux latrines pour pisser. Rien n'humilie davantage un homme que de se réveiller le matin trempé comme un bébé. Plutôt mourir que de passer d'autres journées dans mon lit.

—Rien ne t'y oblige, répliqua Nakor en souriant. La potion va également te rendre plus fort.

Le regard d'Erik se posa sur le petit Isalani.

—Je viens de me rendre compte que ma vue s'est améliorée.

—Oui, c'est vraiment une bonne potion.

—C'est grâce à elle que tu n'as pas changé au cours des cinquante ou soixante dernières années ?

—Non. Je connais d'autres tours.

—Eh bien, si tu arrives à me faire sortir de ce lit pour protéger le royaume encore un peu, je veux bien rester. Mais pourquoi tu fais ça ?

—Tout d'abord, parce que je t'aime bien.

— Merci, Nakor. Moi aussi, je t'aime bien.

— Tu es le dernier « désespéré » parmi tous ceux qui ont accompagné Calis et Bobby dans le Sud.

— Je m'en souviens, j'y étais. Je souffre de nostalgie comme tout un chacun, Nakor, mais quelle est la vraie raison ?

— Il nous faut une personne proche de la Couronne pour tendre l'oreille et nous prêter main-forte le moment venu.

— « Nous » ? répéta le duc. Tu veux parler du Sorcier Noir ?

— Oui, je veux parler de Pug.

Erik poussa un long soupir en secouant légèrement la tête. Après la guerre des Serpents, Kesh avait pris les armes et bien failli détruire Krondor en cherchant à prendre l'avantage dans ce conflit apparemment incessant qui l'opposait à son voisin du Nord. Pug, à l'époque duc du port des Étoiles et vassal de la Couronne du royaume des Isles, avait refusé d'utiliser sa puissante magie pour détruire les envahisseurs. Il avait donné l'ordre aux Keshians de rentrer chez eux tout en humiliant publiquement Patrick, à l'époque prince de Krondor et aujourd'hui roi des Isles.

— Pug est toujours *persona non grata* depuis qu'il a défié le prince Patrick, après la guerre des Serpents, rappela Erik. Robbie a beau n'être apparenté à Patrick que de nom – il est aussi réfléchi que Patrick est fougueux –, la mémoire collective royale a la vie longue. Pug a fait sortir le port des Étoiles du royaume et en a fait un État indépendant, ce qui, vu du trône, ressemble à une trahison.

— C'est pourquoi nous avons besoin de toi pour les convaincre du contraire. Il va y avoir du vilain, Erik.

— Vilain à quel point ?

— Très vilain, répondit Nakor.

— Autant que la reine Émeraude ?

— Pire, répondit le petit Isalani.

Erik resta immobile quelques instants, puis reprit la parole.

— Tu vois cette table, Nakor ? (Il désignait un meuble tout en longueur accolé au mur.) Ouvre la boîte qui se trouve dessus.

Nakor se rendit jusqu'à la table et prit la modeste boîte en bois avec un petit fermoir en laiton. À l'intérieur, il découvrit une amulette noire qu'il sortit en la prenant par sa chaîne.

— Les Faucons de la Nuit ?

— C'est l'un de nos agents à Kesh la Grande qui nous l'a envoyée. J'imagine que tes amis et toi, vous disposez là-bas d'autant d'agents que nous. (Nakor se retourna vers le vieux duc. Les yeux bleus d'Erik brillaient d'une énergie retrouvée, et sa voix se renforçait davantage à chaque instant.) Oh, je n'ai aucun conflit avec votre… comment vous l'appelez ? votre Conclave ? (Nakor ne répondit pas et se contenta d'esquisser un petit sourire.)

» Mais vous n'êtes pas les seuls à acheter des renseignements, mon vieil ami, reprit le duc. J'ai servi suffisamment longtemps à tes côtés, sous les ordres de Calis, pour n'avoir aucun doute quant à tes intentions. Je sais que tu veux faire le bien, quelle que soit la position officielle de la Couronne sur vos activités. Pour être franc, Patrick avait bien besoin de cette correction que Pug lui a infligée en public quand l'armée keshiane campait sous les murs de la cité, tout comme les Keshians avaient besoin d'être renvoyés chez eux la queue entre les jambes.

» Mais, s'il me faut un jour choisir entre ta vision du bien universel et mon devoir envers la Couronne, tu sais quelle sera ma décision.

— Je sais, Erik.

Nakor comprenait que, si un jour ce choix se présentait, Erik ferait passer son serment et son devoir envers la Couronne avant toute demande de Pug. Il remit l'amulette dans la boîte.

— Tu l'as depuis combien de temps ?

— Une semaine. On commence à retrouver des cadavres de courtisans et de marchands dans la capitale keshiane. Mais c'est une grande ville, et ces types n'exerçaient qu'une moindre influence, alors les Keshians n'ont pas vraiment l'air d'y prêter attention, pour l'instant.

— Ou une personne haut placée veille à ce que les autorités ferment les yeux, fit remarquer Nakor, songeur.

— C'est également ce que j'ai pensé, répondit le duc en regardant par la fenêtre. Combien de temps reste-t-il avant l'aube ?

— Environ quatre heures.

— Je crois que je vais rester dans les parages encore quelque temps, Nakor. Si le danger à venir est pire que l'armée de la reine Émeraude, je veux être suffisamment en forme pour l'accueillir debout sur les remparts, mon épée à la main.

— Ce sera le cas, promit le petit Isalani en souriant.

Erik lui sourit en retour. Nakor constata qu'il avait meilleure mine. À son arrivée, le duc avait dans son sommeil la tête d'un octogénaire aux portes de la mort. À présent, il ressemblait à un vigoureux vieillard de soixante-dix ans, voire moins.

— Il faut que j'y aille, annonça Nakor. Bois tout le contenu de la fiole.

Erik obéit et lui rendit la petite bouteille vide. Le maigre Isalani en sortit une nouvelle de son sac et la lui tendit en disant :

— Cache-la quelque part. Bois-en la moitié dans une semaine si tu ne te sens pas aussi en forme que tu le voudrais. Et, si tu veux vraiment te sentir au sommet de ta forme, bois le reste la semaine suivante. (Il la déposa sur l'oreiller à côté du duc.) Je t'en laisserais bien d'autres encore, mais tu risquerais d'avoir du mal à expliquer au prince pourquoi, tout à coup, tu as l'air plus jeune que lui. Heureusement que tu es né blond, Erik, ajouta-t-il d'un air malicieux, comme ça, les gens ne verront pas que tes cheveux ne sont plus aussi gris qu'avant.

La porte commença à s'ouvrir à l'autre bout de la pièce.

— Faut que je me sauve, dit Nakor en courant se cacher dans la pénombre derrière le grand rideau.

Erik savait que la fenêtre derrière le rideau resterait fermée, mais qu'il constaterait la disparition de Nakor s'il se levait pour aller voir.

Le chirurgien royal et l'écuyer du duc entrèrent dans la chambre et furent stupéfaits en découvrant Erik assis dans son lit.

— Votre Grâce ! s'exclama le médecin.

— Rossler, dit le duc.

— Oui, monsieur ? balbutia l'écuyer.

— Qu'est-ce que vous regardez comme ça, tous les deux ?

— Eh bien… vous, Votre Grâce.

— Arrêtez donc de me fixer.

— C'est que, eh bien…, commença le médecin.

— Je sais, l'interrompit Erik. Vous pensez que je ne passerais pas la nuit. Mais mon état s'est amélioré.

— Visiblement, Votre Grâce. Puis-je ?

D'un geste, il indiqua son désir d'examiner le duc.

Erik l'y autorisa et le laissa patiemment écouter son cœur et ses poumons, puis tapoter son dos et sa poitrine. Mais, lorsque le médecin voulut examiner le blanc de ses yeux, Erik le repoussa.

— Il faut que j'aille aux latrines, annonça-t-il en passant les jambes par-dessus le rebord du lit.

— Je vais vous apporter le pot de chambre, Votre Grâce, proposa spontanément l'écuyer.

— Pas cette nuit, Samuel. Je pense pouvoir marcher tout seul jusque-là.

Dans un silence stupéfait, le chirurgien royal et l'écuyer regardèrent Erik se lever et traverser la pièce jusqu'à la porte des latrines. Lorsque celle-ci se referma sur un duc ragaillardi, le médecin ébahi et le garçon souriant échangèrent un regard interloqué.

3

Un long voyage

Les garçons gémirent.
Caleb, assis sur le siège du conducteur, regarda par-dessus son épaule les deux jeunes gens qui s'éveillaient lentement. Après les avoir balancés dans le chariot, il avait dit au revoir à Marie et quitté la Ville du port des Étoiles avant l'aube.

Zane fut le premier à retrouver un semblant de conscience. Il essaya de s'asseoir en clignant des yeux comme une chouette éblouie. Mais ce fut une grave erreur, car une violente douleur explosa sous son crâne et son estomac se souleva. Il eut à peine le temps de se pencher par-dessus les ridelles du chariot avant de renvoyer le contenu acide de son estomac.

Caleb fit ralentir les chevaux, puis les obligea à s'arrêter complètement. Le temps que le chariot s'immobilise, Tad imita son frère adoptif, en proie lui aussi au contrecoup de leur beuverie de la veille.

Caleb sauta à bas du véhicule. Il attrapa les deux garçons sans ménagement et les sortit un par un du chariot pour les déposer comme un tas de chiffons sur le bord de la route. Ils étaient l'image même de la misère. Tous deux avaient le teint pâle, le front en sueur, les yeux bordés de rouge et les vêtements sales et chiffonnés.

— Levez-vous, ordonna Caleb. (Les deux garçons s'exécutèrent.) Suivez-moi.

Sans même se retourner pour voir s'ils obéissaient, Caleb descendit un talus en pente douce recouvert d'arbres. À en juger par les bruits, les deux garçons le suivirent à contrecœur.

Ils se retrouvèrent dans une petite ravine envahie par de hautes herbes qui leur arrivaient à la taille. Caleb fit signe aux deux jeunes gens de passer devant lui. L'air toujours aussi misérable, ils obéirent en titubant plus qu'ils marchaient. Zane piétinait la végétation sur son passage, tandis que Tad écartait avec ses deux mains les herbes qui ondulaient légèrement.

Alors qu'ils cheminaient péniblement, Zane disparut brusquement en poussant un cri d'effroi. Tad se rattrapa juste avant de tomber du haut de la rive, à environ un mètre quatre-vingts au-dessus de la rivière. Mais, au moment où la tête de Zane ressurgit de l'eau, Tad sentit Caleb lui donner un coup de pied au derrière. Tout à coup, il se retrouva projeté dans les airs et atterrit dans l'eau sur les fesses, à côté de Zane.

— Nettoyez-vous, leur ordonna Caleb. Vous sentez aussi mauvais que le plancher d'une taverne. (Il leur lança quelque chose qui atterrit entre eux dans l'eau peu profonde. Zane ramassa l'objet en question et vit qu'il s'agissait d'un pain de savon.) Ça ne va pas vous arracher la peau comme ce truc que fabrique votre mère, mais ça vous aidera à vous nettoyer les cheveux, le corps, les vêtements, tout. Vous n'aurez qu'à porter vos vêtements dans vos bras pour revenir au chariot.

De mauvaise grâce, les deux jeunes gens commencèrent à enlever leurs affaires mouillées.

— Buvez de l'eau, aussi, tant que vous y êtes, leur conseilla Caleb. Ça vous aidera à revenir parmi les vivants. (Il repartit en direction du chariot et cria par-dessus son épaule :) Mais essayez de ne pas boire le savon !

Caleb retourna au chariot et attendit. Moins d'une demi-heure plus tard, les deux garçons réapparurent, nus et dégoulinants, avec leurs affaires dans les bras. Caleb désigna le véhicule.

— Étendez vos vêtements sur le côté du chariot pour qu'ils sèchent au soleil.

Les deux jeunes gens obéirent en frissonnant dans la fraîcheur matinale. Après quelques minutes, Caleb désigna un petit coffre niché derrière le siège du conducteur.

— Vous trouverez des vêtements secs là-dedans.

— Je ne me suis jamais senti aussi mal après avoir bu, confessa Tad en s'habillant.

— Le whiskey te file une sacrée gueule de bois, pas de doute là-dessus, approuva Caleb d'un hochement de tête.

— Alors pourquoi tu nous en as fait boire ? rétorqua Zane en enfilant une tunique propre.

— Je ne voulais pas être obligé de vous assommer pour vous faire quitter le port des Étoiles.

Comme au sortir d'un épisode de somnambulisme, les garçons regardèrent autour d'eux.

— On est où ? demanda Zane, le regard étréci.

Caleb constata que la colère montait chez ses deux protégés.

— Sur la route de Yar-rin. On va à Jonril.

À son tour, Tad plissa les yeux d'un air suspicieux.

— Pourquoi Jonril ?

— Parce que votre mère n'aimait pas ce qui se passait pour vous deux au port des Étoiles, alors elle m'a demandé de vous conduire dans un endroit où on pourrait vous trouver un métier. (Il leur fit signe de terminer de s'habiller.) Vous n'avez fait que traîner et paresser depuis le jour du Choix, il y a deux ans.

Les yeux de Zane lancèrent des éclairs lorsqu'il répliqua :

— C'est pas vrai, Caleb ! (Il enfila un pantalon sec et jeta un coup d'œil à son frère adoptif.) On a travaillé chaque fois qu'on a pu.

— Décharger des marchandises une ou deux fois par mois, ce n'est pas ce que j'appelle avoir un métier, rétorqua Caleb.

— On fait pas que ça, intervint Tad. On donne un coup de main pendant la moisson, on transporte des marchandises sur l'île et on a aussi fait quelques boulots dans le bâtiment.

Caleb sourit.

— Je sais que vous avez fait des efforts. Mais le travail se fait de plus en plus rare, et il y en aura encore moins lorsque la nouvelle entreprise de transport ouvrira. Le patron a décidé de faire venir ses propres ouvriers de Landreth.

» Non, votre mère a raison. Si vous voulez trouver votre voie, il vous fallait quitter le port des Étoiles.

Les garçons finirent de s'habiller, et Caleb leur fit signe de remonter dans le chariot. Lui-même grimpa sur le siège du conducteur et prit les rênes. Il reprit la parole tandis que les chevaux se remettaient en route.

— À mon grand regret, il ne se passe pas beaucoup de choses en ce moment dans le royaume des Isles. Je connais des gens qui pourraient vous trouver du travail, mais personne qui vous prendrait en apprentissage. En revanche, la situation est meilleure à Kesh, et j'ai quelques amis à Jonril qui me doivent une faveur ou deux. On verra si quelqu'un là-bas veut bien prendre sous son aile deux garçons prometteurs. Apprenez un métier et, dans une dizaine d'années, vous pourrez retourner au port des Étoiles comme compagnons, si vous le souhaitez. Mais vous allez entrer en apprentissage, croyez-moi.

Les garçons s'installèrent aussi confortablement que possible à l'arrière du chariot brinquebalant ; Zane replia ses genoux contre sa poitrine tandis que Tad étendait les siennes de tout leur long. Tous deux savaient que la route allait être longue.

Le chariot cahotait sur la route et les chevaux soulevaient de petits nuages de poussière sous le soleil écrasant d'après midi. Il faisait inhabituellement chaud pour cette période de l'année, et les garçons s'en plaignaient de temps en temps. Ils s'ennuyaient et s'agitaient, car l'attrait de la nouveauté s'était estompé. Caleb supportait leurs jérémiades de bonne grâce, car il comprenait leur détresse face au tournant inattendu qu'avait pris leur vie.

Le premier jour, ils avaient exprimé à la fois la colère et la tristesse que leur inspirait la décision de leur mère. Ils comprenaient parfaitement son raisonnement, car cela faisait des années que le port des Étoiles n'avait plus connu la prospérité et que le travail s'y faisait rare. L'optimisme de la jeunesse les avait toujours portés à croire que tout s'arrangerait s'ils restaient. Cependant, à la fin de cette première journée, tous deux étaient parvenus à la conclusion que leur mère avait sûrement raison. Avec le temps, ils finiraient sans doute par bénir ce changement mais, pour l'instant, ils se sentaient rejetés. Au grand soulagement de Caleb, aucun d'eux n'avait mentionné Ellie et le rôle qu'elle avait joué dans la décision de Marie.

Caleb connaissait les garçons pratiquement depuis leur naissance et il avait beaucoup d'affection pour eux. Ils étaient un peu comme ses fils, lui qui n'en aurait sans doute jamais. De leur côté, ils ne le considéraient pas comme leur père, mais ils le regardaient comme une espèce d'oncle de substitution, un homme pour lequel leur mère avait des sentiments – peut-être même qu'elle l'aimait.

Caleb avait croisé Marie quelques fois pendant qu'elle était mariée. Il avait senti l'attirance qu'elle éprouvait encore pour lui, il l'avait lue dans ses yeux, bien qu'elle soit une épouse dévouée qui respectait les convenances. Plus tard, elle lui avait avoué que, même à l'époque, elle le trouvait irrésistible. Mais il ne l'avait pas abordée alors, écartant toute idée de romance avec une femme mariée. Deux ans après l'attaque des trolls et la mort de son mari, ils étaient redevenus amants.

Caleb aurait aimé pouvoir s'installer avec Marie, mais il savait que, à cause de ses obligations, c'était impossible. Ses missions pour son père et le conclave des Ombres exigeaient de lui qu'il voyage sans cesse et qu'il se mette en danger. Il était plus absent que présent, et Marie méritait mieux que cela.

Pourtant, elle ne s'était jamais plainte et n'avait jamais fait preuve du moindre intérêt envers un autre homme. Caleb espérait secrètement la convaincre un jour de venir s'installer sur l'île du Sorcier – l'endroit qu'il considérait comme son foyer. Ou peut-être retournerait-il vivre au port des Étoiles. Comme souvent, il relégua ces pensées dans un coin de son esprit, car s'appesantir dessus le mettait invariablement de mauvaise humeur.

— Quand on arrivera à Nab-Yar, annonça-t-il, on vendra ce tas de boue pour acheter des chevaux.

Zane se tourna vers lui.

— On sait pas monter à cheval, Caleb.

— Vous apprendrez.

Les deux garçons échangèrent un regard. L'équitation était une activité réservée à la noblesse, aux soldats, aux riches marchands et parfois aux voyageurs. Les ouvriers agricoles et les gamins des villes se déplaçaient à pied ou à l'arrière d'un chariot. Malgré tout, c'était une promesse de nouveauté. Or, tout ce qui pouvait rompre la monotonie de ce voyage était bon à prendre.

Tad haussa les épaules et Zane sourit.

— On pourrait peut-être devenir des courriers ? s'écria-t-il d'un air réjoui.

Caleb se mit à rire.

— Dans ce cas, il va falloir devenir de très bons cavaliers. Et vous en êtes où, côté escrime ?

— Comment ça ? s'étonna Tad.

— Les courriers gagnent beaucoup d'or parce qu'ils délivrent les messages rapidement et qu'ils les protègent aussi. Ça veut dire qu'il faut savoir éviter les bandits, mais aussi être capable de livrer un duel à mort en cas d'attaque.

Les deux garçons se regardèrent de nouveau. Ils n'avaient jamais touché une épée de leur vie et ne pensaient pas le faire un jour.

— Le jeune Tom Sanderling est devenu soldat à Nab-Yar et il a appris à manier l'épée, fit remarquer Zane.

— Kesh apprend à tous ses Chiens Soldats comment manier l'épée, rétorqua Caleb. Et si je ne m'abuse, le vieux Tom n'était pas ravi de voir son fils devenir soldat.

— C'est vrai mais, si je dis ça, c'est pour montrer que, s'il a réussi à apprendre, il y a pas de raison que nous, on y arrive pas.

— Tu devrais nous montrer, renchérit Tad. Tu portes une épée, Caleb, tu dois savoir t'en servir.

— Peut-être, répondit Caleb en prenant conscience qu'il ferait peut-être mieux de leur apprendre quelques techniques de base lorsqu'ils monteraient le camp, ce soir-là.

Tad porta un coup maladroit en direction de Caleb. Ce dernier fit un pas de côté et frappa durement le garçon sur le dos de la main avec un long bâton taillé quelques minutes auparavant. Tad laissa tomber l'épée de Caleb par terre en poussant un petit cri.

— La première règle, énonça Caleb en se penchant pour ramasser l'arme, c'est de ne pas laisser tomber son épée.

— Ça fait mal, protesta le garçon en se massant la main droite.

— Pas autant que si j'avais eu une épée à la place d'un bâton, répliqua Caleb. Mais c'est vrai que tu aurais souffert moins longtemps, parce que je t'aurais étripé quelques secondes plus tard. (Il prit l'épée par le plat de la lame et la lança à Zane, qui l'attrapa adroitement). Bien, le félicita Caleb. Tu es vif et tu as la main sûre. Voyons si tu réussis à ne pas commettre la même erreur que Tad.

Zane avait l'impression que l'épée était vivante et létale dans sa main. Elle était plus lourde qu'il s'y attendait, et son équilibre lui paraissait bizarre. Il la fit bouger un petit peu et fléchit le poignet dans un sens, puis dans l'autre.

— C'est bien, dit Caleb en contournant le feu pour se mettre devant Zane. Il faut t'habituer à son poids, aux sensations qu'elle te donne. Il faut qu'elle devienne le prolongement de ton bras.

Brusquement, il attaqua avec sa branche dans l'intention de frapper le garçon sur la main, comme il l'avait fait avec Tad. Mais, d'une torsion du poignet, Zane para le coup avec sa lame.

— Très bien, le félicita Caleb en reculant. Il se peut que tu sois doué pour l'escrime. Où as-tu appris ce geste-là ?

— Nulle part, répondit Zane d'un air malicieux en baissant l'épée. J'ai juste essayé d'empêcher le bâton de m'atteindre.

Caleb se tourna vers Tad.

— Tu as vu comment il a fait ça ?

Tad acquiesça.

Caleb fit signe à Zane de pointer l'épée vers le sol, puis il s'approcha de lui et lui agrippa le poignet.

— En tournant ton poignet comme tu l'as fait, tu as utilisé au mieux ton énergie et la force de ton bras. Tu verras des hommes utiliser leur bras tout entier, parfois jusqu'à l'épaule, et il se peut que tu sois obligé de faire pareil pour bloquer un coup particulier. Mais moins tu utiliseras ta force au départ et plus tu en auras en réserve au cas où la bataille se prolonge.

— Caleb, combien de temps dure un combat généralement ?

— La plupart sont courts, Tad. Mais si les deux combattants sont aussi doués l'un que l'autre, ça peut durer longtemps, et l'endurance devient alors un élément vital. Sans parler des batailles où un nouvel adversaire prend toujours la place de celui que tu viens de tuer.

— Je ne connais pas grand-chose aux batailles, marmonna Zane. Peut-être que je devrais me trouver un cheval vraiment rapide…

— Ce n'est pas une mauvaise façon de voir les choses, commenta Caleb tandis que Tad éclatait de rire. (Il continua la leçon pendant encore quelques minutes, puis annonça :) Il est temps de se coucher. (Depuis le départ, ils dormaient sous le chariot, et il leur fit signe de reprendre leur place habituelle.) Je vais monter la garde, ce soir. Je réveillerai Tad en premier, puis il te réveillera à ton tour, Zane.

— Tu veux qu'on monte la garde ? répéta Tad, le teint particulièrement rubicond à la lueur du feu de camp. Pourquoi ? On le faisait pas, jusque-là.

— Nous étions encore proches du port des Étoiles. (Caleb regarda autour de lui, comme s'il essayait de percer l'obscurité au-delà du cercle éclairé par le feu.) Entre ici et le village de Yar-Rin, les choses seront peut-être moins civilisées. Nous nous enfonçons au cœur du Val.

Le val des Rêves abritait une luxuriante succession de riches terres agricoles, de vergers et de villages bénéficiant des innombrables cours d'eau qui prenaient leur source au cœur des Piliers des Étoiles, pour se jeter dans le grand lac de l'Étoile. La région était un sujet de conflit entre le royaume des Isles et Kesh la Grande depuis plus d'un siècle. Chaque camp refusait de renoncer à ses prétentions, et tous deux envoyaient des patrouilles dans le Val. Mais ils respectaient une espèce d'accord tacite, si bien que les patrouilles du royaume ne s'aventuraient pas trop loin au sud, et celles de l'empire ne remontaient pas trop loin au nord. Résultat, de nombreuses bandes de brigands, compagnies de mercenaires et autres barons voleurs avaient fait leur apparition dans la région, provoquant des échauffourées permanentes. Il n'était pas rare de trouver par endroits une ville mise à sac ou un village incendié. Lorsque la criminalité devenait par trop incontrôlable, l'une des deux nations fermait les yeux tandis que l'autre envoyait des troupes au cœur du Val pour punir les fauteurs de trouble.

Zane regarda autour de lui comme si, tout à coup, une menace potentielle se cachait derrière chaque tronc d'arbre. Tad, pour sa part, paraissait moins convaincu.

— Pourquoi des bandits voudraient-ils mettre la main sur un chariot vide ?

Caleb sourit avec indulgence.

— Ils sont prêts à s'emparer de tout ce qui peut se vendre. Allez, maintenant, va dormir.

Les garçons partirent se coucher tandis que Caleb prenait le premier tour de garde. La nuit se déroula sans incident, même si Caleb se réveilla deux fois pour s'assurer que les garçons ne somnolaient pas pendant leur veille. Malheureusement, c'était le cas. Il réprimanda chacun gentiment en promettant de n'en rien dire à l'autre.

Lorsque arriva la troisième nuit, les garçons avaient appris à rester vigilants et Caleb s'autorisa à dormir jusqu'à l'aube.

Le chariot continuait son chemin cahin-caha.

— C'est votre dernière nuit sous le chariot, les garçons, annonça Caleb. Demain, en milieu de matinée, on devrait apercevoir Yar-Rin.

Les jeunes gens hochèrent tous deux la tête avec un manque d'enthousiasme évident. Le voyage à l'arrière du chariot les avait durement éprouvés. Tous deux étaient contusionnés et avaient mal partout à cause des secousses incessantes de cette prétendue route. Caleb avait remarqué que, en raison du conflit incessant dans la région, aucune des deux nations ne faisait beaucoup d'efforts pour réparer les routes dans cette région. De temps en temps, une ville ou un village envoyaient une équipe réparer une portion de chemin si dégradée que cela gênait le commerce. Mais, à moins que cela implique une perte de revenus significative, les gens du coin avaient tendance à ignorer le problème.

Cela signifiait que, parfois, les garçons étaient secoués en tous sens à l'arrière du chariot et devaient s'accrocher aux ridelles pour ne pas être carrément précipités hors du véhicule.

— Pas la peine de t'arrêter pour camper, Caleb, finit par dire Tad. Conduis-nous là-bas directement. Je veux bien dormir dans l'écurie si ça m'évite d'avoir à passer une journée de plus dans ce chariot.

Comme Caleb s'y attendait, les désagréments de ce mode de transport avaient rendu les garçons beaucoup plus ouverts à l'idée d'apprendre à monter à cheval. Il n'aurait probablement aucun mal à trouver trois montures au village. Bien sûr, au bout de deux jours, les garçons auraient mal à d'autres endroits dont ils ignoraient encore l'existence, mais ils finiraient sûrement par se réjouir de voyager à dos de cheval.

La route grimpait légèrement à cet endroit, car les plaines couvertes de champs, de pâtures et de bois épars avaient laissé la place à une série de collines beaucoup plus boisées. Au sud, sur la droite des voyageurs, se dressaient les Piliers des Étoiles, cette chaîne de montagnes qui délimitait de manière absolue la frontière de l'empire de Kesh la Grande. Yar-Rin se situait dans les contreforts de l'extrémité orientale de ces montagnes, dans une jolie vallée qui séparait les Piliers des Étoiles de la gigantesque forêt connue sous le nom de Vertes Étendues.

En arrivant à Yar-Rin, ils sortiraient enfin de cette zone de non-droit qu'était le val des Rêves pour entrer à Kesh. Caleb avait bien l'intention de commencer à se renseigner au plus tôt sur de possibles apprentissages pour les garçons, car il était impatient d'en terminer avec cette histoire pour retourner auprès de sa famille sur l'île du Sorcier. Il n'avait rien à faire à Kesh, mais il n'avait pas eu d'autre choix que d'y amener Tad et Zane, puisque, ces temps-ci, il y avait trop peu d'occasions dans l'Ouest pour des garçons de leur âge privés d'un père. La crise économique qui affectait la région depuis plus de deux ans avait provoqué l'apparition de toutes sortes de maux dans la société. Des bandes de jeunes désœuvrés avaient fait leur apparition dans les grandes villes. De manière générale, le banditisme et la criminalité avaient augmenté, et les prix des matières premières s'étaient envolés. Les pauvres souffraient d'encore plus de privations qu'à l'ordinaire.

Le chariot cahota encore plus que d'habitude en passant sur une grosse pierre. Les garçons furent projetés d'avant en arrière et s'apprêtaient à exprimer leur mécontentement à voix haute lorsque Caleb tira brusquement sur les rênes pour que les chevaux s'arrêtent.

Ils venaient de franchir un tournant et se trouvaient à présent au sommet d'une petite éminence, avec devant eux une longue descente en direction d'un vallon peu profond. Les arbres se pressaient sur le bord de la route et les ombres de cette fin d'après-midi rendaient le paysage menaçant.

— Qu'est-ce qu'il y a ? demanda Tad en se levant pour regarder par-dessus l'épaule de Caleb.

— J'ai cru voir quelque chose à l'orée du bois en haut de cette crête, répondit Caleb en désignant le sommet de la route, à l'endroit où elle grimpait au sortir du vallon.

Zane se leva à côté de son frère adoptif et mit les mains en auvent au-dessus de ses yeux.

— Baisse les mains, Zane, ordonna Caleb. Il ne faut pas qu'ils sachent qu'on les a repérés.

— Qui ça ? dit Tad.

— Les types qui nous attendent là-bas.

— Qu'est-ce qu'on va faire ? chuchota Zane.

— Je ne crois pas qu'ils puissent nous entendre, fit sèchement remarquer Caleb.

— Et si on se contentait d'attendre ici ? proposa Tad.

— Ça ne servirait à rien, ils viendraient à nous, répondit Caleb en faisant claquer les rênes.

Zane paraissait inquiet.

— Pourquoi ne pas faire demi-tour ?

— Parce qu'alors ils seraient convaincus qu'on cache quelque chose de valeur. (Les chevaux prirent de la vitesse dans la descente.) Écoutez-moi bien, reprit Caleb. Je suis un charretier et vous êtes mes apprentis. On vient de livrer une cargaison de marchandises au port des Étoiles pour des négociants du nom de Mijes et Zagon.

— Mijes et Zagon, répéta Tad.

— Les marchandises ont été payées d'avance et nous rapportons notre chariot à nos employeurs, à Yadom.

— Yadom, répéta Zane comme un écho.

— Pourquoi inventer une histoire ?

— Parce que, s'ils croient qu'on cache de l'or sur nous, ils nous tueront avant de nous fouiller. Mais si, pour eux, on est juste des charretiers, ils nous laisseront peut-être rejoindre Yar-Rin à pied.

— À pied ?

— Ils vont prendre le chariot et les chevaux, et tout ce qui aura de la valeur à leurs yeux.

— Et tu vas les laisser faire ?

— Je n'ai rien d'autre à perdre que mon épée, et je peux toujours en acheter une autre.

Le chariot arriva au fond du vallon. La route disparaissait sous un large ruisselet jonché de cailloux, si bien que les garçons furent de nouveau secoués dans tous les sens.

— Et s'ils te croient pas ? s'inquiéta Zane tandis qu'ils commençaient l'ascension de la nouvelle crête.

— Dans ce cas, je vous crierai « Fuyez ! » et vous devrez filer dans les bois. Il vous faudra redescendre dans le vallon le plus vite possible, parce que vous n'arriverez jamais à les semer si vous essayez de gravir la colline. En arrivant au fond du vallon, suivez le ruisseau vers le sud. Au matin, vous finirez par tomber sur un sentier à gibier qui sort des contreforts à un kilomètre et demi d'ici. Le sentier rejoint la route à huit kilomètres et demi environ de Yar-Rin. Allez au village et demandez un dénommé McGrudder à l'auberge du *Coq endormi*. Dites-lui ce qui s'est passé et faites ce qu'il vous demandera. (Tad fit mine de poser une question, mais Caleb le fit taire.) Maintenant, silence. Ne dites plus un mot, c'est moi qui parlerai.

En gravissant la pente, Caleb ralentit le chariot. Arrivé au sommet, il fit carrément s'arrêter les chevaux. Le soleil était passé derrière la crête dans le dos de Caleb et des garçons. Les ombres s'allongeaient rapidement et la forêt devant eux ressemblait à un tunnel obscur. Caleb attendit. Au bout d'un moment, un homme surgit de derrière un arbre.

— Bonjour, voyageur, dit-il avec un sourire dépourvu de la moindre chaleur.

Il s'exprimait en keshian avec un accent du royaume. Trapu, il portait une tenue crasseuse qui se composait d'un pantalon en daim, d'une chemise en brocart autrefois luxueuse, d'une ceinture bleue fanée et d'un gilet sans manches en cuir noir. Ses cheveux disparaissaient sous un bandana rouge, et deux gros anneaux en or ornaient ses oreilles. Une longue épée lui battait la hanche droite et une paire de dagues était visible à sa ceinture, du côté gauche. Ses bottes étaient effilochées et usées jusqu'à la corde. En le voyant sourire, les garçons remarquèrent qu'il lui manquait les deux dents du haut.

— Il est un peu tard pour voyager, vous trouvez pas ?

— On a décidé de pousser un peu plus loin, répondit calmement Caleb. Il y a une clairière à environ un kilomètre et demi où il fait bon camper au bord de l'eau.

— Tu es déjà passé sur cette route ?

Caleb acquiesça.

— Souvent. C'est pour ça que mon patron m'a engagé pour cette course. Qu'est-ce que je peux faire pour toi, étranger ?

L'homme sourit.

— Ah, c'est bien la question, pas vrai ? Qu'est-ce que tu peux faire pour moi ?

Caleb soupira comme s'il avait déjà vécu cette situation.

— On voyage à vide. Mes apprentis et moi, on a livré des marchandises au port des Étoiles. Elles ont été payées d'avance, alors on ne transporte pas la moindre pièce d'or. J'ai deux pièces d'argent et quelques-unes de cuivre dans ma bourse, plus les vêtements que j'ai sur le dos, et c'est tout.

D'autres hommes commencèrent à sortir du bois.

— Gamin, où est-ce que vous avez récupéré votre cargaison ? demanda le chef des bandits en désignant Zane.

— À Yadom, répondit doucement l'adolescent en voyant quatre autres bandits, dont l'un armé d'une arbalète, encercler le chariot. Chez Mijes et Zagon…

Il était sur le point d'ajouter « à leur boutique », mais il se rendit compte que Caleb n'avait pas précisé s'il s'agissait d'une compagnie de transport, d'un fournisseur ou d'un marchand. Il laissa donc sa phrase en suspens, comme si la peur lui faisait perdre tous ses moyens, ce qui était d'ailleurs la stricte vérité.

La main de Tad se referma sur le poignet de son frère adoptif. Zane comprit ce que signifiait ce geste. *Prépare-toi à sauter et à courir.* Tad jeta discrètement un coup d'œil derrière lui, ce qui permit à Zane de s'apercevoir que les bandits avaient laissé l'arrière du chariot sans surveillance.

Caleb embrassa toute la scène du regard.

— Écoutez, vous êtes cinq, et je n'ai pas très envie de me battre pour ce chariot. Vous savez que cette caisse ne vaut pas grand-chose, alors je ne vais pas risquer ma peau et celles des gamins pour la garder. Ça ne m'empêchera pas d'être payé quand je rentrerai, et Mijes et Zagon ont les moyens de s'en acheter un autre. Alors, si vous me laissiez descendre et partir tranquillement ?

— Comment savoir si tu caches pas de l'or sur toi ? rétorqua le chef des bandits, dont le sourire s'effaça. Peut-être que t'en as mis dans ta ceinture ou sous ta tunique ?

Caleb se leva pour montrer qu'il ne portait que sa tunique, son pantalon, ses bottes et son chapeau. Son épée reposait sur le siège à côté de lui.

— J'ai pas d'or dans ma ceinture et je vous ai dit ce qu'il y a dans ma bourse. J'ai juste des vêtements de rechange dans le coffre. Vous pouvez fouiller le chariot, mais laissez-moi partir avec les gamins.

— Y a un truc que j'aime pas chez toi, répliqua le bandit. T'es pas plus charretier que moi. P't-être que t'es un mercenaire. Mais personne engage un mercenaire pour conduire un chariot à moins de transporter quelque chose qui vaille la peine de tuer pour le protéger. (Il aperçut le petit coffre coincé sous le siège du chariot.) Peut-être qu'y a un truc de valeur dans ce coffre, hein ? (Il rit, puis jeta un coup d'œil à droite et à gauche en direction de ses compagnons.) En plus, je parie que, si l'occasion se présentait, tu serais ravi de nous décrire avec force détails aux agents de police du coin. Difficile pour nous, après, de dépenser notre butin ! (Il tira l'épée de la main gauche.) Tuez-les !

— Fuyez ! s'écria Caleb en attrapant son épée.

Puis il sauta sur la droite, afin de mettre le chariot entre lui et trois des bandits et d'affronter en premier les deux qui se trouvaient face à lui.

Sans hésiter, Tad et Zane s'élancèrent. Ils trébuchèrent en atterrissant à bas du chariot, ce qui ne les empêcha pas de dévaler la pente en zigzagant entre les arbres et les rochers.

Ils entendirent le fracas des armes derrière eux et, plus près encore, le bruit d'une paire de bottes sur la terre battue. Au moins un bandit s'était lancé à leur poursuite. Mais Tad et Zane possédaient l'imprudente certitude de leur jeune âge, l'impression de pouvoir se déplacer à toute vitesse dans ce labyrinthe d'arbres et de fourrés où l'obscurité allait croissant. Zane jeta un coup d'œil en arrière et faillit perdre l'équilibre en apercevant l'homme à leur poursuite. De son côté, Tad trébucha.

Tous deux traversèrent tant bien que mal un épais fourré et se retrouvèrent sur une longue corniche rocheuse à flanc de colline. Elle servait de support à un sentier pour gibier. Les garçons suivirent cette piste sur une douzaine de mètres. Puis ils trouvèrent un nouveau chemin qui descendait vers le fond du vallon. Se remémorant les instructions de Caleb concernant le ruisseau, les deux jeunes gens se remirent à descendre en espérant que les arbres les dissimuleraient suffisamment longtemps pour décourager leurs poursuivants.

Tad agrippa le bras de Zane et désigna quelque chose sur sa droite. Sans hésiter, Zane entraîna son frère adoptif en direction d'une nouvelle dépression entre les troncs d'arbre, creusée par des années de précipitations.

La lumière déclinait rapidement, mais les garçons savaient qu'ils ne réussiraient pas à se cacher pour de bon avant au moins une demi-heure. Dans leur course folle, ils faillirent dégringoler d'une autre corniche et n'évitèrent une mauvaise chute qu'en se retenant à un tronc d'arbre. Tad fit un geste et Zane le suivit en longeant une dépression plus profonde encore.

La densité de la végétation ralentissait les garçons. Les bruits de poursuite se faisaient plus forts derrière eux. Zane s'arrêta au pied d'un arbre et leva les yeux vers la frondaison de la forêt. Il joignit alors les mains pour faire la courte échelle à Tad. Ce dernier accepta l'aide de son frère adoptif qui le hissa jusqu'à une branche située à un mètre vingt au-dessus de leurs têtes. Zane regarda tout autour de lui et aperçut une branche morte susceptible de lui servir de gourdin, puisqu'elle faisait à peu près la taille de son avant-bras. Il la ramassa et la lança à Tad.

Ce dernier l'attrapa adroitement d'une seule main, puis tendit l'autre à Zane. Ce dernier bondit, attrapa l'avant-bras de son frère adoptif et se hissa comme il put sur la lourde branche. Les deux garçons s'efforcèrent alors de reprendre leur souffle, car ils haletaient bruyamment. Ils s'allongèrent tête-bêche pour que leurs pieds ne pendent pas dans le vide, au vu et au su des bandits.

Quelques instants plus tard, deux hommes surgirent du sous-bois en courant. Ils s'arrêtèrent juste en dessous des deux garçons silencieux.

— Merde ! s'exclama le premier bandit, un homme grand et svelte avec des cheveux blonds sales qui pendaient jusqu'à son col. Où c'est qu'y sont passés ?

— Je parie qu'y se planquent, répondit le deuxième, un type trapu avec une barbe noire bien fournie. Ces putains de fourrés masquent leurs traces. Toi, tu vas par là, ajouta-t-il en désignant une espèce de sentier qui longeait le ruisselet au milieu du vallon. Moi, je vais monter voir si je peux pas les rabattre vers toi.

Ils s'éloignèrent, et les garçons attendirent. Tad porta un doigt à ses lèvres. Cette précaution s'avéra providentielle, car le bandit blond réapparut quelques minutes plus tard sur le chemin. En silence, Zane prit le gourdin des mains de Tad et attendit pendant que le type, sans prendre la peine de rester discret, traversait à grandes enjambées les bois qui s'obscurcissaient rapidement. Marmonnant des imprécations dans sa barbe, il ne fit pas attention au brusque mouvement au-dessus de sa tête. Zane se contorsionna de façon à plaquer ses hanches contre la branche et balança le torse en tenant le gourdin à deux mains. Le bandit vint tout droit à la rencontre du bâton, et un craquement atroce retentit, qui fit grimacer Tad. La violence de l'impact brisa le nez du bandit et projeta ce dernier à la renverse.

Mais Zane, emporté par son élan, bascula en avant et tomba à plat sur le dos, le souffle coupé. Tad sauta à bas de l'arbre et s'agenouilla à côté du garçon brun à moitié étourdi.

— Tu vas bien ? chuchota-t-il.

— On fait aller, répondit son frère adoptif en se levant sur des jambes flageolantes. Et lui, comment il va ?

Les deux garçons tournèrent de nouveau leur attention vers le bandit.

— Je crois que tu l'as tué, répondit Tad en s'agenouillant à côté de lui.

Le type avait le visage inondé de sang, à cause de son nez en bouillie et d'une entaille en travers du front. Zane se pencha pour toucher la poitrine du bandit. Brusquement, ce dernier ouvrit les yeux et agrippa la tunique de l'adolescent, qui recula en poussant un cri de frayeur. Avec son autre main, l'homme essaya de nettoyer le sang dans ses yeux. À moitié aveugle, il prononça des mots inintelligibles, mais ses intentions meurtrières ne faisaient aucun doute.

Tad ramassa la branche dont Zane s'était servie comme gourdin et frappa le bandit de toutes ses forces, sur l'arrière du crâne. De nouveau, un vilain craquement retentit. Le bandit relâcha Zane et bascula sur le côté en gémissant. Tad le frappa de nouveau. Le corps du type tressauta, puis s'immobilisa.

Zane avait reculé précipitamment en sentant le bandit le lâcher. Cette fois, il se leva et rejoignit Tad.

— Il respire plus, chuchota-t-il au bout d'un moment.

— J'espère bien.

— Tu l'as tué, souffla Zane, d'une voix où se mêlaient le choc et l'admiration.

— Il nous aurait tués, répondit Tad.

— Hé! (Les deux garçons se retournèrent en entendant une nouvelle voix en contrebas. Le deuxième bandit était en train de gravir la dépression dans leur direction.) Tu les as retrouvés?

Zane jeta un coup d'œil à Tad, qui acquiesça et répondit d'une voix grave :

— Par ici!

Surpris, Zane écarquilla les yeux, mais Tad désigna l'arbre et joignit ses mains pour lui faire la courte échelle. Zane obéit et se hissa sur la branche.

— Je vais l'attirer par ici, dit Tad. Toi, tu le frapperas.

— Alors, donne-moi la branche, idiot!

Tad était sur le point de la lancer à Zane lorsque le deuxième bandit surgit en courant hors de la ravine. Il était hors d'haleine mais, dès l'instant où il aperçut Tad au-dessus de son camarade à terre, avec le gourdin improvisé à la main, il s'élança en pointant son épée sur l'adolescent.

La terreur paralysa Tad pendant un instant. Puis, à la dernière seconde, il se baissa lorsque le bandit essaya de lui trancher la tête. Comme une hache, la lame s'enfonça profondément dans le tronc derrière Tad. Le bandit tira violemment dessus pour la libérer. L'adolescent en profita pour porter un coup au visage de son agresseur avec sa branche morte, et l'atteignit en plein dans le nez!

— Putain! s'exclama l'individu, qui leva le bras gauche pour repousser la branche avant de reculer en titubant.

Tad constata que le bandit avait quelques petites coupures au visage et quelques échardes enfoncées dans la peau, mais le coup n'avait fait que l'enrager, rien de plus. Le garçon saisit alors l'épée de son adversaire et l'arracha hors du bois avant de se retourner d'un air résolu.

Le bandit sortit sa dague.

— Si tu sais t'en servir, sale mioche, hésite pas, parce que moi je vais t'ouvrir du menton jusqu'au bas-ventre pour ce que t'as fait à Mathias.

Il s'avança et se mit en garde. Au même moment, deux jambes apparurent juste au-dessus de sa tête. Zane sauta à bas de son perchoir, et l'un de ses pieds frappa le bandit sur le côté du cou, tandis que l'autre touchait l'épaule. Le poids du garçon précipita l'individu à genoux; Tad vit de la surprise sur le visage de son agresseur dont la tête bascula à un angle impossible, juste avant que résonne le violent craquement d'une nuque qui se brise.

Zane dégringola de nouveau par terre et resta étendu sur le sol en gémissant. Tad contempla le bandit qui gisait à ses pieds en fixant le ciel nocturne de son regard vacant. Puis il regarda Zane, qui restait immobile, étendu sur le dos, les yeux écarquillés lui aussi. Tad s'agenouilla à côté de son frère adoptif, qui aspira une grande goulée d'air avant d'annoncer dans un souffle :

— Je crois que j'ai le dos brisé.

— Tu es sérieux ? s'écria Tad d'une voix proche de la panique.

— Ça fait super mal, en tout cas, répondit le plus petit des deux garçons.

Tad enfonça l'ongle de son pouce dans la jambe de son compagnon.

— Est-ce que tu sens ça ?

— Aïe ! protesta Zane en s'asseyant. Ça fait mal !

— Ton dos est pas cassé alors.

Tad se leva et tendit la main à Zane pour qu'il en fasse autant.

— Comment tu le sais ? demanda l'adolescent vermoulu.

— Jacob Stephenson m'a raconté que, quand le vieux de Twomy Croom s'est cassé le dos en tombant dans leur grange, il pouvait plus bouger ses jambes et sentait plus rien en dessous de la taille.

— C'est terrible, commenta Zane.

— Pas grave, rétorqua Tad, il est mort le lendemain.

— Ouais, ben, ça me fait mal comme s'il était cassé, insista Zane dans le faible espoir de s'attirer la sympathie de Tad.

— Prends l'autre épée, ordonna son frère adoptif.

Zane prit l'arme qui se trouvait à côté du premier bandit qu'ils avaient tué. Tad s'empara quant à lui de l'épée du deuxième.

— On devrait retourner au chariot, déclara l'adolescent, qui était le plus grand des deux.

— Mais Caleb nous a dit de pas le faire, rappela Zane.

Encore sous l'effet de l'adrénaline, Tad se mit presque à crier :

— Ouais, mais il a peut-être besoin de notre aide !

— Tu crois qu'il va bien ?

— Si on a réussi à tuer deux de ces salopards, je suis sûr que Caleb est venu à bout des trois autres ! répondit Tad d'une voix où se mélangeaient équitablement la peur et l'exultation.

Zane ne paraissait pas convaincu, mais il suivit son frère adoptif.

Ils remontèrent prudemment la colline en direction de la route. La nuit était tombée à présent, et l'obscurité ne facilitait pas l'ascension à travers les fourrés et les épais troncs d'arbre. En arrivant au bord de la route, les garçons s'arrêtèrent et tendirent l'oreille pour essayer de détecter la présence des bandits. Mais ils n'entendirent rien d'autre que les mille et un petits bruits de la forêt la nuit. Une légère brise faisait bruisser les feuilles, et les chants des oiseaux nocturnes résonnaient à quelque distance de là. Tout semblait paisible.

Les garçons s'aventurèrent sur la route et regardèrent dans les deux directions.

— Où est le chariot ? chuchota Tad.

Zane haussa les épaules, mais son compagnon ne pouvait le voir, si bien qu'il répondit à haute voix :

— Je sais pas. Peut-être qu'on est pas remontés au bon endroit.

Soudain, ils entendirent un cheval s'ébrouer sur leur gauche, ainsi que les cliquetis d'un attelage. Ils étaient remontés plus à l'est qu'ils l'auraient cru. Ils repartirent en longeant le bord de la route en courant, prêts à se précipiter sous le couvert des arbres s'ils tombaient sur les bandits.

Dans la pénombre, c'est à peine s'ils distinguèrent le premier cadavre, étendu les bras en croix de l'autre côté de la route. C'était le bandit qui les avait accostés. Un peu plus loin, le chariot était garé sur le bas-côté et les deux chevaux essayaient de manger les fourrés. En arrivant près du chariot, les garçons tombèrent sur le cadavre d'un deuxième bandit.

Ils contournèrent le véhicule et découvrirent deux corps. Le premier appartenait au dernier bandit, celui à l'arbalète, qui gisait mort à côté de la roue avant gauche du chariot. Un autre corps affaissé se trouvait à côté, adossé à la roue.

Caleb était inconscient et ne tenait assis que grâce à la roue du chariot et au cadavre de l'arbalétrier.

— Il respire ! s'exclama Tad en s'agenouillant à côté de lui.

Zane traîna le cadavre du bandit à l'écart, et Caleb s'effondra sur le côté. Tad l'examina et découvrit une plaie profonde à l'endroit où un carreau d'arbalète avait atteint sa cible. Leur ami souffrait également de plusieurs autres entailles dues à une épée, celles-ci.

— Il faut faire quelque chose !

— Prends la chemise de cet homme, ordonna Zane en désignant l'arbalétrier. Il nous faut des pansements.

Tad obéit et prit l'énorme couteau de chasse de Caleb pour découper des bandes dans la chemise crasseuse du bandit. Zane se dépêcha quant à lui de fouiller les deux autres cadavres. Il revint avec deux épées supplémentaires et une petite bourse.

— Ils avaient déjà dû voler quelqu'un avant, fit-il remarquer.

— Oh, tu crois ? dit Tad en lançant un regard exaspéré à Zane.

— Récemment, je voulais dire, répondit celui-ci en exhibant la bourse. Il y a des pièces dedans.

— Bon, on ferait mieux d'installer Caleb dans le chariot, parce que je sais pas combien de temps il va tenir sans aide.

Les deux garçons soulevèrent le blessé et le déposèrent à l'arrière du chariot.

— Reste avec lui, recommanda Tad. Je vais conduire.

Aucun des deux adolescents n'était charretier, mais ils avaient relayé Caleb au cours du voyage, et Zane voulait bien admettre que Tad conduisait l'attelage mieux que lui. Les chevaux, cependant, se firent tirer l'oreille pour abandonner leur repas et reprendre la route.

— Il a dit à quelle distance se trouvait le village ? demanda Tad.

— Je m'en souviens pas, avoua Zane. Mais dépêche-toi. Je crois pas qu'on ait beaucoup de temps.

Tad orienta les chevaux dans la bonne direction et les obligea à se mettre en route en faisant claquer les rênes et en criant un ordre. Il cria de nouveau, plus fort, et claqua une deuxième fois les rênes pour qu'ils adoptent un trot vif, l'allure la plus rapide que l'adolescent pouvait choisir dans les ténèbres sans risquer de quitter la route.

Caleb ne bougeait pas, la tête sur un tas de sacs vides tandis que Zane faisait de son mieux pour étancher les saignements.

— Ne meurs pas ! chuchota Zane dans un souffle.

Tad répéta en silence la supplique de son frère adoptif tandis qu'il guidait les chevaux sur la route obscure et menaçante.

Le trajet à travers la forêt parut durer une éternité. Les garçons étaient dans un état second ; ils alternaient entre un sentiment de terreur proche de l'affolement et l'espoir farouche que tout finirait bien.

Ils perdirent la notion du temps tandis que les minutes passaient et que la route défilait sous les sabots des chevaux. Le dernier repos des bêtes remontait à plusieurs heures avant l'embuscade. Elles haletaient, et celle de gauche semblait avoir des problèmes avec sa jambe gauche, mais Tad s'en moquait. Il était prêt à tuer les deux chevaux s'il le fallait, pourvu que cela sauve Caleb.

Les deux garçons appréciaient le grand chasseur taciturne – c'était comme ça qu'ils le définissaient. Ils savaient qu'il était apparenté aux propriétaires du port des Étoiles, même si la nature exacte de ce lien était vague pour eux. Ils savaient également que leur mère aimait Caleb et qu'il nourrissait des sentiments profonds pour elle. Au début, les garçons lui en avaient voulu, mais ils avaient fini par se rendre compte à quel point les visites de Caleb rendaient Marie heureuse. Tad avait très peur de devoir retourner au port des Étoiles annoncer la mort de Caleb à sa mère. Il n'avait pas du tout envie de voir la tête qu'elle ferait en apprenant la nouvelle.

Brusquement, ils entrèrent dans le village. Tad était à ce point concentré sur ce qu'il dirait à sa mère et Zane était si occupé à soigner Caleb que ni l'un ni l'autre n'avaient remarqué qu'ils avaient quitté la forêt et qu'ils passaient devant des fermes depuis quelque temps déjà. La grande lune était levée et baignait le village de Yar-Rin de sa lumière chatoyante. Quelques cabanes bordaient la route menant à la place du village, que dominaient trois grands bâtiments. L'un, tout au bout de la place, n'était autre que le moulin, tandis que les deux autres ressemblaient à un magasin quelconque et à une auberge. L'enseigne de celle-ci montrait un coq endormi malgré le soleil qui se levait derrière lui. Tad se souvint des instructions de Caleb et s'arrêta juste devant l'auberge avant de tambouriner sur la porte verrouillée.

Au bout d'une minute, une fenêtre s'ouvrit à l'étage et une voix se fit entendre :

— C'est quoi ce raffut ? demanda l'aubergiste en colère en passant la tête par la fenêtre.

— C'est vous, McGrudder ? On a besoin d'aide ! cria Tad.

— Attendez un instant ! répondit l'homme dont la tête disparut à l'intérieur.

Quelques secondes plus tard, la porte s'ouvrit, et un homme corpulent, vêtu d'une chemise de nuit, apparut sur le seuil, une lanterne à la main.

— Bon alors, c'est qui ce « on » et c'est quoi le problème...

Sa question mourut sur ses lèvres lorsqu'il aperçut Zane agenouillé auprès du blessé dans le chariot.

— Dieux tout-puissants ! s'exclama l'aubergiste en approchant sa lanterne pour mieux voir. (Il regarda les deux garçons épuisés et sales et leur dit :) Aidez-moi à le porter à l'intérieur.

D'un bond, Tad grimpa dans le chariot à côté de Zane. Tous deux attrapèrent Caleb sous les bras pour le mettre debout. L'aubergiste s'avança alors jusqu'au bord du chariot en disant :

— Donnez-le-moi.

Ils laissèrent doucement tomber Caleb en travers de l'épaule du gros aubergiste. Ce dernier porta le blessé à l'intérieur sans se soucier du sang qui inondait sa chemise de nuit.

— Elizabeth ! cria-t-il en entrant. Lève-toi, femme !

Quelques instants plus tard, une femme potelée mais séduisante encore en dépit de son âge apparut dans l'escalier, au moment où l'aubergiste déposait Caleb sur une table.

— C'est Caleb, expliqua-t-il.

— Vous êtes McGrudder ? demanda Tad.

— Parfaitement, et ça, c'est mon auberge, *Le Coq endormi*. Et vous deux, vous êtes qui ? Et comment mon ami s'est-il retrouvé dans un tel état ?

La femme commença rapidement à examiner les blessures.

— Il a perdu beaucoup de sang, Henry.

— Je le vois bien, femme. Fais de ton mieux.

— Tad et moi, on vient du port des Étoiles, expliqua Zane avant de raconter dans les grandes lignes l'embuscade dont ils avaient été victimes.

— Maudits brigands ! grommela McGrudder. Une patrouille keshiane de Yadom était à leur recherche, il y a deux semaines.

— Eh bien, ils sont tous morts, maintenant, répondit Zane.

— Tous ?

— Cinq hommes, renchérit Zane. Tad et moi, on en a tué deux. Caleb s'est occupé des trois autres.

— Vous en avez tué deux ? répéta McGrudder, qui se tut en voyant les deux garçons acquiescer.

— On a eu de la chance, suggéra Tad au bout de quelques minutes de silence.

— Effectivement, confirma McGrudder.

— Henry, je ne pense pas pouvoir faire grand-chose pour lui, déclara la femme prénommée Elizabeth. Son état est trop grave.

— Merde, marmonna l'aubergiste. Margaret ! rugit-il.

Moins d'une minute plus tard, une jeune fille, du même âge à peu près que les garçons, ouvrit une porte sur l'arrière de la salle commune.

— Habille-toi et cours jusqu'à la cabane de la sorcière.
La jeune fille écarquilla les yeux.
— La sorcière !
— Fais-le ! cria l'aubergiste. Cet homme est mourant !
La jeune fille pâlit et s'en retourna d'où elle venait. Quelques minutes plus tard, elle réapparut, vêtue d'une simple robe grise et chaussée d'une paire de bottines en cuir.

McGrudder se tourna vers Zane.
— Prends la lanterne et accompagne ma fille. La vieille sorcière refuse de parler aux étranges, mais elle connaît Margaret. (Il s'adressa ensuite à la jeune fille.) Elle ne voudra pas te suivre, mais quand elle te demandera de t'en aller, dis-lui ceci, et pas un mot de plus : « McGrudder dit qu'il est temps de payer votre dette. » Là, elle viendra.

Zane sortit en compagnie de la jeune fille visiblement agitée et traversa la petite place avec elle. Cette partie du village surplombait un petit ruisseau et une étendue dépourvue de fermes. Les deux jeunes gens laissèrent rapidement derrière eux les cabanes qui bordaient la place et s'enfoncèrent dans un épais taillis.

Zane pressa le pas pour ne pas se laisser distancer par la fille, qui semblait pressée d'en finir au plus vite. Au bout de deux minutes de silence, il prit la parole.
— Je m'appelle Zane.
— La ferme ! s'exclama la jeune fille.

Zane s'empourpra, mais s'abstint de répliquer. Il ne savait pas pourquoi elle se montrait grossière comme ça, mais il décida qu'il vaudrait mieux poser la question quand la situation serait un peu moins confuse.

Ils s'engagèrent sur un petit sentier qu'ils suivirent jusqu'au bord du ruisseau. Une clairière toute plate s'avançait dans le cours d'eau, à l'endroit où son lit formait un coude. Le sol était constitué de petits cailloux recouverts de boue récemment séchée. Zane se demanda comment la hutte nichée au milieu de la clairière avait pu résister aux récentes inondations.

L'habitation était construite à partir de branches enduites de boue, avec un toit de chaume et une cheminée en pierre rustique sur l'arrière. Elle paraissait à peine assez large pour abriter une personne. Un rideau en cuir faisait office de porte et une espèce de petite ouverture tout en haut sur la gauche semblait être la seule fenêtre.

La jeune fille s'arrêta à quelques mètres de la cabane et s'écria :

— Bonsoir, vieille femme !

Une voix répondit aussitôt :

— Qu'est-ce que tu veux, la fille ?

— Je suis Margaret, de chez McGrudder, répondit-elle.

— Je sais qui tu es, petite sotte, répliqua aussitôt la voix sur un ton contrarié. Pourquoi viens-tu troubler mon repos ?

— McGrudder dit que vous devez venir. Un homme a grand besoin de votre aide à l'auberge.

— Vraiment ? fit la voix à l'intérieur. Et pourquoi devrais-je apporter mon aide à quelqu'un qui ne fait que passer dans ce village ?

— McGrudder dit qu'il est temps de payer votre dette.

Il y eut un instant de silence. Puis le rideau en cuir s'écarta, et une vieille femme apparut sur le seuil. Zane n'avait encore jamais vu une personne aussi petite. Elle semblait mesurer à peine plus d'un mètre trente. L'adolescent avait croisé un nain une fois, qui avait traversé le port des Étoiles pour se rendre au bastion des nains près de Dorgin. Même lui mesurait bien dix à douze centimètres de plus que cette vieille femme.

Elle avait les cheveux blancs et la peau si semblable à du vieux cuir brun qu'il était incapable de dire si elle avait été blonde ou brune autrefois. À cause de sa bosse, elle paraissait plus petite encore.

Cependant, même dans l'obscurité, Zane pouvait voir ses yeux lumineux, comme s'ils brillaient de l'intérieur. À la faible lueur de la lune, il vit qu'elle les avait d'un bleu vif surprenant.

Édentée, elle bredouillait légèrement.

— Dans ce cas, je vais me rendre chez McGrudder, car je n'aime pas avoir de dette envers quiconque.

Sans attendre Margaret ou Zane, elle passa à côté d'eux d'un pas décidé en marmonnant des paroles inintelligibles.

Zane et la jeune fille n'eurent aucun mal à soutenir son allure. Lorsqu'ils entrèrent dans l'auberge, l'adolescent constata avec stupéfaction que la vieille femme était encore plus frêle et minuscule qu'il l'avait cru.

Elle alla directement trouver McGrudder.

— Alors, quelle est cette dette que j'ai envers toi, McGrudder ?

— Ce n'est pas envers moi, vieille femme, répondit l'aubergiste, mais envers lui.

La femme regarda le blessé étendu sur la table.

— Caleb ! (Elle se précipita à son chevet.) Enlève-lui sa tunique, que je puisse regarder ses blessures.

McGrudder commença à soulever Caleb en position assise pour pouvoir lui enlever sa tunique et sa veste. Mais la vieille femme se mit à pousser des cris aigus.

— Découpe-les, idiot ! Tu veux le tuer ?

Tad avait gardé le couteau de chasse de Caleb ; il le sortit de sa ceinture et le tendit, poignée en avant, à l'aubergiste. Ce dernier se mit au travail avec l'efficacité que confère l'expérience et découpa la veste, puis la tunique.

— Il est aux portes de la mort, annonça la vieille femme après avoir examiné ses blessures. Faites bouillir des bandages et ramenez-moi un verre de vin. Dépêchez-vous.

Elle portait en bandoulière une petite pochette en cuir. Elle fouilla à l'intérieur et trouva ce qu'elle cherchait : un petit parchemin plié. Lorsqu'on lui amena le verre de vin, elle déplia le vélin et fit tomber une fine poudre dans le breuvage.

— Toi, gamin, dit-elle à Zane, tiens-lui la tête et ne le laisse pas s'étrangler pendant que je lui fais boire le vin.

Zane obéit. Les lèvres de Caleb remuèrent légèrement lorsque la vieille femme lui administra la potion. Puis elle se rendit près du feu pour surveiller le chaudron. Quand l'eau commença à frémir, elle y jeta les bandages découpés dans un drap de rechange.

— Toi, gamine, ramène-moi du savon et de l'eau froide.

Margaret ramena un seau d'eau froide et le savon. La petite bonne femme versa de l'eau chaude du chaudron dans le seau, pour réchauffer son contenu, puis dit à Tad de mettre les bandages dedans.

Elle se mit ensuite au travail et nettoya les blessures de Caleb avec une vigueur surprenante. Elle ordonna à McGrudder d'utiliser la louche en métal pour sortir les bandages de l'eau, puis elle lui dit de les essorer et de les tenir devant le feu pour les faire sécher. Lorsqu'ils furent assez secs à son goût, elle pansa les blessures de Caleb.

— Maintenant, il faut le monter dans une des chambres et le laisser dormir.

McGrudder souleva Caleb comme il l'aurait fait d'un enfant et monta l'escalier.

— Est-ce qu'il va s'en sortir ? demanda Zane.

La vieille femme fixa sur lui un regard sceptique.

— Sans doute pas. Mais il ne mourra pas tout de suite, ce qui est important.

— Pourquoi ? intervint Tad.

La vieille femme lui adressa l'ombre d'un sourire.

—Attends, et tu verras.

McGrudder revint.

—Que peut-on faire de plus ? demanda-t-il.

—Tu sais ce qu'il faut faire, répondit-elle en tournant les talons pour s'en aller.

—Attendez ! s'écria Zane. C'est tout ? Un verre de vin et des pansements ?

—Ma potion ne se limite pas à un verre de vin, gamin. Elle permettra de le garder en vie assez longtemps pour que McGrudder ramène de l'aide, et c'est cette aide qui sauvera Caleb, fils de Pug.

—Quelle aide ? insista McGrudder.

—Ne joue pas les idiots avec moi, vieil escroc, répliqua la femme. Je sais qui est ton véritable maître, et je sais qu'en cas d'urgence tu as les moyens de le prévenir. (Elle désigna l'escalier.) Son fils est à l'agonie, et si ça, ça n'est pas une urgence, alors je ne sais pas ce que c'est.

McGrudder dévisagea durement la vieille femme.

—Pour une simple femme qui prétend ne connaître que la sagesse des plantes, tu sembles en savoir beaucoup.

—Plus on vit longtemps et plus on apprend des choses, répondit-elle en arrivant près de la porte. Mais Caleb m'a fait une faveur, tout comme son père voilà des années. Un ami de son père m'a également rendu un grand service, si bien qu'au bout du compte ma dette est immense. Mais à toi, je ne dois rien. Soyons bien clairs là-dessus, McGrudder. La prochaine fois que tu troubleras mon repos, ce sera à tes risques et périls.

Sur ce, elle quitta l'auberge. Tad et Zane échangèrent un regard, que McGrudder surprit.

—Les garçons, vous n'avez qu'à dormir dans la chambre avec Caleb, c'est la deuxième porte à gauche en haut de l'escalier. Il n'y a qu'un seul lit, que Caleb occupe, mais vous trouverez un grand matelas roulé dessous. Vous n'aurez qu'à vous le partager. (Il se tourna ensuite vers la jeune fille.) Retourne te coucher, ma fille, une longue journée de travail nous attend demain. (Il fit ensuite signe à sa femme, qui avait entrepris de laver le sang sur la table et le plancher sans souffler mot.) Je viens t'aider dans une seconde, Elizabeth.

—Je sais, dit-elle en hochant la tête. Il faut que tu envoies ce message.

Il hocha la tête à son tour et sortit de la salle commune par la porte de derrière. L'épouse de l'aubergiste se tourna vers les garçons.

— Montez donc vous reposer. Le soleil se lève dans trois heures, et il y aura du travail pour tout le monde, demain.

Elle montra un bougeoir sur le comptoir, et Zane alla le chercher. Puis les garçons montèrent l'escalier sans un mot et s'arrêtèrent quelques instants devant la porte avant d'entrer. Le visage pâle et creusé, Caleb gisait sur le lit, un épais duvet ramené sous le menton.

Tad s'agenouilla et sortit le matelas, qu'il déroula. Les garçons s'allongèrent.

— Qu'est-ce qu'on fait, maintenant ? demanda Zane au bout d'un moment.

4

La déesse noire

Tad se réveilla en sursaut.

Quelqu'un venait d'ouvrir la porte. Tad donna un coup de coude à Zane pour le réveiller. L'aube était proche. Une lumière grise, légèrement teintée de rose, entrait par la fenêtre, mais il faisait encore trop sombre dans la pièce pour distinguer les traits de l'homme qui se tenait sur le seuil.

— Hein ? dit Zane, à moitié endormi, tandis que Tad cherchait le bougeoir à tâtons.

— Inutile, dit la silhouette sur le seuil en levant la main.

Brusquement, une lueur blanche surnaturelle, qui tirait sur le bleu, éclaira la pièce. Zane battit des paupières et Tad se leva tandis que l'intrus entrait pour de bon.

Il était de la même taille que Caleb et lui ressemblait beaucoup, sauf qu'il avait le teint pâle, les cheveux blancs et les yeux d'un bleu très clair. Cependant, son expression était exactement la même que celle de Caleb. Derrière lui, McGrudder fit également son apparition.

Zane s'écarta précipitamment pour laisser l'inconnu s'agenouiller auprès de Caleb.

— Vous avez bien fait de me contacter, annonça-t-il après un rapide examen. Il a le souffle court, il est brûlant de fièvre et son cœur bat très lentement. Si on n'agit pas très vite, il sera mort avant midi. (Il releva la tête pour regarder Tad.) Qui êtes-vous ?

— Tad, répondit le garçon. Et voici Zane. On voyageait avec Caleb.

— Vous êtes qui, pour mon frère ?

Zane et Tad échangèrent un regard, puis le premier répondit :

— On pourrait dire, je suppose, que Caleb nous emmenait pour devenir apprentis.

— Moi, je ne dis rien du tout, répliqua l'homme aux cheveux blancs en fronçant les sourcils. Nous déterminerons plus tard ce que vous êtes pour lui. Pour le moment, je dois l'emmener avec moi pour le sauver. Vous deux, vous restez ici.

— Attends un peu, Magnus, protesta McGrudder en entrant à son tour dans la pièce. Tu sais qu'ils ne peuvent pas rester là.

— Pourquoi ça ? rétorqua Magnus en se levant. Je ne peux pas les emmener avec moi.

— Pourtant, il le faut, insista McGrudder. Ils t'ont vu, et il suffirait d'une remarque glissée dans l'oreille de la mauvaise personne… (Il fit un signe de tête en direction des garçons.) Tu vois ce que je veux dire.

— Trouve-leur du travail, suggéra Magnus.

— Impossible. Tu sais bien que ton père nous fera tous déménager d'ici un jour ou deux. Ces hommes n'étaient peut-être que des bandits, comme l'ont affirmé ces garçons, mais peut-être qu'ils étaient plus que ça. Quoi qu'il en soit, Pug va nous changer d'affectation, juste au cas où, et installera ici un autre aubergiste et sa famille. Ils diront qu'ils sont de lointains parents à nous ou qu'ils ont acheté l'auberge, que sais-je ? (Il balaya les lieux du regard, comme s'il regrettait déjà de devoir quitter ce petit établissement douillet.) Les villageois ne diront rien à des étrangers de passage, mais la vieille sorcière en sait déjà trop et nul ne peut l'empêcher de faire ce qu'elle veut. Ces garçons représentent un problème potentiel si tu les laisses ici. Si on les a suivis… disons qu'il vaut mieux qu'on s'en aille tous loin d'ici le plus tôt possible.

» En plus, si, comme ils le racontent, Caleb voulait faire d'eux ses apprentis, tu sais ce que ça signifie.

Magnus jeta un nouveau coup d'œil en direction des jeunes gens.

— Il voit du potentiel en eux. Très bien. Rapprochez-vous de moi, les garçons, dès que j'aurais pris mon frère.

Bien que Caleb soit aussi grand et aussi lourd que lui, Magnus le souleva sans effort, comme s'il s'agissait d'un enfant.

— Maintenant, tenez-vous tout près de moi.

Tad et Zane obéirent et se retrouvèrent brusquement emportés dans les ténèbres. L'instant d'après, ils se retrouvèrent dans un couloir.

Zane faillit tomber, tant ce changement était brutal, tout comme l'impression de désorientation qui l'accompagnait. Tad regarda autour de lui en battant des paupières comme une chouette aveuglée par une lanterne.

L'homme que McGrudder avait appelé Magnus commença à remonter le couloir en abandonnant les garçons derrière lui. Tous deux se regardèrent, et chacun vit sur le visage de l'autre le reflet de sa propre pâleur et de son air choqué. Puis Zane hocha la tête, et ils se mirent en route à la poursuite de Magnus, car ils n'avaient aucune envie de rester seuls dans cet endroit inconnu.

Même en portant son frère, Magnus marchait vite, et les jeunes gens durent presser le pas pour le rattraper. Au début, ils ne comprirent pas très bien où ils se trouvaient. Puis ils se rendirent compte qu'ils étaient dans une espèce de gigantesque bâtisse, car tous les couloirs qu'ils traversaient avaient des parois et un sol en granit ou en marbre, éclairés par des torches accrochées de chaque côté d'une succession de lourdes portes en bois. Chacune de ces portes possédait en son centre une petite fenêtre grillagée, à peine plus grande qu'un judas.

— On dirait des cachots, marmonna Zane.

— Comment tu le sais ? demanda Tad dans un murmure. T'en as déjà vu ?

— Non, mais tu vois bien ce que je veux dire. Dans les histoires, c'est à ça que les cachots ressemblent.

— Oui, je comprends, reconnut Tad en tournant au coin d'un couloir dans lequel Magnus venait juste de disparaître.

Les deux garçons s'arrêtèrent brusquement. Devant eux, un vaste corridor s'ouvrait sur une immense salle. C'était à peine si on apercevait son plafond voûté, noirci par la suie qui s'élevait d'au moins une centaine de torches. À l'autre bout de la pièce se dressait la statue gigantesque d'une femme aux bras tendus comme pour appeler à elle les personnes en contrebas. Derrière, de part et d'autre, des statues plus petites étaient sculptées en bas-relief sur le mur.

— Est-ce que c'est bien celle à qui je pense ? chuchota Tad.

— Je crois bien, regarde le filet sur son bras droit, répondit Zane.

Les deux garçons esquissèrent tous les signes de protection qu'ils connaissaient, qu'ils les aient vus faire par un joueur professionnel, un charretier ou un porteur. Puis, lentement, presque à contrecœur, ils suivirent Magnus, qui continuait à avancer rapidement. Ils se trouvaient dans le temple de Lims-Kragma, Celle-qui-ramasse-les-filets, la déesse de la Mort.

Plusieurs silhouettes en robe de bure noire sortirent par les deux portes à gauche de la statue. Brusquement, deux hommes apparurent derrière les garçons. L'un passa à côté d'eux d'un pas pressé, mais l'autre s'arrêta pour demander à voix basse :

— Qu'est-ce que vous venez faire ici, les garçons ?

Tad désigna Magnus, qui déposait son frère au pied de la statue.

— On est avec lui.

— Dans ce cas, suivez-moi.

Les jeunes gens hochèrent la tête et obéirent. Zane observa l'individu du coin de l'œil, car il avait peur de le regarder franchement. L'homme avait des traits banals et il était presque chauve, à l'exception des quelques cheveux qui poussaient sur le pourtour de son crâne au niveau des oreilles. Il n'avait rien de remarquable, excepté le fait qu'il portait la robe d'un prêtre de la déesse de la Mort.

Un homme âgé entra dans la salle par une porte sur la droite. Il se déplaçait lentement, à l'aide d'un bâton blanc plus grand que lui. Sa chevelure blanche tombait librement jusqu'à ses épaules. Ce fut seulement lorsqu'il arriva à hauteur de Magnus que les garçons remarquèrent le film blanc qui recouvrait ses prunelles : il était aveugle.

— Pourquoi troublez-vous notre repos, Magnus ?

— Mon frère gît à l'article de la mort, répondit Magnus en faisant face au vieil homme. (Les garçons le rejoignirent au même moment.) Vous connaissez mon père, ainsi que notre mission. Il faut que la vie de mon frère soit épargnée.

Le vieil homme frêle avait le regard fixé sur le néant, mais lorsqu'il parla, ce fut d'une voix forte et grave.

— Notre maîtresse nous rappelle tous à elle quand notre heure est venue. Je ne peux rien y changer.

— Vous pouvez le guérir ! protesta Magnus. Je sais de quoi vous êtes capable, Bethanial.

— Pourquoi ne l'avez-vous pas emmené au temple de Killian ou de Sung ? La guérison, c'est leur domaine.

— Parce que ma famille a fait un pacte avec votre maîtresse, voilà des années, et qu'elle peut choisir de ne pas prendre mon frère. On a besoin de lui. Son heure n'est pas encore venue.

— Je comprends, ce n'est jamais facile pour ceux qui restent, répondit le vieux grand prêtre.

Magnus s'approcha encore plus près de lui.

— Puisque je vous dis que ce n'est pas encore son heure !

— *Mais quand cela le sera-t-il ?* demanda une voix qui résonna à travers toute la salle.

Instinctivement, les garçons s'accrochèrent l'un à l'autre, car il y avait une note de désespoir glacé dans cette voix. Mais elle renvoyait aussi un faible écho rassurant, celui de la certitude que tout irait bien, en fin de compte.

Magnus se retourna pour regarder la gigantesque statue.

— Quand le monde sera en sécurité, répondit-il.

Pendant un moment, toutes les torches vacillèrent, et leur éclat diminua.

Magnus se retrouva dans une vaste salle, dont la voûte était si haute qu'elle se perdait dans les ténèbres au-dessus de sa tête. Quant aux murs, ils étaient si éloignés que le magicien ne distinguait que celui de droite. Les autres disparaissaient dans le lointain.

Magnus se tenait au milieu d'un échiquier de cercueils en pierre sur lesquels reposaient des hommes, des femmes et des enfants, même si un certain nombre restait vide. Un peu plus loin, Magnus vit une femme s'asseoir et descendre de son catafalque, avant de se frayer un chemin au cœur du labyrinthe en pierre.

Un cercueil vide à côté de Magnus se retrouva brutalement occupé par un bébé vieux d'à peine quelques heures. Le magicien se demanda comment ce nourrisson, qui n'avait visiblement pas survécu longtemps à sa naissance, allait réussir l'exploit de descendre du cercueil pour s'avancer à la rencontre de la déesse. Puis il se souvint que rien de tout cela n'était réel. Il ne voyait là qu'une illusion créée par les dieux, une image s'appuyant sur une certaine logique et renvoyant à des références connues, pour l'aider à faire face à une puissance qui dépassait de loin la sienne. Cependant, Magnus avait très peu de patience dans le meilleur des cas et, ce jour-là, il en avait encore moins.

— Assez ! s'exclama-t-il en balayant l'illusion d'un geste de la main.

La salle disparut. Il se retrouva au sommet d'une montagne, dans une autre salle immense qui paraissait taillée dans l'ivoire et le marbre blanc. Des colonnes soutenaient un haut plafond, que Magnus pouvait voir cette fois.

La salle s'ouvrait sur une vue saisissante des lointains pics montagneux, et il régnait un froid glacial et mordant. Magnus modifia la composition de l'air autour de son corps, afin de ne pas perdre sa chaleur et de pouvoir respirer normalement. Au-dehors, un océan de nuages blancs flottait juste en dessous du carrelage de la salle. Magnus comprit qu'il se trouvait dans le Pavillon des Dieux, un endroit dont ses parents lui avaient parlé. Il sourit, car c'était ici qu'ils avaient discuté pour la première fois. Le choix de cet endroit paraissait donc approprié pour sa rencontre avec la déesse.

Une jeune femme en robe noire était assise, seule, sur un simple banc en marbre. Lorsque Magnus s'approcha d'elle, elle repoussa sa capuche. Elle avait la peau blanche comme la plus fine des porcelaines et les cheveux et les yeux noirs comme de l'onyx. Ses lèvres avaient la couleur du sang, et sa voix coupa comme un vent glacé lorsqu'elle déclara :

— Tes pouvoirs sont prodigieux pour un mortel, Magnus. Peut-être éclipseras-tu un jour ton père et ta mère par ta maîtrise de la magie. Mais tu es bien plus arrogant que l'un ou l'autre.

— Je n'ai pas la patience de mon père et le sens des convenances de ma mère, répondit Magnus avec une note de défi dans la voix. On a besoin de mon frère. Vous le savez.

— Je ne sais rien de tel, répondit la femme. Une fois, ton père est venu à moi avec son ami, l'humain qui est devenu Valheru, ajouta-t-elle en se levant.

Magnus fut surpris de découvrir qu'elle était plus grande que lui. Bizarrement, cela le contraria. Il lui suffit d'une pensée pour paraître plus grand que la déesse.

La femme éclata de rire.

— Parce que tu es vaniteux également ? (Elle hocha la tête.) Ton père est venu me voir une deuxième fois.

— Je sais, dit Magnus. Il nous a parlé de votre marché.

— Vraiment ? (Elle lui tourna le dos et s'éloigna de quelques pas, comme pour contempler les sommets enneigés en contrebas.) Je ne me souviens pas d'un marché. Je me rappelle, en revanche, lui avoir offert un choix.

— Je ne comprends pas, protesta Magnus.

— Je sais. J'ignore ce que t'a raconté ton père au sujet de la menace qui se profile, mais je n'ai aucune dette envers toi ou ta famille. Pug et moi avons simplement trouvé un arrangement, voilà bien des années. Ton frère n'a aucune raison d'échapper à son destin ; il gît à l'entrée de mon royaume et je ne suis nullement obligée de lui en interdire l'entrée. Son heure est venue.

— Non, dit une voix derrière Magnus.

Ce dernier se retourna et découvrit une vieille femme maigre et frêle, avec la peau comme du parchemin blanchi et translucide. Elle avait les cheveux blancs et portait une robe de la couleur de la neige sur les lointains sommets. Des broches et des anneaux en ivoire maintenaient en place sa robe et ses cheveux, et l'ourlet de son vêtement dissimulait ses pieds.

— Tu es libre de faire comme tu l'entends, ma fille, car tu es souveraine en ton domaine, mais c'est précisément là le point crucial : tu es libre de faire comme tu l'entends.

— J'ai l'obligation de maintenir l'ordre des choses. Et ne m'appelle pas « fille », vieille femme. Tu n'as pas ta place ici.

— Il semblerait que je n'ai ma place nulle part, rétorqua la vieille femme en souriant à Magnus.

Ce dernier la dévisagea avant de s'exclamer :

— Vous êtes la sorcière du village !

— Non. Mais je la connais, comme j'en connais beaucoup d'autres.

Magnus laissa transparaître sa perplexité, car les deux femmes étaient identiques, sauf que la sorcière avait les cheveux gris comme le fer et la peau comme du cuir.

— Dans ce cas, qui êtes-vous ?

— Je suis celle qui fut autrefois et celle qui sera, mais, pour le moment...

— Elle n'est personne, acheva Lims-Kragma.

— C'est vrai, reconnut la vieille femme, qui disparut brusquement.

Mais ses dernières paroles restèrent suspendues dans les airs. « Tu es libre de faire comme tu l'entends. »

Pendant un instant, ni Magnus ni la déesse ne parlèrent.

— Très bien, finit par soupirer la déesse de la Mort. Je refuse à ton frère l'entrée de mon royaume. Son jugement attendra. Tu peux le conduire sur ton île.

— Qui était cette femme ? demanda Magnus.

— Celle qui fut, répondit la déesse, avant d'ajouter, avec un changement d'expression qui trahissait son émoi : et peut-être, comme elle l'a dit, celle qui sera de nouveau, un jour. (D'un geste de la main, elle les ramena tous les deux dans le temple. Tout le monde paraissait figé dans le temps, comme des mouches prises dans de l'ambre.) Demande à Nakor ou à ton père au sujet des échos.

Puis, brusquement, elle disparut, et tout le monde se remit à bouger autour de Magnus.

Caleb ouvrit les yeux en gémissant. Il battit des paupières, puis dit d'une voix faible :

— Mon frère ?

— La déesse a répondu à votre prière, dit le grand prêtre en inclinant la tête.

Les autres prêtres suivirent son exemple et saluèrent eux aussi les visiteurs.

— Venez, dit Magnus en soulevant de nouveau son frère.

Caleb ferma les yeux, et sa tête retomba contre l'épaule de son frère. Il avait de nouveau perdu connaissance. Les deux garçons se rapprochèrent de Magnus et se retrouvèrent une nouvelle fois dans les ténèbres, avant d'expérimenter encore cette sensation de désorientation.

Ils se tenaient près de l'océan ; Tad et Zane sentaient l'odeur piquante du sel marin dans l'air nocturne. Tad montra du doigt les deux lunes dans le ciel. Ils se trouvaient quelque part au nord-ouest de l'auberge de McGrudder. Sans mot dire, Magnus se dirigea vers une grande bâtisse carrée.

Cet édifice se dressait au cœur d'une prairie. Un chemin dallé tranchait sur la texture luxuriante du gazon et menait à une grande porte ouverte, éclairée par des torches fixées de part et d'autre. À gauche du chemin, près de la maison, se trouvait un autre bâtiment, d'où s'échappaient de la fumée et l'odeur du pain dans le four. Magnus entra dans la maison et tourna à gauche. Les garçons le suivirent et s'arrêtèrent un instant pour regarder par une porte en face d'eux, qui donnait sur une grande cour intérieure transformée en jardin.

Ensuite, ils s'empressèrent de rattraper Magnus, qui tourna à droite cette fois et traversa rapidement un autre couloir jusqu'à des appartements privés. Un petit homme à la barbe noire, une femme dans une robe bleu roi à la coupe très simple et un homme vêtu d'une tunique orange à l'ourlet déchiré l'attendaient.

Le groupe ignora les deux garçons tandis que Magnus entrait dans une chambre aux dimensions généreuses mais chichement meublée. Il déposa son frère sur le lit bas et s'écarta. Le petit homme en tunique orange examina Caleb et annonça, au bout d'une minute :

— Il a besoin de repos. Quand il se réveillera, il lui faudra aussi un repas léger et de l'eau. Magnus, raconte-nous ce qui s'est passé.

— Il va falloir commencer par ces deux-là, répondit Magnus en désignant les garçons.

Le barbu s'approcha de Tad et de Zane.

— Je suis Pug, le père de Caleb. Que s'est-il passé ?

Tad prit la parole et leur raconta l'embuscade, tandis que Zane glissait un commentaire de temps à autre. Lorsqu'ils en arrivèrent à l'épisode du *Coq endormi* et de son propriétaire, McGrudder, Magnus prit le relais.

— Laissez-moi poursuivre. (Il se tourna vers Pug et ajouta :) La vieille sorcière a ralenti sa mort.

— Quelle vieille sorcière ? l'interrompit le petit homme en orange.

— J'y viendrai dans un instant, promit Magnus.

Il décrivit son passage dans la demeure de Lims-Kragma. Tad remarqua alors que Zane se rapprochait de lui, comme s'il cherchait à se rassurer.

— La femme aux cheveux blancs ressemblait traits pour traits à la sorcière du village, expliqua Magnus après avoir terminé son histoire. Elle m'a dit que vous sauriez qui elle était, tous les deux. (Il désigna son père et l'autre homme.) Lims-Kragma a dit qu'elle était un écho.

Pug se tourna vers son compagnon.

— Nakor ?

Ce dernier haussa les épaules.

— Tu te rappelles Zaltais, que nous avons combattu quand la reine Émeraude a envahi le royaume ? Je t'ai dit qu'il était un rêve.

— Je n'étais pas au courant, rétorqua Magnus.

— Il y a bien des choses que tu ignores encore. (Pug fronça les sourcils en regardant son fils.) Mais à quoi pensais-tu pour prendre le risque de rendre visite à la déesse de la Mort ?

— Je savais que Caleb n'avait plus que quelques minutes à vivre, père. Et je savais aussi que tu avais été voir la déesse deux fois et que tu y avais survécu.

— La deuxième fois, je ne l'ai pas choisi, lui rappela Pug.

Magnus connaissait cette histoire. Au cours de la guerre des Serpents, son père avait bien failli être tué par le démon qui menait l'armée de la reine Émeraude.

— Mais, la première fois, tu es entré dans sa demeure à la recherche de grand-père et tu en es ressorti vivant, répliqua Magnus.

— Tomas et moi étions presque morts quand nous sommes revenus de notre visite à Lims-Kragma. Tu aurais pu rester pris au piège.

— Sa demeure est une illusion, père.

Nakor secoua la tête.

— Les illusions des dieux peuvent tuer aussi facilement que l'acier ou la pierre, Magnus. Elles sont suffisamment réelles lorsqu'il le faut.

— C'était de la folie ! renchérit Miranda. J'aurais pu perdre mes deux fils.

Le regard bleu de Magnus s'étrécit.

— Vous m'avez bien éduqué. Je ne me suis pas laissé piéger par l'illusion. En fait, j'ai obligé la déesse à en changer et je l'ai rencontrée dans le Pavillon des Dieux. (Pug et Miranda échangèrent un regard.) Je suis prêt à risquer ma vie pour mon frère, insista Magnus. (Comme sa mère ne répondait pas, sans toutefois masquer son déplaisir, il ajouta :) Mère, je sais que tu as peur pour tes fils, mais tu n'as perdu ni l'un ni l'autre.

— C'est un sujet auquel nous reviendrons dans un moment, intervint Pug. Nakor ?

— Je vais te raconter ce que je sais, Pug, répondit-il en souriant. Mais il y a d'abord un détail à régler, ajouta-t-il en désignant les garçons.

Pug se tourna vers eux. Il leur avait parlé quelques instants auparavant et, pourtant, on aurait dit qu'il venait juste de remarquer leur présence.

— Qui êtes-vous ?

Tad se montra du doigt et inclina la tête comme pour demander si c'était bien à lui que Pug s'adressait. Le froncement de sourcils agacé du magicien lui fournit la réponse.

— Je m'appelle Tad. Lui, c'est Zane. On est du port des Étoiles.

— Qu'est-ce que vous faisiez avec mon fils ? demanda Miranda.

Tad commença à raconter ce qui s'était passé à la fête des moissons, puis leur réveil dans le chariot. Le récit des deux garçons était décousu et comportait quelques digressions, mais il réussit néanmoins à donner à leurs hôtes une idée des événements.

— Ça veut dire que vous n'êtes pas les apprentis de Caleb ? conclut Magnus à la fin de l'histoire.

Tad et Zane échangèrent un regard coupable.

— Non, reconnut Zane. Mais on a jamais dit qu'on l'était.

— McGrudder l'a dit.

Tad haussa les épaules.

— Caleb devait nous emmener à Yar-Rin, puis à Kesh, pour nous placer en apprentissage. S'il n'avait pas réussi à nous placer ensemble, il nous aurait alors conduits à Krondor. Il faisait ça pour notre mère.

Pug s'avança.

— Vous en savez déjà trop, à cause de ce que vous avez vu et entendu depuis hier. (Il jeta un coup d'œil à sa femme, avant d'ajouter :) Nous allons réfléchir à ce que nous allons faire de vous. En attendant, vous devriez vous reposer. Nakor, on parlera tout à l'heure. Tu veux bien t'occuper de leur trouver une chambre ?

Le petit homme acquiesça et se dirigea rapidement vers la porte en faisant signe aux garçons de le suivre. Ils obéirent.

— Je m'appelle Nakor, expliqua leur guide. Je suis joueur professionnel. Est-ce que vous savez jouer aux cartes ? (Les deux jeunes gens répondirent que non, et Nakor secoua la tête.) Je commence à perdre la main. Personne sur cette île ne joue aux cartes. Qu'est-ce que vous savez faire ? leur demanda-t-il en les regardant par-dessus son épaule.

Aucun des garçons ne répondit, car chacun attendait que l'autre parle le premier. Finalement, Tad se décida.

— Des tas de trucs.

— Comme quoi, par exemple ? demanda Nakor tandis qu'ils arrivaient dans un couloir où s'alignaient de nombreuses portes.

— On sait charger et décharger des marchandises, répondit Zane.

— Alors, vous êtes de jeunes stevedores ?

— Pas vraiment. On sait aussi conduire un chariot !

— Vous êtes charretiers, alors ?

— Non, non, pas vraiment. Mais je peux manœuvrer un bateau, ajouta Tad. Et on a fait un peu de pêche, tous les deux.

— Je sais aussi chasser, un petit peu, renchérit Zane. Caleb m'a emmené dans les bois une fois et m'a montré comment tirer à l'arc. Il a dit que j'étais plutôt doué, et j'ai abattu un daim tout seul !

Il rayonnait de fierté en marchant aux côtés de son frère adoptif.

— J'aide parfois Fowler Kensey à réparer les filets, intervint Tad, et il m'a montré comment attraper des canards sur le lac.

— Et j'ai aidé Ingvar le forgeron à réparer des casseroles, renchérit Zane. Il aime pas rétamer, alors il m'a montré. Je sais aussi comment faire couver le feu de la forge pour pourvoir le faire repartir facilement le lendemain matin et comment tremper l'acier… (Tad lui lança un regard dubitatif.) Eh, je l'ai regardé faire très souvent !

Nakor les fit entrer dans une chambre vide, à l'exception de quatre lits avec des matelas roulés dessus.

— Eh bien, voilà une impressionnante liste de talents, bien plus longue et variée que la plupart des garçons de votre âge. (Il leur fit signe de dérouler les matelas. Ensuite, il leur montra un coffre près de la porte.) Vous y trouverez des couvertures. Il y a aussi une bougie, un briquet et de l'amadou, mais je ne pense pas que vous en aurez besoin. Je parie que vous dormirez dès que j'aurais refermé la porte. Il reste trois heures avant le lever du soleil, alors vous avez le temps de vous reposer un peu. À votre réveil, quelqu'un viendra vous chercher pour vous emmener manger. Je suppose que vous aurez faim.

— J'ai déjà faim, répondit Zane d'une voix légèrement geignarde. (Tad secoua discrètement la tête.) Mais je peux attendre, s'empressa-t-il de rectifier en allant chercher les couvertures dans le coffre en osier.

— J'ai une question, monsieur, dit Tad alors que Nakor s'apprêtait à partir.

— Appelez-moi Nakor, pas monsieur. C'est quoi, ta question ?

— Où sommes-nous ?

Nakor garda le silence quelques instants, puis sourit d'un air malicieux.

— Je ne peux pas encore vous le dire. Vous en saurez plus quand Pug prendra une décision à votre sujet.

— Qu'est-ce que ça veut dire, monsieur… Nakor ? demanda Tad.

Le sourire de Nakor s'effaça.

— Les garçons, vous avez vu et entendu des choses qui pourraient condamner un homme à mort. (Le visage de Tad perdit toute couleur, et Zane écarquilla les yeux.) Pug doit décider quoi faire de vous. Magnus croyait que vous étiez les apprentis de Caleb, ce qui aurait voulu dire certaines choses. Mais ce n'est pas le cas, ce qui signifie autre chose encore. Je ne peux pas être plus précis que ça, mais vous connaîtrez bientôt la volonté de Pug. En attendant, vous êtes nos invités, mais ne vous éloignez pas sans un guide, compris ?

Les deux garçons répondirent par l'affirmative, et Nakor s'en alla.

— La mort ? protesta Tad tandis qu'ils s'allongeaient sur leur lit.
— Il a dit « un homme », il n'a pas parlé de nous.
— Mais pourquoi ?
— J'en sais rien, répondit Zane. Le père de Caleb est puissant, c'est un magicien comme son autre fils.

Les garçons avaient tous deux cette peur de la magie très répandue chez les bonnes gens de la région. Mais elle était tempérée par le fait qu'ils parlaient du père de Caleb. Dans l'esprit des garçons, Caleb était une espèce d'oncle généreux et gentil, ce qui faisait plus ou moins de Pug une espèce de grand-père de substitution – du moins l'espéraient-ils.

— Tout le monde sait qu'il possède l'île du port des Étoiles, poursuivit Zane. Ce qui en fait plus ou moins un noble. Les nobles ont des ennemis. Ils font la guerre, ce genre de choses.

Tad posa la tête sur son bras.

— Je suis fatigué, mais j'ai pas sommeil.
— Ben, tu l'as entendu. On peut aller nulle part. Alors, on devrait peut-être essayer de dormir quand même.

Tad roula sur le dos et contempla le plafond dans l'obscurité.

— J'aimerais bien qu'on soit encore au port des Étoiles.
— Moi aussi, approuva Zane avec un profond soupir.

5

L'Île du Sorcier

Tous les regards étaient rivés sur Nakor.

Il sortit une orange de son célèbre sac à dos aux ressources apparemment inépuisables et la proposa d'abord à Miranda, puis à Pug et enfin à Magnus. Tous refusèrent. Il enfonça son pouce sous l'écorce pour l'enlever, un geste que tous, dans cette pièce, l'avaient déjà vu faire un millier de fois.

— Nakor, qu'est-ce que tu nous caches ? demanda Pug.

— Rien, répondit Nakor. Du moins, je ne vous cachais rien jusqu'à l'arrivée de Magnus.

— Comment ça ? demanda Miranda, assise au bord du lit où Caleb dormait.

Pug se tenait au pied du lit de son fils cadet et Magnus occupait l'autre fauteuil de la pièce.

— Tu sais qui était la vieille sorcière du village, n'est-ce pas ? demanda Nakor.

— Pas vraiment, répondit Magnus. Je l'ai rencontrée deux fois et, tout ce que je peux dire, c'est qu'elle ne fait pas que distribuer des charmes et des remèdes à base de plantes. Je sens de la puissance en elle, mais comme en sourdine.

— Tu as dit que la déesse l'avait appelée un écho, dit Miranda. Nakor, est-ce que tu sais ce que ça veut dire ?

Nakor lança un regard interrogateur à Pug, qui répondit :

— Je crois comprendre. Ou, du moins, je crois que je comprends en partie. Dis-nous ce que tu sais.

Nakor haussa les épaules. Sa gaieté habituelle disparut, remplacée par l'expression la plus sinistre que Pug ait jamais vue sur le visage du petit Isalani.

— Les dieux sont des êtres aux pouvoirs immenses, commença-t-il. La compréhension que nous avons d'eux se heurte aux limites de notre perception. (Il regarda ses trois compagnons.) Vous vous êtes tous rendus au Pavillon des Dieux, alors vous savez que c'est en même temps un lieu réel et une métaphore pour quelque chose de beaucoup moins objectif. C'est un endroit qui existe à la fois sur le plan mental et sur le plan physique.

» Quand j'ai rencontré certaines créatures par le passé… (Il s'arrêta et se tut un moment, comme s'il pesait ses mots. Puis il reprit :) Je t'ai déjà parlé de Zaltais, le porteur du Désespoir éternel ? (Pug acquiesça.) Tu te souviens qu'on l'a jeté dans une fosse ? Je t'ai dit que c'était un rêve, tu t'en souviens ?

Pug hocha la tête.

— Tu dis ça chaque fois que tu parles de lui, mais tu ne m'as jamais expliqué pourquoi.

— Comme nous avions discuté de tout ça avant la destruction de Krondor, je me suis dit, peut-être à tort, que tu avais compris la vérité sans que j'aie besoin de te la dévoiler, répondit Nakor avec un petit sourire.

— Tout ça, c'est nouveau pour moi, alors pourquoi ne pas me l'expliquer ?

— Le Sans-Nom dort, commença Nakor. (Ses trois compagnons connaissaient tous Nalar, le dieu supérieur du Mal, qui avait été banni par les autres Contrôleurs – comme on appelait parfois les dieux supérieurs.)

» C'est ce que prétend la légende, en tout cas, poursuivit Nakor. Lors des guerres du Chaos, le Sans-Nom a séduit les Valherus et les a poussés à défier les dieux inférieurs, tout comme il a séduit les dieux inférieurs et les a poussés à défier les Contrôleurs.

— J'ai étudié le sujet mieux que n'importe quel profane, Nakor, intervint Magnus. Mais nulle part il n'est écrit que le Sans-Nom a convaincu les dieux inférieurs d'attaquer les dieux supérieurs. Lui-même était un dieu supérieur. Pourquoi fomenter une attaque contre lui et les siens ?

— Pour rompre l'équilibre, répondit Pug. Pour modifier la dynamique entre les sept Contrôleurs. (Il regarda Nakor, qui hocha la tête.) Avant les guerres du Chaos, avant la mort de l'ancien ordre et l'avènement du nouveau, il y avait sept Contrôleurs. (Il commença à les compter sur ses doigts.) Le Sans-Nom, qui est l'Obscurité ; Arch-Indar, la Lumière ; Ev-Dem, le Travailleur de l'Intérieur ; Abrem-Sev, le Bâtisseur ; Graff, le Tisseur de Désirs, Helbinor, l'Abstinent et, au centre, l'Équilibre.

— Ishap, dit Magnus.

Pug hocha la tête. Nakor termina son orange et remit l'écorce dans son sac, puis il se lécha les doigts et reprit la parole.

— Après les guerres du Chaos, l'équilibre a changé. (Il déplia les cinq doigts de sa main, au fur et à mesure.) Il ne restait plus que le Sans-Nom et les quatre dieux dynamiques : Abrem-Sev, Ev-Dem, Graff et Helbinor.

» Ishap, au milieu, est celui qui apporte l'équilibre, ajouta-t-il en dépliant le pouce. D'une certaine façon, c'est lui le plus puissant, car il va venir renforcer celui des deux camps qui est désavantagé et il va s'opposer à celui qui cherche à prendre le pouvoir. Il s'efforce toujours de rétablir l'équilibre.

» Tous sont nécessaires à l'existence même de notre monde. L'un est action, l'autre est réaction, le troisième est « esprit et objectif supérieurs », le quatrième est « toutes choses invisibles qu'on ne peut pas connaître », et le dernier maintient l'équilibre. (Il joignit les mains en formant un cercle avec le bout de ses doigts.) Ils forment un tout, ils sont le tissu même de notre réalité. Mais ils ne sont que l'expression de certaines forces, des forces vitales, dynamiques, qui ne sont à leur tour que l'expression d'êtres encore plus basiques.

— L'Altruiste, Celle-qui-est-la-Lumière, et le Sans-Nom, Celui-qui-est-l'Obscurité, sont les sources de ces deux pouvoirs basiques. La déesse du Bien est morte pendant les guerres du Chaos et les cinq autres Contrôleurs ont été obligés d'emprisonner le dieu noir dans une autre dimension, sous une montagne si vaste que Midkemia pourrait tenir tout entier sur une corniche à son sommet.

» C'est là que le Sans-Nom sommeille. (Nakor regarda tout autour de lui.) Zaltais était l'un de ses rêves.

— Je croyais avoir compris, mais ce n'est pas le cas, reconnut Pug.

— Si tu te retrouvais en prison, ne rêverais-tu pas d'avoir un substitut quelque part, un souverain assis sur son trône dans un pays lointain, capable de commander à ses armées de te libérer ?

— Zaltais essayait de lever une armée pour envahir une prison dans une autre dimension de la réalité ? s'étonna Miranda.

— Non, c'est juste une métaphore, dit Pug.

— Tout est métaphore, renchérit Nakor. La sorcière n'est qu'un écho de la déesse du Bien.

— Attends un peu ! protesta Magnus. La vieille femme que j'ai rencontrée dans le Pavillon était peut-être un écho, mais la sorcière du village est réelle.

— Tout à fait, approuva Nakor. Les dieux déposent souvent un minuscule fragment d'eux-mêmes chez un mortel. De cette manière, ils apprennent à manifester leur rôle en ce monde et à comprendre pleinement l'obligation qu'ils ont envers leurs fidèles. Quand le mortel meurt, cette étincelle retourne au dieu ou à la déesse.

» La relation entre les dieux et les humains est complexe. Les dieux sont aussi la manifestation de la façon dont les humains les voient. Banath, ici, sur Triagia, et Kalkin, sur Novindus, sont essentiellement la même entité ; pourtant, ils se manifestent de façon différente, avec une mission et une nature légèrement différentes.

— Donc, la vieille sorcière a une étincelle divine en elle ? résuma Magnus.

— Exactement, approuva Nakor. Pour nous, Arch-Indar est morte, mais ses pouvoirs étaient si grands, si profonds et si fondamentaux qu'une éternité après sa mort des échos de son être continuent à nous influencer.

— C'est pour ça que tu as fondé cette religion à Krondor ? demanda Miranda.

— Je ne l'ai pas fondée, je n'ai fait que la ressusciter, rectifia Nakor. Quand l'avatar est apparu, j'ai su que le Bien finirait par revenir. Quand cette jeune fille, Aleta, a commencé à manifester tous ces dons, j'ai su que j'avais fait le bon choix.

» Quand le bien reviendra, les autres Contrôleurs libéreront le Sans-Nom de sa prison et restaureront l'ordre sur notre monde. Sans Arch-Indar pour contrebalancer le mal qu'il fait, le Sans-Nom doit rester emprisonné.

» N'oubliez pas qu'Ishap est « mort », lui aussi. Mais ses fidèles ont un pouvoir considérable, en partie grâce aux autres Contrôleurs, mais aussi, simplement, grâce à la mémoire de Celui-qui-est-l'Équilibre. Il reviendra avant la déesse du Bien parce que son culte a été restauré depuis longtemps, alors que celui que j'ai relancé est encore très jeune.

Mais, quand Ishap sera de retour et qu'Arch-Indar finira par revenir elle aussi, tout rentrera dans l'ordre.

— C'est le fait de réunir des fidèles qui va permettre de les faire revenir ? demanda Magnus.

— Oui. Mais combien de temps cela va prendre, ça, c'est un mystère, reconnut Nakor en haussant les épaules.

— Ça va demander des siècles, dit Miranda.

— Si on a de la chance, rétorqua Nakor. Cela pourrait prendre plus de temps. Il est très peu probable que nous vivions assez longtemps pour voir ça – alors que nous allons tous vivre plus longtemps que la plupart ! ajouta-t-il avec un sourire malicieux.

Magnus soupira bruyamment.

— Tu parles d'attendre des siècles, voire plus encore. Qu'est-ce que tout cela a à voir avec notre situation actuelle ?

Nakor écarta les mains et haussa les épaules d'un air théâtral.

— Je n'en ai pas la moindre idée. Et toi, Pug ?

L'intéressé hocha la tête.

— Je pense comprendre un petit peu. L'un de nos problèmes, c'est que le Sans-Nom influence toujours notre monde, même si c'est par-delà une grande distance, et de manière indirecte. La déesse du Bien nous a peut-être laissé des échos et des souvenirs, mais elle n'impacte pas directement ce monde, contrairement à son adversaire. J'imagine donc que nous sommes, d'une certaine façon, ses agents, parce que nous essayons de contrecarrer ceux qui subissent l'influence du Sans-Nom.

» Je doute cependant que notre vieil ennemi, Leso Varen, ait compris ce qu'il faisait quand il est devenu une créature du Mal. Peut-être a-t-il simplement passé un accord pour obtenir plus de pouvoirs en échange de ses services.

— Peut-être même qu'il ne sait pas encore qui il sert, suggéra Nakor. Tu te souviens de l'histoire de la Larme des Dieux ?

Le visage de Pug s'assombrit.

— J'ai eu une longue et vive discussion avec Arutha à ce sujet. Je lui ai reproché de ne pas m'en avoir parlé avant que tout soit fini.

Nakor hocha la tête. Il connaissait cette histoire, qui datait d'avant sa rencontre avec Pug. Il s'agissait d'un sujet douloureux pour ce dernier, car William, son fils aîné, et Jazhara, l'une de ses meilleures étudiantes, avaient joué un rôle important dans cette affaire.

En compagnie de l'homme qui deviendrait par la suite le duc James de Krondor, ils avaient réussi à empêcher Varen et ses agents de voler la Larme des Dieux – l'artefact qui permettait à chaque ordre de communiquer avec la divinité à laquelle il était consacré.

— On ne connaîtra jamais tous les aspects de cette histoire, reprit Nakor. D'après ce qu'on sait, l'homme qui se faisait appeler l'Ours agissait pour son propre compte. Il avait arrêté de suivre les instructions de Varen – c'est d'ailleurs l'une des caractéristiques de ceux qui servent le Sans-Nom : souvent, ils deviennent fous et commencent à semer le chaos, même parmi leurs propres alliés.

» C'est l'un de nos rares avantages : les membres du Conclave sont très unis. Même ceux qui nous regardent d'un œil méfiant, comme les ordres religieux ou les magiciens du port des Étoiles, n'interfèrent pas dans nos actions.

— Ils ne savent pas ce qu'on fait, rétorqua Magnus d'un ton méprisant.

Pug se mit à rire d'un air indulgent.

— Ne les sous-estime, mon fils, et n'attache pas une trop grande importance à ce que nous faisons. Les religieux et les monarques ont une idée très précise de ce que nous essayons de faire, sinon ils se montreraient beaucoup moins coopératifs.

Nakor rit également.

— Le jour viendra où nous devrons affronter les agents du Sans-Nom. Ce jour-là, nous aurons grand besoin de ces gens que tu méprises.

Magnus eut la bonne grâce de prendre un air penaud.

— Ce qui me trouble, reprit Nakor, c'est que ces manifestations divines, ces rêves, ces échos et ces souvenirs apparaissent désormais de plus en plus fréquemment. C'est en tout cas ce que me porte à croire la dizaine d'incidents étranges que nos agents nous ont rapportés depuis la guerre des Serpents.

— Qu'est-ce que ça signifie, à ton avis ? s'enquit Miranda.

— Il va se passer quelque chose, et ça a un rapport avec notre ennemi endormi.

Pug regarda Nakor.

— Les Dasatis ?

— C'est le Sans-Nom qui a soufflé aux Panthatians l'idée de ramener les Saurs sur notre monde au travers de la faille. Mais nous savons qu'il s'agissait d'une ruse pour lâcher des démons sur Midkemia.

» La destruction et le chaos sont les alliés du Sans-Nom. Il se moque des effets à court terme sur ce monde, tant qu'on libère d'horribles maux et que ses pouvoirs grandissent. Je ne fais que deviner, ajouta Nakor, mais je pense qu'il rêve de suprématie. Sinon, pourquoi essayer de faire monter Zaltais sur un trône, à la place de la reine Émeraude? Il avait besoin que son substitut, son rêve, prenne le pouvoir afin d'accélérer son retour dans cette dimension. Il cherche à prendre l'ascendant sur les autres Contrôleurs pour empêcher ces derniers de restaurer l'équilibre.

— C'est de la folie, commenta Magnus.

— Mais le Mal est folie, de par sa nature même, expliqua Nakor. C'est pourquoi on parle de l'époque de la Colère du Dieu Dément.

— Les guerres du Chaos, renchérit Pug.

— Alors, nous allons devoir lutter et mourir, et nos enfants devront aussi lutter et mourir après nous?

— Peut-être, reconnut Nakor. Il se peut qu'on ne connaisse jamais d'instant de triomphe transcendant, de moment où l'on pourra se dire que la victoire est à nous et que le temps des combats est à jamais révolu.

» Si tu préfères, tu n'as qu'à nous considérer comme des fourmis. Nous devons renverser une puissante citadelle, une construction monstrueuse en pierre et en mortier, et nous n'avons que notre corps nu pour ce faire.

» Alors, nous travaillons dur pendant des années, des siècles, des millénaires et même des âges entiers pour ronger la pierre avec nos minuscules mâchoires. Des milliers, des dizaines de milliers, et même des millions d'entre nous meurent. Peu à peu, la pierre commence à s'effriter.

» Mais, si on a un dessein et si on possède la connaissance, nous pouvons choisir l'endroit où planter nos mâchoires. Nous ne nous attaquons pas à toutes les pierres, seulement à la pierre angulaire sur laquelle toutes les autres reposent. De cette manière, enfin, on peut écarter cette pierre. Alors, les pierres imposantes qui la surmontent commencent à bouger et, avec le temps, finissent par tomber.

» On ne verra peut-être jamais la fin de ce conflit mais, au bout du compte, la déesse du Bien et le Sans-Nom reviendront et l'équilibre sera restauré.

— Quel genre de monde cela donnera-t-il? s'interrogea Magnus à haute voix.

— Un monde où il y aura moins de conflits, je l'espère, répondit Miranda.

— Peut-être, approuva Nakor. Mais si ce n'est pas le cas, les conflits seront en tout cas beaucoup plus prosaïques. Actuellement, l'enjeu est si grand que le sort de plusieurs mondes en dépend.

Magnus contempla son jeune frère.

— Et le prix de la défaite est tellement effroyable que je préfère ne pas y penser.

— Je ne le sais que trop bien, approuva Pug en regardant ses deux fils et sa femme.

Personne n'eut besoin d'en dire plus, car tous savaient que les deux premiers enfants de Pug étaient morts au cours de la guerre des Serpents et qu'il s'agissait pour lui d'une blessure qui ne s'était toujours pas refermée.

Nakor se leva.

— On devrait se remettre au travail, dit-il. Je vais envoyer des messages à nos agents dans la région pour savoir si l'attaque contre Caleb faisait partie d'un plan à grande échelle ou s'il s'agissait juste d'un malheureux incident.

— Attends un instant, Nakor, demanda Pug tandis que Miranda et Magnus quittaient la pièce. Est-ce que McGrudder a raison ? Est-ce qu'il faut le changer d'affectation ?

— Non, répondit le petit homme. Je pense qu'il vaut mieux le laisser là où il est. Si ces gens n'étaient que des bandits, alors tout va bien. Mais, si c'étaient des agents de Varen, mieux vaut lui faire croire qu'il a réussi à nous duper et qu'on croit à son histoire de bandits. Si McGrudder est sous surveillance, ce sera facile à détecter dans un village aussi petit. Nous pourrons toujours envoyer quelqu'un pour surveiller ceux qui le surveillent, conclut Nakor en hochant la tête avec enthousiasme – c'était précisément le genre de manœuvres sournoises qu'il adorait.

— Je voulais également te parler d'autre chose, annonça Pug.

— Je t'écoute.

— J'ai reçu un message hier qui m'inquiète énormément. Tu veux bien me donner ton avis ?

— Bien sûr.

Pug sortit des plis de sa robe de bure un rouleau de parchemin. Nakor y jeta un coup d'œil.

— Ce n'est pas le premier de la sorte que je reçois, expliqua Pug. Cela fait des années qu'ils apparaissent sur mon bureau de temps à autre.

— Depuis combien de temps exactement ?

— Ça date d'avant notre rencontre. Le premier de ces messages contenait une instruction : demander à Jimmy de te dire…

— Que la magie n'existe pas, conclut Nakor. Je sais. Quand j'ai entendu cette phrase, venant d'un magicien, pas moins, j'ai su qu'il fallait que j'aille au port des Étoiles. (Il regarda de nouveau le parchemin.) D'où proviennent-ils ?

— Le lieu importe peu, c'est la date qui compte. Ils viennent du futur.

Nakor hocha la tête et écarquilla les yeux en lisant de nouveau le message.

— Mais… tu en es l'auteur !

Pour la première fois depuis qu'ils se connaissaient, le petit Isalani en resta sans voix.

Tad était allongé sur le lit, un bras sous la tête. Zane, de son côté, faisait les cent pas comme un lion en cage.

— Tu vas finir par creuser un trou dans la pierre si tu continues comme ça, fit remarquer son frère adoptif.

— J'y peux rien. Ce matin, on nous a apporté le petit déjeuner et on nous a dit d'attendre. Pareil pour le déjeuner. Puis quelqu'un est venu chercher le pot de chambre et nous en a rapporté un propre. C'est presque l'heure du dîner et personne est venu nous dire ce qu'on fait ici.

— C'est évident, rétorqua Tad. On attend. Mais on sait pas quoi.

Zane se rembrunit, et Tad s'assit sur le lit. Il connaissait bien cet air-là. Zane n'attendait plus qu'une excuse pour passer sa mauvaise humeur sur lui.

Juste au moment où Tad s'asseyait pour prévenir toute agression de la part de son frère adoptif, Nakor apparut sur le seuil de la chambre.

— Vous deux, suivez-moi.

Il repartit si brusquement que Tad faillit tomber en se dépêchant de le suivre. Il rejoignit Zane et l'Isalani au milieu du couloir et s'étonna de la rapidité à laquelle le petit homme marchait.

— Ne regardez pas, prévint Nakor.

Quelques instants plus tard, Tad se cogna contre le montant d'une grande porte ouverte qui donnait sur une cour occupée par un immense bassin. Au bord du bassin et dans l'eau se trouvait un groupe de jeunes femmes ; c'étaient elles qui avaient attiré le regard de Tad, d'abord parce qu'elles étaient toutes remarquablement belles et entièrement nues, et ensuite parce qu'elles avaient la peau vert pâle et les cheveux couleur de bronze.

Tad recula et heurta Zane, qui avait fait demi-tour précipitamment pour vérifier qu'il avait bien été témoin de la même scène.

Les filles se retournèrent pour les regarder, et les garçons s'aperçurent qu'elles n'avaient pas d'iris et que leurs yeux avaient la couleur de la nacre.

D'une main, Nakor aida Tad à se relever. De l'autre, il fit signe aux filles de retourner à leurs occupations.

—Je vous avais dit de ne pas regarder, leur reprocha-t-il tandis que Tad touchait son nez pour vérifier qu'il ne saignait pas. Allez, venez.

—Euh…, fit Tad.

—Ce sont six sœurs du Pithirendar, expliqua Nakor. Elles n'aiment pas beaucoup les vêtements et passent une grande partie de leur temps dans l'eau. Elles ne sont pas tout à fait humaines, mais suffisamment quand même pour vous attirer des ennuis, les garçons. Alors restez loin d'elles, ou je vous donnerai encore plus matière à réfléchir.

—Pas humaines…, marmonna Zane comme s'il essayait de se convaincre que ses yeux ne l'avaient pas trahi.

Tad tendit la main et fut pratiquement obligé de l'entraîner loin de la porte.

Au détour d'un autre couloir, Nakor leur fit signe de se mettre sur le côté pour laisser passer une… « chose » qui venait vers eux d'une démarche pesante. Elle était moitié aussi haute que les garçons et deux fois plus large. On aurait dit une table recouverte d'un tissu noir et qui se déplaçait sur des pattes de crabe. Elle produisit un étrange murmure à leur approche.

—Bonjour, la salua Nakor au passage.

La chose lui répondit d'une voix féminine étonnamment normale.

—Qu'est-ce que c'est que ça ? chuchota Tad après qu'elle eut disparu.

—Une visiteuse, répondit Nakor avant de conduire les garçons jusqu'à une pièce où Pug les attendait derrière un bureau.

Le petit magicien se leva et fit signe aux jeunes gens de s'asseoir sur les deux chaises en face du bureau. Les garçons obéirent et Pug reprit place sur son siège. De son côté, Nakor resta debout près de la fenêtre, à gauche du bureau.

— Nous ne savons pas très bien quoi faire de vous, avoua Pug en regardant les deux jeunes gens.

Le visage de Tad perdit toute couleur, tandis que Zane rougissait, au contraire.

— Qu'est-ce que vous voulez dire par là, monsieur ?

Pug sourit.

— Nous ne vous ferons aucun mal, si c'est là ce qui vous inquiète. (Il se laissa aller contre le dossier de sa chaise et contempla les deux garçons.) Vous avez sans doute déjà compris que cette communauté ne ressemble à aucune autre.

Zane se contenta d'acquiescer. Tad, lui, répondit :

— Oui, monsieur.

— Vous gérez ça plutôt bien, fit remarquer Nakor en riant.

Zane haussa les épaules.

— Je sais pas trop quoi penser, mais Caleb a toujours été gentil avec nous et notre mère, alors si vous êtes de sa famille, je suppose… enfin, je me dis qu'on est en sécurité ici.

Pug se redressa.

— Je n'aime pas fouiner dans la vie de mes enfants, mais j'aimerais en savoir davantage au sujet de votre mère.

Tad prit la parole, puisque Marie était sa vraie mère, même si elle traitait Zane exactement comme son fils. Il commença par les louanges habituelles – elle cuisinait bien et tenait de son mieux la pauvre cabane qui leur servait de maison. Mais, au bout d'un moment, il apparut évident pour tout le monde que, en plus d'aimer sa mère, le garçon la respectait énormément.

— Ça a été dur après la mort de Papa. (Il lança un coup d'œil à Zane.) Mais elle a recueilli Zane parce que c'était mon meilleur ami et qu'il avait plus personne, alors que tout le monde en ville faisait semblant de rien voir. Elle a fait ce qu'elle a pu et nous a tenus tous les deux à l'écart des ennuis.

— J'ai passé plus de temps avec elle qu'avec ma maman, renchérit Zane, alors j'imagine que ça en fait ma vraie maman, si vous voyez ce que je veux dire, m'sieur. Elle n'a jamais pris parti pour Tad contre moi et elle m'a réconforté quand j'étais petit. Elle m'a aimé comme si j'étais son fils.

Pug soupira.

— Sans l'avoir jamais rencontrée, je commence à comprendre pourquoi mon fils a des sentiments pour votre mère, les garçons, et pourquoi il se soucie de vous. Vous avez agi courageusement en retournant au chariot.

— Moi, je dirais que c'était stupide, vu votre histoire, rétorqua Nakor. Caleb ne vous avait-il pas ordonné de vous rendre au village si vous parveniez à échapper aux bandits ?

— Si, reconnut Tad. Mais on avait déjà tué deux bandits et on s'est dit que Caleb avait peut-être besoin d'aide. N'oubliez pas qu'on avait deux épées en plus, du coup.

Pug secoua la tête.

— Moi, en tout cas, j'admire votre courage et je suis ravi que vous ayez désobéi car, si vous n'étiez pas retournés là-bas, mon plus jeune fils serait mort. (Son regard se perdit dans le vague pendant quelques instants.) C'est quelque chose que je redoute plus que vous sauriez l'imaginer. (Il se concentra de nouveau sur les garçons.) On en revient donc à notre problème : que faire de vous ?

— Caleb voulait nous emmener à Kesh pour qu'on devienne des apprentis ; il nous aurait ensuite conduits à Krondor s'il avait rien trouvé pour nous. C'est parce qu'il y a pas de travail chez nous, expliqua Zane. Si vous avez besoin d'apprentis, on est volontaires.

— Tu es volontaire, Tad ? demanda Pug.

— Oui, monsieur, répondit le garçon en hochant la tête.

— Nous avons effectivement besoin d'apprentis, reconnut Pug. Mais d'abord, nous allons voir si une telle vocation vous convient. (Il se leva, et les garçons l'imitèrent. Puis il désigna son ami.) Nakor supervisera votre éducation pour ces prochains jours, le temps que mon fils guérisse. Ensuite, j'aurai une autre mission à lui confier, et nous demanderons à d'autres personnes de vous tester. Pour l'heure, j'ai du travail. Au revoir, les garçons.

Ils s'en allèrent. Tad sourit à son frère adoptif. L'espoir avait désormais remplacé la peur dans leurs cœurs, car ils avaient pris très au sérieux les paroles de Nakor le premier soir – ils avaient vraiment cru qu'ils allaient mourir.

— Nakor, quel métier allons-nous apprendre ici ? demanda Tad en remontant le couloir.

— Ça reste encore à déterminer, mon jeune ami. Je ne suis pas sûr d'avoir un nom à proposer pour qualifier vos possibles activités. Disons que vous allez devenir des apprentis travailleurs.

— Quel genre de travail ? insista Zane.
— Oh, de toutes sortes. Vous ferez et verrez des choses que vous ne pouvez même pas imaginer car, si vous travaillez un jour pour le conclave des Ombres, ce ne sera pas qu'un métier. (Il prit brusquement un air très sérieux.) C'est un engagement à vie.

Les deux garçons ne savaient pas très bien ce que ça voulait dire, mais l'expression sérieuse de Nakor laissait à penser qu'il n'y avait rien de réjouissant là-dedans.

6

Apprentis

Zane avait le visage rouge de colère.

— Je refuse de le faire ! s'exclama-t-il d'une voix vibrante de défi.

— Mais il le faut, insista Tad. Sinon, tu auras des d'ennuis, plus que tu l'imagines.

— Ça sert à rien, protesta Zane. Si j'ai pas encore appris à l'âge que j'ai, c'est que j'y arriverai jamais.

— Tu as vécu au bord d'un lac toute ta vie et t'as jamais appris à nager, reprit Tad d'une voix plus forte à cause de la frustration. C'est n'importe quoi ! cria-t-il. Maintenant, Nakor dit que tu dois apprendre.

Les garçons se tenaient près d'un arbre sur la rive du lac. D'autres étudiants pataugeaient près du bord, tandis que quelques-uns nageaient en eaux plus profondes. Tad nageait bien depuis longtemps, mais Zane n'avait jamais appris. Ce fut d'ailleurs son attitude récalcitrante qui rappela à Tad qu'il n'avait jamais vu son frère adoptif dans l'eau.

Au même moment, les six sœurs du Pithirendar descendirent la colline en parlant à voix basse dans leur langue inconnue. Les deux garçons avaient fini par s'habituer à la nature étrange des résidents de ce qu'ils savaient désormais être l'île du Sorcier. Si l'on comptait parmi eux un certain nombre de personnes appartenant à des espèces inconnues et très bizarres, la plupart n'en restaient pas moins des humains, parmi lesquels quelques jeunes filles avec qui les garçons étaient devenus amis. Mais, bizarrement, les six sœurs provoquaient une réaction chez la plupart des jeunes mâles de l'île, y compris Tad et Zane.

Quatre des jeunes filles étaient nues, conformément à leurs préférences, tandis que les deux autres portaient une simple tunique blanche qu'elles ôtèrent en arrivant sur le rivage. Toutes les six se glissèrent dans l'eau avec aisance.

—Très bien, dit Tad. Reste ici si tu veux, mais moi je vais nager!

Zane se leva d'un bond.

—Peut-être que tu as raison. Peut-être qu'il est temps d'apprendre.

Il courut après son frère adoptif et entra dans l'eau dans une gerbe d'éclaboussures.

Non loin de là, Nakor et Caleb les observaient.

—Comment s'en sortent-ils? demanda Caleb.

Nakor haussa les épaules.

—Ce sont de bons garçons mais, sans ce malheureux incident avec les bandits et ta blessure, ils n'auraient jamais mis les pieds ici. Ils ne possèdent aucun talent particulier.

—Sauf que ce sont de bons garçons, insista Caleb.

—Ça, on en a plus qu'il en faut, répliqua Nakor. En revanche, on aurait besoin de quelques salopards sans cœur qui n'hésiteraient pas à tuer leur propre mère si besoin était.

Il tourna le dos au lac au bord duquel les garçons éclaboussaient les jeunes Pithirendaries, qui le leur rendaient bien. Ensemble, Caleb et le petit homme entamèrent la longue marche pour rentrer à la villa. Les blessures du premier étaient presque entièrement guéries, si bien qu'il n'éprouvait plus qu'une très légère gêne en marchant.

—Tu sais, si mon père n'était pas ce qu'il est, moi aussi, je ne serais qu'un «bon garçon».

—Tu possèdes un certain nombre de talents, rétorqua Nakor.

—Tels que?

—Tu es un chasseur remarquable, tu sais suivre une piste et te déplacer dans les bois comme personne. Tes aptitudes sont proches de celles des elfes.

—Ce qui est bien normal pour un jeune relativement doué qu'on a envoyé vivre chez les elfes, Nakor. (Il regarda autour de lui et ajouta:) Tu en vois beaucoup des bons chasseurs par ici? (Le petit Isalani ne répondit pas.)

» Nous savons tous les deux que, si l'on m'a envoyé séjourner chez Tomas en Elvandar, c'est en partie parce que je me sentais malheureux ici. Père s'est dit que le changement me ferait du bien, et il avait raison. Il y a une différence entre être le seul garçon humain parmi les elfes, qui m'ont traité avec respect, et être le seul enfant privé de pouvoirs magiques au milieu de tous ces jeunes magiciens, qui m'ont traité avec mépris.

— Mépris est un mot trop fort, Caleb.

Ce dernier regarda Nakor.

— Tu n'as pas toujours été là, comme mon père d'ailleurs. Ma mère a tout vu, et elle a essayé de me protéger, comme Magnus. Mais les enfants peuvent se montrer cruels, Nakor. Si tu les veux vraiment, tes salopards sans cœur, prends-les dès l'enfance et empêche-les d'apprendre la compassion.

— Tu as l'air amer, fit remarquer Nakor comme ils arrivaient près des cuisines.

— Vraiment ? (Caleb haussa les épaules.) Je ne ressens pas d'amertume, mais j'imagine que certaines blessures, même celles de l'enfance, ne se referment jamais. Elles s'atténuent simplement avec le temps.

— Qu'est-ce qui te perturbe réellement, Caleb ?

Ils passèrent devant les cuisines et continuèrent en direction du bâtiment principal de la Villa Beata.

— Je me sens inutile, comme si je n'étais pas à la bonne place. (Caleb s'arrêta devant le hall couvert qui reliait les deux bâtiments.) La plupart du temps, je fais office de courrier et je délivre des messages qui ne sont pas assez importants pour que Magnus, toi ou n'importe quel autre magicien, vous vous en occupiez.

» Je sais que je peux me fondre dans un décor, ce qui n'est pas le cas de Magnus, mais, en dehors de ça, à quoi est-ce que je sers ?

Nakor voulut dire quelque chose, mais Caleb leva la main pour l'interrompre. Une lueur sérieuse brillait dans ses yeux bruns et sa voix était teintée de colère.

— Tu crois vraiment que, si Ser Fauconnier ou Kaspar d'Olasko avaient été dans ce chariot, ils auraient laissé ces bandits les blesser ? Non. Ils s'en seraient sortis sans une égratignure !

» Je suis assez bon bretteur, Nakor. Meilleur que la moyenne mais pas remarquable. Je suis un bon chasseur, peut-être même un grand, mais quelle utilité ça peut avoir dans ce conflit ? Oui, je suis un bon pisteur. C'est le cas de bon nombre d'hommes également.

» Là où je veux en venir, c'est que je n'ai rien de spécial à faire, rien qui me permette de m'assumer.

Nakor secoua la tête et posa la main sur l'épaule de Caleb.

— Mon jeune ami, tu n'imagines pas à quel point tu as tort. Le jour viendra où tu découvriras ton vrai potentiel, Caleb. Ce jour-là, tu comprendras enfin à quel point tu es spécial. En attendant, si tu as envie de pleurer sur ton sort, libre à toi. Mais je n'ai pas le temps de rester là à t'écouter.

Sur ce, il tourna les talons et s'en alla.

Caleb resta pendant une minute en proie à un conflit intérieur. Puis il commença à glousser, avant de se mettre à rire pour de bon. Discuter avec Nakor lui permettait toujours de chasser ses idées noires. Il décida de retourner à ses appartements pour réfléchir à ce qu'il allait faire de Tad et de Zane.

Allongé sur le rivage, Zane toussait furieusement en essayant de ne pas avoir l'air trop ridicule. Tad l'aida à s'asseoir.

— Si tu veux t'éloigner du bord jusqu'à plus avoir pied, tu devrais au moins apprendre à patauger.

Zane recracha de l'eau et toussa encore un peu.

— Je me suis laissé distraire, admit-il.

— Il va bien ? demanda l'une des sœurs derrière Tad.

Toutes les six étaient rassemblées autour des jeunes gens, en compagnie d'autres étudiants, et tout ce beau monde observait la scène avec un mélange d'inquiétude et d'amusement.

— Il survivra, répondit Tad en aidant son frère adoptif à se relever. (Les sœurs chuchotèrent entre elles et pouffèrent de rire, puis battirent en retraite en direction de l'eau.) Qu'est-ce que tu essayais de faire ?

— L'une d'elles… Zadrina, je crois, m'a entraîné à l'écart pour m'embrasser, répondit Zane en suivant du regard le départ des sœurs.

— Je n'arrive pas à les différencier, dit Tad. Et elles veulent toutes t'embrasser, si tu les laisses faire.

— Mais c'était un vrai baiser ! Elle m'a vraiment embrassé !

— C'est là que tu as ouvert les yeux et que tu t'es rendu compte que tu étais sous l'eau ?

— Oui, j'ai ouvert les yeux et j'ai vu que j'étais sous l'eau, répéta Zane en hochant la tête.

— Et tu as commencé à te noyer ?

— Oui, j'ai commencé à me noyer.

— Il va vraiment falloir que je t'apprenne à nager, conclut Tad.

— Et vite, renchérit Zane en regardant les filles jouer dans l'eau avec d'autres garçons. Mais pas aujourd'hui. J'ai bu tellement d'eau du lac que j'aurais plus jamais soif !

— Viens, rentrons. (Tad regarda en direction de la villa.) J'ai vu Caleb et Nakor discuter juste avant qu'on s'en aille nager. Je me demande s'ils ont pris une décision à notre sujet.

— Ben, quoi qu'ils décident, j'espère que ça attendra jusqu'à demain, rétorqua Zane. Après le dîner, je suis censé retrouver Zadrina à la piscine.

— Essaie de pas te noyer, répondit son frère adoptif en lui donnant une bourrade.

— Promis. (Tout en prenant la direction de la villa, Zane ajouta :) Tu sais qu'elles viennent d'un monde qui est composé en majorité d'eau ? C'est pour ça qu'elles y passent la plus grande partie de leur journée.

— J'ai encore du mal à imaginer l'existence d'un autre monde, reconnut Tad.

— Et même de plusieurs, rectifia Zane. Moi aussi, j'aurais eu du mal, je crois, mais comme tout le monde ici a l'air de trouver ça banal, ça m'aide à me faire à cette idée. (Il regarda autour de lui.) Quand on était petits, c'était facile de se représenter Kesh et le royaume, parce que des gens des deux nations traversaient notre ville tout le temps. Mais j'avais du mal à imaginer à quoi ressemblaient les autres pays. Là, c'est la même chose, c'est juste l'ordre de grandeur qui change. (Il jeta un coup d'œil interrogateur à Tad.) Tu me suis ?

Tad hocha la tête.

Ils n'étaient pas encore tout à fait arrivés au bâtiment principal lorsqu'un homme vêtu de chausses moulantes et d'une chemise bouffante sortit par une porte en s'exclamant :

— Ah ! Vous voilà. Vous êtes les deux garçons du port des Étoiles ?

Sans attendre de réponse, il leur fit signe de le suivre. Il se déplaçait comme un danseur ou un acrobate, avec une économie de mouvements et une fluidité incroyables. Il était chaussé de bottines étranges, fermées par des lanières croisées au niveau de la cheville et dotées de semelles souples, apparemment en cuir doublement renforcé. Il avait des cheveux blonds extrêmement pâles qui tombaient jusqu'à ses épaules.

Ils passèrent sur le côté de la villa, en face du petit lac. L'inconnu se retourna pour contempler quelques instants les garçons de ses yeux bleu pâle.

— Ne vous laissez pas distancer, leur ordonna-t-il.

Les deux jeunes gens durent alors prendre un chemin qui escaladait une côte. Ils arrivèrent au sommet pratiquement hors d'haleine. Sans s'arrêter, leur guide se contenta de leur dire :

— Pas le temps de se reposer maintenant, les garçons.

Tad et Zane inspirèrent tous deux profondément, puis suivirent l'inconnu le long d'un chemin escarpé qui descendait vers la mer. Sur leur gauche, ils découvrirent un édifice noir qui se dressait sur un promontoire.

— Qu'est-ce que c'est ? se demanda Zane à haute voix.

— Le château du Sorcier Noir, répondit leur guide.

— Et c'est qui le Sorcier Noir ? s'enquit Tad.

L'inconnu leur jeta un regard par-dessus son épaule en souriant d'un air malicieux. Il paraissait jeune, comme s'il n'avait que quelques années de plus que les garçons, et pourtant il y avait du gris dans sa chevelure blonde.

— Quand il est là, c'est Pug, le Sorcier Noir. Sinon, c'est parfois Nakor, ou Magnus, ou Miranda, ou quelqu'un d'autre. Le rôle revient à celui qui est disponible.

— Je comprends rien, avoua Tad en s'arrêtant pour reprendre son souffle. Vous pouvez attendre un peu ?

L'inconnu s'arrêta.

— Quoi, tu es déjà à bout de souffle ? à ton âge ?

Zane s'arrêta également.

— C'était une longue ascension.

— Ce n'était rien du tout. Attendez que j'en aie fini avec vous deux : vous remonterez ces chemins en courant sans même y penser.

— Le Sorcier Noir, lui rappela Tad entre deux halètements en désignant le château.

— Eh bien, vous avez tous les deux entendu parler du Sorcier Noir, bien entendu…

— Non, l'interrompit Zane. Jamais. C'est pour ça qu'on pose la question.

— Je croyais que tout le monde autour de la Triste Mer connaissait l'existence du Sorcier Noir, s'étonna leur guide.

— On est pas du coin. On vient du port des Étoiles, lui rappela Tad.

— Ah ! fit l'homme en hochant la tête comme s'il comprenait. Le port des Étoiles. (Il tourna les talons.) Venez. La pause est terminée.

Les garçons inhalèrent plusieurs grandes bouffées d'air, puis se dépêchèrent de rattraper leur guide, qui marchait d'un pas vif.

— Un homme vivait dans ce château autrefois, il s'appelait Macros, expliqua-t-il. C'est lui qui a créé la légende du Sorcier Noir pour que les gens le laissent tranquille. Il a légué cette île à Pug, qui perpétue la légende afin qu'aucun navire ne vienne accoster ici. Ça permet de garder une certaine tranquillité.

En descendant vers la plage, ils croisèrent un chemin qui montait au château.

— Si vous prenez ce sentier, vous arriverez tout droit au château, expliqua l'inconnu. Mais il est vide. C'est un endroit plutôt triste et inhospitalier, même si nous éclairons les fenêtres avec de drôles de lumières quand on pense que quelqu'un nous épie, ajouta-t-il en se retournant avec un grand sourire. C'est toujours un sacré spectacle. (Puis il regarda de nouveau en direction de la plage.)

» Voilà ce que je veux que vous fassiez, reprit-il au moment où ils arrivaient sur le sable. (Il désigna une partie de la plage relativement éloignée, à l'endroit où de gros rochers masquaient la courbe du rivage.) Courez le plus vite possible jusqu'à ce rocher et puis revenez – de la même façon.

Tad avait du mal à rester debout.

— Vous êtes qui ?

L'inconnu mit les mains sur les hanches.

— Je m'appelle Tilenbrook, Farsez Tilenbrook. Je vais être votre professeur d'éducation physique pendant quelque temps. Vous vous êtes laissé aller tous les deux sur ce plan-là et vous n'êtes pas prêts à affronter les rigueurs qui vous attendent en tant qu'apprentis de Caleb.

Les garçons échangèrent un regard surpris.

— On va devenir ses apprentis ? se réjouit Zane.

— Peut-être. Maintenant, courez !

Les garçons s'éloignèrent d'un pas lent, car ils étaient encore fatigués par leur ascension de la colline. Farsez attendit patiemment tandis qu'ils couraient en trébuchant jusqu'au lointain rocher puis qu'ils revenaient de même. De retour près de lui, les deux garçons s'effondrèrent à genoux sur le sable. Zane, haletant, se laissa même rouler sur le dos.

— Eh bien, fit Tilenbrook, vous êtes dans un état déplorable pour deux jeunes garçons comme vous. C'est ce qui arrive quand on traîne toute la journée sans rien faire, je parie. Maintenant, debout ! (Les garçons se levèrent en titubant.) Une marche rapide jusqu'à la villa vous fera le plus grand bien !

Il se remit en route d'un pas vif sans même se retourner. Les garçons le suivirent en grognant.

Près de une heure plus tard, deux garçons très fatigués et trempés de sueur descendirent la colline en titubant jusqu'à la villa, où Tilenbrook les attendait, assis sur le muret du jardin, avec une grande tasse à la main. Il but une gorgée et jeta un coup d'œil au soleil lorsque les jeunes gens le rejoignirent.

—Très bien. Nous en avons terminé pour aujourd'hui. Nous recommencerons demain, et les jours suivants, jusqu'à ce que vous couriez jusqu'à ce rocher et que vous en reveniez à une vitesse que je jugerai convenable.

Tad et Zane échangèrent un regard de dépit, puis Zane ferma les yeux et se pencha en avant, les mains sur les genoux. Tad essaya de détendre son corps douloureux en marchant en rond.

—Je vous retrouverai ici même, demain matin, juste après le petit déjeuner, annonça Tilenbrook en se levant.

Sur ce, il s'en alla. Zane regarda Tad.

—Je crois que je préfère encore me suicider tout de suite.

Tad acquiesça et prit d'un pas lent la direction de leur chambre. En entrant, il renifla d'un air théâtral.

—Si tu dois retrouver l'une des sœurs après le dîner, je te suggère de prendre un bain.

—J'avais oublié, gémit Zane. (Il resta debout alors que Tad se jeta sur son lit.) Retournons au lac.

—Là, maintenant ? Et le dîner ?

—Tu as faim ?

—Pas vraiment, reconnut Tad.

—Bien. Alors, apprends-moi à nager. En même temps, je me débarrasserai de l'odeur.

Tad se força à se remettre debout en protestant bruyamment.

—Au moins, prends des vêtements propres, rappela-t-il à son frère adoptif. (De fait, chacun prit une tenue de rechange.) On va aller prendre du savon aux thermes.

À leur arrivée, ils trouvèrent les lieux déserts, ce qui n'avait rien d'étonnant puisqu'il était l'heure de dîner. Les thermes se composaient de trois pièces, l'une abritant de l'eau très chaude, l'autre de l'eau tiède et la dernière de l'eau froide. Nakor leur avait expliqué le rituel du bain, mais les garçons préféraient tous les deux se laver avec l'eau d'un seau avant de prendre un simple bain chaud dans le caldarium.

— Je crois que le lac, ça attendra demain, dit Zane.

Ils enlevèrent rapidement leurs vêtements, remplirent deux seaux d'eau chaude et lavèrent la saleté accumulée ce jour-là. Lorsqu'ils eurent fini, ils entrèrent dans le bassin et poussèrent un soupir de soulagement en laissant la chaleur s'insinuer dans leurs muscles fatigués. Dans cette pièce et dans le tepidarium – celle du centre –, l'eau restait à la température voulue grâce à des conduites d'eau qui s'en allaient jusqu'à la cuisine. Là, les feux brûlaient jour et nuit, puisque la cuisine était une activité permanente pour les habitants de l'île du Sorcier.

Quelques minutes plus tard, les garçons somnolaient tous les deux.

Zane se réveilla brusquement et découvrit un beau visage à seulement quelques centimètres du sien. Il plongea son regard dans des yeux qui paraissaient blancs de loin, mais qui contenaient en réalité de petites taches vertes, et qui étaient sertis dans un visage vert foncé illuminé de joie.

— Te voilà, chuchota une voix exotique. Je te cherchais.

Zane se passa la main sur le visage.

— J'ai dû m'endormir.

Il écarquilla les yeux en sentant la main de la jeune fille descendre le long de son torse tandis qu'elle se penchait pour l'embrasser.

Par-dessus l'épaule de sa compagne, il vit que l'une de ses sœurs – il ignorait laquelle – procurait à Tad les mêmes attentions câlines. En fermant les yeux pour mieux apprécier des sensations qui étaient à la fois nouvelles et merveilleuses pour lui, il songea en silence : *J'espère que c'est bien Zadrina et pas l'une de ses sœurs.*

Pendant des semaines, leur entraînement ne suivit aucun schéma clairement défini ; il leur paraissait souvent arbitraire, inutile et épuisant. Après deux semaines de course quotidienne jusqu'au rocher, ils parvinrent enfin à ne plus ralentir en chemin. Tilenbrook leur fit alors faire la course une deuxième fois, puis exigea d'eux qu'ils remontent la colline et qu'ils rentrent à la villa en courant.

Zane fut cependant obligé de reconnaître que ça devenait plus facile et il découvrit également qu'il dormait mieux la nuit. Tad se plaignit qu'il allait devoir trouver quelqu'un pour resserrer ses pantalons à la taille.

Le seul élément de bonheur dans leur vie, c'était les sœurs, Zane avec Zadrina et Tad avec Kalinda. Après cette première nuit dans les thermes, Tad prétendait désormais ne plus avoir aucun mal à les distinguer les unes des autres.

Malgré tout, ils passaient la plus grande partie de la journée à courir. Bien sûr, ils amélioraient leurs performances, mais ils ne voyaient guère l'intérêt de cet exercice constant.

Trois semaines après le début de leur entraînement, au retour d'une course de plus de huit kilomètres jusqu'à un affleurement rocheux que Tilenbrook leur avait décrit, les garçons trouvèrent leur professeur en compagnie d'un autre homme. À peine essoufflés désormais, les jeunes gens ralentirent et parcoururent les derniers mètres en marchant. Tilenbrook ouvrit alors un ballot et leur lança une épée à chacun.

— Défendez-vous! ordonna-t-il.

Tad attrapa son épée au vol, mais Zane manqua la sienne. L'inconnu qui accompagnait Tilenbrook se précipita comme un taureau qui charge, en brandissant une épée incurvée à l'air redoutable. Sans lui laisser le temps de réagir, il renversa Tad d'un coup d'épaule, puis assena à Zane un coup sur le côté du crâne avec le plat de sa lame. Le jeune garçon se retrouva à genoux.

— Vos ennemis se moquent de savoir si vous êtes fatigués, dit le barbu en relevant Zane par le col de sa tunique avant de lui poser son épée en travers de la gorge. (Puis, d'une torsion du poignet, il frappa durement Tad sur l'épaule avec le plat de la lame.) Vous êtes morts tous les deux.

— Voici Bolden, leur annonça Tilenbrook. Il sera votre instructeur pendant quelque temps. Puisque vous n'êtes plus des escargots, j'en ai maintenant terminé avec vous.

— Debout! ordonna Bolden. (Les garçons obéirent tandis que Tilenbrook reprenait le chemin de la villa.) Est-ce que vous savez ce qui, la plupart du temps, fait la différence entre survivre ou mourir au combat?

Zane porta la main à son visage, car son oreille continuait à lui faire mal.

— Non, dit-il en se frottant la joue.

— La détermination, répondit l'homme aux larges épaules en dévisageant les garçons de ses yeux noirs. Un guerrier n'est rien de plus qu'un homme déterminé armé d'une épée. Et qui n'hésite pas. Vous êtes morts tous les deux parce que vous avez hésité. Si j'avais attaqué deux guerriers expérimentés, c'est moi qui aurais mal à la tête – ou qui serais mort. (Il désigna les deux épées abandonnées sur le sable.) Ramassez-les.

Ils obéirent. Alors, il attaqua de nouveau, brusquement. Une fois de plus, il désarma rapidement les jeunes gens.

— Vous êtes morts de nouveau ! (Il fit signe aux garçons de ramasser leurs épées encore une fois.) Vous savez comment quelques hommes armés parviennent à contrôler des groupes bien plus importants ?

— Grâce à leur détermination ? devina Tad.

Bolden acquiesça.

— L'homme qui a peur s'enfuit, essaie de se cacher ou se rend, tout simplement. La plupart des hommes ont peur. (Il fit signe aux garçons de le suivre et reprit la direction de la villa.) D'autres encore essaient de raisonner et meurent avant d'avoir eu le temps d'avancer leurs arguments. Une demi-douzaine de bandits peuvent réussir à détruire un village d'une vingtaine d'habitants ou plus parce qu'ils sont déterminés et que les villageois ont peur ou qu'ils essaient de raisonner leurs agresseurs.

» Si les villageois étaient déterminés, s'ils réagissaient sans réfléchir, les six bandits seraient des hommes morts.

» Gardez toujours votre épée sur vous, peu importent les circonstances, ordonna-t-il en arrivant au pied du chemin qui escaladait la colline. Si je vois l'un d'entre vous se balader dans la villa sans cette épée, je vous flanquerai une correction, c'est clair ?

— Oui, répondirent les garçons.

Ils rentrèrent à la villa en silence.

Fidèle à sa parole, Bolden corrigea Zane une fois et Tad deux fois dans les semaines qui suivirent. La seconde fois fut la plus humiliante, car Bolden le surprit en train de nager dans le lac avec Kalinda. L'épée gisait sur le rivage à côté des vêtements du couple.

L'apprentissage de l'escrime se révéla ardu, plus en raison des exigences de Bolden sur la façon dont ils devaient réfléchir et se comporter qu'à cause de quelconques difficultés physiques. La moindre hésitation ou la moindre incertitude se soldait inévitablement par une punition qui variait entre rester assis toute une nuit sur un rocher surplombant la mer ou se faire corriger à coups de canne.

Pendant des jours et des jours, les garçons ne virent Caleb nulle part.

Les autres taches qu'on leur confia leur parurent un peu plus raisonnables, mais à peine. Tous les deux apprirent à manier un arc avec un certain talent. Un dénommé Lear leur apprit les rudiments du métier de pisteur en leur montrant comment traquer le gibier ou comment reconnaître des traces dans les bois. Les garçons mirent également leur propre expérience à profit en aidant aux travaux de jardinage, en moissonnant les champs à l'autre bout de l'île et en s'occupant des animaux.

Mais certaines taches leur paraissaient complètement insensées. Quand ils donnaient un coup de main en cuisine, ils étaient forcés de subir de longs discours sur la façon de préparer chaque plat. Quand on les assignait au ménage de la villa, on exigeait d'eux qu'ils maîtrisent tous les aspects de la vie domestique – entre autres, faire les lits et nettoyer les pots de chambre. Les deux garçons considéraient cela comme « un travail de femme » et râlaient souvent, jusqu'au jour où Zane dit quelque chose à l'une des étudiantes, une charmante rousse du nom de Brunella, qui s'empressa de lui donner une tape sur l'arrière du crâne avant de s'en aller.

Ce jour-là, les garçons se demandaient à voix haute quels dieux ils avaient bien pu offenser, car ils devaient hisser des pierres en haut du chemin qui partait de la plage pour les déposer à un endroit désigné par un homme taciturne du nom de Nasur. Trapu, ce dernier possédait de puissantes épaules, une épaisse crinière noire et la barbe qui allait avec. Il avait fait son apparition ce matin-là après le petit déjeuner en leur disant qu'il allait superviser leur entraînement pendant quelque temps.

Il les avait amenés au sommet de la côte et leur avait montré un mur en pierre croulant qui flanquait le chemin menant au château. Il avait ensuite désigné les tas de pierres qui s'étaient formés au bas de la colline.

—Cela fait des années qu'elles dégringolent comme ça. Pug pense qu'on devrait remettre le mur en état. Alors soyez gentils et allez me ramasser ces pierres. Trouvez un moyen de les remettre en place afin que la construction ne s'effondre pas dès les prochaines pluies. Le premier imbécile venu est capable d'utiliser du mortier, alors qu'il faut avoir l'œil pour agencer les pierres en fonction de leur taille et de leur poids, de façon à ce qu'elles tiennent. Je vous rapporterai à manger à midi. Allez, au boulot!

» Vous feriez mieux d'enlever votre tunique pour ne pas la déchirer, avait-il ajouté avant de s'en aller.

Les garçons avaient suivi son conseil, puis ils avaient commencé par remonter les petites pierres, les plus faciles à manipuler. À présent, il n'en restait plus, et ils devaient hisser des pierres plus grosses en haut de la colline. Le soleil était haut dans le ciel, si bien qu'ils étaient convaincus que Nasur les avait oubliés. Mais juste au moment où ils déposaient une nouvelle pierre au-dessus des autres déjà en place, ils le virent apparaître en haut de la côte.

Il portait un gros sac et un récipient couvert. Trempés de sueur, les garçons s'assirent et attendirent qu'il les rejoigne. Nasur tendit le récipient à Tad, qui souleva le couvercle.

— De la bière ! s'exclama-t-il, ravi.

Il en but une longue gorgée tandis que Zane ouvrait le sac.

— À manger ! s'écria le jeune homme brun.

Il plongea la main dans le sac et en sortit quelque chose enveloppé dans une serviette.

— On appelle ça un repas sur le pouce, expliqua Nasur. On met du fromage et de la viande, ou tout autre ingrédient disponible, entre deux tranches de pain et on mange sans assiette ni couteau.

Zane en tendit un à Tad, en sortit un deuxième pour lui et vit qu'il y en avait un troisième, qu'il donna à Nasur.

— Là, vous avez droit à du poulet et du fromage avec quelques tranches de concombre et de tomate, expliqua-t-il avant de prendre une grosse bouchée. J'ai aussi mis de la moutarde pour donner du goût.

Il paraissait très content de lui. Il tendit la main pour demander la bière, que Tad lui céda volontiers. Nasur la passa ensuite à Zane, qui but longuement.

— Allez-y doucement, les garçons, il ne faudrait pas que ça vous monte à la tête. Vous avez encore une demi-journée de travail devant vous.

Zane fit rouler les muscles de ses épaules, comme si le fait de les étirer permettait de soulager la douleur.

— Pourquoi cette soudaine envie de réparer ce mur, Nasur ? demanda-t-il.

Le barbu haussa les épaules tout en engloutissant une partie de son repas.

— Je n'en sais rien. C'est une activité comme une autre, je suppose. Ça vous occupe et ça vous permet de vous muscler un peu.

Bolden dit que vous avez atteint vos limites avec une épée et que ça ne sert à rien de continuer à vous taper dessus comme ça. Mais il a dit aussi que vous pourriez être plus costauds. C'est sans doute pour ça qu'on vous fait reconstruire ce mur.

Tad ne répondit pas. De son côté, Zane prit un air songeur, avant de demander :

— Est-ce que quelqu'un sait ce qu'ils vont faire de nous ?

— Pug le sait, c'est sûr, répondit Nasur. Caleb, Miranda, Nakor et Magnus aussi, sûrement. Ce sont eux qui prennent les décisions, par ici. Moi, je lance juste des sorts de protection. Je fabrique des petites amulettes pour tenir les mauvaises petites choses à l'écart. Eux, ils ont l'habitude de gérer les gros mauvais coups. (Il se leva.) Vous savez, par ici, il vaut mieux que vous ne posiez pas trop de questions, parce que les réponses risquent de ne pas vous plaire. En plus, on ne peut pas balancer ce qu'on ne sait pas. Ils vous diront tout le moment venu. Mais sachez au moins une chose : tout ce qu'ils vous apprennent, même si vous n'en voyez pas l'utilité pour l'instant, vous sauvera la vie un jour. (Il désigna les pierres.) Allez, vous avez encore du boulot. Continuez jusqu'au coucher du soleil et puis revenez à la villa pour vous laver avant le dîner, d'accord ?

Les garçons acquiescèrent. Nasur disparut derrière la colline. Tad et Zane finirent leur repas et contemplèrent les pierres au bas du chemin.

— Bon, ben, elles vont pas grimper ici toutes seules, pas vrai ? dit Tad.

— Hé non, à moins que tu sois brusquement devenu magicien, répondit Zane en s'engageant dans la descente.

Après avoir fini de réparer le mur, ils passèrent une semaine à nettoyer les débris qu'une tempête avait laissés dans une crique. Ensuite, on leur donna pour mission de repeindre la villa. Cela leur demanda presque un mois d'efforts. Lorsqu'ils eurent terminé, on les envoya de l'autre côté de l'île, à l'endroit où une cabane solitaire se dressait sur un promontoire au-dessus de l'océan. On leur demanda de la nettoyer et de la repeindre, elle aussi. Zane trouva le moyen de passer à travers le toit de chaume endommagé par les intempéries, ce qui lui valut une nouvelle blessure, une estafilade en haut du bras gauche.

— Faudra montrer ça à quelqu'un quand on rentrera, lui dit Tad en tamponnant la plaie. Mais ça saigne pas beaucoup.

Zane hocha la tête. Tous deux étaient désormais très bronzés et possédaient une collection de petites cicatrices récoltées ces derniers mois. Mais ils s'étaient également considérablement musclés. Tad n'était plus ce garçon maigre comme une liane et Zane n'était plus le plus corpulent des deux. Larges d'épaules et le ventre plat, ils n'avaient jamais possédé autant de force dans les bras. Ils savaient courir loin et vite, tout en étant capables de se battre à l'arrivée. Si, un jour, une situation difficile se présentait, ils agiraient avec détermination, ils en étaient convaincus.

Quand ils eurent terminé les réparations de la cabane, on les confia de nouveau aux bons soins de Tilenbrook, tout juste rentré d'une mystérieuse mission.

Il leur demanda de le retrouver sur un carré de pelouse près du lac.

— Il est temps pour vous d'en apprendre davantage sur l'art de se battre à mains nues.

— Vous voulez dire, comme dans une bagarre ? demanda Tad en voyant que leur professeur n'avait apporté aucune arme.

— C'est un peu plus compliqué que ça, mais tu n'as pas tort. (Il regarda les deux garçons.) Lequel souhaite passer le premier ?

Tad et Zane échangèrent un regard.

— Tu es toujours le premier à balancer des coups de poing. Vas-y, l'encouragea Tad.

Zane sourit et commença à tourner autour de Tilenbrook, les poings levés, le gauche près du visage.

— Très bien, le félicita Tilenbrook en avançant à la manière d'un danseur. La position de ta main gauche te permet de protéger ta tête. (Brusquement, il lança son poing gauche sous le coude de Zane. Ce dernier se plia en deux, le souffle coupé et les genoux flageolants.) Bien sûr, il te faut maintenant apprendre à protéger ton flanc en même temps que ta tête.

Il rejoignit Zane et l'aida à recouvrer l'équilibre.

— Regardez-moi, dit-il. (Il montra aux garçons comment ramener leur coude contre leur flanc et se pencher légèrement pour réceptionner un coup sur le bras ou sur la hanche.) Épuisez votre adversaire, ne lui présentez que vos bras, vos épaules et vos hanches. Bien sûr, vous aurez mal partout et vous serez couverts de bleus le lendemain, mais vous serez vivants. Votre adversaire, lui, aura les bras lourds et le souffle court. Grâce à toutes ces courses à pied que nous vous avons fait faire, vous aurez encore du souffle. Même si le type en face est meilleur que vous, vous réussirez sûrement à gagner la bagarre.

Il passa la matinée à montrer aux garçons comment utiliser leurs poings. Puis, l'après-midi, il leur dévoila tout l'éventail des techniques du combat à mains nues : les poings, les pieds, les genoux, les coudes et les coups de tête.

— S'en prendre aux yeux est aussi très efficace, surtout si on réussit à enfoncer les deux pouces dans les orbites de l'adversaire ; on l'aveugle alors juste assez longtemps pour causer des dégâts sérieux à d'autres parties de son corps. (Il jeta un coup d'œil en direction du soleil couchant.) Je crois qu'on a fini pour aujourd'hui. (Les deux garçons étaient épuisés. Il les congédia en ajoutant :) Demain, nous verrons les armes de base.

Tad et Zane se regardèrent, mais ils étaient trop fatigués pour parler.

Le lendemain matin, après le petit déjeuner, ils retournèrent sur la pelouse où Tilenbrook était censé les attendre. Mais ce fut Caleb qu'ils trouvèrent là-bas. Entièrement remis de ses blessures, il les attendait, un sac de voyage sur l'épaule et deux autres sacs à ses pieds.

— Où est Tilenbrook ? demanda Tad.

— Il s'occupe d'autre chose, répondit Caleb. Nous allons couper court à votre entraînement, parce qu'on doit partir ce matin même. Prenez un sac. Chacun contient plusieurs chemises, des pantalons, une paire de bottes de rechange et des objets dont vous aurez besoin. On vous donnera des armes dès qu'on sera sur le bateau.

— Le bateau ? répéta Tad.

Caleb sourit.

— Parfois, il vaut mieux se déplacer par des moyens conventionnels.

— Où est-ce qu'on va, Caleb ? demanda Zane en soulevant son sac.

— À Kesh.

— On va à Yar-Rin ? intervint Tad.

— Ou à Jonril ? renchérit Zane.

— Non, on va à la capitale, répondit Caleb en se mettant en marche. Je vous en dirai plus une fois qu'on aura levé l'ancre. Sachez simplement qu'on va passer par Port-Vykor, puis par le port des Étoiles

– on en profitera pour aller dire bonjour à votre mère. Ensuite, on s'enfoncera au cœur de l'empire.

— Qu'est-ce qu'on va faire là-bas ? demanda Tad.

— C'est une longue histoire, répondit Caleb, sans sourire cette fois. J'aurai tout le temps de vous la raconter sur le bateau.

Sur ce, ils s'en allèrent.

7

Ralan Bek

Magnus observait la scène d'un air songeur.

Trois magiciens tsurani étaient rassemblés autour du Talnoy qu'il avait amené sur Kelewan plus d'un an auparavant. Tous se tenaient dans une grande pièce située dans les entrailles de l'assemblée des Magiciens, sur le monde natal des Tsurani. L'éclairage était fourni par une série d'objets magiques accrochés aux murs, car les torches avaient tendance à saturer l'air à cause de la fumée qui s'en échappait.

— On pense avoir réussi à comprendre la nature de cette... chose, Magnus, déclara un magicien du nom d'Illianda. Nous avons consulté les prêtres de plusieurs ordres pour savoir si cette créature abritait vraiment une... âme, comme tu l'as appelée.

Illianda, comme ses frères magiciens, était vêtu d'une simple robe de bure noire. Mais, contrairement à ses frères, il était grand et mince. Sa taille se rapprochait de celle d'un habitant du royaume, ce qui faisait de lui quelqu'un de très grand pour un Tsurani. Depuis la guerre de la Faille, nombre d'enfants avaient atteint en grandissant cette taille si peu conforme aux caractéristiques physiques de leur race. Cependant, comme la plupart des magiciens tsurani, Illianda avait le visage glabre, et il se rasait également le crâne. Tout en parlant, il fixait Magnus de son regard de martre noire.

— Notre principale inquiétude, cependant, c'est le fait qu'il agisse comme un phare pour attirer les habitants de cet autre monde.

Fomoine, un magicien corpulent d'une stature plus classique pour un Tsurani, prit la parole :

— Hier, on nous a rapporté l'apparition d'une faille sauvage dans une vallée isolée au nord de la cité de Barak, dans la province de Coltari. (La nouvelle attisa l'intérêt de Magnus.) Un berger a vu une faille noire apparaître dans le ciel ; un vol d'oiseaux de mauvais augure en est sorti. C'étaient des créatures repoussantes, d'après sa description.

— L'un de nos frères s'est transporté sur place et a découvert un peu d'énergie résiduelle due à la formation de la faille, expliqua Savdari, le troisième magicien. Elle ne provient certainement pas de ce monde et doit être originaire du monde des Dasatis dont vous nous avez parlé.

— Il a également trouvé et détruit les oiseaux, mais ces derniers avaient déjà tué plusieurs needras appartenant aux bergers, reprit Fomoine. Notre frère est revenu avec trois spécimens dont les dépouilles sont actuellement en cours d'examen. Ces oiseaux du monde dasati sont analogues aux charognards de votre monde – je crois que vous les appelez des corbeaux – ou à nos janifs. Ils sont, et c'est le moins qu'on puisse dire, bien plus agressifs et dangereux que nos oiseaux. Le berger a été obligé de se cacher dans un bosquet voisin pour se protéger.

— Voilà qui est effectivement troublant, admit Magnus. Avez-vous réussi à reproduire les artefacts qui protégeaient la grotte du Talnoy contre l'apparition de ces failles ?

— Pas vraiment. Nous sommes, une fois de plus, confondus par le travail de votre légendaire grand-père.

Magnus haussa légèrement les sourcils tout en s'efforçant de garder un air neutre. Ça l'agaçait toujours quand on mentionnait que Macros le Noir était son grand-père. Macros était mort avant sa naissance. Caleb et lui ne connaissaient rien de cet homme en dehors des histoires que leur mère leur avait racontées – et qui n'avaient, pour la plupart, rien de flatteur. Nul doute que Macros avait été un prodigieux magicien, mais il n'hésitait pas à abuser de la confiance des gens et à mettre de côté la compassion et les considérations éthiques. Selon une estimation prudente, ses manipulations avaient conduit à la mort des dizaines de milliers de personnes. La question était de savoir s'il s'agissait de sacrifices nécessaires ou si Macros disposait d'autres moyens pour parvenir à ses fins. C'était là l'un des sujets de conversation préférés entre Magnus et son père : les conséquences des choix que faisaient les personnes possédant de grands pouvoirs.

Magnus connaissait bien l'histoire officielle du royaume des Isles et il avait étudié les chroniques de divers historiens des Cités Libres, ainsi que quelques journaux intimes que Pug avait en sa possession. Mais rien ne pouvait rivaliser avec les histoires de la guerre de la Faille que son père et son ami Tomas leur racontaient, à Caleb et à lui, chaque fois que les garçons venaient en Elvandar.

De temps en temps, Magnus avait l'étrange prémonition qu'on allait le mettre à l'épreuve, lui aussi, comme son père et son grand-père avant lui. Il redoutait d'échouer car, comme ses prédécesseurs, il savait qu'il ne serait pas le seul à subir les conséquences de ses actes.

Seule la mère de Magnus semblait réussir à se distancer de ces inquiétudes-là. La position de Miranda était claire : si le Conclave n'avait pas pris part au conflit opposant les forces du Bien à celles du Mal, ce dernier aurait eu de grandes chances de régner en maître. Magnus essayait de ne pas entrer dans ce débat avec elle trop souvent, car il sentait que sa mère ressemblait bien plus à son propre père qu'elle voulait bien l'admettre.

— Quel dommage que ceux qui ont trouvé le Talnoy aient détruit la plus grande partie des sortilèges de protection en sortant la créature de sa crypte, regretta Magnus.

Il se demanda une fois de plus ce qu'en penseraient les Très-Puissants tsurani s'ils apprenaient qu'il existait dix mille créatures supplémentaires dissimulées dans un vaste tombeau sur le continent de Novindus. Heureusement, les sorts qui protégeaient cette grotte-là étaient intacts, eux. Nakor, Magnus, Pug et Miranda s'étaient tous relayés pour étudier et essayer de percer les secrets de Macros.

Magnus s'aperçut que les trois Très-Puissants le dévisageaient comme s'ils s'attendaient à le voir ajouter quelque chose. Il poursuivit donc :

— Peut-être que mon père a trouvé quelque chose depuis la dernière fois où je lui ai parlé.

Ses interlocuteurs hochèrent la tête. Magnus ressentit une certaine frustration. Il avait parlé à son père une heure à peine avant de revenir sur Kelewan, il doutait donc que Pug ait eu une révélation depuis. Il avait paru bien plus distrait par les nouvelles en provenance de Kesh la Grande : les Faucons de la Nuit faisaient de nouveau parler d'eux. Le jeune magicien soupira.

— Je vais m'entretenir avec lui et je reviendrai ici dans deux jours. Il va vouloir se tenir informé au sujet de la nouvelle faille que vous avez mentionnée.

Illianda s'avança.

— Je vous en prie, dites-lui que nous pensons avoir fait une découverte majeure. Comme je le disais, après avoir consulté quelques-uns des prêtres les plus puissants de nos différents temples, nous sommes en mesure d'affirmer avec une quasi-certitude que ce n'est pas une âme qui donne vie à ces créatures, mais une essence de vie.

— Je ne vois pas bien la différence, avoua Magnus.

— Pour faire court, nous allons vous épargner les détails des longues discussions que nous avons eues avec les prêtres. L'âme est une chose unique, propre à chaque individu, c'est ce qui retourne dans la dimension des dieux lorsque le corps meurt. L'essence, d'un autre côté, est une forme d'énergie vitale et c'est ce qui alimente le Talnoy.

Magnus haussa les sourcils, sincèrement surpris.

— En d'autres termes, les créatures sont hantées ?

— L'énergie, autrefois au service de l'âme, est désormais piégée au sein de la créature. D'après notre propre expérience, l'âme et l'essence sont inexorablement liées. Mais, au sein de ces créatures, ou plutôt au sein de celle qui a fourni l'énergie vitale, il semblerait que ce ne soit pas le cas. En d'autres termes, ce n'est, dans le fond, qu'une forme d'énergie comme une autre.

— Et que faut-il en déduire ?

— Deux choses, répondit Fomoine. D'abord, que la plupart des sorts relevant de la magie religieuse ne nous serviront pratiquement à rien parce qu'on n'a pas vraiment affaire à une âme…

— En admettant que les créatures des cercles inférieurs aient une âme, au sens où nous l'entendons, intervint Savdari.

Fomoine lança un regard noir à son compagnon avant de reprendre :

— C'est pourquoi tous les exorcismes, les bannissements spirituels et autres incantations religieuses n'auront aucun effet sur les Talnoys. Cela signifie également qu'il s'agit d'objets incapables de penser par eux-mêmes. De ce fait, le sortilège de contrôle utilisé pour façonner l'anneau est réellement impressionnant, car il interprète l'intention du porteur et la traduit sous forme d'ordres au Talnoy. (Il baissa la voix pour ajouter :) Ce qui signifie que les Dasatis ont des magiciens aux pouvoirs prodigieux. (Puis il sourit.) Il y a cependant une bonne nouvelle dans tout cela : puisque c'est une énergie vitale, elle est limitée.

— Limitée ? répéta Magnus. Mais comment serait-ce possible ? Le Talnoy est resté enterré sous une colline sur Midkemia pendant des milliers d'années et il est toujours actif.

— Nous sommes tous les trois parvenus à la conclusion que, tant que l'énergie vitale n'est pas utilisée, elle reste en réserve, répondit Fomoine. En revanche, dès que la créature se met à bouger, se bat et fait tout ce qu'on lui ordonne, l'énergie vitale s'épuise et, finalement… (il haussa les épaules) le Talnoy s'arrête de fonctionner.

— Au bout de combien de temps ? demanda Magnus. Cette donnée pourrait être très importante.

— Quelques jours, quelques semaines tout au plus, répondit Illianda. D'après ce que vous nous avez raconté, la créature a marché et s'est battue pendant quelques heures avant que vous nous l'ameniez. On a pu constater une légère diminution de sa force en faisant nos expériences. Nous avons utilisé l'anneau de contrôle pour tester ses capacités, mais nous ne l'avons, en tout et pour tout, manipulée qu'une douzaine d'heures, voire moins.

Magnus réfléchit un moment.

— Voilà qui expliquerait pourquoi, d'après Kaspar, les Dasatis semblent utiliser leurs propres soldats dans la plupart des conflits. Ces Talnoys doivent être des troupes d'assaut spéciales.

— Leur force réside dans leur nombre. Pendant quelque temps, ces créatures sont pratiquement invincibles. Mais, après ça, je pense qu'on peut facilement les neutraliser.

Magnus acquiesça.

— Je vois plusieurs façons d'y parvenir. (Il se tourna vers la porte en ajoutant :) Je vais parler à mes parents au sujet du sort de protection. D'ici un jour ou deux, l'un de nous reviendra avec davantage d'informations sur le problème. Même si le nombre de Talnoys n'est peut-être pas aussi important qu'on le croit et même si leur endurance est limitée, les Dasatis n'en restent pas moins un danger qu'il ne faut pas sous-estimer. Nous devons découvrir comment Macros a réussi à empêcher la détection de cette créature. Je vous en prie, tenez-nous informés de l'apparition de nouvelles failles, voulez-vous ? Bonne journée.

Les trois magiciens s'inclinèrent pour saluer le départ de Magnus. Ce dernier se rendit dans la salle où se trouvait la machine de la faille afin d'actionner le portail entre Kelewan et Midkemia. De leur côté, les Très-Puissants se consacrèrent de nouveau à l'étude du Talnoy. Tous avaient le même sentiment : Magnus ne leur avait pas tout dit au sujet de cette créature.

Nakor franchit l'étroit passage en pente qui séparait la première grotte de l'immense salle souterraine abritant les dix mille Talnoys. Une silhouette solitaire apparut devant lui.

—Bonjour, Nakor, dit le guerrier en armure blanche et or.

—Salut, Tomas. J'espère que ton séjour n'a pas été trop ennuyeux.

Le grand guerrier hocha la tête.

—Ça m'a rappelé de vieux souvenirs. J'ai passé plusieurs mois dans des galeries souterraines avec les nains des Tours Grises dans les premières années de la guerre de la Faille. (Il jeta un coup d'œil aux innombrables rangées de Talnoys immobiles derrière lui, comme des soldats au garde-à-vous.) Malgré tout, je dois reconnaître qu'il y a eu un manque remarquable de discussion ces derniers jours.

—Pug apprécie ton aide, répondit Nakor en souriant.

Tomas se raidit brusquement et releva la tête.

—Tu entends ? On dirait des chevaux.

Nakor se retourna et regarda en direction de la lumière qui entrait à flots par le petit tunnel.

—Oui, je les entends maintenant, répondit-il au bout d'un moment. (Il jeta un coup d'œil à l'humain devenu Seigneur Dragon.) Tu as une excellente oreille. (Tomas fit mine d'aller voir ce qui se passait, mais Nakor le retint.) J'y vais. Toi, reste ici, sauf s'il y a du grabuge. Ce ne sont probablement que des bandits. Je vais les chasser.

Tomas rit doucement tandis que Nakor s'en allait. Comme bien d'autres avant lui, il n'avait pas pris Nakor au sérieux quand ils s'étaient rencontrés. Le petit homme aux jambes grêles dans sa tunique déchirée, avec son éternel sac à dos en cuir, paraissait aussi menaçant qu'un chaton tout juste né. Mais, au fils des ans, Tomas avait eu un aperçu de la véritable nature de Nakor. À présent, il voulait bien croire Pug quand ce dernier disait que Nakor était peut-être l'individu le plus dangereux qu'ils connaissaient.

Malgré tout, Tomas n'était pas du genre à rester assis là sans rien faire. De plus, il s'ennuyait. Alors, il attendit quelques instants avant de remonter dans la petite grotte où l'on avait découvert le premier Talnoy.

Il aperçut Nakor debout devant l'entrée de la caverne. Un groupe de cavaliers s'arrêta au-dehors.

—Bonjour, leur dit Nakor avec un large sourire, une main posée sur son sac, contre sa hanche gauche, et l'autre levée pour saluer les nouveaux venus.

Tomas se rapprocha de façon à voir ce qui se passait dehors. Ils étaient cinq cavaliers, de jeunes hommes qui ressemblaient davantage à un groupe d'aventuriers un peu fous qu'à des bandits endurcis. Ils n'avaient pas l'air de présenter un réel danger, mais ils étaient tous armés et visiblement prêts à en découdre.

L'un deux fit avancer son cheval et éclata de rire.

— Tu es la chose la plus amusante que j'ai vue depuis des années, vieil homme. Un charretier à Jakalbra nous a dit qu'il y avait une grotte par ici, avec un trésor à l'intérieur. Alors, on s'est dit qu'on allait venir faire un tour pour vérifier par nous-mêmes.

Il était jeune, vingt ans seulement ou un tout petit peu plus. Mais il était très large d'épaules et peut-être aussi grand que Tomas, qui mesurait pourtant près de deux mètres. Les bras et le cou musclés, il portait une cuirasse, une culotte de cheval et des bottes, le tout en cuir. Il avait les bras nus, à l'exception des gros bracelets en cuir qui encerclaient ses poignets. Ses cheveux noirs lui arrivaient en dessous des épaules et des anneaux dorés ornaient ses oreilles. Ses yeux de la couleur de la nuit étaient sertis au sein d'un beau visage bronzé. Il y avait quelque chose chez lui qui poussa Tomas à sortir lentement son épée du fourreau.

Nakor haussa les épaules.

— S'il y avait le moindre trésor ici, vous croyez vraiment que je perdrais mon temps à m'abriter du soleil et de la chaleur ? Non, je vivrais comme un raj à Maharta ! (Il se mit à rire.) Un trésor ? Réfléchis, mon jeune ami, si vraiment il y avait un trésor ici autrefois, quelqu'un a dû piller cette grotte avant même que la nouvelle parvienne jusqu'à tes oreilles.

— Oh, parfois, les gens sont négligents, répliqua le jeune homme en mettant pied à terre. Je préfère aller vérifier par moi-même.

Nakor se campa devant lui.

— Je ne crois pas que tu aies envie de faire une chose pareille.

— Et pourquoi ça ? demanda le jeune homme en tirant son épée.

Tomas sortit au grand jour et s'interposa entre lui et l'ouverture de la grotte.

— Parce que ça m'énerverait vraiment si tu essayais.

Nakor fit un pas de côté et balaya du regard les environs pour marquer la position des quatre autres cavaliers. Mais ces derniers paraissaient intimidés par l'imposante présence de Tomas. Brusquement, leur après-midi de divertissement se transformait en affrontement à l'issue potentiellement fatale. L'un des jeunes gens fit un signe de tête à ses trois compagnons. Tous tournèrent bride et s'en allèrent.

Leur jeune chef jeta un coup d'œil par-dessus son épaule et se mit à rire.

— Lâches, dit-il. (Il commença à contourner Tomas par la gauche, en le jaugeant du regard.) Tu es costaud, c'est sûr.

Quand Tomas n'était encore qu'un enfant, le hasard avait guidé ses pas jusqu'à une grotte dans laquelle avait vécu un Valheru, l'un des Seigneurs Dragons qui régnaient autrefois sur Midkemia.

En revêtant l'armure du Valheru, cette même armure qu'il portait encore aujourd'hui, Tomas avait vu son corps et son esprit se modifier jusqu'à ce qu'il devienne l'incarnation vivante de cette ancienne race. Même si son rôle de prince consort de la reine des elfes, de père et de protecteur de son peuple adoptif l'avait transformé bien plus profondément que cet ancien héritage qu'il portait en lui, il n'en restait pas moins toujours aussi dangereux. Il n'existait peut-être qu'une dizaine d'hommes au monde capables de survivre à un combat contre Tomas, et tous étaient magiciens. Même les plus fins bretteurs, comme Serwin Fauconnier, ne sauraient retarder l'échéance fatale que de quelques minutes.

Nakor contempla une dernière fois les cavaliers qui s'enfuyaient, puis son regard revint se poser sur le jeune homme qui s'approchait de Tomas. Il y avait quelque chose chez lui qui mettait Nakor mal à l'aise. Le petit Isalani s'en alla prendre le cheval du jeune homme par la bride et le conduisit à l'écart afin de laisser plus de place aux deux combattants.

— Tu vas vraiment essayer de m'empêcher d'entrer là-dedans ? demanda le jeune homme avec une petite lueur de folie au fond des yeux.

— Je ne vais pas seulement essayer, fiston, répondit Tomas. Tu ne mettras pas les pieds dans cette grotte.

— Du coup, j'ai du mal à croire qu'il n'y a aucun objet de valeur là-dedans, répliqua l'autre.

— Je me moque de ce que tu peux penser, riposta Tomas en se mettant en garde, prêt à parer toute attaque.

Avec une fluidité et une rapidité que Nakor n'aurait pas cru possibles, le jeune homme aux cheveux noirs s'avança et effectua une botte compliquée et vicieuse qui parvint, chose incroyable, à faire reculer Tomas. Ce dernier para tous les coups, aussi rapides et violents soient-ils, mais il ne pouvait à aucun prix détacher son regard de son adversaire.

Les yeux fixés sur le duel, Nakor chercha à tâtons et trouva un buisson auquel il attacha les rênes du cheval. Le jeune homme était plus qu'un simple guerrier. Son escrime possédait, dans sa force et dans ses mouvements, une efficacité qui surpassait celle des meilleurs bretteurs de Midkemia. La férocité de ses coups obligeait même Tomas à céder du terrain.

Les deux épées s'entrechoquaient aussi bruyamment qu'un marteau frappant une enclume. Nakor comprit alors qu'ils n'avaient pas affaire à un jeune ordinaire. À chaque seconde, le ton et l'intensité du duel augmentaient. Très vite, le combat ne ressembla plus qu'à un assaut forcené.

Dans un éclair de lucidité, Nakor mit brusquement des mots sur ce qu'il percevait depuis le début du duel.

— Ne le tue pas, Tomas ! Je veux l'interroger !

Tomas avait bien du mal à ne pas tenter un coup fatal, ce qui ne l'empêcha pas de crier :

— J'essaierai de garder ça à l'esprit, Nakor.

L'humain devenu Valheru possédait des armes bien plus puissantes que la seule force de ses bras. Il décida que le duel avait assez duré.

Il avait d'abord essayé de fatiguer son adversaire, car il ne désirait nullement blesser un jeune homme qui n'avait commis d'autre crime que l'imprudence. Mais voilà qu'il avait bien du mal à garder l'avantage, alors que le jeune homme semblait devenir de plus en plus fort.

— Ça suffit ! s'exclama Tomas.

Il commença à désengager son épée, et son adversaire le suivit. Tomas poussa alors de toutes ses forces et fit glisser sa lame dorée le long de celle en acier du jeune homme, de sorte qu'ils se retrouvèrent nez à nez. Brusquement, Tomas saisit de la main gauche le poignet droit de son adversaire.

Aussitôt, il sentit que le jeune homme lui agrippait le poignet droit en retour – c'était le seul geste qu'il pouvait faire sans perdre le combat sur-le-champ. Tomas fut surpris par sa force, bien supérieure à celle de tous les humains qu'il avait pu affronter. Mais elle ne pouvait malgré tout rivaliser avec la force d'un Seigneur Dragon réincarné, une force que Tomas utilisa pour obliger le garçon à reculer.

Puis vint l'instant que Tomas attendait : son adversaire se retrouva déséquilibré. D'un geste si vif qu'il en fut presque imperceptible, Tomas tira en arrière et fit tourner son arme, ce qui propulsa le jeune homme assez loin après une glissade sur les fesses. Son épée virevolta dans les airs et atterrit dans la main libre de Tomas.

Le jeune homme était déjà pratiquement debout lorsqu'il sentit deux lames entrecroisées effleurer son cou.

— Je ne bougerais pas si j'étais toi, conseilla Nakor.

Le jeune homme resta immobile à contempler les deux épées. Il savait que, d'un seul geste, Tomas pouvait lui couper la tête, aussi facilement qu'on coupe un navet. Son regard se posa sur le guerrier en armure blanche et or, puis sur Nakor, avant de revenir au guerrier.

— Je n'en ai pas la moindre envie, répondit-il.

— Bien, dit Tomas. Maintenant, si je t'autorise à te relever, est-ce que tu vas enfin te montrer poli ?

— Assurément, répondit le jeune homme aux cheveux noirs.

Tomas s'écarta tandis que Nakor se rapprochait.

— Quel est ton nom ? demanda le petit Isalani.

Bien plus grand que lui, le jeune homme le regarda en souriant.

— Je m'appelle Ralan Bek, petit homme. Et toi, qui es-tu ?

— Je m'appelle Nakor, et je suis un joueur professionnel. Lui, c'est Tomas. C'est un Seigneur Dragon.

Bek regarda Tomas et se mit à rire.

— Comme aucun homme ne m'a jamais vaincu à l'épée, je veux bien être battu par un mythe. Un Seigneur Dragon ? Je croyais que vous étiez des créatures de légende.

Tomas haussa un sourcil.

— Rares sont ceux qui connaissent ces légendes. Où as-tu entendu parler des Valherus ?

Bek haussa les épaules.

— Ici et là, dans telle ou telle histoire, tu sais, du genre de celles qu'on raconte autour d'un feu de camp.

— J'aimerais en savoir plus sur toi et sur ta vie, intervint Nakor.

Bek rit de nouveau.

— Je n'ai plus d'armes, alors je veux bien te raconter tout ce que tu veux savoir, petit homme. Faisons-nous la paix ?

Nakor lança un regard interrogateur à Tomas, qui hocha la tête. Il rendit à Bek son épée, poignée en avant.

— Nous faisons la paix.

Le jeune homme remit son arme au fourreau.

—Alors, il y a bien un trésor là-dedans, hein ?

Nakor secoua la tête.

—Il n'y a ni or ni pierres précieuses. Mais cette grotte abrite quelque chose qui nous intéresse tout particulièrement et qui n'apporterait que du malheur à toute autre personne. C'est important, mais c'est également très dangereux.

—Je ne vais pas l'affronter, dit Bek en désignant Tomas, pour le simple plaisir de vérifier si tu mens ou pas, petit homme. Mais qu'est-ce qui pourrait bien avoir plus de valeur que des richesses ?

—La connaissance a toujours beaucoup de valeur, répondit Tomas.

—Je me suis également aperçu que c'est une chose dangereuse, la connaissance. (Bek désigna son cheval.) Je ferais mieux de rattraper mes compagnons. Ils ont tendance à faire des bêtises quand je ne suis plus là pour leur dire ce qu'il faut faire. En plus, ils vont vider la moitié de la cave de l'auberge de Dankino, le temps que je les rejoigne.

—En fait… (Nakor posa la main sur le bras de Bek, un geste doux, mais qui fit s'arrêter le grand jeune homme immédiatement.) Je me demandais si tu aimerais gagner de l'or d'une façon plus honnête qu'en te bagarrant ?

—Comment ça ?

Nakor désigna Tomas.

—Il protège les trucs que j'étudie. Si je disposais d'une autre paire d'yeux vigilants et d'oreilles fines, Tomas pourrait rentrer chez lui passer un peu de temps avec sa famille.

—Les Seigneurs Dragons ont une famille ? s'écria Bek d'un air surpris.

—À ton avis, d'où viennent les petits Seigneurs Dragons ? répliqua Nakor en gloussant.

Tomas secoua la tête, mais un regard de Nakor suffit à le réduire au silence. Il ne connaissait pas le joueur d'Isalan aussi bien que Pug mais, au fil des ans, il avait appris à respecter son instinct. Si le petit homme voulait que Bek reste, il devait y avoir une bonne raison à cela.

Bek rit de la plaisanterie de Nakor.

—C'est payé combien ?

—Tu es direct, nota Nakor. J'apprécie. L'endroit est plutôt isolé mais, comme tu viens juste de nous le prouver, il se produit parfois des événements inattendus. Nous te paierons une jolie somme.

— Jolie à quel point ?
— Deux pièces d'or par jour, plus les repas.
— Pour combien de temps ?
— Aussi longtemps que nécessaire, répondit Nakor.
Le sourire de Bek s'effaça.
— Quelques pièces d'or pour quelques journées passées à protéger une grotte des chiens sauvages et des rares bandits de passage, c'est une chose, petit homme. Mais je n'aimerais pas rester ici plus d'une semaine, même si on me donnait trois pièces d'or par jour.
— Tu dois aller quelque part ? demanda Tomas.
Bek rejeta la tête en arrière en éclatant de rire.
— Pas vraiment, mais j'ai du mal à rester au même endroit très longtemps. Mon père avait pour habitude de me pister et de me rosser chaque fois qu'il me mettait la main dessus.
Cette description éveilla l'intérêt de Nakor, dont le regard s'étrécit.
— Tu es parti de chez toi quand tu avais, quoi, treize ou quatorze ans ?
— Treize, répondit Ben en dévisageant Nakor. Comment tu sais ça, toi ?
— C'est une histoire qui m'est familière. Est-ce que trois pièces d'or par jour feraient de toi un homme plus patient ?
Bek haussa les épaules.
— Pour trois pièces d'or la journée, je veux bien te donner un mois. Mais au-delà, j'aurai envie d'aller le dépenser avec de jolies putains et de la bonne bière !
— Marché conclu ! s'exclama Nakor en souriant.
— Nakor, j'aimerais te dire un mot, s'il te plaît, intervint Tomas. (Il fit signe au petit homme de le rejoindre au fond de la grotte et lui demanda à voix basse :) Tu es sûr de vouloir l'engager ?
Le visage de Nakor s'assombrit.
— Il le faut. Ce gamin... n'est pas quelqu'un d'ordinaire.
— Je ne peux pas dire le contraire, Nakor. De tous les bretteurs humains que j'ai affrontés, il est sans conteste le plus dangereux. Il y a quelque chose de surnaturel chez lui.
— Exactement. Son histoire m'a paru familière parce qu'elle est similaire à la mienne. J'ai été ce jeune homme, d'une certaine façon. J'avais du mal à rester chez moi et mon père me battait, lui aussi. Je me suis enfui quand j'étais très jeune. Tout... tout est identique !

Tomas jeta un coup d'œil au jeune bretteur, puis regarda de nouveau Nakor.

—Pas tout à fait, rétorqua-t-il.

—D'accord, je suis devenu un tricheur professionnel et lui un bandit, mais on a beaucoup de choses en commun. Et, quand Macros m'a parlé de sa jeunesse, il m'a raconté la même histoire. C'est plus qu'une simple coïncidence. Je veux en avoir le cœur net.

—Il n'y a pas que ça, n'est-ce pas ?

—Tu connais le vieux proverbe : « Garde tes amis près de toi et tes ennemis plus près encore » ?

—Oui, répondit Tomas.

—Je crois qu'on devrait garder ce gamin très près de nous. À moins que mon instinct me joue des tours, il y a sûrement un avantage à tirer de cette rencontre.

—Je n'en doute pas. Bon, que veux-tu que je fasse ?

—Rentre passer un peu de temps chez toi. Je vais garder un œil sur Bek et surveiller la grotte jusqu'à ce Magnus revienne de Kelewan. J'ai quelques idées sur la manière de contrôler ces créatures et je veux lui en parler.

—Très bien, dit Tomas. Je suis ravi de retourner si vite auprès de ma reine.

—As-tu besoin d'un orbe ? demanda Nakor en sortant un objet en métal brillant de son sac à dos.

—Merci. Je pourrais faire appel à un dragon, mais ça a tendance à attirer l'attention. De toute façon, c'est plus rapide de cette manière.

Il pressa un bouton avec son pouce et disparut.

Nakor se tourna vers Bek.

—Tu as de quoi manger dans tes fontes ?

—Pas vraiment.

Nakor retourna auprès du jeune homme et sortit un objet rond de son sac. Il le lança à Bek, qui le rattrapa habilement.

—Tu veux une orange ?

Bek sourit.

—J'adore. (Il entreprit de peler le fruit.) Qu'est-ce qu'on fait, maintenant ?

—On attend l'arrivée de quelques amis. Toi, ici, à l'air libre, et moi, là-dedans, ajouta-t-il en désignant l'entrée de la grotte.

—Une chose encore, dit Bek.

—Oui ?

— Les trois pièces d'or. Ça commence à partir d'aujourd'hui.
Nakor haussa les épaules.
— D'accord. Dans ce cas-là, rends-toi utile et va ramasser du bois pour faire un feu.

Bek s'en alla chercher du bois en riant.

Bek se leva lentement dans les ténèbres. Il contourna le feu sur la pointe des pieds et ramassa un brandon enflammé en prenant soin de passer loin de Nakor, qui dormait. Il entra dans la grotte et s'aperçut rapidement qu'il n'y avait rien à cet endroit, à part l'étroit tunnel.

Il s'y engagea et se retrouva rapidement sur la corniche qui surplombait le sol de la deuxième caverne. Malgré la lumière vacillante, il réussit à distinguer les innombrables rangées de Talnoys immobiles.

Comme un enfant, il écarquilla les yeux en contemplant les guerriers en métal noir avec ravissement. Il siffla entre ses dents et se mit à sourire.

— Eh bien, qu'avons-nous là ?

À l'extérieur de la caverne, Nakor resta allongé. Il avait entendu Bek se lever et savait que le jeune homme contemplait en ce moment même l'armée de Talnoys.

Après quelques minutes, il l'entendit revenir. Nakor se tint prêt à réagir. Après avoir assisté au duel entre Bek et Tomas, il savait qu'il n'aurait peut-être que quelques secondes pour se protéger en lançant ses « tours » les plus dangereux.

Mais Ralan Bek s'allongea tout simplement de l'autre côté du feu de camp et s'endormit rapidement. Nakor resta immobile, mais il ne dormait toujours pas quand le soleil se leva le lendemain matin.

8

Retour à la maison

La route s'étirait jusqu'à l'horizon.
Une fois de plus, Tad et Zane voyageaient à bord d'un chariot, comme ils l'avaient fait presque six mois auparavant. Cette fois-ci, cependant, ils approchaient de la Ville du port des Étoiles au lieu de s'en éloigner.

En débarquant à Shamata, Caleb et les garçons avaient appris qu'une cargaison de marchandises devait être livrée à l'Académie. Comme eux-mêmes devaient prendre la route qui longeait la mer des Rêves jusqu'au grand lac de l'Étoile, Caleb avait proposé d'effectuer cette livraison. Il s'organiserait pour que quelqu'un ramène ensuite le chariot à la compagnie de transport. La compagnie en question appartenant à son père, personne n'y vit d'objection.

Caleb avait expliqué aux garçons qu'ils allaient faire étape au port des Étoiles, mais qu'ils n'y passeraient qu'une seule nuit. Tad voyageait à côté de Caleb sur le siège du conducteur, tandis que Zane, les pieds ballants, était assis à l'arrière, derrière la cargaison.

L'après-midi touchait à sa fin lorsqu'ils arrivèrent aux abords de la Ville du port des Étoiles. Le premier bâtiment surgit sur leur gauche, près de la rive du lac. Cela faisait une journée qu'ils passaient devant des fermes et des champs, ils avaient donc deviné qu'ils atteindraient l'entrepôt de la compagnie avant le coucher du soleil.

En entrant dans la petite ville, Tad et Zane saluèrent de la main quelques visages familiers, dont la plupart les regardèrent d'un air perplexe avant de les reconnaître.

—Les gens nous regardent bizarrement, Caleb, se plaignit Tad.

— Tu as changé, Tad, répondit le grand chasseur, pour l'heure habillé comme un charretier.

Les garçons, pour leur part, portaient la même vieille tunique et le même pantalon qu'à leur départ, six mois plus tôt. Tous deux se plaignaient fréquemment que leurs vêtements étaient trop petits, et Caleb leur avait promis de leur en acheter des neufs dès qu'ils arriveraient à Kesh.

Les garçons sautèrent à bas du chariot avant même l'arrêt complet du véhicule. Caleb les héla alors qu'ils s'éloignaient.

— Où vous croyez aller comme ça ?

— Voir notre mère, répondit Tad.

— Pas avant d'avoir déchargé la cargaison, répliqua Caleb en désignant le chariot.

— Grooms et ses apprentis vont s'en occuper, répondit Zane.

— Non, pas cette cargaison-là, rétorqua Caleb. Je veux que vous conduisiez le chariot là-bas et que vous déchargiez les marchandises sur la palette, expliqua-t-il en désignant la palette en question, à l'autre bout de la cour d'écurie.

Cela signifiait que la cargaison était destinée aux habitants de l'île. Mais les garçons n'avaient pas oublié à quel point les marchandises étaient lourdes, puisque c'étaient eux qui les avaient chargées à bord du véhicule.

— Est-ce qu'on peut au moins avoir un coup de main ? demanda Tad.

Caleb hocha la tête.

— Dites à Grooms que je m'arrangerai avec lui plus tard.

— Où tu vas ? s'enquit Tad en voyant Caleb s'éloigner.

— Voir votre mère, répondit-il en se retournant pour les regarder. Je vais lui dire que vous nous rejoindrez bientôt.

Tad remonta d'un bond sur le siège du conducteur et guida l'attelage jusqu'à l'emplacement indiqué, tandis que Zane allait chercher Grooms, le gérant de l'entrepôt, pour demander de l'aide.

De son côté, Caleb se rendit d'un pas vif jusqu'à la maison de Marie. Il trouva la jeune femme derrière le bâtiment, dans le jardin. En voyant Caleb, elle se leva d'un bond pour le serrer dans ses bras.

— Tu m'as manqué, lui dit-elle entre deux baisers passionnés. Je me suis sentie si seule depuis que tu as emmené les garçons ! (Elle le serra très fort contre elle pendant quelques instants, puis elle lui dit d'un ton accusateur :) Tu avais promis que tu les obligerais à m'écrire.

— C'est ce que j'ai fait, répondit-il en sortant de sa tunique un parchemin plié. Mais je me suis dit que j'allais te l'apporter moi-même plutôt que de le confier à un messager, ajouta-t-il en souriant.

Elle l'embrassa.

— Viens, rentrons, je vais faire du thé et tu pourras me raconter tout ce que tu as fait avec eux.

Il la suivit à l'intérieur et vit qu'une bouilloire au contenu frémissant était posée à côté du feu.

— Je ne cuisine plus beaucoup maintenant que je suis toute seule. Je ne fais plus qu'une miche de pain par semaine au lieu de trois ou quatre. (Marie lui versa une tasse de thé avant de demander :) Comment vont les garçons ?

— Bien, répondit Caleb. Beaucoup de choses ont changé au cours de ces six derniers mois.

Après les avoir servis tous les deux, elle s'assit à la toute petite table qui réussissait malgré tout à occuper près d'un tiers de la pièce.

— Raconte-moi tout.

— Les choses n'ont pas vraiment tourné comme je l'espérais. Je voulais les placer comme apprentis, mais…

— Au moins, dis-moi que tu leur as trouvé un travail honnête, Caleb. Si c'est pour qu'ils deviennent des paresseux et des bons à rien, autant qu'ils reviennent ici.

Il sourit.

— Ce n'est pas du tout ça. (Puis il soupira.) Pour l'instant, ils travaillent comme aides dans une entreprise de transport.

— Ils veulent devenir charretiers ? dit-elle en écarquillant légèrement les yeux. C'est bizarre, ils n'ont jamais vraiment aimé les chevaux et les mules.

— Ils ne les aiment toujours pas, mais c'est nécessaire, répondit Caleb avant d'esquisser un grand sourire. Ils sont à l'entrepôt en train de décharger une cargaison avec les gars de Grooms. Ils nous rejoindront bientôt.

— Méchant homme ! s'écria Marie en lui tapant le bras. Pourquoi tu ne me l'as pas dit plus tôt ?

— Parce que je voulais passer quelques minutes seul avec toi, et que je n'aurai plus que quelques secondes de ton temps quand les garçons seront là.

Elle l'embrassa.

— Ils sont assez grands maintenant pour comprendre que leur mère attend plus de la vie que cuisiner et coudre pour…

Elle s'interrompit en voyant Tad apparaître sur le seuil, Zane sur les talons. À leur départ, ils n'étaient encore que des enfants, mais, en moins d'un an, Marie avait du mal à reconnaître ses fils. Tous deux étaient bronzés, leurs épaules s'étaient élargies et leurs visages avaient perdu les échos de l'enfance dont elle se souvenait si bien. Ils avaient les joues plus creuses, et un fin duvet sur leur mâchoire remplaçait leurs rondeurs de bébé. Leur tunique à manches courtes dévoilait les muscles de leurs bras et les cals sur leurs mains.

Marie se leva, et les deux garçons se précipitèrent pour l'embrasser.

— Je croyais ne plus jamais vous revoir, leur dit-elle, les yeux humides. (Elle les serra très fort contre elle, puis recula pour mieux les voir.) Vous avez… changé. Tous les deux.

— C'est parce qu'on n'a jamais travaillé aussi dur de toute notre vie, maman, expliqua Tad.

— Qu'est-ce que vous avez fait ? demanda-t-elle.

Les garçons échangèrent un rapide coup d'œil avec Caleb, puis Tad répondit :

— Pas mal de maçonnerie. On a beaucoup travaillé à la construction de murs. On a fait un peu de chasse et de pêche, aussi.

— On a conduit des chariots, on a aidé à charger ou à décharger des cargaisons, renchérit Zane. Et j'ai appris à nager !

Stupéfaite, Marie ouvrit la bouche, puis la referma, avant de réussir à dire :

— Tu es enfin parvenu à surmonter ta peur de l'eau ?

Zane rougit.

— Je n'en avais pas peur. Je n'aimais pas beaucoup ça, c'est tout.

— Il a eu un bon professeur, ricana Tad, ce qui fit rougir Zane encore davantage.

Marie lança un regard perplexe à Caleb, qui déclara alors :

— Allons tous dîner à l'auberge.

— Ça vaudrait mieux, approuva-t-elle. Je n'ai pas de quoi vous nourrir tous les trois. Les garçons, partez donc en avant et allez faire un brin de toilette. On vous rejoint dans une minute. (Après leur départ, elle embrassa Caleb passionnément.) Merci, chuchota-t-elle.

— Pourquoi ? répondit-il d'une voix douce.

— Pour avoir veillé sur eux et pour en avoir fait des hommes.

— Ils ont encore du chemin à faire, rétorqua-t-il.

— Mais c'est un début. Quand le père de Tad est mort…

Tout à coup, elle se mit à pleurer.

— Qu'y a-t-il, Marie ?

— Ce n'est rien, dit-elle en ravalant ses larmes. C'est juste que c'est si bon de vous avoir là tous les trois. Tant de choses ont changé en si peu de temps.

Elle chassa cet épisode d'un geste de la main et prit une profonde inspiration. Puis elle sortit de la maison la première. Ensemble, ils se rendirent à l'auberge d'un pas tranquille.

Caleb contempla sa compagne dans la lumière déclinante de cette fin d'après-midi.

— On aura un peu de temps ce soir, Marie, rien que nous deux.

Elle sourit.

— J'y compte bien.

— Comment t'en sors-tu depuis notre départ ? demanda-t-il en remarquant qu'elle avait perdu du poids depuis la dernière fois.

— Comme toujours : je vends les légumes de mon jardin et j'achète ce dont j'ai besoin. Je fais un peu de couture de temps en temps quand quelqu'un a besoin d'aide et j'ai l'intention d'acheter des poules bientôt, pour avoir des œufs et peut-être en vendre quelques-uns. (Elle lui serra le bras.) Je me débrouille.

Caleb ne répondit pas, mais son cœur faillit se briser lorsqu'il s'aperçut à quel point il avait rarement pensé aux besoins de la femme qu'il aimait avant d'emmener ses garçons au loin. Il glissa son bras autour de la taille mince de Marie et la serra contre lui en marchant.

— Peut-être qu'on pourrait trouver une meilleure solution, dit-il au bout d'un moment.

— Comment ça ?

— Je t'expliquerai plus tard, répondit-il comme ils arrivaient à l'auberge.

Le dîner fut presque festif. Même si cela ne faisait que six mois, nombre d'habitants de la ville abordèrent les garçons – après les avoir dévisagés à deux fois – pour saluer leur retour et leur faire remarquer à quel point ils avaient changé. Plusieurs jeunes filles vinrent également leur dire qu'ils les trouveraient sur la place après le coucher du soleil.

Pendant le repas, Marie informa gentiment les garçons qu'Ellie allait avoir un bébé dans quelques mois. Elle redoutait leur réaction, mais les deux jeunes gens éclatèrent de rire après avoir échangé un regard amusé.

—Qu'y a-t-il de si drôle? demanda leur mère.

Les garçons ne répondirent pas. Les sentiments qu'ils avaient éprouvés pour la jeune fille leur paraissaient tellement loin comparés aux souvenirs vivaces de leurs adieux aux sœurs du Pithirendar. Sur une période de trois jours, toutes les six avaient individuellement exprimé leurs regrets de voir partir les garçons, et ce par des moyens qu'ils n'auraient jamais imaginés ne serait-ce qu'un an auparavant.

Impatients de rendre visite à leurs amis, les deux frères adoptifs expédièrent le dîner. Après leur départ, Marie balaya du regard la salle commune de l'auberge, qui n'abritait plus qu'elle et Caleb.

—Tu passes la nuit ici?

Caleb se leva et lui tendit la main.

—Non, nous passons la nuit ici, tous les deux. J'ai dit aux garçons de dormir dans leur ancien lit cette nuit.

—J'imagine qu'ils sont assez vieux pour comprendre ce qui se passe, concéda Marie.

—Ça fait longtemps qu'ils sont au courant, Marie. Disons simplement que, maintenant, ils comprennent d'autant mieux.

—Oh! s'exclama-t-elle tandis qu'il la conduisait à l'étage. Tu veux dire que…

—Oui.

—Ils sont vraiment en train de devenir des hommes, n'est-ce pas?

—C'est déjà plus qu'une mère ne devrait savoir, répliqua Caleb en la faisant entrer dans sa chambre.

Le lendemain matin, Caleb et Marie trouvèrent Tad et Zane endormis dans la petite cabane où ils avaient grandi. Caleb les réveilla en les secouant gentiment du bout du pied.

—Levez-vous, tous les deux.

Le teint pâle et les yeux injectés de sang, les garçons obéirent en protestant avec force grognements.

—Quelqu'un a mis la main sur une bouteille, on dirait, fit remarquer Caleb.

—C'étaient Matthew Conoher et son frère James, expliqua Zane. Ils ont dit que c'était… du cognac. Mais ça avait le goût de vernis pour le bois.

—Et vous l'avez quand même bu? s'étonna Marie.

— Ben oui, répondit Tad qui, vêtu de son seul pantalon, s'étira en bâillant.

Sa mère contempla le torse, les épaules et les bras de son fils.

— Où as-tu récolté toutes ces cicatrices ? demanda-t-elle d'une voix qui trahissait son inquiétude.

Les yeux étrécis, elle traversa la cabane pour passer son doigt sur une cicatrice particulièrement vilaine sur l'épaule droite de Tad.

Ce dernier gloussa, car elle le chatouillait.

— Celle-là est due à une grosse pierre qui m'a échappé pendant que je la remontais de la plage. Si je l'avais laissée tomber, j'aurais dû redescendre tout en bas pour la ramasser, alors j'ai essayé de la rattraper et elle m'a déchiré la chemise.

Marie regarda Caleb, puis son fils.

— Pendant une minute, j'ai cru…

Tad sourit.

— Quoi ? Que Caleb nous frappe ?

— Juste un tout petit peu, intervint l'intéressé. Et seulement quand ils le méritent.

— Non ! protesta Marie, visiblement agacée par leurs plaisanteries. J'ai cru que, peut-être, cela provenait d'une arme.

Le visage de Tad s'illumina.

— Ah non, pas celle-ci. (Il désigna une autre cicatrice, à peine visible le long de sa cage thoracique.) Celle-là, par contre, est due à une épée.

— Une épée ! s'exclama sa mère.

— Moi aussi, j'en ai une, intervint Zane en montrant une longue marque sur son avant-bras. Tad m'a fait ça un jour où je n'ai pas réussi à parer assez rapidement.

— Vous deux, habillez-vous, ordonna Marie d'un ton ferme en désignant les garçons. Caleb, dehors. (Elle le fit sortir de la cabane et se tourna vers lui.) Mais qu'as-tu fait à mes garçons ?

Caleb secoua doucement la tête.

— Exactement ce pour quoi tu m'as remercié hier soir, Marie. Je fais d'eux des hommes. Les choses ne se sont pas tout à fait déroulées comme je le voulais… (Il marqua une pause, puis reprit :) Laisse-moi te raconter l'embuscade.

Il lui relata toute l'histoire, le plus calmement possible, sans masquer l'étendue de ses blessures ni exagérer la débrouillardise des garçons.

— Donc, quand il est apparu évident que mon père les considérait comme mes apprentis de toute façon… eh bien, disons que nous étions déjà trop engagés sur une certaine voie pour je puisse les déposer à la porte d'un foulour ou d'un boulanger en disant : « Vous voulez bien transformer ces garçons en compagnons, je vous prie ? » Ils sont désormais sous ma responsabilité, et je vais faire de mon mieux pour prendre soin d'eux.

— Mais est-ce vraiment nécessaire de leur apprendre à se battre, Caleb ? Vont-ils donc devenir des soldats ?

— Non, mais il faut qu'ils sachent se débrouiller tout seuls. S'ils viennent avec moi en mission pour mon père, alors ils seront en danger, de temps en temps. Je veux m'assurer qu'ils seront capables de survivre à ces dangers.

Marie ne paraissait guère convaincue, mais elle garda le silence. Quelques instants plus tard, Tad passa la tête dans l'entrebâillement de la porte.

— Est-ce qu'on peut sortir, maintenant ?

Caleb leur fit signe que oui.

— Je suis leur mère et ils seront toujours mes bébés, décréta Marie.

— Oui, eh bien, le bébé aimerait bien manger quelque chose, là, fit remarquer Tad.

Marie lui donna une tape sur l'épaule.

— Dans ce cas, il faut aller au marché et…

— Nous allons de nouveau manger à l'auberge, l'interrompit Caleb. Mais d'abord, il y a quelque chose dont je voudrais discuter avec vous trois.

Ils se tenaient tous devant la cabane, dans la fraîcheur matinale, les garçons encore à moitié endormis et les yeux presque fermés à cause du soleil aveuglant et bas sur l'horizon.

— Il existe sans doute de meilleurs moments et de meilleurs endroits pour ces choses-là, reprit Caleb, mais c'est ici que nous sommes, alors c'est maintenant que ça va se passer.

— Caleb, de quoi tu parles ? demanda Marie.

— Le destin a voulu que ce soit moi, finalement, qui devienne responsable de ces garçons, tout ça parce que, dans un élan de générosité, ils sont revenus sur leurs pas pour vérifier si j'allais bien et qu'ils m'ont, par là même, sauvé la vie.

» Les garçons, vous savez que j'aime votre mère plus que n'importe quelle autre femme au monde et que je lui suis fidèle depuis des années.

Marie, je ne peux pas te promettre de passer plus de temps ici que je l'ai fait par le passé, c'est pourquoi je voudrais que tu quittes le port des Étoiles pour venir vivre avec ma famille.

— Mais c'est le seul foyer que j'ai jamais eu, protesta Marie.

— Nous en créerons un nouveau, tous les quatre.

— Qu'es-tu en train de me demander, Caleb ?

— Épouse-moi, et j'adopterai les garçons, si vous voulez bien de moi, tous.

Les garçons échangèrent un grand sourire.

— Est-ce que ça veut dire qu'on va devoir t'appeler « Papa » ? demanda Tad.

— Non, sauf si tu as envie de recevoir une bonne correction, répliqua Caleb en souriant mais sans jamais quitter Marie du regard.

Celle-ci se laissa aller contre lui et répondit doucement :

— Oui, Caleb. Je veux bien partir avec toi.

Il l'embrassa, puis se tourna vers les garçons.

— Zane, va à l'auberge et dis à Jakesh de sortir sa meilleure bière et son meilleur vin. Dis-lui aussi de faire rôtir un bœuf et de préparer ses meilleurs accompagnements car, ce soir, nous allons offrir un festin à cette ville.

» Tad, va trouver le père DeMonte et dis-lui qu'il aura un mariage à célébrer au coucher du soleil.

— Aujourd'hui ? s'étonna Marie.

— Pourquoi attendre ? répondit Caleb. Je t'aime et je veux m'assurer qu'on prendra soin de toi et des garçons, quoi que l'avenir nous réserve.

— Je suis toujours en train de t'attendre, Caleb, répliqua Marie avec un sourire désabusé. Tu le sais.

— En tant que mon épouse ? C'est ce que je souhaite, lui dit-il.

Elle enfouit son visage contre l'épaule de Caleb et le serra très fort.

— Oui, je veux bien t'épouser.

Les garçons poussèrent des cris de joie et s'en allèrent remplir leur mission.

— Tu es sûr de toi ? demanda Marie au bout d'un moment.

— Je ne l'ai jamais autant été. (Il l'embrassa.) Je suis presque mort il y a six mois, et l'idée de ne plus jamais te revoir… (Ses yeux se mirent à briller de larmes et d'émotion contenues, et sa voix trembla.) Et puis il y a ces garçons, ces deux merveilleux garçons que tu as élevés, Marie…

(Il s'interrompit, puis reprit :) Je ne savais pas si je devais les étrangler pour m'avoir désobéi… mais, s'ils ne l'avaient pas fait, ils seraient à l'heure actuelle dans le nord de Kesh, à la recherche d'un homme qu'ils ne connaissent que de nom, et moi, je pourrirais sur le bas-côté d'une route quelconque. C'est comme si les dieux avaient organisé tout ça, mon amour, alors je refuse d'attendre un jour de plus.

— Quand emménagerons-nous chez toi, Caleb ?

— Ce soir, après la fête, parce que c'est ça qu'on va faire – la fête !

— J'ai tant à faire…, commença-t-elle.

— Tout ce que tu as à faire, c'est être belle, et c'est déjà le cas.

— Mais, si nous voulons partir ce soir, je dois faire les bagages.

— Quels bagages ? Qu'as-tu besoin d'emmener avec toi ? Tu as les garçons, et rien dans la cabane n'est nécessaire là où nous allons. Tu verras. Qu'est-ce qu'il y a d'autre ? des souvenirs ?

— Oui, quelques-uns.

— Alors, rassemble-les et passe le reste de la journée à préparer ton mariage. Va voir la couturière et ne regarde pas à la dépense. Préviens les amies que tu veux à tes côtés comme témoins.

Elle hocha la tête, les larmes aux yeux. Puis elle mit les mains sur son nez et sur sa bouche en disant :

— Regarde, je pleure comme une idiote.

Il l'embrassa.

— Il n'y a rien d'idiot en toi, Marie, non, rien du tout.

Elle lui rendit son baiser, puis dit :

— Il faut que j'aille voir tout de suite la couturière. Telle que je la connais, Bethel Roachman va en faire tout un plat à l'idée de me coudre une robe d'ici le coucher du soleil.

— Laisse-la râler. Fais juste en sorte que la robe soit à ton goût.

Marie sourit, hocha la tête et s'en fut en soulevant l'ourlet de sa robe pour qu'elle ne traîne pas dans la boue. Caleb la regarda partir.

Resté seul, il s'interrogea sur ce brusque besoin d'officialiser une situation qui jusque-là ne l'était pas. Il éprouva un instant d'inquiétude, qu'il balaya aussitôt. Il connaissait la raison de ce revirement : il voulait que le monde entier sache qu'il aimait cette femme et qu'il avait l'intention de prendre soin de ses fils comme si c'étaient les siens. Il voulait qu'un prêtre bénisse leur union et il voulait présenter cette famille toute faite à son père en étant convaincu qu'il ne pouvait faire marche arrière.

Au bout d'un moment, il marmonna dans sa barbe :

— Le soleil est à peine levé et j'ai déjà besoin d'un verre.

Le ventre noué par le doute, il s'obligea à tourner les talons pour se rendre à l'entrepôt. Il devait envoyer un message à ses parents et à son frère, et il valait mieux qu'il le fasse tout de suite.

Pug et Miranda se tenaient du côté du marié. Ils regardaient leur fils cadet et la femme qu'il aimait échanger leurs vœux devant le père DeMonte, le prêtre de Killian dont la minuscule église desservait la région du port des Étoiles.

Magnus se tenait en retrait derrière ses parents et observait son petit frère avec un mélange de plaisir et d'envie. Mais, surtout, il se réjouissait que Caleb ait réussi à trouver un peu de joie en ce monde sinistre dans lequel ils évoluaient.

Pug était impressionné par tout ce qui avait été accompli en un laps de temps si court. Des guirlandes de fleurs ornaient une treille en bois de vigne construite par les garçons de la ville, sous la direction de Tad. Zane s'était occupé de la nourriture et des boissons, et les tables dressées tout autour de la place du marché regorgeaient de choses appétissantes. Dès que la nouvelle de ce mariage s'était répandue en ville, les femmes s'étaient mises à la cuisine et avaient également sorti leurs conserves, si bien qu'au coucher du soleil, comme l'avait prédit Caleb, tout le monde s'apprêtait à vivre une fête comparable à celle des moissons ou du solstice d'hiver.

Tad et Zane se tenaient du côté de la mariée, derrière les trois femmes qui lui servaient de témoins. Ils jetèrent un coup d'œil en direction d'Ellie et de Grame Hodover, qui observaient la scène en silence. Ellie rendit aux garçons leur sourire. Remarquant son ventre arrondi, ils reconnurent en leur for intérieur que le destin les avait guidés sur un meilleur chemin qu'ils l'auraient cru au départ.

Ils avaient passé quelques minutes en compagnie d'Ellie cet après-midi-là, ce qui avait permis de remettre de l'ordre dans leur vie, car elle était de nouveau comme une sœur pour eux. Grame était toujours un raseur imbu de lui-même, et ni Zane ni Tad ne comprenaient ce qu'Ellie voyait en lui, mais, puisqu'elle l'aimait, ils décidèrent qu'il s'agissait d'une raison suffisante pour supporter cet idiot pompeux.

Quand le prêtre eut terminé et que la foule eut applaudi, Pug fit signe aux garçons de venir le rejoindre. Il chuchota quelque chose à l'oreille de sa femme, qui hocha la tête avant de reporter son attention sur Marie. En emmenant les garçons à l'écart, Pug eut un petit coup au cœur. Marie paraissait plus âgée que Miranda. Un jour, elle deviendrait une vieille femme, alors que lui-même, Miranda et probablement Magnus resteraient inchangés. En revanche, Pug ne savait pas très bien ce qu'il allait advenir de Caleb. Ce dernier était le seul à comprendre certains aspects de sa nature, à l'exception peut-être de Nakor. Il était impossible de garder secrètes des informations que l'Isalani jugeait intéressantes. Pug s'en était aperçu depuis bien des années, déjà.

En arrivant dans un coin tranquille de la place, le magicien prit la parole :

— Les garçons, je crois que j'ai bien fait de ne pas donner l'ordre de vous noyer quand vous êtes arrivés sur mon île. (Les deux jeunes gens parurent surpris sur le moment, puis ils sourirent.) À compter de ce jour, vous êtes mes petits-fils, ce qui implique à la fois des privilèges et des responsabilités. Mais nous en reparlerons plus longuement demain matin. Pour le moment, allez participer à la fête et partager la joie de votre mère.

Les garçons hésitèrent, puis, avec une spontanéité qui surprit Pug, ils le serrèrent farouchement dans leurs bras.

— Merci, Pug, dit Zane. On vous rendra fier de nous.

L'intéressé se sentit soudain envahi par l'émotion.

— Je le sais, chuchota-t-il d'une voix rauque.

Les garçons coururent prendre part à la fête tandis que Magnus et sa mère venaient rejoindre Pug.

— Tu as l'air perplexe, lui dit Miranda.

— Je suis surpris, c'est tout.

— Par quoi, père ?

— Par le fait que deux garçons que je connais à peine puissent tout à coup devenir importants à mes yeux.

Miranda sourit.

— Tu as toujours laissé les gens devenir importants pour toi, Pug. (Elle passa son bras autour de la taille de son mari.) C'est l'une des choses que j'apprécie chez toi et qui pourtant m'agace terriblement.

— Ils me rappellent William, expliqua Pug dans un souffle.

Ni Miranda ni Magnus ne répondirent. William, le fils aîné de Pug, était mort des années auparavant, mais son père le pleurait encore. Magnus posa la main sur l'épaule de son père. Tous trois restèrent ainsi immobiles pendant un long moment avant de rejoindre Caleb et sa femme.

La fête touchait à sa fin lorsque Pug demanda à son fils cadet de faire quelques pas avec lui.

— Je viens juste de recevoir des nouvelles de chez nous, annonça-t-il lorsqu'ils furent hors de portée de voix.

— Et ?

— Il y a eu un autre meurtre à Kesh.

Caleb n'avait pas besoin d'en entendre davantage. Depuis que Nakor avait rendu visite au maréchal Erik de la Lande Noire, Pug avait mis en état d'alerte tous les agents dont le Conclave disposait à Kesh. Ils étaient chargés de repérer les moindres signes prouvant la résurgence des Faucons de la Nuit. Or, pour que ce meurtre attire leur attention aussi rapidement, la victime devait être quelqu'un d'important.

— Qui était-ce ?

— Juste un membre de la petite noblesse, mais directement lié à une faction importante de la galerie des Seigneurs et Maîtres. Je n'ai pas encore d'idée précise de ce qui se trame là-bas, mais il s'agit sûrement des prémices d'un changement politique important au sein de l'empire.

— Les meurtres ont toujours fait partie de la politique à Kesh, père.

Pug hocha la tête.

— C'est vrai, mais un si grand nombre de meurtres ne me rappelle que trop bien la dernière fois où quelqu'un a tenté de s'emparer du pouvoir là-bas. (Il sourit.) Même si ce sont ces étranges événements qui ont conduit Nakor jusqu'à moi.

— J'ai déjà entendu cette histoire, soupira Caleb. J'avais espéré pouvoir passer un peu de temps avec Marie pour célébrer nos noces.

— Je suis au regret de te dire que tu n'as que quelques jours. J'ai besoin de toi à Kesh la Grande dans une semaine. Marie et les garçons devront se faire à l'idée que, même si tu voyages souvent par des moyens conventionnels, tels qu'à dos de cheval ou en chariot, tu es tout aussi susceptible de te transporter d'un endroit à un autre par magie. (Pug jeta un coup d'œil par-dessus son épaule. Voyant que personne ne pouvait les entendre, il ajouta :) J'ai déjà envoyé Ser, Kaspar, Pasko et Amafi à la capitale. Kaspar a tellement changé que personne ne reconnaîtra le dénommé comte du Bassillon de la cour du Bas-Tyra jusqu'à ce qu'il arrive au palais.

— Muni de tous les documents nécessaires, j'imagine.

Pug hocha la tête.

—Ser est bien connu pour avoir été champion de la cour des Maîtres ; cette notoriété l'aidera à récolter des invitations à des soirées et dans des endroits où nous avons besoin d'informateurs. Mais il existe d'autres endroits où un charretier et ses deux apprentis pourraient se rendre...

—Attends une minute, père ! Je veux que tu ramènes les garçons à la maison avec toi.

Pug se tourna vers Caleb et lui saisit le bras.

—Je t'ai traité comme un homme depuis le premier jour où tu m'as montré que tu pouvais assumer des responsabilités d'homme. Quel âge avais-tu, tu t'en souviens ?

—Dix-sept ans, répondit Caleb. Je me rappelle t'avoir demandé de m'envoyer en mission.

Il baissa la tête, car il devinait la tournure qu'allait prendre la conversation.

—Quel âge ont Tad et Zane ?

—Ils auront dix-sept ans au prochain solstice d'été.

Pug se tut une minute, puis reprit :

—Tu n'avais pas d'autre choix que de ramener les garçons sur notre île. Mais cette décision a fait d'eux des membres du Conclave. Bien sûr, il y a des limites à leurs obligations et à ce que nous pouvons exiger d'eux maintenant que nous les savons dignes de confiance. Mais je te rappelle que tu n'as demandé conseil ni à moi ni à ta mère quand tu as décidé d'épouser Marie et de faire entrer ces garçons dans notre famille.

—J'en suis conscient, acquiesça Caleb.

—Je n'ai jamais pu te dire où trouver ton bonheur, Caleb. Personne ne le peut. Je suis parfaitement conscient qu'en bien des façons tu as eu une vie plus difficile que Magnus. Tu as toujours été le garçon bizarre et exclu, le seul qui ne pouvait pas faire de magie. Crois-moi, je le comprends. Mais ton choix a mis ces deux garçons dans une situation qu'ils ne comprennent guère. C'est ton devoir, en tant que beau-père, de leur enseigner ce que ça signifie de faire partie de cette famille. (Son regard se perdit dans l'obscurité pendant quelques instants.)

» À leur âge, j'étais prisonnier sur Kelewan, dans un camp de travaux forcés, depuis deux ans déjà, et Tomas se battait aux côtés des nains des Tours Grises.

» Peut-être que c'est le destin, ajouta-t-il en regardant son fils droit dans les yeux. Mais, qu'il s'agisse ou non du hasard ou d'un caprice, ils font maintenant partie de tout ça et tu dois leur apprendre ce que ça signifie.

— Marie ne sera pas ravie.

— Je sais, mais nous ferons tout notre possible pour l'intégrer dans notre famille. (Pug sourit.) Tu crois qu'elle est prête à accepter ce qui l'attend sur l'île du Sorcier ?

— Elle a la tête sur les épaules, répondit Caleb. Je crois qu'elle s'en sortira très bien. (Puis, alors qu'il s'apprêtait à retourner à la fête, il ajouta :) Mais il serait peut-être plus prudent de l'empêcher de devenir amie avec les sœurs du Pithirendar jusqu'à ce qu'elle ait eu le temps de se faire à son nouvel environnement. Il y a des choses qu'une mère n'a pas besoin de savoir au sujet de ses fils.

Pug hocha la tête.

— Tu veux parler de la fois où ta mère est apparue dans ce bordel de Salador parce qu'elle te cherchait ?

Caleb se mit à rire.

— Et comment ! Je ne sais pas qui était le plus bouleversé : moi, mère ou la prostituée.

Pug tapota l'épaule de son fils.

— Je miserais sur ta mère.

— Tu as sûrement raison.

Ils retournèrent à la fête, et Caleb partit à la recherche de son épouse. Une immense tristesse l'envahit lorsqu'il se demanda comment lui dire que leurs fils et lui partiraient sans elle à l'aube.

9

Kesh

Ser faisait semblant d'être patient.

Petro Amafi se tenait à sa droite et jouait une fois de plus le rôle du fidèle serviteur d'un noble Islien mort d'ennui – le personnage de Ser. Loin devant eux se trouvait Kaspar, qui se faisait désormais appeler André, comte du Bassillon, de la cour ducale de Bas-Tyra.

Comme tous les nobles de passage dans la capitale, Ser et Kaspar étaient tenus sur l'honneur de se présenter à la cour impériale dès leur arrivée. L'empereur Diigaí était bien entendu trop occupé pour les recevoir. Kaspar n'était plus qu'un fonctionnaire de bas étage, en dépit des lettres du roi des Isles qu'il portait sur sa personne et qui le désignaient comme plénipotentiaire. Serwin Fauconnier, pour sa part, n'était qu'un membre de la petite noblesse qui détenait en plus le titre de champion de la cour des Maîtres. Leurs rangs n'étaient tout simplement pas suffisants pour que le vieil empereur leur accorde une partie de son temps.

Ils allaient être accueillis chacun leur tour par un petit fonctionnaire de la cour dont le rang était suffisamment élevé pour ne pas offenser les visiteurs, mais pas trop important non plus, pour ne pas leur donner une trop haute opinion de leur statut. Ainsi que Kaspar l'avait expliqué à Serwin avant leur départ de Roldem, si le royaume insulaire se considérait comme le centre culturel de la mer des Royaumes, Kesh se considérait, non sans raison, comme le centre du monde connu.

Historiquement parlant, il s'agissait de la nation la plus puissante sur le monde de Midkemia. Et si l'empire n'avait pas davantage élargi ses frontières, c'était à cause de ses États vassaux du Sud, qui s'étaient autoproclamés « Confédération keshiane » et qu'il fallait en permanence garder sous contrôle. Deux cents ans plus tôt, une révolte dans cette même région avait permis à la province de Bosania, au nord, et à la province insulaire de Queg de se libérer du joug de l'empire. La Bosania était désormais divisée en deux, le duché de Crydee d'un côté et les Cités Libres du Natal de l'autre.

La marine de Roldem avait récemment passé une alliance avec la vaste flotte orientale du royaume des Isles pour que les deux pays s'entraident en cas d'incursion keshiane, alliance soutenue par l'accord tacite qui existait entre les diverses petites nations de l'Est. Cela permettait de contenir les ambitions de l'empire dans cette région.

À l'ouest, c'était la puissance combinée de la flotte occidentale du royaume des Isles et de la marine de l'empire quegan, ajoutée à la force économique des Cités Libres du Natal, qui tenait Kesh en respect. Pour l'heure, le paysage politique du continent de Triagia restait donc stable, et ce pour la première fois depuis des siècles. Cela signifiait que les conflits se jouaient maintenant sur les plans économique et politique. Bien que moins apparents, ils n'en restaient pas moins aussi féroces et dangereux qu'un affrontement militaire.

Serwin avait repris du service pour s'assurer que la stabilité actuelle, qui profitait aux habitants de toutes les nations, allait perdurer : il était clairement à l'avantage de leur ennemi de répandre le chaos dans la région.

Ser remarqua que Kaspar essayait d'attirer son attention. Il chuchota donc à l'oreille d'Amafi :

— Va voir ce que désire messire André.

Petro Amafi, l'ancien assassin qui avait autrefois trahi les deux hommes, passa rapidement à côté des personnes qui attendaient calmement leur tour dans l'antichambre de la salle des présentations.

Il existait un semblant de hiérarchie dans le choix de l'endroit où les gens attendaient, car tous ceux qui venaient se présenter à la cour de l'empereur avaient une vague idée de l'ordre dans lequel ils allaient être appelés. Près de la porte se trouvaient ceux qui occupaient un rang si élevé qu'ils étaient presque dignes d'être présentés à l'empereur : des princes mineurs de lointains pays, des nobles apparentés par le sang à des familles royales et des émissaires au grade inférieur à celui d'ambassadeur.

Kaspar occupait autrefois une position sociale beaucoup plus élevée, puisqu'il avait été le souverain du duché d'Olasko. Plus de cinq ans s'étaient écoulés depuis sa dernière visite d'État à Kesh, et l'ancien duc doutait que beaucoup dans ce palais le reconnaissent, même si parfois, un fonctionnaire le dévisageait bizarrement. De son propre avis, Kaspar avait maigri d'au moins huit kilos depuis l'époque où il dirigeait Olasko. Une année de dures épreuves et de repas frugaux, suivie par un régime composé d'exercices vigoureux et de nourriture légère, avaient contribué à le rendre mince. De plus, il se rasait de près désormais, au lieu de porter une courte barbe comme autrefois, et il avait laissé pousser ses cheveux jusqu'aux épaules. Avec les vêtements achetés au tailleur le plus à la mode au Bas-Tyra, Kaspar ressemblait désormais en tout point à un gentilhomme de cette Cour.

— Maître Serwin demande quels sont vos besoins, Magnificence, déclara Amafi en arrivant auprès de Kaspar.

Ce dernier hocha discrètement la tête.

— Dis à l'écuyer qu'il se peut que je me sente indisposé. Je crois qu'on m'a reconnu.

L'air de rien, Amafi se retourna comme pour parler à Pasko, le vieil agent qui avait été l'un des premiers professeurs de Serre du Faucon argenté. Tout en bavardant d'un sujet sans importance, Amafi balaya la pièce du regard. Il veilla à ne croiser aucun regard tout en réussissant à identifier la moindre menace potentielle. Puis il se tourna de nouveau vers Kaspar en souriant.

— J'imagine que monseigneur fait référence au petit fonctionnaire qui se tient près de la petite porte, sur la droite ?

— En fait, il s'agit plutôt de l'homme qui lui a parlé il y a quelques instants avant de disparaître par cette même porte, répliqua Kaspar. L'autre type ne fait que garder un œil sur moi, il me semble.

— Je vais faire part de vos inquiétudes à mon maître, dit Amafi. Si nous ne vous revoyons pas ce soir au lieu de rendez-vous, nous présumerons que le pire est arrivé.

— Fais donc ça, Amafi, répliqua Kaspar avec un sourire forcé.

— Prévenez les personnes que cette situation est susceptible d'intéresser, intervint Pasko.

Amafi hocha la tête. Pasko, un individu taciturne, d'âge moyen, avait été envoyé par le Conclave pour surveiller Kaspar de près. L'année précédente, l'ancien duc d'Olasko avait en grande partie racheté ses fautes en prévenant le Conclave de la menace que représentaient les Dasatis, mais on ne lui faisait pas encore tout à fait confiance. Pasko gardait donc un œil sur Kaspar pendant que Serwin surveillait les faits et gestes d'Amafi.

Le plan était plutôt simple : le Conclave avait envoyé trois groupes d'agents – Kaspar et Pasko, Ser et Amafi et Caleb et les garçons – dans la ville de Kesh. En tant qu'émissaire, Kaspar aurait accès à de nombreux ministres et fonctionnaires clés du gouvernement. De son côté, Ser n'aurait aucun mal à entrer dans le cercle de la petite noblesse keshiane : en tant qu'ancien champion de la cour des Maîtres et avec sa réputation d'homme à femmes qui aimait le jeu, il n'allait pas manquer d'invitations. Caleb et les garçons, quant à eux, se mêleraient aux habitants ordinaires de l'empire, qui comprenaient les honnêtes travailleurs et les criminels. En faisant appel à trois groupes d'agents différents, le Conclave espérait découvrir un indice sur l'identité du chef des Faucons de la Nuit. Pug espérait également apprendre où se cachait son vieil ennemi, Leso Varen.

Amafi rapporta le message de Kaspar à Ser, qui répondit :

— Si l'on nous sépare pour nous interroger, tu sais quoi leur dire.

— Oui, Magnificence, répondit l'assassin aux cheveux gris. Vous avez rencontré le comte à plusieurs reprises, au Bas-Tyra et ailleurs. Vous avez même joué aux cartes avec lui et vous avez tous deux été ravis de découvrir que vous voyagiez à bord du même bateau entre Caralién et Kesh. Nous avons ensuite voyagé par voie de terre de Pont-Suet jusqu'à Ishlana, où nous avons pris place à bord d'une barge. Le comte a dit qu'il venait de Rillanon, alors j'imagine qu'il a dû voyager par la terre entre Taunton et Jonril, puis par bateau jusqu'à Caralién. C'était une rencontre fortuite des plus heureuses, car le comte est de bonne compagnie. Et il joue mal aux cartes, ajouta-t-il avec un sourire diabolique.

— N'en fais pas trop, lui recommanda Ser. Cependant, s'ils croient que je reste proche du comte pour pouvoir tricher aux cartes contre lui, ils ne se douteront peut-être pas que nous sommes en réalité de mèche.

— Un petit méfait est souvent bien plus facile à croire qu'un gros, Magnificence, chuchota Amafi. Un jour, je réussis à éviter la pendaison en disant que je m'étais introduit dans une maison uniquement pour coucher avec la femme du propriétaire. En réalité, je devais tuer le mari. Forcément, la femme nia farouchement mes dires, mais plus elle clamait haut et fort son innocence, moins les autorités la croyaient. On me mit dans une cellule dont je m'échappai quelques jours plus tard. Le mari battit sa femme, forçant le frère de celle-ci à le tuer en duel. Du coup, je fus payé pour la mort de cet homme, alors que je n'avais pas levé le petit doigt contre lui. Cependant, je retournai rendre visite à sa femme pour la consoler et je compris pourquoi la police m'avait cru moi et pas elle. (D'un air presque nostalgique, il ajouta :) Le chagrin lui donnait de l'ardeur.

Ser pouffa de rire. À certains moments de leur relation, il aurait volontiers étranglé Amafi ; il était également convaincu que l'ancien assassin l'aurait tué sans hésiter à condition qu'on y mette le prix. Mais, bizarrement, il avait fini par éprouver une certaine affection pour ce gredin.

En revanche, ses sentiments vis-à-vis de Kaspar étaient bien plus complexes. Ce dernier était responsable de l'extermination de son peuple et, sans un coup du sort, Ser Fauconnier, autrefois appelé Serre du Faucon argenté, serait mort en compagnie de la plupart des Orosinis.

Et voilà que Kaspar était désormais un allié, un agent supplémentaire au service du conclave des Ombres. Ser savait que Kaspar avait pris la plupart de ses décisions meurtrières sous l'influence de l'ennemi le plus dangereux du Conclave, le magicien Leso Varen. Cependant, indépendamment de cette influence, Kaspar était capable de se conduire comme un salopard impitoyable et sans cœur. Et pourtant, alors même qu'il avait servi Kaspar dans l'intention de le trahir et de venger son peuple, Ser n'avait pu s'empêcher d'éprouver une certaine admiration pour lui. À présent, il se retrouvait dans une situation confuse, car il se savait prêt à donner sa vie pour sauver Kaspar de leurs ennemis communs, alors que, en d'autres circonstances, il l'aurait volontiers étranglé.

—Vous semblez perdu dans vos pensées, Magnificence. Quelque chose ne va pas ?

—Rien que de très habituel, Amafi. Je trouve que les dieux ont un sens de l'humour diabolique, parfois.

—C'est bien vrai, Magnificence. Mon père, qui savait faire preuve de sagesse à l'occasion, m'a dit un jour qu'il était préférable que les dieux nous ignorent.

Le regard de Ser revint se poser sur Kaspar.

—Il se passe quelque chose.

Amafi se retourna et vit un petit fonctionnaire de la Cour s'adresser à Kaspar. Quelques instants plus tard, ce dernier le suivit en compagnie de Pasko par la petite porte dont il avait parlé à Amafi.

— Eh bien, nous allons pouvoir vérifier si nos plans vont s'effondrer avant même de commencer, soupira Ser.

— Espérons qu'aujourd'hui les dieux nous ignorent, Magnificence.

Un fonctionnaire d'une exquise politesse conduisit Kaspar à travers une longue série de couloirs. Il lui fit contourner la petite salle de réception où l'on accueillait les dignitaires en visite pour se rendre dans l'aile qui abritait les bureaux réservés aux membres haut placés du gouvernement.

Le palais de l'empereur occupait l'intégralité d'un grand plateau qui surplombait le Gouffre d'Overn et la ville basse. Des centaines d'années auparavant, les souverains keshians avaient bâti une imposante forteresse au sommet de ce plateau qui représentait une position hautement défendable pour protéger leur petite ville en contrebas. Au fil des ans, on avait agrandi et rénové la forteresse d'origine jusqu'à recouvrir tout le plateau. Des tunnels s'enfonçaient dans le sol et menaient pour certains jusqu'à la ville basse. En fait, cela ressemblait beaucoup à une ruche, de l'avis de Kaspar. Résultat, il savait rarement où il se trouvait. Bien entendu, auparavant, il n'avait jamais eu à s'en inquiéter puisque, en tant que souverain en visite officielle, il avait toujours eu un noble ou un bureaucrate keshian pour veiller à ses besoins.

Pour quelqu'un qui n'était pas né à Kesh, Kaspar comprenait aussi bien que possible le fonctionnement du gouvernement keshian. Plus que n'importe quelle autre nation sur Midkemia, celle-ci était régie par la bureaucratie, un système qui perdurait depuis plus longtemps que dans tout autre dynastie régnante. Les rois avaient beau promouvoir des décrets et les princes commander des armées, si les décrets n'étaient pas transmis à la population, personne n'y obéissait, et si nul ne transmettait l'ordre de répartir les vivres et les fournitures, les armées des princes mouraient rapidement de faim ou se mutinaient.

Par comparaison, Kaspar s'était plus d'une fois félicité de la relative petitesse de son duché et de la netteté de son organisation. Il connaissait le nom de tous les fonctionnaires dans la citadelle qui lui avait servi de foyer la plus grande partie de sa vie. En revanche, il doutait que l'empereur de Kesh connaisse les noms ne serait-ce que des serviteurs qui travaillaient dans ses propres appartements.

Son guide les amena, Pasko et lui, dans un grand bureau. Pasko reçut l'ordre d'attendre là, sur un banc en pierre. Kaspar, de son côté, suivit le fonctionnaire dans une pièce plus vaste encore qui trahissait un curieux mélange d'opulence et de fonctionnalité. Au centre se trouvait une grande table, derrière laquelle était assis un homme dans un fauteuil. Autrefois puissamment bâti, il avait beaucoup grossi, même s'il y avait encore beaucoup de muscles sous toute cette graisse. Un esprit rusé et dangereux se cachait dans la tête de ce vieil homme, qui portait la tenue traditionnelle des sang-pur : un pagne en lin noué sur les hanches par une ceinture en soie, des sandales à lanières croisées et le torse nu. Il était également affublé d'une impressionnante collection de bijoux, pour la plupart en or et sertis de pierres précieuses. Mais l'on apercevait également quelques belles pierres polies parmi la dizaine de chaînes qui ornaient son cou, formant un contraste saisissant avec sa peau noire comme la nuit. Il dévisagea Kaspar de ses yeux si noirs qu'ils avaient la couleur d'une martre, puis il sourit, et ses dents blanches étincelèrent au sein de son visage foncé.

— Kaspar, dit-il d'un ton amical. Vous avez changé, mon ami, j'oserais presque dire en mieux si je n'avais peur de vous froisser.

D'un geste, il congédia l'escorte de Kaspar, ainsi que les deux gardes en faction de chaque côté de la porte, de façon à rester seul avec son hôte.

Kaspar inclina légèrement la tête.

— Turgan Bey, le seigneur du Donjon. Pourquoi ne suis-je pas surpris ?

— Vous ne pensiez pas que l'ancien duc d'Olasko réussirait à se faufiler au sein de l'empire sans attirer notre attention, tout de même ?

— Il n'est pas interdit de rêver, répondit Kaspar.

Le seigneur Turgan lui fit signe de s'asseoir.

— Comte André ? (Il jeta un coup d'œil sur un parchemin.) Je dois avouer qu'il m'a fallu une bonne dose d'autodiscipline pour ne pas vous faire arrêter à la frontière. Mais j'avais envie de découvrir ce que vous manigranciez. Si vous vous étiez introduit en ville ou si vous aviez rencontré des rebelles ou des contrebandiers connus, tout cela aurait eu un sens. Mais voilà que vous demandez à être présenté à la Cour en tant qu'agent commercial de la cour ducale du Bas-Tyra ! Et puis vous entrez dans ce palais et vous vous promenez comme… comme je ne sais quoi. (Le vieil homme au physique encore puissant tambourina sur son bureau pendant quelques instants avant d'ajouter :)

» Si vous avez une bonne raison pour qu'on ne vous jette pas, vous et votre serviteur, en pâture aux crocodiles de l'Overn, j'aimerais beaucoup l'entendre. Peut-être que je devrais également y faire jeter votre ami Fauconnier.

Kaspar se redressa sur sa chaise.

— Fauconnier et moi jouons aux cartes, et je crois d'ailleurs qu'il triche. Rien de plus. Je me suis dit que le fait d'arriver en compagnie d'un célèbre écuyer du royaume me donnerait un petit peu plus de crédibilité.

— À moins que vous ayez eu envie de faire mourir ce jeune homme prématurément. (Turgan Bey laissa échapper un petit rire.) Vous croyez vraiment que j'ignorais que Serwin Fauconnier a travaillé pour vous pendant plus de deux ans et qu'il a été l'instrument de votre chute ? Pourtant vous voilà, tous les deux, dans mon palais, comme si vous n'étiez que de simples voyageurs qui tuent le temps en jouant aux cartes. (Il secoua la tête.) Je n'éprouve pas la moindre affection pour vous, Kaspar. Nous vous avons toujours surveillé de près à cause de tous vos complots. Mais tant que vous ne vous intéressiez qu'à votre petite partie du monde, nous n'étions guère inquiets. D'ailleurs, pour être honnête, vous avez toujours honoré vos traités vis-à-vis de Kesh.

» Mais vous n'êtes plus le souverain d'Olasko, nous n'avons donc plus besoin de respecter les politesses d'usage. Puisque vous essayez d'entrer dans le palais sous une fausse identité, il est raisonnable de penser que vous êtes un espion, n'est-ce pas ?

— C'est une possibilité, répondit Kaspar en souriant. J'ai quelque chose pour vous.

Il plongea la main sous sa tunique et en sortit l'amulette noire des Faucons de la Nuit. Il la fit glisser sur la table jusqu'à Turgan et attendit le temps que le vieux ministre l'examine.

— Où avez-vous trouvé ça ?

— Je l'ai obtenue par l'ami d'un ami, qui l'a lui-même reçue des mains de monseigneur Erik de la Lande Noire.

— Voilà un nom propre à donner des insomnies à un général keshian. Il nous a coûté cher à deux reprises sur la frontière.

— Eh bien, si vos commandants à la frontière n'éprouvaient pas le besoin de conquérir de nouvelles terres sans en avoir reçu l'ordre, vous auriez moins de problèmes avec de la Lande Noire.

— Nous n'envoyons pas nécessairement nos meilleurs officiers sur la frontière ouest, reconnut Turgan Bey dans un soupir. Nous les gardons pour renforcer nos propres factions ici, dans la capitale. La politique me tuera un jour, vous verrez. (Il tapota l'amulette du bout du doigt.) Que pensez-vous de ceci ?

— Des nobles keshians meurent.

— Ça arrive souvent, répliqua Turgan Bey en souriant. Nous avons beaucoup de nobles. Si, dans la ville basse, un vendeur ambulant jetait une galette d'orge de sa charrette, il lui serait impossible de ne pas atteindre un noble. Voilà ce qui arrive quand on a une population vigoureuse qui se reproduit avec ardeur pendant plusieurs milliers d'années.

— Oui, mais les sang-pur meurent aussi.

Le sourire de Turgan Bey s'effaça.

— De la Lande Noire n'aurait pas dû s'en apercevoir. Il doit avoir de meilleurs espions que je le pensais. Mais tout ceci me pousse quand même à me demander pourquoi l'ancien duc d'Olasko est venu dans ma cité, jusque dans mon palais, pour me donner cet objet. Qui vous envoie ? le duc Rodoski ?

— Pas du tout, répondit Kaspar. Mon beau-frère aimerait mieux voir ma tête orner le pont-levis de sa citadelle plutôt que de me recevoir à dîner. Seul son amour pour ma sœur m'a permis d'avoir la vie sauve, ainsi que le fait de rester loin d'Olasko.

— Dans ce cas, c'est de la Lande Noire qui vous envoie ? suggéra Bey en plissant le front.

— Je n'ai rencontré le très estimé maréchal de Krondor qu'une seule fois, il y a quelques années, et nous n'avons parlé que quelques minutes.

Le regard de Bey s'étrécit.

— Qui vous envoie, Kaspar ?

— Quelqu'un qui vous rappelle qu'il n'y a pas que les ennemis qui se cachent au sein des ombres.

Turgan Bey se leva.

— Suivez-moi.

Il conduisit Kaspar dans une nouvelle pièce de travail qui paraissait plus confortable. Elle abritait deux bureaux pour des secrétaires ainsi qu'un grand divan où le seigneur du Donjon devait pouvoir se mettre à son aise. Il fit signe à Kaspar de sortir sur un balcon surplombant un luxuriant jardin situé trois étages plus bas.

— Maintenant, je sais que personne ne nous entend, expliqua-t-il enfin.

— Vous ne faites pas confiance à vos propres gardes ?

— Si, mais quand des membres de la famille impériale commencent à être assassinés, je ne fais plus confiance à personne, même si les victimes étaient de lointains parents de l'empereur. (Il dévisagea Kaspar.) C'est Nakor qui vous envoie ?

— Indirectement.

— Mon père m'a raconté ce qui s'est passé quand cet Isalani dément est apparu au palais pour la première fois. Il était avec les princes Borric et Erland et aussi messire James, qui n'était qu'un baron ou un baronnet, à l'époque, il me semble. Tous ensemble, ils réussirent à sauver la vie de l'impératrice et à faire en sorte que Diigaí devienne son successeur en épousant sa petite-fille. Ils la défendirent au cœur même de la salle du trône, contre des assassins qui voulaient faire monter cet imbécile d'Awari sur le trône. À compter de ce jour, mon père changea d'attitude envers le royaume. Il me raconta comment Nakor sortit ce faucon de son sac et restaura la volière du palais. (Il ajouta en s'appuyant contre la balustrade :) Imaginez donc ma surprise le jour où Nakor est apparu dans la propriété de mon père, à Geansharna – je devais avoir environ quinze ans. (Il plissa les yeux.) Ce satané Isalani n'a jamais cessé de me surprendre depuis. Je ne vous demanderai pas comment vous en êtes venu à travailler pour lui, mais, s'il vous envoie, c'est qu'il y a une bonne raison à cela.

— Effectivement. J'avais autrefois sous mes ordres – ou, du moins, je le croyais – un magicien du nom de Leso Varen. Il s'est avéré qu'il était en partie à blâmer pour mes actions excessives au cours des dernières années précédant mon exil. (Bey voulut parler, puis se ravisa et laissa Kaspar continuer.) Si, à un moment donné, vous voulez écouter le récit détaillé de ce que j'ai fait et pourquoi, alors je vous accablerai avec cette histoire. Pour l'heure, il suffit de dire que Varen est peut-être au cœur de vos ennuis actuels. Si tel est le cas, alors il y a davantage en jeu qu'une intrigue relevant de la politique keshiane.

» Si Nakor a raison, toute la région risque d'être déstabilisée et nous risquons d'assister à de nombreux conflits inutiles.

Bey resta immobile un moment.

— Qui sait que vous êtes là ?

— Fauconnier, bien entendu, répondit Kaspar. Ainsi que Nakor, les hommes qui nous accompagnent et quelques autres agents du Conclave, dans le Nord. Mais ici, à Kesh, personne n'est au courant, à part vous.

Il songea qu'il valait mieux ne pas parler de Caleb. Il était toujours préférable de passer certaines choses sous silence, au cas où sa sécurité viendrait à être compromise.

— On va avoir un problème, déclara Turgan Bey. Plusieurs de mes agents sont au courant. Même si j'aime à penser qu'ils sont au-dessus de tout soupçon, l'expérience nous pousse à nous méfier. Alors, comment tourner cette situation à notre avantage ?

— En me donnant l'asile politique ?

Bey réfléchit quelques instants.

— Cela pourrait être une solution. Ainsi, nous n'aurions même pas à nous préoccuper de vos faux papiers – j'imagine qu'ils sont réalisés de main de maître ?

— Ils sont impeccables.

— Personne ne prendra la peine de les examiner. Nous pourrons toujours dire qu'il s'agissait d'une ruse pour vous permettre d'échapper à… eh bien, dressez une liste, Kaspar. Vos ennemis ne manquent pas.

— Je suis obligé de reconnaître que vous avez raison, même si cela me fait beaucoup de peine, répondit Kaspar.

— Nous avons donc besoin de quelques détails pour embellir votre histoire. Disons que, en dépit de la promesse faite à votre sœur, votre beau-frère a envoyé ses agents vous assassiner. Vous avez fui Olasko pour venir vous réfugier dans le seul endroit où vous pensiez pouvoir trouver asile : Kesh la Grande. Est-ce que ça vous convient ?

— Oui, c'est une histoire crédible, reconnut Kaspar. Rodoski est un homme de parole, mais peu de gens prendront la peine de s'en souvenir, et il est vrai que j'ai juré de quitter Olasko.

— Je trouverai quelqu'un pour se porter garant de vous, Kaspar. Évidemment, cela ne peut pas être moi. Le seigneur du Donjon est le dernier vestige de protection dont dispose le trône. Si vos soupçons sont fondés, alors ce trône sera bientôt attaqué.

» L'empereur utilise la magie pour prolonger sa vie, si bien qu'il a aujourd'hui plus de cent ans. Un certain nombre de résidents de la galerie des Seigneurs et Maîtres se languissent d'un changement. Les fils de l'empereur sont morts et ses filles ont depuis longtemps dépassé l'âge de l'enfantement.

— Qui doit lui succéder ?

— Sezioti, le fils aîné du fils aîné de l'empereur, mais ce n'est pas un chef charismatique. En revanche, son frère cadet, Dangaí, est très populaire. C'est un brillant chasseur – vous savez aussi bien que moi à quel point c'est important pour les sang-pur – et c'est un guerrier. Il dirige désormais la Légion intérieure, ce qui est une position très puissante au sein de l'empire.

» Sezioti est un érudit. Il est très apprécié, mais on ne le considère pas comme un leader-né. En revanche, il a le soutien du maître du Cheval, le seigneur Semalcar, et du chef des Auriges impériaux, le seigneur Rawa, ce qui contrebalance largement l'influence de la Légion intérieure.

— Si je comprends bien, vous avez de nouveau une galerie des Seigneurs et Maîtres divisée et la possibilité d'une guerre civile.

— Je suis au regret de l'admettre, répondit Turgan Bey.

— Je crois que nous nous battons donc pour la même cause.

— Apparemment. Je vais demander qu'on vous prépare des appartements, le temps de trouver quelqu'un qui accepte de se porter garant et de vous présenter à l'empereur. Faites-moi confiance, ce ne sera qu'une pure formalité. (Puis il hésita.) Mais que faisons-nous au sujet de Fauconnier ?

— Laissez-le à ses affaires pour le moment. Faites ce que vous auriez fait s'il était arrivé sans moi.

— Très bien, dit Bey. Je vais envoyer quelqu'un chercher votre domestique. Dans un jour ou deux, nous commencerons à réfléchir à ce que vous pouvez faire pour nous.

— Je me sens obligé de vous rappeler qu'il n'y a pas que la sécurité de l'empire qui est menacée, intervint Kaspar. Je ne suis peut-être plus le bienvenu en Olasko, mais j'aime ma patrie, et ma sœur, que je chéris plus que tout au monde, vit là-bas avec sa famille. Une guerre qui dépasserait les frontières de l'empire risquerait de les atteindre. Même une guerre civile pourrait déstabiliser la région.

Kaspar préféra passer sous silence l'histoire du Talnoy et des Dasatis. Bey avait déjà suffisamment de sujets d'inquiétude.

Le vieux ministre hocha la tête.

— Je me languis d'une époque plus simple, Kaspar, quand je n'avais à me soucier que des rebelles dans le Sud ou des ambitieux généraux isliens au Nord. (D'un geste, il congédia Kaspar en ajoutant :) Les guerres frontalières sont bien moins complexes que toute cette magie, ces intrigues et ces alliances secrètes. Reposez-vous bien. Nous nous reverrons bientôt.

Kaspar suivit un domestique jusqu'à ses nouveaux appartements et fut ravi de découvrir qu'ils étaient dignes d'un roi. Ils se composaient de sept pièces, livrées avec serviteurs, dont quelques-uns étaient des jeunes femmes à la beauté stupéfiante. Toutes portaient la tenue traditionnelle des sang-pur, à savoir le torque qui signalait leur rang et le pagne en lin qu'affectionnaient les hommes. Comme eux, elles se promenaient torse nu.

À son arrivée, Pasko découvrit Kaspar assis sur un divan et occupé à grignoter des fruits. Deux belles jeunes femmes se tenaient debout à ses côtés, dans l'attente de ses instructions. L'ancien professeur de Serre du Faucon argenté, depuis longtemps au service du conclave des Ombres, demanda :

— Est-ce que tout s'est passé comme prévu ?

— Tout à fait, répondit Kaspar. Le seigneur Bey est exactement tel qu'on nous l'avait décrit.

Ils contemplèrent tous les deux leur environnement luxueux. Puis Kaspar lança une œillade à l'une des jeunes filles, qui lui répondit par un chaleureux sourire.

— Pasko, si j'avais su, il y a longtemps que j'aurais demandé l'asile politique.

10

Une nouvelle menace

Ralan Bek n'était plus là.
Nakor s'assit, regarda autour de lui et ne vit aucune trace du jeune homme. Puis il détecta un mouvement au sommet d'une petite hauteur à l'est de la grotte. Nakor se leva et vit Bek apparaître avec un gros fagot de branches.

— Tu es réveillé, dit le jeune homme qui sourit en ajoutant : de toute évidence.

— Oui, répondit Nakor en souriant également. Je suis réveillé.

— J'ai vu que le feu était presque éteint, alors je suis parti chercher du bois. (Encore une fois, il ajouta :) De toute évidence.

Nakor hocha la tête.

— Tu as faim ?

— Toujours, répondit le jeune homme. (Il posa le fagot par terre et s'assit à côté de Nakor, qui fouillait dans son sac à dos.) Plus d'oranges, j'espère. Je commence à avoir la courante.

Nakor secoua la tête.

— Non, ce sont des rations de voyage. Tiens, dit-il en sortant un paquet enveloppé dans du papier huilé.

Bek ouvrit le paquet et découvrit à l'intérieur la moitié d'une miche de pain, du fromage à pâte molle et du bœuf séché.

— J'ai déjà connu pire, fit-il remarquer avant d'engloutir une première fournée.

Tout en mangeant, Nakor étudia le jeune homme. Il y avait quelque chose chez lui que le petit Isalani parvenait presque à appréhender, mais il lui fallait pour cela regarder en profondeur, comme s'il ne manquait qu'un tout petit effort supplémentaire pour le percevoir en totalité.

— Quoi ?

— Comment ça, « quoi » ?

— Tu n'arrêtes pas de me fixer. Ça fait… bizarre.

Nakor sourit.

— Toi et moi, nous avons eu des débuts similaires. Moi aussi, quand j'étais petit, mon père me frappait si j'allais me promener.

Nakor se lança alors dans le récit de sa propre jeunesse, puis continua en racontant comment il était devenu un joueur invétéré et comment il avait rencontré Pug et les autres magiciens.

— Ça explique pourquoi le grand type en armure blanche et or était là.

— Pourquoi dis-tu ça ?

— Parce que je ne comprends pas la moitié de ce que tu me racontes, Nakor, mais j'ai bien saisi que tu parles de gens très importants, et les gens importants ont des alliés puissants. J'imagine que ces choses dans la grotte sont puissantes et importantes aussi.

— Tu t'es faufilé en douce là-dedans ?

— Tu le sais bien, répliqua Bek en souriant. Je sais que tu ne dormais pas.

— Qu'est-ce qui te fait penser ça ?

— Parce que je n'aurais pas dormi non plus si je m'étais dit que quelqu'un essaierait peut-être de s'en prendre à moi.

— Et pourquoi tu n'as pas essayé ? demanda Nakor en prenant une nouvelle bouchée.

— Parce que je ne suis pas stupide, même si parfois je ne comprends pas tout.

— Alors, c'est pour ça que tu n'as pas essayé de m'attaquer ou de fuir la première nuit ?

Bek haussa les épaules.

— Je n'ai nulle part où aller, et ça fait un bout de temps que je n'ai pas vu quelque chose d'aussi intéressant que ces choses, là, dans la grotte. En plus, ça ne sert à rien de prendre des risques stupides.

— Pourquoi, tu crois que ça aurait été stupide de partir ou de m'attaquer ?

Bek hocha la tête.

— J'ai déjà rencontré des types comme toi, Nakor. Tu as l'air un peu bizarre et inoffensif comme ça, mais tu sais ce que tu fais.

Tu ne serais pas resté seul ici avec moi à moins d'être sûr de pouvoir te défendre.

Nakor haussa les épaules et Bek pointa sur lui un index accusateur.

— Tu es une espèce de magicien, pas vrai ?

Le petit Isalani haussa de nouveau les épaules.

— Je connais quelques tours.

— C'est bien ce que je me disais, dit Bek en hochant la tête.

— Quels sont tes projets, Ralan ?

Bek haussa les épaules.

— Je ne réfléchis pas dans ces termes-là. Je me balade et je trouve des compagnons, une bagarre, une femme, peu importe. Je ne vois pas l'intérêt de faire des projets. Ce n'est pas comme si j'avais quelque chose qui intéresse quelqu'un, je veux dire, je ne sais pas moudre le grain ou labourer un champ ou faire tout ce que les gens vous paient pour faire. Je sais juste me battre et monter à cheval.

— Il y a beaucoup d'endroits où un homme qui sait se battre pourrait gagner sa vie.

— En devenant soldat ? (Il cracha le mot.) Porter un uniforme et obéir aux ordres – « oui, cap'taine, non, messire » ? Jamais ! J'ai essayé la vie de mercenaire, une fois, mais je me suis ennuyé. J'ai juste besoin… (Son regard noir se perdit dans le lointain pendant quelques instants. Puis il revint se poser sur Nakor.) Je ne sais pas trop de quoi j'ai besoin, mais quelque chose me pousse, tout le temps.

— Je crois que je comprends.

— Tu serais bien le premier. (Brusquement, Bek se leva et sortit son épée du fourreau. Nakor écarquilla légèrement les yeux, mais ne fit pas un geste.) Des ennuis arrivent, expliqua Bek.

Puis Nakor entendit des chevaux sur la route. Le temps qu'il se lève, Bek arrivait au sommet de la butte et commençait déjà à descendre le chemin. Nakor s'empressa de monter en haut de la butte lui aussi afin de voir ce qui se passait.

Une centaine de mètres plus bas, il vit arriver deux cavaliers. Tous les deux immobilisèrent leurs montures tandis que Bek s'approchait d'eux à pied. Alors que l'un des cavaliers ouvrait la bouche pour parler, Bek effectua un saut incroyable. Avant que quiconque puisse réagir, il abattit son épée de toutes ses forces et trancha le bras de l'individu au niveau de l'épaule.

Le deuxième cavalier resta figé de stupeur pendant quelques instants, puis il fit faire volte-face à son cheval dans l'intention de s'enfuir. Bek lança alors son épée comme un javelot et atteignit sa victime dans le dos. Le cavalier tomba de cheval et heurta le sol avant que Nakor ait eu le temps de faire deux pas.

Lorsque le petit Isalani arriva sur les lieux du carnage, Bek avait déjà récupéré son épée et l'essuyait sur la tunique de l'un des deux hommes.

— Que s'est-il passé ? demanda Nakor.

— Tu voulais que cet endroit reste secret. (Bek se pencha et prit son chapeau à l'un des cadavres : il s'agissait d'un couvre-chef en feutre noir, à larges bords, dont la calotte était entourée d'un lien en cuir et décorée de perles en verre.) J'aime bien ce chapeau, dit-il en le posant sur sa tête pour voir s'il lui allait. Il est joli.

— Mais…

Bek haussa les épaules.

— Il y a encore de quoi manger ?

Nakor regarda Ralan Bek remonter calmement en haut de la butte. Il le suivit et le retrouva assis exactement au même endroit que précédemment, occupé à manger ce qui restait sur le papier huilé.

— Tu as encore des oranges ?

Nakor plongea la main dans son sac et en sortit un fruit qu'il lança au jeune homme.

— Pourquoi as-tu tué ces hommes ? Pourquoi ne pas les avoir simplement renvoyés d'où ils venaient ?

— Parce qu'ils se seraient forcément dit qu'il y avait quelque chose ici et ils seraient peut-être revenus avec des renforts. J'ai préféré nous épargner toute discussion inutile en réglant le problème rapidement. Soit on tuait ces deux hommes maintenant, soit on aurait été obligé d'en tuer beaucoup d'autres plus tard. Tu vois quelque chose de mal à ça ? demanda-t-il, les yeux étrécis.

Nakor secoua la tête.

— C'est un meurtre.

Bek haussa les épaules.

— S'ils avaient pu me tuer, ils l'auraient fait.

— Pour se défendre ! s'écria Nakor. Je t'ai vu combattre. Tu as mis Tomas à l'épreuve ! Le seul mortel qui aurait peut-être pu réussir une chose pareille, c'est Serwin Fauconnier, et il a été champion de la cour des Maîtres ! Ces hommes n'avaient aucune chance contre toi !

—Jamais entendu parler de ce type.

—Pas étonnant, vous ne vivez pas sur le même continent.

Nakor étudia Bek pendant que le jeune homme finissait son repas. Ensuite, ce dernier prit une pose nonchalante et demanda en regardant Nakor :

—Qu'est-ce qu'on fait maintenant ?

—On attend.

—On attend quoi ?

—Que quelqu'un d'autre vienne étudier ces choses, pour que je puisse m'occuper d'autres affaires.

—Peut-être que je pourrais t'accompagner ? suggéra Bek avec un sourire.

—Peut-être que tu devrais, rectifia Nakor. Tu possèdes une nature impulsive et tu te moques complètement des conséquences de tes actes.

—Pourquoi m'en faire ? protesta Bek. Un jour, je mourrai ; mais, avant ça, je veux vivre pleinement. Et si quelqu'un essaie de m'en empêcher, il le regrettera. (Il sourit.) D'ailleurs, j'aime faire souffrir les gens. Et puis, le jour arrivera où quelqu'un sera assez fort pour me tuer. Alors, tout sera terminé.

—Tu ne t'inquiètes pas de ce qui va t'arriver quand tu apparaîtras dans la demeure de Lims-Kragma pour y entendre sa sentence ?

Bek haussa les épaules.

—Encore une fois, pourquoi m'en faire ? Je suis tel que les dieux m'ont fait, pas vrai ? Si l'un d'eux a un problème avec mon comportement, qu'il réagisse. Je ne peux rien faire face à un dieu. De toute façon, si je me conduis mal, pourquoi est-ce qu'ils ne m'ont pas encore… je ne sais pas, transformé en insecte ? ajouta-t-il en riant. Je crois que c'est parce que les dieux se fichent complètement de ce que je fais. Je crois qu'ils se fichent complètement de tout le monde. (Il hocha la tête comme s'il avait beaucoup réfléchi à tout ça.) Je suppose qu'on aurait des ennuis si on saccageait un temple ou si on tuait un prêtre sans raison, mais, si on laisse les dieux tranquilles, alors ils font pareil pour nous. C'est comme ça que je vois les choses.

—Et les amis ? la famille ? Leur opinion n'a donc pas d'importance ?

Bek regarda Nakor.

—Tu en as, toi, des amis et de la famille ?

— Je n'ai pas de famille, reconnut Nakor. J'ai été marié, une fois, mais c'était il y a très longtemps. En revanche, je n'ai jamais eu autant d'amis qu'en ce moment, et ce sont les meilleurs que je connaisse, des gens à qui je fais confiance et qui me font confiance.

— Alors, je suppose que tu as de la chance. (Bek regarda au loin comme s'il voyait quelque chose au beau milieu des airs.) Parfois, je crois qu'il y a quelque chose chez moi qui fait peur. Je n'ai jamais eu grand-chose en commun avec la plupart des gens. (Il regarda Nakor.) La plupart du temps, je déniche des jeunes types bravaches avec qui voyager. Ils cherchent la bagarre, ils veulent prendre du bon temps et gagner un peu d'argent facile. De temps en temps, j'en rencontre quelques-uns que j'apprécie, généralement des types qui aiment vraiment se battre. Il y a eu notamment ce gars, Casamir, il adorait boire et se bagarrer. Il n'avait même pas besoin d'une excuse, il allait juste trouver quelqu'un et il le frappait pour déclencher une bagarre. Il adorait faire mal. (Bek avait les yeux brillants.) J'aimais bien le regarder frapper les gens, jusqu'au jour où un garde, à Kiptak, lui a fracassé le crâne avec la poignée de son épée. J'ai achevé le garde, mais j'ai dû fuir Kiptak. Depuis, je voyage avec des types qui ont envie de s'amuser, mais je n'ai pas de véritable ami.

Nakor garda le silence, le temps de réfléchir à ce qu'il savait de ce jeune homme (pas grand-chose) et à ce qu'il soupçonnait de sa nature (à savoir beaucoup de choses).

— Quand as-tu commencé à entendre des voix ? demanda-t-il finalement.

Bek dévisagea Nakor pendant une longue minute.

— Quand j'avais environ huit ou neuf ans, répondit-il. Comment tu sais pour les voix ?

— Parce que je les ai entendues, moi aussi, au même âge que toi.

— Qu'est-ce qu'elles te disaient ? demanda Bek en attendant avidement la réponse.

— Qu'il fallait… que je parte ailleurs.

Le visage de Bek s'illumina d'un sourire.

— C'est ce que j'entends, moi aussi. (Puis son sourire disparut.) Ça, et d'autres choses.

— Comme quoi ? demanda Nakor.

— Je ne sais pas. (Bek haussa les épaules et baissa les yeux.) Parfois, ce ne sont pas vraiment des voix, mais… des impressions, l'impression que je dois faire quelque chose. Blesser quelqu'un. Prendre quelque chose. Aller quelque part. (Il regarda en direction de la grotte.) C'est ce que j'ai ressenti quand j'ai entendu parler de cet endroit. Certains des gars qui m'accompagnaient ne voulaient pas s'embêter avec ça, mais je savais qu'il fallait que je vienne.

Nakor hocha la tête.

— Quand est-ce que les rêves ont commencé ?

Bek ferma les yeux comme si tout à coup il souffrait.

— Je les ai toujours eus, d'aussi loin que je me souvienne. (Il ouvrit les yeux et regarda de nouveau dans le vide.) C'est…

— C'est quoi ? demanda gentiment Nakor après quelques instants de silence.

Bek leva les yeux vers lui.

— C'est comme si je regardais à travers une fenêtre ou je me tenais en haut d'une tour. Je vois des choses… des endroits… des gens qui font des choses… (De nouveau, il détourna le regard.) Je vois des événements violents, Nakor. Je vois des batailles, des viols, des villes qui brûlent… Parfois, c'en est trop pour moi. C'est comme quand tu rencontres une fille qui aime bien qu'on la frappe pendant l'amour. Tu fais ce qu'elle te demande, et puis tu en arrives au stade où elle veut que tu arrêtes… Tu es là, la main levée, tu sais qu'elle n'apprécie plus, mais tu sais aussi que ça serait si bon de la frapper juste une dernière fois. Elle prend peur et commence à pleurer, mais tu ne t'en sens que mieux. Si tu la frappes maintenant, elle n'aura plus peur parce qu'elle perdra connaissance…

— Ou parce qu'elle mourra, souffla Nakor.

Bek haussa les épaules.

— Ou parce qu'elle mourra. Tu vois, ce moment-là, c'est comme de se retrouver au bord d'un précipice, en sachant qu'en un instant tout peut basculer. C'est comme quand tu veux faire sauter ton cheval par-dessus un obstacle un tout petit peu trop haut ou quand tu franchis une porte en courant en sachant qu'à l'intérieur de la pièce quelqu'un t'attend pour te tuer. (Les yeux écarquillés, il dévisagea Nakor d'un air dément.) Je me réveille toujours en proie à la terreur, comme si quelque chose allait arriver.

— Comme si tu étais constamment sur le qui-vive ?

— Exactement ! Comme si ces scènes étaient juste… hors de portée, tu vois ?

Son air frénétique disparut, remplacé par un masque songeur.

— Oui, répondit doucement Nakor, je vois.

Les traits de Bek se tordirent de nouveau.

— Mais si je fais ces choses… (Il ouvrit la main et contempla sa paume.) Si je frappe la fille. Fort. Très fort. Ou si je fais sauter mon cheval par-dessus l'obstacle, même s'il vient s'empaler sur la grille ou s'il se casse une jambe à l'atterrissage. Ou si je franchis la porte en courant et je tue la personne qui se cache à l'intérieur…

— Alors les rêves s'arrêtent pendant quelque temps, conclut Nakor.

— Exactement ! s'exclama Bek en se levant. Tu comprends vraiment. Comment le sais-tu ?

— Parce que j'ai fait des rêves moi aussi, il y a bien longtemps.

— Est-ce qu'ils te poussaient à faire des choses ?

Nakor haussa les épaules.

— Si je les suivais, oui, ils s'arrêtaient pendant un moment. Je suis devenu un joueur. Si je prenais beaucoup d'argent à quelqu'un en trichant, alors les rêves disparaissaient pendant quelques jours. Je suis devenu un escroc. Chaque fois que je réussissais à arnaquer quelqu'un, les rêves s'arrêtaient pendant une semaine. Plus je faisais du mal en trichant, en mentant et en volant, et moins je rêvais.

Bek secoua la tête.

— Si je déclenche une bagarre ou si je pousse quelqu'un à faire quelque chose…

— De mal ?

Bek haussa les épaules.

— Je ne comprends pas le concept de bien ou de mal, je sais seulement ce que j'ai envie de faire. Si j'oblige quelqu'un à agir contre son gré…

— Donne-moi un exemple.

— Il y a deux ans, j'ai rencontré un type du nom de Drago dans une ville près de Lanada. On était dans un bordel, on avait beaucoup bu tous les deux et on a emmené deux filles à l'étage. Je ne sais pas si c'était mon idée ou la sienne. (Le regard de Bek se perdit de nouveau dans le vague, comme s'il voyait ce qu'il racontait.) L'une de ces putains aimait bien qu'on la frappe – je demande toujours des filles comme ça. Celle-là était une vraie tigresse, elle feulait, elle rugissait, elle griffait, elle mordait… (Il se tut un moment, puis haussa les épaules.) Quoi qu'il en soit, à un moment donné, les choses ont dû devenir un peu trop brutales à son goût, parce qu'elle est passée des feulements et des rugissements aux cris et aux hurlements. Drago m'a pris par le bras en me disant d'arrêter, alors je l'ai tué. Puis les deux filles se sont mises à hurler, alors je les ai tuées, elles aussi. (Bek regarda Nakor.) Je ne sais vraiment pas comment les choses en sont arrivées là, mais ça a dérapé.

— Effectivement.

Bek sourit.

— Mais ça fait du bien quand ça dérape, tu sais ?

Nakor se leva.

— Je sais.

Il vint se placer à côté de Bek, qui continua à le regarder d'un air dément.

— Tu vas me faire mal, là, n'est-ce pas ?

— Oui.

Nakor posa la main sur la tête de l'imposant jeune guerrier. Au moment où ce dernier faisait mine de se défendre, une lueur jaillit de la paume de Nakor et l'immobilisa. Bek serra les dents, et ses yeux se mirent à rouler dans ses orbites, tandis qu'un son étrange s'échappait de ses lèvres. Il s'agissait d'un grognement sourd qui prit naissance au fond de sa poitrine et qui gagna en intensité à mesure qu'il se frayait un chemin vers sa gorge, où il devint une sorte de souffle rauque. Puis le bruit grandit encore, jusqu'à devenir un cri de douleur qui continua à monter dans les aigus de l'insupportable.

Ce cri résonna jusqu'à ce que Bek n'ait plus d'air dans les poumons ; il se mit alors à trembler de manière incontrôlable, les dents toujours serrées et le visage rougi. Ses yeux s'étaient révulsés, on n'en voyait plus que le blanc. Enfin, son teint se mit à foncer, passant du rouge à l'écarlate. Lorsqu'il vira au bleu, Nakor retira sa main.

Un hoquet déchirant retentit dans le silence lorsque Bek tomba à la renverse en frissonnant. Les yeux clos, il se retrouva étendu sur le sol, en proie à des tremblements.

Nakor resta immobile et regarda l'immense jeune homme convulser comme quelqu'un pris d'une attaque. Au bout de cinq longues minutes, la crise passa. Bek s'immobilisa et retrouva une respiration plus calme. Pendant cinq autres minutes, il resta allongé là comme s'il dormait, puis il gémit et ouvrit les yeux.

Il battit deux fois des paupières avant de poser son regard sur Nakor.

— C'était… stupéfiant, déclara-t-il en s'asseyant avec précaution. (Puis il prit une grande bouffée d'air, qu'il laissa lentement ressortir, et sourit.) J'ai bien aimé !

Nakor lui tendit la main et l'aida à se lever.

—Tu aimes la douleur ?

Bek se palpa le corps pour s'assurer qu'il n'avait rien de cassé.

—Parfois, oui, j'aime bien. La douleur… permet de réveiller les sens. Elle te rend alerte et conscient. Au début, il y a ce désir de s'en distancer, mais comme elle ne s'arrête pas, on peut… s'immerger profondément en elle, je suppose. Alors, on réussit à passer au-delà et, de l'autre côté, il y a…

Il regarda Nakor comme s'il avait du mal à trouver le concept ou le mot juste.

—La clarté, répondit le petit Isalani.

Bek écarquilla les yeux et hocha la tête.

—C'est exactement ça ! La clarté. On voit les choses différemment. Ça ne ressemble à rien d'autre. La douleur se transforme en un sentiment indescriptible. Mais tu sais ce que je veux dire.

Nakor hocha la tête.

—Oui, malheureusement, je le sais.

—Qu'est-ce que tu m'as fait ?

—C'est juste un tour que je connais. Il y a quelque chose à l'intérieur de toi, une chose qui fait de toi ce que tu es. Il a fallu que je la trouve, puis que je la… confine.

Bek posa les mains sur sa poitrine comme s'il cherchait quelque chose.

—La confiner ? Mais je ne sens aucune différence.

Nakor se retourna pour contempler l'horizon.

—Je sais. Mais, pendant quelque temps, tu t'apercevras que tu seras moins enclin à chercher la bagarre. Et tu ne rêveras pas non plus. (Il regarda de nouveau Bek.) La journée est encore jeune et j'ai du travail. Je vais te laisser ici quelques minutes. Je reviens très vite.

Il plongea la main dans son sac et en sortit un orbe doré. Il appuya sur un bouton et disparut.

Pug leva les yeux lorsque Nakor apparut dans son bureau.

—Qu'y a-t-il ?

—Tu te souviens de ce jeune homme dont je t'ai parlé hier dans mon message ?

—Celui qui a donné du fil à retordre à Tomas ? Bien entendu.

—J'ai eu des soupçons à son sujet dès son arrivée à la grotte, mais, maintenant, j'en suis sûr.

— Sûr de quoi, Nakor ?
— Je t'ai parlé des rêves et des souvenirs des dieux. Mais qu'est-ce que je t'ai raconté au sujet des... fragments ?
— Tu m'as dit qu'il arrive parfois qu'un dieu manifeste directement sa puissance chez un mortel, en déposant une minuscule partie de lui-même dans l'âme de cette personne. Pourquoi ?
— Ce n'est plus une croyance, c'est une certitude. Je crois que Bek est l'une de ces personnes.
— Tu en es sûr ? demanda Pug.
— Oui, et il représente à la fois un grand atout et un grand danger.

Les yeux étrécis, Pug dévisagea Nakor.
— Continue.
— J'ai utilisé un tour qui permet de... toucher quelque chose à l'intérieur d'une personne. C'est pratique quand on veut savoir si quelqu'un a quelque chose d'inhabituel en lui, comme dans les cas de possession par un démon.
— Pratique, en effet.
— Ça permet également de savoir si quelqu'un te ment, reprit Nakor. Mais ce n'est pas l'important. Quand j'ai fouillé à l'intérieur de Bek, j'ai trouvé l'infime fragment d'un dieu, la plus petite manifestation possible de sa conscience. C'est de là que viennent les pouvoirs qui rendent Bek si dangereux et si imprévisible.

» Pug, Bek abrite un fragment du Sans-Nom.

Pug se redressa d'un air stupéfait, une expression presque immédiatement remplacée par de l'inquiétude.
— Tu en es sûr ?
— Absolument.

Pug s'assit de nouveau.
— Qu'est-ce que ça signifie ?
— Ça signifie que les forces en présence se livrent un combat d'une plus grande ampleur que nous le pensions, car si le Sans-Nom est capable de manifester ne serait-ce qu'une toute petite partie de son être sur notre monde...
— Il va finir par réussir à se manifester entièrement.
— Oui, Pug. (Nakor regarda l'homme qui était son ami depuis tant d'années.) Il a retrouvé le chemin de Midkemia. Et nous devons trouver un moyen d'empêcher son retour.

11

Conspiration

Les cavaliers s'arrêtèrent.
Les trois hommes couverts de poussière se trouvaient au sommet d'une crête sur la route entre Khallara et la capitale de Kesh. Caleb désigna les lumières qui brillaient sous les nuages dans le lointain.
— Voilà Kesh.
— C'est grand ? demanda Zane.
— Très, répondit Caleb en mettant pied à terre. C'est la plus grande ville du monde.

Ils avaient chevauché pendant quatre jours, le temps pour les garçons d'acquérir davantage d'expérience à dos de cheval. Ils étaient couverts de poussière, de sueur et de saleté, assez pour convaincre les gardes aux portes de la cité qu'ils avaient voyagé ainsi depuis le val des Rêves. Cependant, même en changeant de montures en chemin, cela leur aurait pris trois mois ou plus. Les garçons ne cessaient de découvrir que leur beau-père disposait de ressources qu'ils n'auraient même pas imaginé un an auparavant.

Ils avaient quitté la Ville du port des Étoiles au lendemain du mariage et avaient ostensiblement pris la route du Nord en disant qu'ils se rendaient dans la famille de Caleb. Puis, après avoir laissé la ville derrière eux, Caleb avait sorti l'une de ces sphères que les garçons appelaient des « orbes de voyage », afin de se téléporter en compagnie de Marie et de ses fils sur l'île du Sorcier.

Caleb avait pris une journée entière pour aider sa jeune épouse à faire connaissance avec sa famille et les habitants de l'île, décidément peu ordinaires. Marie avait du mal à appréhender des concepts comme la magie, l'existence de mondes inconnus entre lesquels il était possible de voyager et la présence de créatures appartenant à des races étrangères à Midkemia. Mais Caleb savait qu'elle finirait par comprendre. D'ailleurs, son calme et sa retenue face à toutes ces visions inattendues firent plaisir à Caleb, tout comme ses efforts pour être à l'aise en compagnie de ses parents. Il se réjouit plus encore en voyant sa joie lorsqu'elle découvrit leurs appartements, dignes d'un palais comparés à ce qu'elle avait connu au port des Étoiles. Enfin, il fut heureux de constater qu'elle avait facilement gagné l'affection de ses parents.

Il n'y eut qu'un seul moment de tension, lorsque les six sœurs du Pithirendar, vêtues en tout et pour tout de guirlandes de laurier-rose, vinrent fêter le retour des garçons sur l'île. Marie eut du mal à supporter la vue de leurs marques d'affection très directes.

Caleb fut obligé de l'entraîner loin de ces retrouvailles.

— Tu verras beaucoup de choses étranges ici, mais n'oublie jamais une chose : tout le monde sur cette île ne vous veut que du bien, à toi et aux garçons.

Marie jeta un coup d'œil par-dessus son épaule et fronça les sourcils.

— J'ai l'impression que ça va un peu plus loin que ça, Caleb.

— Tu viens du port des Étoiles, Marie. Tu as connu des gens du royaume et de l'empire. Chaque nation possède ses propres coutumes et ses propres croyances. Tu as déjà vu beaucoup de choses.

— Je n'avais encore jamais vu des filles à la peau verte essayer de déshabiller mes garçons en plein jour !

Caleb se mit à rire.

— Elles veulent seulement emmener les garçons nager avec elles. (Il tendit le doigt devant lui.) Mon père a construit un lac là-bas avant ma naissance...

— Il a construit un lac ?

— Oui, parce que ma mère a horreur de faire tout ce chemin jusqu'à la plage pour aller se baigner. Quoi qu'il en soit, les filles du Pithirendar ont besoin de passer beaucoup de temps au bord ou dans l'eau. C'est vital pour leur santé.

Marie ne paraissait pas convaincue, mais Caleb savait que, pour une mère, ses fils ne grandissent jamais vraiment. Il en avait lui-même fait l'expérience.

Ils passèrent une nuit supplémentaire ensemble. Puis, le lendemain matin, Caleb et les garçons quittèrent l'île du Sorcier. Ils utilisèrent un orbe pour se téléporter dans une écurie de Landreth qui appartenait au Conclave. Ils l'utilisèrent ensuite de nouveau pour se téléporter sur la route sur laquelle ils voyageaient à présent.

Caleb dessella son cheval, et les garçons firent de même.

— Pourquoi est-ce qu'on s'arrête maintenant ? demanda Tad. Les lumières de la ville ont l'air proches.

— Mais elles ne le sont pas. À cheval, il reste encore une demi-journée pour atteindre les faubourgs pauvres, à l'extérieur de l'ancienne muraille, et encore deux autres heures pour arriver aux portes de la ville. On y sera demain en fin d'après-midi.

Zane posa sa selle par terre et attacha son cheval à l'endroit où il pouvait brouter l'herbe du bas-côté.

— Ça doit être vraiment grand. Je n'ai jamais vu autant de lumières de toute ma vie.

— Tu aperçois là des milliers de lanternes et de torches, Zane, confirma Caleb.

Tad rejoignit son frère adoptif ; tous deux contemplèrent au loin la ville illuminée qui se détachait sur un ciel envahi par le crépuscule.

Caleb fit un feu et laissa les garçons manger leur ration, puis il leur dit :

— Encore une fois.

Les garçons échangèrent un regard, et Tad fit signe à Zane de commencer.

— Tu es un marchand du Val, du nom de Caleb.

— Je crois qu'on n'aura pas trop de mal à s'en souvenir, ajouta Tad.

Caleb ramassa un caillou et le lança sur lui. Tad sourit en esquivant facilement le projectile.

— Nous sommes tes deux talentueux, brillants, capables, beaux et très courageux apprentis, Tad et Zane.

Ce dernier hocha la tête.

— Ça aussi, ce sera facile à se rappeler.

— Qu'est-ce qu'on négocie ? demanda Caleb.

— À peu près tout, répondit Tad. On est toujours à la recherche d'objets rares et de grande valeur pour les revendre dans le royaume. Des pierres précieuses, des bijoux, des objets d'art, tout ce qui est facile à transporter et qui peut rapporter un gros bénéfice.

— Mais on ne transporte pas beaucoup d'or sur nous, ajouta Zane. On utilise des lettres de crédit, et on connaît beaucoup de prêteurs sur gages entre ici et Krondor.

— Pourquoi est-ce que vous n'êtes pas avec votre maître ?

— Il nous a envoyés dans le bazar à la recherche d'articles qui pourraient plaire aux nobles et aux riches roturiers du Nord. Si on remarque des marchandises dignes d'intérêt, on en parle à notre maître qui vient alors vérifier en personne si ça vaut la peine d'acheter ou pas.

— On n'a pas la permission de conclure une transaction au nom de notre maître, renchérit Tad, et si on donne l'impression de conclure une vente, on sera sévèrement battus.

Caleb continua à faire répéter cette histoire aux garçons ; il leur posa plein de questions basiques et leur fournit suffisamment de détails pour qu'ils puissent se faire passer pour des apprentis marchands. Puis il commença à leur expliquer les choses qu'ils avaient besoin de savoir : qui contacter au cas où il lui arriverait malheur, les endroits où ils pourraient trouver refuge et, enfin, ce qu'ils devraient faire s'il mourait.

Il garda ce dernier point pour la fin, car il voulait qu'ils comprennent à quel point la mission qui les attendait pouvait s'avérer dangereuse. Plusieurs discussions avaient été nécessaires pour les convaincre qu'il n'exagérait pas : c'était bel et bien dangereux d'appartenir à sa famille et de travailler pour le compte des habitants de l'île du Sorcier.

Les garçons se couchèrent, et Caleb prit le premier quart. Il remarqua combien Tad et Zane s'endormirent rapidement. Dans la lumière vacillante du feu de camp, ils ressemblaient aux garçons qu'ils avaient été, plutôt qu'aux hommes qu'ils devenaient peu à peu. Pour la énième fois, Caleb espéra qu'il n'avait pas surestimé leur potentiel ni sous-estimé sa propre capacité à les garder sains et saufs.

Les trois cavaliers traversaient lentement la foule, ce qui permit aux garçons de découvrir, bouche bée, la vision exotique qu'offrait Kesh. Celle-ci était exactement telle que Caleb l'avait décrite – une ville comparable à nulle autre sur Midkemia.

En milieu de matinée, ils avaient fini par mesurer l'incroyable ampleur de l'endroit en découvrant la ville haute et la citadelle au sommet du plateau qui surplombait la ville basse et les rives du Gouffre de l'Overn. De loin, on aurait dit le sommet d'une montagne distante mais, à mesure qu'ils s'en rapprochaient, ils avaient compris qu'il s'agissait en réalité d'un immense palais entouré d'une cité-forteresse, bâti très haut au-dessus de tous les moyens d'accès par voie de terre ou d'eau : c'était le cœur de l'empire de Kesh la Grande.

Le ciel était dégagé, si bien qu'aucun nuage ni aucune brume ne les empêchaient de profiter du spectacle offert par la grande citadelle. Les garçons avaient plusieurs fois exprimé leur étonnement face à l'immensité de l'édifice. Caleb leur avait alors expliqué que l'immense structure avait été bâtie sur plusieurs générations et qu'elle abritait en son sein une véritable ville. Il leur avait parlé des couloirs caverneux et des nombreux appartements occupés par les membres de la famille royale, les administrateurs de l'empire et tout le personnel au grand complet – sous la vigilance du seigneur du Donjon, l'intendant du bâtiment. Il avait ajouté que, malgré cela, il restait encore assez de place pour les appartements des Seigneurs et Maîtres de Kesh, ainsi que pour la grande galerie où ces derniers se réunissaient. L'édifice abritait également des jardins, dont certains s'ornaient de fontaines et de bassins.

À une époque, seuls les sang-pur – la tribu keshiane originelle qui occupait la région autour du grand Gouffre de l'Overn – avaient l'autorisation de demeurer dans le palais après le coucher du soleil. Seuls les souverains ou les nobles en visite et les ambassadeurs échappaient à cette règle, et encore, on les confinait dans un endroit bien précis du palais impérial, entre le coucher et le lever du soleil.

À présent, les choses étaient un petit peu moins formelles, d'après Caleb. Certains nobles qui n'appartenaient pas aux sang-pur recevaient parfois l'autorisation de rester dans la ville haute, mais il s'agissait d'une chose rare, considérée comme un énorme privilège. Caleb n'avait jamais visité la ville haute, mais il connaissait de nombreuses personnes qui s'y étaient rendues.

Tout en se frayant un chemin à travers les rues bondées, les garçons ne cessèrent de tourner la tête d'un côté et de l'autre pour essayer de donner un sens à ce maelström d'images, d'odeurs et de bruits qui les assaillait. Caleb leur montra quelques-uns des principaux points de repère, afin qu'ils apprennent la géographie de la cité et qu'ils soient rapidement capables de s'y déplacer. Mais les garçons étaient submergés par la nouveauté de tout ce qui les entourait, et Caleb savait que, sans lui, ils seraient totalement perdus.

Tad et Zane étaient bouche bée. Partout où ils posaient les yeux, ce n'étaient que nouveautés : la tenue traditionnelle keshiane, la cacophonie des différentes langues, les odeurs, les visions… Des citoyens venus des quatre coins de l'empire et des voyageurs venus du monde entier affluaient à Kesh la Grande. Il y avait là les fiers cavaliers ashuntas avec leurs chapeaux de feutre à larges bords ornés de plumes, les marchands cosodis dans leurs tuniques à carreaux orange, rouge, jaune et citron et les mystiques jajormirs qui dansaient en cercle avec leur bol de mendiant à leurs pieds. Tout ce petit monde ralentissait considérablement les trois cavaliers. Dans l'un des marchés plus petits, ils virent passer un convoi d'esclaves, et les garçons contemplèrent, horrifiés, la misère abjecte des malheureux en chemin vers leur enclos.

À chaque coin de rue, de nouvelles visions s'offraient à eux, et ils étaient constamment assaillis par les mendiants, les camelots et les voleurs. Les garçons ne cessaient de repousser des mains curieuses qui se tendaient pour voir s'il n'y avait pas une bourse cachée sous leur selle ou au niveau de la ventrière.

Des Auriges, qui appartenaient à la caste des sang-pur, s'ouvrirent un passage en faisant claquer leurs fouets au-dessus de la tête des gens du peuple, qui s'écartèrent en courbant l'échine pour les laisser passer. Puis le martèlement sourd de bottes sur les pavés poussa les garçons à se retourner sur leur selle. Ils aperçurent alors une compagnie de soldats en armure noire qui venait dans leur direction.

Caleb fit signe aux jeunes gens d'amener leurs montures sur le bord de la route. Le temps qu'ils rejoignent le bas-côté, les soldats arrivaient sur eux. Même les Auriges s'écartèrent pour laisser passer cette centaine d'hommes. Leur amure les recouvrait de pied en cap et comprenait un heaume noir pointu avec une protection nasale et un camail, une cuirasse noire sur une veste en cuir noir, ornée d'un faucon royal keshian, des grèves et des jambières, le tout en acier noir. Ils portaient un bouclier carré légèrement incurvé, de façon à pouvoir former un mur de boucliers en cas de besoin. Enfin, chaque soldat était armé d'une courte lance accrochée sur une épaule et d'une épée au côté.

Les sergents portaient un heaume orné d'une courte crête horizontale en crin de cheval. Les officiers, qui chevauchaient derrière eux, possédaient un uniforme identique, sauf que leur crête allait du front vers l'arrière du crâne et qu'elle mesurait une vingtaine de centimètres de plus en hauteur.

— C'est la Légion intérieure, expliqua Caleb aux garçons, très impressionnés. Les Chiens Soldats de Kesh sont cantonnés d'ici jusqu'au Val, alors que ces gars-là ont pour mission de protéger la capitale et le palais impérial. Ils ne quittent jamais cette ville, ce qui est une bonne chose pour leurs voisins, car, dans cette légion, ils ont tendance à recruter les salopards les plus résistants de l'armée régulière.

Il montra du doigt la citadelle au sommet du plateau. Puis, quand les soldats furent passés, il fit signe aux garçons de se remettre en route. Une demi-heure plus tard, ils arrivèrent devant une auberge, dont l'enseigne s'ornait d'une rangée de trois saules. Caleb franchit le portail et entra dans la cour d'écurie en compagnie de Tad et de Zane. Un garçon s'empressa de venir à leur rencontre.

Dès qu'ils eurent confié les chevaux aux bons soins du palefrenier, les voyageurs entrèrent dans l'auberge. Celle-ci possédait une salle commune spacieuse, propre et tranquille. Ils se dirigèrent tout droit vers le comptoir, où ils furent accueillis par un homme grand et mince qui avait les cheveux gris et une barbe fournie.

— Caleb ! s'exclama-t-il. C'est bon de te revoir. Qui sont ces garçons derrière toi ?

— Voici Tad, répondit Caleb en posant la main sur l'épaule de l'intéressé, et voici Zane, ajouta-t-il en faisant de même avec son second protégé. Ce sont mes fils.

— Tes fils ! s'exclama l'aubergiste en faisant le tour du comptoir, la main tendue pour saluer les nouveaux arrivants. On se connaît depuis tout ce temps, et tu ne m'as jamais dit que tu étais marié, et encore moins que tu avais des fils.

— C'est récent. Je les ai adoptés. (Il serra l'épaule des jeunes gens et leur donna une tape affectueuse dans le dos.) Les garçons, voici Pablo Maguire, le propriétaire des *Trois Saules*.

Les garçons échangèrent un regard surpris en entendant ce nom-là, car il était aussi étranger à Kesh qu'aurait pu l'être un nom tsurani. Le vieil aubergiste remarqua leur étonnement et sourit.

— Ma mère vient de Rodez, c'est pour ça que je m'appelle Pablo, comme mon grand-père. Quand à mon père, il venait du Kinnochaide, expliqua-t-il en utilisant le nom que les habitants du Kinnoch donnaient à leur province. C'est pour ça que je suis un Maguire. Quant à savoir comment je suis devenu aubergiste au cœur de Kesh la Grande, ça, c'est une autre histoire, que je vous raconterai une autre fois.

Il s'exprimait à la manière cadencée des habitants du Kinnoch, qui imprimaient un rythme bien particulier à leur langue, et pas seulement à la leur, d'ailleurs, puisque Pablo Maguire parlait en keshian.

— J'ai besoin de deux chambres, expliqua Caleb. Ou de la grande au bout du couloir, si elle est libre.

— Malheureusement, non. Elle est déjà occupée par une grande dame et ses filles. (Il jeta un coup d'œil aux garçons et ajouta :) Vous feriez mieux de les éviter, fistons, car ce sont des sang-pur.

Caleb haussa les sourcils d'un air interrogateur. Maguire fit mine de se vexer.

— Quoi ? Une grande dame n'a pas le droit de faire étape dans mon auberge ?

Caleb éclata de rire.

— Bien sûr que si.

— Je sais à quoi tu penses, ajouta Pablo, dont les yeux brillaient gaiement. Tu te dis : avec toutes les grandes résidences qu'il y a en ville, pourquoi sont-elles descendues ici ? Eh bien, pour être franc, les sang-pur ne sont pas tous riches ou de haute naissance, même si (et à ces mots, il se tourna vers les garçons) ils agissent tous comme s'ils étaient apparentés à l'empereur. De toute façon, même le dernier des sang-pur est de plus haute naissance que le plus titré d'entre nous. (Il se tourna cette fois vers Caleb.) Cette dame est là pour la fête du solstice d'été.

— C'est dans un mois, s'étonna Caleb.

— Eh bien, elle et ses filles achètent plein de choses en ce moment. Je crois que son mari est un gouverneur ou un homme important dans l'une des provinces du Sud. Il doit venir présenter ses hommages à la famille impériale, ou quelque chose dans ce goût-là. La dame ne m'a rien dit, mais j'ai eu une semaine pour réunir ces informations. Ses filles et elle vont rester un moment, alors, les garçons, si vous voulez garder la tête sur les épaules – littéralement –, mieux vaut éviter ces demoiselles. Les sang-pur n'ont aucun sens de l'humour en ce qui concerne les relations de leurs filles avec le peuple.

Tad et Zane se regardèrent, puis Tad haussa les épaules.

— On sera sages, promit-il.

Caleb les attrapa de nouveau tous les deux par l'épaule.

— J'y veillerai. Maintenant, allons faire un brin de toilette et manger un morceau. J'ai une petite course à faire, mais on pourra visiter un peu ce soir. Demain, on se mettra au travail.

Tad et Zane acquiescèrent. Ils savaient que le mot travail avait un double sens, et c'était le sens caché qui les rendait le plus nerveux.

— Regarde ceux-là, dit Zane en tendant le doigt.

Tad acquiesça. Ensemble, ils s'approchèrent du vendeur dont l'étal était installé contre le mur d'enceinte du bazar principal, dans le quartier hajana de la ville basse. Cela faisait une semaine que les garçons étaient à Kesh, mais ils avaient encore du mal à ne pas se perdre.

Ils accomplissaient la même mission tous les jours pendant que Caleb vaquait à ses propres occupations. Ils se promenaient dans les quartiers marchands de la capitale en prêtant attention au moindre détail, puis, à la fin de chaque journée, ils décrivaient à Caleb ce qu'ils avaient vu. Pour couvrir leurs agissements, ils racontaient qu'ils étaient à la recherche d'articles intéressants susceptibles d'intéresser les acheteurs du Nord, et plus particulièrement ceux de Krondor. Pour expliquer leur étrange accent, ils disaient qu'ils venaient du val des Rêves.

L'impression de nouveauté commençait à s'estomper, même s'ils se laissaient encore facilement distraire par certaines des jeunes filles qu'ils croisaient. Les habitudes vestimentaires à Kesh allaient de la robe tribale, qui recouvrait presque entièrement la femme qui la portait, ne laissant apparaître que ses yeux, à la quasi-nudité des chasseurs de lions oshanis, des bergers dingazis et des sang-pur, bien évidemment. Les garçons restaient souvent muets de stupeur lorsqu'une jeune fille à la peau noire et à la beauté peu familière passait à côté d'eux en les ignorant complètement. Cependant, même cet effet-là commençait à s'estomper, à mesure qu'ils s'y habituaient. D'ailleurs, depuis qu'ils avaient, à deux reprises, maladroitement tenté d'aborder l'une de ces passantes, ils avaient compris qu'ici les gens considéraient que les étrangers n'étaient pas dignes de leur politesse – et encore moins de leur amitié. Caleb avait prévenu les garçons : Kesh était un empire réunissant de nombreuses nations. Seul le règne de fer de l'empereur empêchait ces dernières de se livrer une guerre ouverte. La politesse était une obligation légale, pas une inquiétude sociale.

Zane fit signe à Tad de le suivre jusqu'à l'étal du vendeur. Ils passèrent devant un colporteur qui offrait de l'eau fraîche citronnée qu'il transportait dans une jarre en terre cuite attachée dans son dos. Les garçons étaient vêtus de leurs habits les plus légers et, pourtant, ils ne s'habituaient toujours pas à la chaleur, même si on leur avait dit qu'il allait faire encore plus chaud en ville dans les mois à venir.

Les articles qui avaient attiré l'attention de Zane n'étaient autres qu'une série d'icônes religieuses sortant de l'ordinaire. Certaines paraissaient familières, mais pas toutes. Ils les examinèrent sous le regard méfiant du marchand, qui semblait s'attendre qu'ils prennent la fuite avec l'une de ses marchandises sans payer.

— Achetez maintenant ou débarrassez le plancher, ordonna-t-il après quelques minutes. Je n'ai pas de temps à perdre avec des gamins comme vous.

Tad écarquilla les yeux. Toute la semaine, les marchands l'avaient houspillé pour qu'il achète ou pour qu'il s'en aille, car des garçons sans le sou ne représentaient aucun intérêt à leurs yeux.

— Mon maître nous a demandé de trouver des articles susceptibles d'être revendus dans le Nord, au royaume des Isles.

— Et qui peut bien donc être votre maître, ô porteur d'un millier de puces ?

Zane essaya de ne pas rire. Il trouvait les insultes des marchands extrêmement amusantes. En revanche, ça agaçait Tad.

— Caleb, un riche marchand de renom, originaire du val des Rêves. Il fait commerce d'un bout à l'autre de la mer des Rêves. Avez-vous des fournisseurs capables de vous livrer des articles comme ceux-là en grande quantité ?

Toujours dubitatif, le marchand n'en changea pas moins de ton avec eux.

— Tout dépend de quelle quantité on parle. Certains de ces articles sont de véritables objets d'art et sont longs à façonner.

Zane examinait les diverses icônes et amulettes. Il en prit une et l'examina plus attentivement encore. Puis, il la reposa sur l'étal, lentement.

— Disons peut-être une dizaine de chaque icône représentant les dieux les plus vénérés dans le Nord ?

— Cela prendra une semaine, deux peut-être, répondit le marchand en flairant une possible aubaine.

Zane attrapa le poignet de Tad et le serra en disant :

— Nous allons en parler à notre maître. Si ça l'intéresse, nous reviendrons demain.

Zane n'attendit pas que Tad ajoute quoi que ce soit. Il le poussa et l'entraîna loin de l'étal.

— Qu'est-ce qui se passe ? demanda Tad une fois qu'ils furent perdus dans la foule, loin des yeux du marchand.

— L'une de ces icônes ressemblait à celle dont Caleb nous a parlé, ce truc qui ressemble à un faucon.

Tad jeta un coup d'œil par-dessus son épaule.

— On devrait rentrer aux *Trois Saules* pour le lui dire.

Les garçons pressèrent le pas et prirent le chemin qui, dans leur souvenir, était le plus court pour rentrer à l'auberge. Malgré tout, ils mirent presque une heure pour la retrouver.

Caleb était assis à une table d'angle avec un autre homme, un individu corpulent qui, en dépit de la chaleur, portait un turban rouge et une lourde veste en brocart par-dessus une chemise en lin de la meilleure qualité. Il avait le visage noir comme du cuir tanné par le soleil et il dévisagea les garçons de ses yeux plus noirs encore lorsqu'ils arrivèrent au niveau de la table.

Ce fut Tad qui prit la parole.

— Caleb, est-ce qu'on peut te parler un instant, s'il te plaît ?

Caleb se tourna vers les garçons.

— Vous rentrez de bonne heure.

— Nous avons trouvé quelque chose qui pourrait t'intéresser, expliqua Zane.

Caleb hocha la tête tandis que l'autre homme se levait.

— Les garçons, voici Chezarul, un marchand de l'ouest de l'empire. Il est aussi pingre en affaire que généreux avec ses amis. Chezarul, voici mes fils adoptifs.

— Je vous souhaite la bienvenue dans la plus belle ville du monde. En tant que fils adoptifs de Caleb, vous êtes désormais les bienvenus chez moi et le resterez jusqu'à la fin de vos jours.

Il s'inclina, puis serra la main de chacun des garçons. Ensuite, il prit de nouveau place sur sa chaise.

— Caleb, si nous pouvions te voir un instant en privé… ? reprit Tad.

Les deux hommes se levèrent alors.

— Si tu veux bien m'excuser, dit Caleb.

Chezarul s'inclina en disant :

— Amène les garçons au magasin demain, Caleb.

Il s'en alla. Caleb et les jeunes gens montèrent dans leur chambre pour plus d'intimité.

— Qu'y a-t-il ?

Zane décrivit rapidement ce qu'ils avaient vu et ajouta :

— Je ne sais pas si c'est l'amulette dont tu nous as parlé, mais ça se pourrait.

— Je regrette de ne pas vous avoir montré celle que possède mon père, dit Caleb. Je n'y ai pas pensé, il y avait tellement de choses à faire avant de partir. (Il marqua une pause, puis hocha la tête.) Demain, je vous accompagnerai. Si le vendeur est de nouveau là, nous lui achèterons certaines de ses babioles, en lui promettant de lui en acheter d'autres. Cela devrait le pousser à contacter son fournisseur ; nous n'aurons plus qu'à le faire suivre. (Il posa la main sur l'épaule de Zane.) Vous avez bien réagi.

Zane parut content de lui.

— J'ai quelques courses à faire pendant ces deux prochaines heures, reprit Caleb. Vous êtes libres de faire ce qui vous plaît, mais essayez de ne pas vous attirer d'ennuis. Soyez de retour ici dans deux heures pour que nous puissions dîner ensemble.

— D'accord, Caleb, répondit Tad. (Leur beau-père quitta la pièce.) Alors, qu'est-ce qu'on fait maintenant ?

— Je ne sais pas, répondit Zane. On pourrait peut-être rester ici et se reposer un moment ?

— Il fait trop chaud, protesta Tad. Je préférerais continuer à explorer la ville à la recherche d'un endroit où on sera les bienvenus et où on pourra s'amuser.

Zane sourit d'un air malicieux.

— Tu veux dire un endroit où les filles ne nous cracheront pas dessus à cause de notre accent bizarre ?

— Oui, ça aussi, reconnut Tad en lui rendant son sourire. J'ai entendu parler d'une petite place près du caravansérail de la porte est, où les étrangers se retrouvent. Peut-être que là-bas… ?

Zane ouvrit la porte en grand et se retrouva face à un spectacle quelque peu troublant. Une femme d'un certain âge, un petit peu corpulente, vêtue à la manière des sang-pur, traversait le couloir sur sa droite, suivie par deux belles jeunes filles. Comme leur mère, toutes deux portaient un torque autour du cou et un pagne en lin retenu sur la hanche par une broche. De nombreuses perles ornaient leurs cheveux, et leurs innombrables bagues et bracelets tintaient au rythme de leur démarche. L'une des jeunes filles croisa son regard et lui sourit, tandis que sa sœur semblait écouter attentivement ce que disait leur mère.

Zane s'arrêta brusquement, et Tad lui rentra dedans sans le vouloir. Ce faisant, il poussa son frère adoptif dans le couloir. La jeune fille qui s'était retournée pour voir qui avait ouvert la porte pouffa de rire et s'écarta, ce qui poussa sa sœur à regarder à son tour en direction des garçons. Zane était sur le point de leur présenter ses excuses pour les avoir fait sursauter lorsque leur mère se retourna. Elle découvrit deux garçons échevelés et suant encore de la journée qu'ils avaient passée en ville sous un soleil étouffant.

— Mamanaud ! s'exclama-t-elle d'un ton plein de colère en désignant les garçons.

Zane se tourna vers Tad en répétant :

— Mamanaud ?

Au même moment, deux mains de la taille d'un jambon attrapèrent les garçons par l'épaule et les repoussèrent violemment à l'intérieur de leur chambre. Les deux jeunes gens s'étalèrent sur le plancher tandis que, dans le couloir, la femme d'âge mûr hurlait des paroles qui ressemblaient vaguement à des insultes. L'homme le plus gros qu'ils aient jamais vu entra alors dans la pièce et sortit de sa ceinture une longue dague incurvée visiblement très acérée.

Tout était arrivé si vite que les garçons n'étaient pas bien sûr de comprendre ce qui se passait. D'un air menaçant, le mastodonte fit un pas dans leur direction. Mais, brusquement, la lame d'une épée se posa sur son épaule, au creux de son cou, et une voix masculine s'éleva derrière lui :

— Essayez de ne pas bouger, l'ami, à moins d'avoir envie de saigner abondamment.

Le mastodonte fronça les sourcils et se figea. Son visage ressemblait à une citrouille marron foncé avec des yeux et un nez minuscule au-dessus d'une grande bouche. La femme cria quelque chose d'inintelligible dans le couloir, et la voix masculine lui répondit :

— Je suis sûr que tout ceci n'est qu'un malentendu, madame, et que les garçons n'avaient nullement l'intention de vous blesser ou de vous insulter.

Incapables de voir ce qui se passait au-dehors à cause du mammouth immobile qui occupait tout leur champ de vision, les garçons entendirent alors Pablo Maguire s'écrier :

— Qu'est-ce qui se passe ici ?

Une conversation à trois voix s'ensuivit alors : celle de la femme qui criait de manière presque hystérique, tandis que les deux autres, masculines, s'efforçaient d'apaiser ses craintes.

Le gros homme sur le seuil de la chambre remit lentement sa dague au fourreau et sortit à reculons, ce qui permit aux garçons de découvrir le bretteur qui se tenait derrière lui et dont la lame reposait toujours sur le cou du garde du corps.

— Maintenant, je vais enlever mon épée, dit-il, et vous allez retourner auprès de votre maîtresse sans faire de difficultés.

Le garde du corps fit un pas en avant et se retourna d'un air menaçant. Puis il s'aperçut que la pointe de l'arme était de nouveau posée sur son cou.

— Ah ah ! fit le jeune homme à l'épée. Ce ne serait pas très avisé.

Le mastodonte s'écarta et lança un regard mauvais aux deux garçons avant de disparaître dans la pièce à l'autre bout du couloir.

Pour sa part, le bretteur s'avança jusqu'au seuil de la chambre.

— Ça va, les garçons ?

Tad et Zane hochèrent tous deux la tête.

— Nous vous sommes redevables.

— Pas vraiment, répondit l'inconnu en remettant son épée au fourreau.

Il avait les cheveux bruns et les yeux bleus, et la célérité d'un chat. Il sourit et leur parut plus jeune qu'ils ne l'auraient cru.

— Je les ai suivis à l'étage. En entendant l'altercation, je me suis dit qu'il valait mieux empêcher cette montagne de chair de vous ouvrir le ventre. Je me demande s'il est vraiment humain ou s'il s'agit d'un troll qu'on aurait tondu ? (Il balaya la chambre du regard.) Au fait, je suis à la recherche de Caleb.

— C'est notre beau-père, expliqua Zane. Il s'est absenté un moment.

— Ah, dit le bretteur. Eh bien, je suppose qu'il va falloir que je revienne. Dans combien de temps doit-il rentrer ?

— Il a parlé de deux heures, répondit Tad. Nous avions l'intention d'aller du côté du caravansérail de la porte est.

Le bretteur hocha la tête.

— Je crois que je vais attendre quelques instants. (D'un geste du menton, il désigna la porte à l'autre bout du couloir.) Juste pour m'assurer que personne ne vous suit. À mon avis, Caleb n'apprécierait pas que je laisse cet individu vous transformer en chair à pâté.

— Je m'appelle Tad, et voici Zane.

L'inconnu s'inclina, et les garçons se rendirent compte qu'il était bien habillé.

— Je m'appelle Serwin Fauconnier et je suis un vieil ami de Caleb. (Il fit un clin d'œil aux garçons.) Allez-y et essayez de vous amuser sans provoquer d'effusion de sang.

Il s'écarta pour laisser les garçons sortir de la chambre, puis il les suivit dans le couloir et l'escalier.

— J'ai un message pour Caleb, annonça Ser en arrivant dans la salle commune.

— Lequel, monsieur ? demanda Tad.

— Dites-lui : « Même heure, même endroit, demain soir. » Vous avez compris ?

Tad répéta le message.

— Il faut que je m'en aille, juste au cas où.

— Juste au cas où, monsieur ? répéta Zane.

— Oui, exactement, répondit Ser en se dirigeant vers la porte. Si j'étais vous, je sortirais et je m'occuperais le temps que Caleb rentre. Si on le laissait faire, ce garde du corps là-haut ne ferait qu'une bouchée de vous au déjeuner, et il aurait encore de la place pour dévorer un bœuf après ça.

Tad regarda Zane.

— Viens, il fait encore jour. Allons nous promener.

Ne voyant pas d'autre solution raisonnable, les garçons ressortirent de l'auberge. Mieux valait profiter des dernières heures de soleil pour s'amuser plutôt que de se faire corriger par Mamanaud.

12

Découverte

Nakor regarda autour de lui.

— Qu'est-ce qu'on cherche exactement ?

Pug fit un grand geste du bras pour englober tout ce qui les entourait.

— Depuis que Leso Varen a fui Olasko, nous essayons de calculer la portée de sa « faille de mort », comme nous l'appelons faute d'un meilleur terme.

— Ça, je le sais, répliqua Nakor en marchant parmi de hautes herbes qui montaient jusqu'à ses genoux.

Ils se tenaient en compagnie de Ralan Bek au milieu d'une vaste prairie qui descendait des montagnes à l'est, à environ trois jours de cheval de la frontière entre le royaume des Isles et le duché de Maladon et Semrick. S'ils étaient venus à dos de cheval depuis la ville la plus proche, Maladon, ils auraient mis quatre jours pour atteindre cet endroit.

Immobile, Bek regardait les deux hommes errer devant lui parmi les hautes herbes. Il se mit à rire.

— Est-ce que vous allez continuer à tourner en rond comme ça toute la journée ?

Pug jeta un coup d'œil au troublant jeune homme et hocha la tête.

— S'il le faut. Il y a plus d'un an, nous avons trouvé des traces d'une magie très puissante et très noire. Sans t'ennuyer avec les détails, disons simplement qu'il y a un rapport entre cette magie et de graves événements qui sont encore à venir.

» Ça nous aiderait si on pouvait retrouver la piste de cette magie depuis son point d'origine – Opardum, la capitale d'Olasko. Nos calculs nous ont amenés ici. Est-ce que tu me suis ?

Bek secoua la tête en riant.

— Vous citez des endroits dont je n'ai jamais entendu parler. À un moment donné, on était au milieu de l'hiver et, tout à coup, nous voilà en été. Vous parlez une langue étrange, et pourtant j'arrive à comprendre la plupart de vos paroles.

» En plus, ajouta-t-il dans un nouvel éclat de rire, on ne m'a pas laissé le choix de venir ou pas. Alors, je suis là. (Son regard s'étrécit.) Et je ne comprends rien à tout ça.

» Mais je crois que c'est là-bas que vous trouverez ce que vous cherchez, déclara-t-il en désignant un bosquet d'arbres à une centaine de mètres au nord de leur position.

Pug haussa les sourcils en regardant Nakor, qui haussa les épaules. Les deux hommes se tournèrent vers les arbres.

— Je ne sens rien.

— Varen a travaillé très dur pour masquer son œuvre. Regarde combien de temps ça nous a pris pour remonter la piste jusqu'ici.

Nakor se tourna vers Bek.

— Reste ici pour marquer l'endroit, au cas où on ne trouverait rien sous ces arbres.

Bek ôta le chapeau noir pris à l'homme qu'il avait tué devant la grotte des Talnoys et fit une révérence théâtrale.

— Tes désirs sont des ordres, Nakor.

Les deux vieux amis se dirigèrent vers les arbres.

— As-tu réfléchi à ce qu'il faut faire de lui ? demanda Pug.

— La solution la plus simple est de le tuer, répondit Nakor.

— Nous avons déjà commis des meurtres au nom de notre cause, mais seulement quand nous estimions qu'il n'y avait pas d'autre moyen. (Pug jeta un coup d'œil en direction de Bek, qui se tenait patiemment à l'endroit où ils lui avaient dit d'attendre.) Et si tu avais cru qu'il n'existait pas d'autre moyen, tu ne l'aurais jamais ramené sur l'île du Sorcier.

— C'est vrai. Il est potentiellement l'homme le plus dangereux qu'on ait jamais rencontré. (Nakor fouilla dans son sac, en sortit une orange et l'offrit à Pug, qui secoua la tête. Le petit Isalani commença alors à peler son fruit.) Aussi puissant soit-il à vingt ans, imagine ce qu'il deviendra dans cent ou deux cents ans ?

— Tu penses qu'il survivra jusque-là ? demanda Pug alors qu'ils entraient dans le bosquet.

Le fait de passer de l'éclat du soleil de midi à la pénombre qui régnait entre les troncs bruns et blancs perturba leur vision.

— Regarde-nous, répondit Nakor en plissant les yeux. Miranda et toi, vous disposez d'une puissante magie pour entretenir votre jeunesse, mais, moi, je n'ai que mes tours.

Pug hocha la tête en souriant d'un air indulgent.

— Appelle ça comme tu voudras, Nakor. Je te concède qu'aucune logique ne s'applique à ton talent et que celui-ci ne s'inscrit dans aucun système, mais ça n'en fait pas moins de toi, à mon avis, le magicien le plus doué de ce monde.

Nakor haussa les épaules.

— Je ne le crois pas, mais là n'est pas la question. (Il baissa la voix, comme s'il y avait la moindre possibilité que Bek puisse les épier.) J'ai quelque chose à l'intérieur de moi, Pug. Je ne sais pas de quoi il s'agit, mais c'est là depuis mon enfance, expliqua-t-il en se tapotant la poitrine.

» Je suis comme Bek en bien des façons. Quoi qu'il y ait en moi, je ne crois pas qu'il s'agisse d'une partie du Sans-Nom, mais c'est similaire. C'est pour ça que je peux faire tous mes tours.

Pug hocha la tête.

— On a bu plus d'un verre de vin devant la cheminée en discutant de ce genre de choses, Nakor.

— Mais ce n'est plus une théorie, maintenant, Pug. Bek est réel. (Il tendit le doigt dans sa direction.) Et je n'ai aucun doute sur la nature de cette chose que j'ai touchée à l'intérieur de lui. Non, vraiment, aucun doute. (Pug acquiesça sans mot dire.) L'un de nos sujets de discussion préférés concerne la nature des dieux.

— On en a souvent parlé, approuva Pug.

— Je t'ai déjà dit que je soupçonnais l'existence d'un dieu ultime, un être qui est relié à tout – vraiment tout, Pug. Et tout ce qui trouve en dessous de ce dieu – ou de cette déesse – est également connecté.

— Je m'en souviens. C'est l'une des meilleures théories que je connaisse concernant le fonctionnement de l'univers. Ta théorie, c'est que ce dieu ultime a créé les dieux supérieurs et inférieurs et toutes les autres créatures pour tenter de se comprendre lui-même.

— J'ai déjà dit qu'il est comme un bébé qui n'arrête pas de faire tombers des objets, encore et encore, inlassablement. Il les regarde tomber et il essaie de comprendre ce qui se passe. Mais là, on parle d'une échelle temporelle de millions, voire de milliards d'années. Cet être suprême dispose de tout son temps, mieux encore, il dispose de tout le temps qui a existé et qui existera jamais.

» Ne serait-il donc pas logique que les dieux qui se trouvent en dessous de cet être soient également capables de toucher et d'atteindre des créatures inférieures, afin de pouvoir comprendre à leur tour quelle est leur place dans l'univers ?

— Donc, le Sans-Nom a déposé une minuscule partie de lui à l'intérieur de Bek afin de comprendre quelle est sa place dans l'univers ?

— Non, répondit Nakor. Je veux dire, c'est possible, mais je ne pense pas que ce soit son intention. Je crois que le Sans-Nom a réuni beaucoup d'agents comme Varen au fils des ans. (Nakor regarda Pug.) Parle-moi de lui.

— Je t'ai déjà dit tout ce que je sais.

— Parle-moi de votre première rencontre.

— Quand j'ai entendu parler de Varen pour la première fois, il était déjà un praticien accompli dans le domaine de la magie noire. Arutha était prince de Krondor à l'époque, et James, son principal agent, n'était encore qu'un jeune baron. Ce dernier a affronté, en compagnie de mon fils et de l'une de mes meilleures étudiantes, un magicien du nom de Sidi, dont je pense aujourd'hui qu'il s'agissait de Varen dans un corps différent.

— Je me souviens de cette histoire à propos de l'amulette, dit Nakor. Personne ne l'a jamais retrouvée, n'est-ce pas ?

Pug secoua la tête.

— Elle est toujours là, quelque part. Depuis l'histoire de la Larme des Dieux, Varen n'a plus essayé de répandre le chaos de manière aussi flagrante – jusqu'à l'attaque d'Elvandar et de notre île, l'année dernière. Entre ces événements, il s'est contenté de travailler en secret dans des endroits discrets.

— Comme la citadelle de Kaspar d'Olasko ? rétorqua Nakor en souriant.

— Je te l'accorde, ce n'était guère un endroit discret, mais combien de personnes savaient qu'il s'y trouvait ? C'était un secret bien gardé en dehors de la maisonnée de Kaspar, rappela Pug. La nécromancie lui donne le pouvoir de changer de corps. D'après mes recherches, il a caché quelque part un récipient qui abrite son... âme – faute d'un meilleur terme. C'est ce qui permet à son esprit de capturer un corps et de l'utiliser comme il l'entend.

» Il ne s'arrêtera pas avant d'avoir détruit le Conclave ou toute autre personne qui s'oppose à sa mission, laquelle est simplement de répandre le mal chaque fois qu'il en a l'occasion. Il pose donc problème. (Pug tendit le doigt dans la direction de Bek.) Et voilà que, d'après toi, on a un nouveau problème sur les bras.

— Mais je ne pense pas qu'il soit comme Varen, répondit Nakor en jetant l'écorce de son orange. Varen a été recruté, séduit, ou piégé, appelle ça comme tu voudras, parce qu'on lui a promis le pouvoir, ou la vie éternelle, ou quelque chose dans ce goût-là. Aucun homme sain d'esprit ne se livrerait de lui-même au Mal.

— Leso Varen est tout sauf sain d'esprit.

— Mais il l'a peut-être été un jour, rétorqua Nakor. Il n'est peut-être qu'un type malchanceux qui s'est retrouvé au mauvais endroit au mauvais moment. L'amulette dont tu m'as parlé a le pouvoir de prendre le contrôle d'un homme faible et de le rendre fou. Or, la santé mentale est tout ce qui se dresse entre le Bien et le Mal.

» Il ne fait aucun doute que ce jeune homme ne sera plus du tout sain d'esprit dans quelques années. Il a déjà perdu tout sens moral, il suit ses pulsions et rien d'autre.

— Que pouvons-nous faire d'un homme qui n'a aucune morale ni aucun scrupule ? demanda Pug.

— Nous avons bien trouvé une utilité à Kaspar, n'est-ce pas ? lui rappela Nakor.

Pug se tut un moment, avant d'admettre :

— D'accord, sur ce point, tu as raison, mais il était sous l'influence de Varen. Ce gamin est directement relié au Sans-Nom. Tu ne trouves pas que ça fait une sacrée différence ?

— Je ne sais pas, Pug. Ce que je sais, en revanche, c'est qu'on a le choix entre le tuer bientôt, avant qu'il devienne trop dangereux, et essayer de le changer, d'une manière ou d'une autre.

— Je comprends que tu sois réticent à l'idée de le tuer sur-le-champ, Nakor, mais pourquoi désires-tu le changer ?

— Parce que j'ai peut-être raison et que les dieux ont peut-être déposé de minuscules parties d'eux-mêmes en nous pour apprendre.

— D'accord, mais tu as dit aussi qu'à ton avis le Sans-Nom n'a pas les mêmes motivations.

— C'est vrai, reconnut Nakor en souriant. Mais nos actes ont souvent des conséquences inattendues. Et si on arrivait à renvoyer un message, à montrer que sans équilibre rien n'est possible, et que le Mal ne saurait exister sans le Bien ?

— D'après toi, ça ferait une différence ?

— Il le faut, car telle est la nature de la réalité. Regarde le symbole très ancien du Yin et du Yang, le cercle contient à la fois du blanc et du noir, mais il y a une tache noire à l'intérieur du blanc et une tache blanche à l'intérieur du noir ! Ce sont des forces contraires, mais qui contiennent chacune une infime partie de l'autre. Le Sans-Nom a beau être fou, il sera bien obligé de reconnaître cette vérité fondamentale.

Pug se mit à rire d'un air contrit.

— On ne le saura jamais, et cela vaut mieux, car les dieux ne nous ont donné que des pouvoirs et des connaissances limitées. Je m'en contente. Et je dois faire passer ces choses que je connais et que je maîtrise avant tes théories, aussi intéressantes soient-elles.

» En fin de compte, si Bek représente une menace pour le Conclave, je le détruirai comme on écrase un cafard – sans hésitation. Est-ce que nous sommes d'accord sur ce point ?

— Tout à fait, répondit Nakor, dont le sourire s'effaça. Mais je persiste à penser qu'on devrait prendre le temps d'étudier ce jeune homme avant de le détruire.

— D'accord, mais je veux que tu demandes l'avis de nos compagnons sur l'île. Et, avant ça, je veux que tu retournes sur Novindus auprès des Talnoys. Ils représentent une menace réelle et immédiate. Nous devons trouver un moyen de les contrôler sans utiliser l'anneau.

Nakor hocha la tête. L'anneau qui permettait de contrôler les créatures possédait un malencontreux effet secondaire : il rendait fou celui qui le portait.

Pug regarda autour de lui.

— Maintenant, voyons si on arrive à retrouver cette piste.

— Elle est là-bas, répondit Nakor en désignant un minuscule fragment miroitant suspendu à un mètre cinquante au-dessus du sol, entre des fourrés.

Pug s'empressa de se rendre auprès du minuscule fragment d'énergie. Celui-ci mesurait moins de vingt centimètres de long et flottait dans les airs entre les branches d'un buisson.

— On aurait pu le chercher longtemps, fit remarquer Pug. À ton avis, comment le garçon a su que la piste se trouvait là ?

Nakor haussa les épaules.

— Il s'agit de quelque chose d'extrêmement maléfique. Compte tenu de la nature de Bek…

— Tu penses qu'il est en phase avec ce genre de choses ?

— Apparemment, répondit Nakor. (Il examina le minuscule fragment d'énergie.) Est-ce que tu sais comment ce truc fonctionne ?

— Quand j'ai combattu la magie de Murmandamus, sous la ville de Sethanon, j'ai rencontré quelque chose comme ça, mais en bien moins subtil. On avait employé la force brute pour aborder le problème. Alors que ce fragment et la magie qui le compose me paraissent délicats, presque… artistiques.

— C'est surprenant, au vu du carnage qu'on a trouvé dans l'abattoir que Varen s'était aménagé dans la citadelle de Kaspar, fit remarquer Nakor.

— Varen a beau être un fou et un meurtrier, il n'est pas stupide. En fait, s'il était sain d'esprit, il aurait pu être un atout de valeur pour nous.

— S'il était sain d'esprit, il n'y aurait peut-être pas de « nous », Pug.

— Peut-être que le Conclave n'existerait pas, mais il y aurait bien un groupe de magiciens comme le nôtre.

Nakor continua à examiner le fragment.

— Où est-ce qu'il s'en va ? demanda-t-il en désignant le minuscule filament d'énergie qui émettait une lueur vert et argent.

Pug désigna l'extrémité la plus proche de lui.

— Cette partie-là vient du dernier endroit où la piste s'était manifestée. Je reconnais la texture. (Il tendit le doigt vers l'est.) C'était à cent soixante kilomètres d'ici.

— Est-ce que ça ressemblait à ça ?

— Non, soupira Pug. Il s'agissait d'une sphère de la taille d'une grappe de raisins. Elle était ancrée sur place par un lien d'énergie qui la rattachait au sol. Elle était invisible à l'œil nu et dépourvue de substance, si bien qu'on pouvait passer à travers sans même la remarquer. Nous avons eu besoin d'un sortilège particulièrement poussé pour la dévoiler. En revanche, ceci ressemble à… (Il suivit du regard la ligne d'énergie, comme s'il voyait quelque chose en particulier.) Je ne sais pas comment il a fait ça. C'est comme si… (Puis il écarquilla les yeux.) Nakor, il a réussi à faire sauter cette énergie !

— Qu'est-ce que tu entends par sauter ?

— Cette partie ne se trouve pas à cent soixante kilomètres de la sphère, elle y est rattachée. (Il garda le silence quelques instants, puis expliqua :) Ça s'apparente aux sphères tsurani qu'on utilise pour se téléporter.

—Mais ce sont des objets, rétorqua Nakor.

—Miranda n'a pas besoin de sphère, rappela Pug d'une voix douce. Elle peut se déplacer de par sa propre volonté, du moment qu'elle connaît déjà sa destination.

—Mais personne d'autre n'en est capable.

Pug sourit.

—C'est ce que je croyais, mais tu as oublié d'en utiliser une après notre dernière réunion dans la grotte de l'île du Sorcier.

Nakor haussa les épaules.

—C'est juste un tour.

Pug hocha la tête.

—Dans ce cas, dis-toi que Miranda a essayé de nous l'enseigner, à Magnus et à moi, et qu'on ne le maîtrise toujours pas. Mais ça ne fait jamais que vingt ans qu'on travaille là-dessus.

—Si cette extrémité-ci est rattachée à la sphère, à quoi est rattachée l'autre ? demanda Nakor.

Pug plissa les yeux comme s'il arrivait à voir où menait le filament. Après quelques minutes d'un examen pendant lequel il était resté presque immobile, il écarquilla de nouveau les yeux.

—Nakor, chuchota-t-il comme s'il avait peur d'élever la voix.

—Quoi ?

—C'est une faille !

—Où ça ?

—À l'autre bout de ce filament d'énergie. Elle est incroyablement petite, mais elle est bien là. Varen a réussi à ouvrir sa faille. Au début, j'ai cru qu'il accumulait toute cette énergie pour créer une faille de taille normale, mais j'avais tort. Il voulait juste ouvrir une faille minuscule, mais qui resterait ouverte... pendant des années.

Nakor inspira profondément.

—Tu connais mieux les failles que n'importe qui sur ce monde, Pug, alors je ne vais pas mettre ta parole en doute, mais comment une faille aussi petite peut-elle vraiment exister ?

—Le niveau de maîtrise qu'il a fallu pour la créer et la stabiliser au même endroit pendant plus d'un an... c'est incroyable. (Pug se redressa.) Il existe quelque part une personne qui en sait plus que moi au sujet des failles, Nakor. Je n'aurais jamais pu créer quelque chose d'aussi délicat ni d'aussi précis.

— On ferait mieux de retourner auprès de Bek avant qu'il mette le feu à la prairie parce qu'il s'ennuie. Que vas-tu faire au sujet de cette faille ?

— Je vais envoyer quelques-uns de nos meilleurs savants et demander à Magnus si on ne peut pas convaincre deux Très-Puissants de venir examiner cette chose. On ne saura pas ce que fabriquait vraiment Leso Varen dans la citadelle de Kaspar tant qu'on n'aura pas trouvé l'autre extrémité de ce filament d'énergie, c'est-à-dire l'autre côté de la faille.

Nakor serra l'épaule de Pug comme pour le réconforter.

— Il pourrait s'agir d'un endroit très mauvais.

— Sûrement, reconnut Pug.

— Et on doit toujours discuter de ces messages que tu m'as montrés, lui rappela Nakor.

— Je ne sais pas quoi te dire de plus, Nakor. (Pug prit un air songeur.) J'ai peut-être eu tort de te les montrer. Je n'en ai même pas encore parlé à Miranda.

Le sourire de Nakor s'effaça. Le petit homme avait rarement l'air aussi pensif, si bien que Pug comprit qu'il s'apprêtait à dire quelque chose de sérieux. Puis, brusquement, le sourire malicieux refit son apparition.

— Tu vas avoir de gros ennuis quand elle le découvrira.

Pug se mit à rire.

— Je sais, mais, de tous les membres de notre famille, c'est elle qui a le pire caractère. Si elle lit ces messages… Nous savons tous les deux qu'il est possible de voyager dans le temps. Je suis remonté jusqu'à l'aube des temps en compagnie de Macros et de Tomas, mais je ne sais pas comment faire.

— Apparemment, dans le futur, tu sauras.

— Mais tu sais quelle question importante ça soulève, n'est-ce pas ?

Nakor hocha la tête tandis qu'ils tournaient le dos au minuscule filament étincelant.

— Est-ce que tu t'envoies des messages à toi-même pour être sûr qu'un événement va se produire ou est-ce que tu t'envoies des messages pour éviter quelque chose qui t'est arrivé ?

— J'ai réfléchi au contenu du tout premier message qui est apparu devant moi le matin où le comte James et les jeunes princes sont partis pour Kesh.

— « Dis à James que, s'il rencontre un homme étrange, il doit lui dire que la magie n'existe pas. » (Nakor hocha la tête.) À ton avis, comment savais-tu que ce serait moi ?

— Ma théorie, c'est qu'on s'est rencontrés bien plus tard, peut-être même à un moment qui n'est pas encore arrivé, et que la situation était bien plus terrible qu'elle l'est maintenant. Peut-être que c'était une façon de m'assurer qu'on aurait de nombreuses années pour travailler ensemble.

— Je me suis posé la même question. Mais on ne le saura jamais, n'est-ce pas ? dit Nakor.

— Si l'avenir est linéaire, alors ce que j'ai fait l'a modifié… (Il se mit à rire.) Macros !

— Comment ça ?

— Je sais qu'il a quelque chose à voir là-dedans, répondit Pug. Il a influencé toute ma vie… (Il haussa les épaules.) Si tu en as l'occasion, la prochaine fois que tu verras Tomas, demande-lui de te parler de l'armure qu'il porte et de ses rêves du passé. Tout ça, c'est à cause de Macros, et ça implique également un voyage dans le temps.

— D'accord, je lui demanderai.

Ils sortirent du bois et n'échangèrent plus un mot jusqu'à ce qu'ils rejoignent Bek. Le jeune homme sourit.

— Alors, vous l'avez trouvé ?

— Oui, répondit Pug. Comment savais-tu que ce serait là ?

Bek haussa les épaules.

— Je ne sais pas. Je l'ai senti, c'est tout.

Pug et Nakor échangèrent un regard.

— Allons-y, dit le petit Isalani.

— Est-ce qu'on peut manger un morceau ? demanda Bek. Je meurs de faim.

— Oui, répondit Pug. Nous allons te nourrir. (En son for intérieur, il ajouta : *Et nous allons prendre soin de toi aussi longtemps que tu ne seras pas une menace. Ensuite, nous te tuerons.*)

Pug sortit un orbe tsurani, et les trois hommes disparurent de la prairie.

13

Les icônes

Kaspar entra dans la pièce à grandes enjambées.
Serwin Fauconnier et Caleb le saluèrent tous deux d'un hochement de tête.
— C'est fait, annonça Kaspar.
— Vous avez obtenu l'asile politique ? demanda Caleb.
— En quelque sorte, répondit Kaspar. Mais ça fera notre affaire.
— C'est une bonne chose d'avoir des amis haut placés, fit remarquer Ser.

Ils se trouvaient dans une petite salle à l'arrière d'une auberge située dans un quartier différent de celui où séjournaient Caleb et les garçons. Il s'agissait d'une partie de la ville fréquentée par les étrangers et les personnes venues de lointaines régions de l'empire. Les allées et venues de trois individus à l'évidence non originaires de Kesh ne risquaient pas d'attirer l'attention. Il se faisait tard, et la ville se calmait peu à peu, même si les fêtards abondaient dans cette partie de la capitale. Les jeunes du quartier fréquentaient assidûment la place devant l'auberge. À contrecœur, Caleb avait laissé les garçons dehors, près d'une fontaine où une dizaine de garçons et de filles étaient déjà rassemblés. Mais ils risquaient moins d'ennuis à l'air libre qu'en restant enfermés dans leur chambre à côté des deux jeunes sang-pur, de leur irascible mère et de leur imposant garde du corps. Lorsqu'il avait découvert à son tour le bonhomme, Caleb s'était lui aussi demandé, comme Ser, s'il s'agissait vraiment d'un être humain.

— Turgan Bey m'a raconté ce que ses amis ont découvert jusqu'à présent, déclara Kaspar. (Un pichet en étain se trouvait sur la table, si bien que l'ancien duc se servit un verre de vin. Après l'avoir goûté, il fit la grimace.) On devrait laisser tomber cette histoire et ouvrir un commerce pour importer du vin de Ravensburg et des royaumes de l'Est. On ferait fortune, si c'est là ce qu'ils ont de mieux à nous offrir.

— Ça n'a effectivement rien à voir avec *La Maison du Fleuve*, confirma Ser avec le sourire, faisant référence au restaurant qu'il avait ouvert à Opardum. Mais ce n'est pas le meilleur vin qu'on trouve à Kesh, vous savez.

Caleb but une gorgée à son tour.

— En revanche, c'est le meilleur qu'on puisse trouver dans cet établissement.

Kaspar se pencha vers ses camarades.

— Il n'y a aucun lien apparent entre les meurtres, sauf un : tous les nobles assassinés, qu'ils soient ou non des sang-pur, font partie d'une alliance informelle au sein de la galerie des Seigneurs et Maîtres, une alliance favorable au couronnement du prince Sezioti le jour où Diigaí mourra enfin.

— Est-ce que c'est censé arriver bientôt ? s'enquit Caleb.

— À vous de me le dire, répliqua Kaspar. Votre père et votre frère comprendront sûrement mieux que personne comment l'empereur utilise la magie pour prolonger sa vie.

» Mais il est clair, d'après ce que m'a dit Bey, que nombre de Seigneurs et Maîtres en sont mécontents, d'autant qu'il est le premier empereur à agir ainsi. Son prédécesseur, l'impératrice Lakeisha, a vécu plus de quatre-vingt-dix ans sans avoir recours à quelque artifice. D'après ce que j'ai entendu dire, c'était sûrement la vieille peau la plus coriace qui se soit jamais assise sur le trône. Les dix années supplémentaires que s'est octroyé Diigaí ne posent pas de problème en elles-mêmes, c'est son usage de la magie qui fait grincer des dents. Apparemment, la plupart des membres de la Galerie pensent que le vieux bonhomme a perdu sa conscience politique. Il passe la majeure partie de son temps en compagnie de ses courtisanes – ce que je trouve héroïque, compte tenu de son âge –, et la plupart de ses décrets semblent relever du caprice. Mais aucun d'eux ne porte atteinte à la politique de l'empire, alors le stress causé par sa longévité surnaturelle n'a pas encore atteint un niveau critique. Mais la patience des membres de la Galerie s'épuise, et ils ne tarderont plus à obliger l'empereur à choisir son héritier.

» Or, Sezioti est un érudit respecté mais pas admiré.

Kaspar finit de leur raconter ce que Turgan Bey lui avait appris.

— Donc, résuma Ser, on peut en conclure que quelqu'un essaie, avec beaucoup de précautions, de réduire les chances de Sezioti d'accéder au trône, et ce en faveur de Dangaí. Mais pourquoi ?

— Si les Faucons de la Nuit n'y étaient pas mêlés, je mettrais ça sur le compte de cette maudite politique keshiane. Mais, puisque c'est l'œuvre de la guilde de la Mort, nous devons présumer que Leso Varen a quelque chose à voir dans cette histoire. Cela signifie que, quoi qu'il veuille, nous voulons l'inverse. (Kaspar se leva.)

» Je ne peux pas rester. Il ne fait aucun doute que je suis suivi. Or, s'ils savent que Ser et moi sommes en relation, ils ignorent tout de vous, Caleb. Je vous suggère de quitter l'auberge en dernier. (Caleb hocha la tête.) Il y aura une réception dans la demeure du seigneur Gresh la semaine prochaine, ajouta Kaspar à l'intention de Ser. Voyez si vous pouvez décrocher une invitation. C'est tout à fait le genre de soirée que vous aimez : il y aura beaucoup de libertins, de nobles mortes d'ennui, de filles curieuses, de joueurs invétérés et de garçons au sang chaud qui cherchent à se faire un nom en tuant quelqu'un de célèbre. Avec un peu de chance, vous devriez réussir à vous faire une demi-douzaine d'ennemis en une nuit.

Ser regarda Kaspar d'un air peu amène.

— Je ferai de mon mieux.

— J'enverrai Pasko vous prévenir dès que j'aurai du nouveau, promit Kaspar avant de s'en aller.

— Il a sûrement raison sur le fait qu'on nous suit, déclara Ser après son départ. Je vais sortir en deuxième ; tu devrais attendre un moment avant d'en faire autant. Tu crois pouvoir traverser la salle commune sans te faire remarquer ?

— Si personne ne m'a vu entrer, je pense que oui, répondit Caleb. N'oublie pas que j'étais là une bonne demi-heure avant votre arrivée, je pense donc être en sécurité. Cependant, puisque Kaspar et toi êtes maintenant sous surveillance, je vais faire plus attention à l'avenir. Je vais prendre des dispositions pour que notre prochaine rencontre soit davantage sécurisée.

Ser balaya la pièce du regard.

— Et si on nous observe par, disons, … des moyens moins conventionnels ?

Caleb plongea la main dans la bourse accrochée à sa ceinture et en sortit un petit objet qu'il tendit à Ser. On aurait dit une icône taillée dans un os, celle d'une quelconque divinité familiale, peut-être.

— Nasur, un magicien de la Voie inférieure qui vit sur l'île de mon père, a fabriqué cet objet. Grâce à lui, on ne peut pas nous épier au moyen d'une boule de cristal ou de tout autre instrument magique. Tant que je l'ai, personne ne peut nous voir ni nous entendre par magie.

— Voilà un objet bien utile, fit remarquer Ser. Tu n'en aurais pas un deuxième, par hasard ?

— Même si c'était le cas, je ne te le donnerais pas. Si les agents de Varen te surveillent, ils utilisent peut-être la magie pour épier tes conversations. Si tu disparais de temps en temps, s'ils ne sont plus capables de te repérer, ça arrive, ils penseront que quelque chose ne fonctionne pas bien ou que Kaspar et toi avez veillé à ce que la pièce soit sécurisée. Mais, si tu disparais tout le temps, ils sauront que tu es davantage que ce que tu prétends être.

— Et qu'est-ce que je prétends être ?

— En ce moment, Kaspar et toi êtes tous les deux des agents de la couronne de Roldem, et vous n'êtes pas très bons, par-dessus le marché. Il nous a fallu colporter cette rumeur de manière très agressive pour la répandre dans les quartiers de notre choix.

» Roldem rend toujours l'empire très nerveux, à cause de sa flotte. Donnons-leur un sujet d'inquiétude évident et raisonnable, comme ça, ils ne s'embarrasseront pas de subtilités. En dehors des agents de Varen, personne à Kesh ne soupçonne l'existence du Conclave.

— Excepté les agents du gouvernement qui travaillent pour vous.

Caleb hocha la tête.

— Mon père a mis des années pour parvenir à ce résultat. Nous disposons d'amis très haut placés dans toutes les cours du monde, sans avoir de lien ou d'obligation envers le moindre gouvernement.

» Il est temps pour toi de partir. Si j'ai besoin de te voir, j'enverrai l'un des garçons te porter un message.

Ser se leva, serra la main de Caleb et sortit. Sur le seuil, il se retourna pour dire :

— Quand tout sera terminé, ça te dirait de retourner chez Kendrick pour chasser pendant quelques jours ?

Caleb sourit.

— Après avoir passé un peu de temps avec nos femmes respectives, oui. J'en aurai bien besoin.

Ser lui rendit son sourire et s'en alla.

Caleb resta assis, content d'attendre une demi-heure avant de partir, pour être sûr que personne ne le suivait. Il se demanda distraitement ce que faisaient les garçons.

Zane heurta le sol et glissa à la renverse sur le derrière. Il frappa si fort le rebord de la fontaine qu'il en eut le souffle coupé.

— C'est quoi, ça? s'écria Tad en s'interposant entre Zane et le jeune homme qui venait juste de le pousser violemment.

— Il est qui, pour toi? répliqua l'inconnu.

— C'est mon frère que tu viens juste de pousser.

Le jeune homme avait l'air d'une brute, avec ses épaules imposantes et son front épais. Il avait le menton légèrement fuyant, ce qui lui donnait un air presque malveillant quand il souriait.

— Et c'est à ma copine qu'il parlait.

La jeune fille en question, une blonde corpulente mais très jolie, flirtait avec les garçons depuis quelques minutes.

— Je ne suis pas ta copine, Arkmet, protesta-t-elle. Arrête de raconter ça à tout le monde.

— Tu es ma copine si je l'ai décidé, répliqua-t-il sur un ton qui ressemblait au grondement d'un animal.

Tad sourit.

— Puisqu'elle te dit qu'elle n'est pas copine!

Arkmet voulut pousser Tad mais, contrairement à Zane, ce dernier s'y attendait. Il plia le genou droit tout en tendant la jambe gauche et il tira sur le poignet gauche d'Arkmet avant de le relâcher. Ne rencontrant aucune résistance, le garçon, beaucoup plus lourd que Tad, s'effondra tête la première sur les pavés.

Zane se remit debout et rejoignit Tad au moment où l'adolescent costaud se retournait.

— T'aurais pas dû faire ça! s'exclama-t-il, les joues empourprées.

Les deux frères adoptifs se tenaient côte à côte, prêts à se battre.

— On ne veut pas déclencher de bagarre, l'ami, mais si tu veux t'en prendre à nous tout seul, on est prêts.

Le jeune homme se releva lentement, avec un sourire diabolique.

— Qui a dit que j'étais seul?

Les garçons regardèrent derrière eux et virent qu'un groupe de garçons tout aussi costauds s'était rassemblé.

— Et vous êtes? s'enquit Tad.

— Les apprentis de la guilde des Boulangers, répondit un blond en désignant les quatre adolescents qui se tenaient derrière lui. Arkmet est apprenti boulanger.

Tad regarda Zane et leva les yeux au ciel.

— Alors c'est un ami à vous ?

— Non, aucun de nous peut sentir cette limace, mais on a une règle. Si tu frappes l'un des garçons boulangers, c'est comme si tu les frappais tous.

— Dommage que personne ne nous l'ait dit avant, regretta Zane.

À peine quelques minutes plus tôt, ils se détendaient au bord de la fontaine en flirtant avec quelques filles abordables. La place était apparemment le lieu de rendez-vous des jeunes gens venus d'autres régions de l'empire ; ceux-là ne voyaient aucun inconvénient à discuter avec deux garçons du lointain val des Rêves.

— J'imagine qu'il n'existe pas de guilde pour les garçons venus d'ailleurs, ajouta Zane en jetant des coups d'œil à droite et à gauche.

Plusieurs jeunes hommes prirent soin de passer au large de la bagarre sur le point d'éclater, mais un garçon qui avait à peu près le même âge que Tad et Zane vint les rejoindre.

— Six contre deux, c'est pas une bagarre à la loyale. (C'était un rouquin aux épaules puissantes, avec une quantité absurde de taches de rousseur sur les joues, des yeux verts et des mains de la taille d'un marteau de forgeron.) Mais six contre trois, c'est déjà un peu mieux, ajouta-t-il avec un sourire presque diabolique.

— Ah, Jommy, tu vas pas remettre ça ? se plaignit l'un des garçons boulangers.

Le rouquin rapprocha son poing droit de son oreille et, de la main gauche, fit signe aux apprentis boulangers d'approcher.

— Eh si, mec. Je vais pas refuser une occasion de botter votre cul enfariné ! Allez, venez !

La détermination des cinq apprentis parut s'envoler, juste au moment où quelqu'un se mettait à beugler derrière leurs trois adversaires potentiels. Zane et Tad se retournèrent, mais pas aussi vite que le rouquin, qui fit volte-face avec une rapidité stupéfiante et frappa Arkmet d'un crochet du droit en pleine tête. Les yeux révulsés, la brute s'effondra sur le sol, du sang giclant de son nez cassé.

— Cinq contre trois ! s'exclama Jommy. C'est encore mieux !

— T'es cinglé ! protesta l'apprenti boulanger blond.

Jommy écarta les mains, paumes vers l'extérieur.

— Je comprends bien que vous avez un code d'honneur et le sens du devoir, les gars, mais réfléchissez un peu. Vous voulez vraiment vous battre pour ce rustre ?

Les regards que le blond échangea avec ses quatre compagnons firent comprendre à Zane et à Tad qu'il n'y aurait pas de bagarre, en fin de compte.

— Non, pas vraiment, admit le blond. La dernière fois que tu m'as frappé, je suis resté sourd de l'oreille gauche pendant trois jours.

— C'est que vous, les tyrans de la guilde des Boulangers, vous devriez comprendre que vous êtes pas les putains de rois de la basse-cour. Vous devriez commencer à traiter les autres avec respect, mec. Maintenant, ramenez-moi cet idiot chez lui et laissez tranquilles les étrangers qui ont juste de bonnes intentions.

Les cinq apprentis boulangers aidèrent Arkmet, encore sonné, à se remettre debout avant de l'emmener. Zane se retourna et constata que la jeune blonde avait disparu pendant l'échauffourée. De son côté, Tad tendit la main en disant :

— Merci, mon ami.

— Pas de problème, répondit l'aimable rouquin. Je m'appelle Jommy Kiliroo.

— Tu n'es pas d'ici, pas vrai ? dit Zane.

— Ah ! s'exclama le garçon. Oui, je suis loin de chez moi.

Caleb survint sur ces entrefaites.

— Très loin même, dit-il, si j'en crois ton accent. J'ai vu ce qui s'est passé, ajouta-t-il à l'intention de Tad et de Zane. On dirait que vous avez réussi à éviter une sacrée rouste, les garçons.

— On n'y aurait probablement pas coupé si Jommy n'avait pas été là, reconnut Zane.

— Bah, la plupart des apprentis boulangers sont pas si méchants que ça. Mais cet Arkmet est un vrai salopard, et tordu avec ça, si vous voyez ce que je veux dire. Un jour, y finira au bout d'une corde, croyez-moi.

— Tu viens de la région du fleuve Serpent ?

Le visage du jeune homme s'illumina.

— Vous êtes déjà allé là-bas ?

— Quelques fois. Tu viens d'où ?

— Mooree, une petite ville à deux jours en amont du Débarcadère-de-Shingazi.

— Comment t'es-tu retrouvé à Kesh ?

— C'est une longue histoire. Pour faire court, disons que nos pères nous ont foutus dehors, mon copain Rolie et moi. Ils nous ont dit de partir et de vivre notre propre vie. Alors on a fait des petits boulots pour se payer le voyage jusqu'à la Cité du fleuve Serpent. Ensuite, on a essayé de trouver un vrai boulot là-bas, mais si vous connaissez, vous savez que tout est contrôlé par les clans. J'ai pas honte de dire qu'on a survécu en volant à droite à gauche, rien de bien grave, juste de quoi se nourrir. Le vieux Rolie et moi, on a trouvé à s'embarquer sur un navire keshian à destination d'Elarial. On avait pas de meilleure idée, alors on a signé pour devenir marins. Mais un seul voyage a suffi pour que je me rende compte que cette vie-là était pas pour moi. Alors, quand on a accosté, on a empoché notre paie et on est partis. On a trouvé du boulot comme charretiers et puis, ben, une chose en menant à une autre, le vieux Rolie s'est fait tuer dans une bagarre dans la ville de Chigatha. Moi, j'ai continué à bosser dans les caravanes, et me voici. Ça fait presque un an maintenant que je suis coincé à Kesh.

— Où vis-tu ? s'enquit Tad.

— Ici et là. Y fait presque tout le temps chaud ici, alors c'est pas un problème de dormir dans une ruelle ou près d'une fontaine. De temps en temps, je trouve une fille qui me ramène chez elle. (Il désigna la fontaine d'un signe de tête.) La plupart des jeunes qui sont pas d'ici viennent se réunir sur cette place, alors y a pas trop d'embrouilles, sauf quand des types comme ces garçons boulangers se ramènent. Je me suis déjà frotté à eux, et y s'en souviennent encore. (Il sourit.) Mais racontez-moi comment vous vous êtes retrouvé sur Novindus ?

— C'est également une longue histoire, répondit Caleb. Ça te dirait que je te paie un bon repas et un lit bien chaud ?

— Ça me va, mais je préférerais trouver un vrai boulot. Pour être franc, Kesh est peut-être la plus grande ville du monde, mais c'est une vraie salope pour un gars qu'a pas de famille ou de guilde, moi, je vous le dis.

— Accompagne-nous, dit Caleb, et je te raconterai mes voyages sur ta terre natale.

Tad et Zane échangèrent un regard dubitatif. Ils ne soufflèrent mot, mais ils avaient l'étrange impression d'avoir, d'une certaine façon, laissé un chien errant les suivre jusqu'à la maison. La question était de savoir si le chien mordait.

Zane se tenait debout en silence à côté de Caleb, qui était occupé à examiner les icônes. Leur beau-père avait envoyé Tad faire une commission inutile en compagnie de Jommy, qui s'était semble-t-il attaché sans effort à Caleb et aux garçons. La veille au soir, à l'auberge, assis autour d'une table, ils avaient échangé leurs histoires, et Tad et Zane avaient tous deux trouvé le garçon aimable, amusant et bon compagnon. Caleb n'avait pas expliqué à ses beaux-fils pourquoi il avait décidé de garder Jommy avec eux. Mais, sachant combien il était difficile de se déplacer dans cette ville et combien le grand rouquin pouvait se montrer utile en cas de bagarre, les deux jeunes gens se réjouissaient de sa présence.

Caleb examina et commanda une bonne demi-douzaine d'articles avant de soulever le faucon. Ce n'était pas la même amulette que celle portée par les Faucons de la Nuit, mais elle lui ressemblait beaucoup.

— Je ne reconnais pas celle-ci, dit Caleb.

— Oui, moi aussi, je la trouve étrange, reconnut le marchand du nom de Mudara. Je l'ai achetée à un garçon, un mendiant ou un voleur, peut-être, mais j'ignore où il se l'est procurée. J'ai déjà vu des icônes qui lui ressemblent, mais aucune autre identique à celle-ci.

Mudara était un individu maigre et nerveux, affligé d'un nez crochu et d'un menton fuyant. Son regard, en revanche, montrait qu'il s'agissait d'un commerçant accompli et rusé qu'il valait mieux ne pas sous-estimer.

Caleb haussa les épaules, comme si ça n'avait guère d'importance, et regarda deux autres articles avant de revenir au faucon.

— Vous dites que vous avez déjà vu des icônes qui lui ressemblent ?

— Oui. Il existe une secte d'adorateurs de Lims-Kragma, loin dans le Sud. Ils viennent en ville de temps en temps, on les reconnaît à l'amulette qu'ils portent. J'ignore comment on les appelle.

Caleb commanda deux articles supplémentaires, puis dit :

— Je n'ai pas besoin de l'amulette au faucon. Si elle n'est portée, comme vous le dites, que par une secte mineure du Sud, je ne trouverai aucun de ses fidèles à Krondor. (Le marchand parut légèrement déçu et commença immédiatement à lui montrer d'autres pièces. Au bout d'un moment, Caleb revint au faucon.) Peut-être que je me suis décidé un peu trop vite.

L'espoir se peignit sur les traits du marchand. Cette transaction lui avait déjà rapporté plus de bénéfices qu'il en faisait en un mois mais, comme tous ceux de sa profession, il ne cracherait pas sur une vente supplémentaire.

— Je pourrais le vendre comme une curiosité, peut-être, poursuivit Caleb. Vous dites que vous n'en avez jamais vu d'identique, mais d'autres qui lui ressemblent ?

— En effet, mon ami, répondit Mudara. Elles sont plus lourdes, parce que fabriquées en fer ou dans un alliage quelconque, je crois. On les porte au bout d'une chaîne solide. Sous la tunique, visiblement, c'est la règle.

— Vous croyez pouvoir m'en trouver des comme ça ?

Instantanément, le visage du marchand se vida de toute expression.

— Je crains que ça ne soit pas possible. En revanche, si vous en voulez d'autres comme celle-ci, je peux vous en procurer, si vous pouvez attendre une semaine. Il y a en ville de nombreux artisans de talent qui peuvent dupliquer tout ce qu'on leur donne.

Caleb haussa les épaules.

— Mes clients exigent de l'authentique. Ce sont… des collectionneurs que de pâles imitations n'intéressent pas. Si vous parvenez à mettre la main sur certains de ces médaillons dont vous me parliez tout à l'heure, contactez-moi à l'auberge des *Trois Saules*. J'y serai encore pour deux semaines. Adressez le message à Caleb.

Ils terminèrent leur transaction et se serrèrent la main, puis Caleb et Zane s'en allèrent.

— Je veux que tu passes le reste de la journée sur cette place pour surveiller le marchand, expliqua Caleb. Essaie de ne pas te montrer mais, s'il te voit, souris et agite la main comme si tu étais juste en train de faire des repérages pour moi. Examine quelques marchandises, mais garde un œil sur Mudara. S'il parle avec des gens, grave leur visage dans ta mémoire. S'il s'en va, suis-le, mais tu ne dois absolument pas lui faire savoir qu'il est suivi. Si les choses en venaient là, je préférerais que tu abandonnes la filature et que tu rentres directement aux *Trois Saules* plutôt que de te faire repérer. On pourra toujours le suivre à un autre moment. C'est compris ?

Zane hocha la tête et se rendit aussitôt vers une autre partie de la place, de façon à pouvoir faire le tour et revenir vers l'étal de Mudara sans être vu. Caleb, quant à lui, se dirigea d'un pas décidé vers la boutique de Chezarul, car il lui fallait un agent expérimenté pour suivre le marchand. Il voulait que Zane abandonne la filature le plus vite possible. Mais il fallait bien que quelqu'un surveille le marchand, au cas où celui-ci s'en irait avant qu'un des hommes de Chezarul puisse remplacer Zane. Caleb se maudit de n'avoir pas pensé à cela avant d'aller trouver le marchand. Il savait qu'il n'avait pas la tête à sa mission et il comprenait maintenant les risques dont son père lui avait parlé avant même qu'il rencontre Marie. S'entourer de personnes au sujet desquelles on s'inquiète est source de distraction et de vulnérabilité. Il songea qu'il n'aurait jamais dû amener les garçons à Kesh avec lui.

Sous les yeux de Zane, le marché se remplit de gens venus faire leurs emplettes en rentrant chez eux après le travail. D'expérience, le jeune homme savait que cette agitation soudaine allait se calmer très vite ; bientôt, les marchands et leurs aides commenceraient à démonter leurs étals et à replier leurs tables afin de ramener leurs invendus à bord de charrettes, laissant le marché désert. La première fois, il avait été stupéfait de voir la place du marché se vider en moins d'une heure, alors qu'elle était bondée au point qu'il était presque impossible de s'y déplacer sans bousculer quelqu'un. Zane était pratiquement certain que Mudara ne l'avait pas vu, mais il lui serait plus difficile de se cacher une fois que les autres marchands commenceraient à démonter leurs étals.

Zane chercha alors un endroit qui lui permettrait de se dissimuler tout en lui offrant une vue dégagée sur sa proie. Il repéra une porte cochère à l'embrasure assez profonde et se glissa à l'intérieur. Comme le jeune homme s'y attendait, Mudara avait hâte d'aller passer commande auprès de ses fournisseurs des articles que Caleb lui avait achetés. Il fut parmi les premiers à fermer boutique et ranger ses amulettes et ses icônes dans un grand sac. Puis il mit le sac sur son épaule et s'éloigna rapidement.

Zane lui emboîta le pas, bien décidé à ne pas décevoir Caleb. Il fit de son mieux pour ne pas attirer l'attention sur lui, mais il se sentait gauche et avait l'impression que ses intentions se voyaient comme le nez au milieu de la figure. Il veilla à ce qu'il y ait toujours des gens entre lui et Mudara et il se réjouit du fait que le marchand ne marqua pas la moindre hésitation et ne regarda jamais par-dessus son épaule.

Ils laissèrent derrière eux les rues bondées et prospères du quartier des marchands pour entrer dans une partie de la ville qui paraissait moins peuplée. Là dominaient les entrepôts et les autres établissements que

Zane associait au commerce : les tanneries, les écuries, les charronneries, le bureau des porteurs et un autre bureau qui fournissait apparemment des gardes et des mercenaires.

Mudara entra dans un bâtiment qui recrachait une copieuse quantité de fumée par une cheminée en pierre située sur l'arrière. Le bruit des marteaux frappant le métal résonnait encore malgré l'heure tardive. Ce devait être à cet endroit que le marchand faisait fabriquer ses icônes et ses amulettes.

Zane n'aurait su dire combien de temps Mudara passa à l'intérieur, mais cela lui parut durer des heures. Il faisait noir quand le bonhomme finit par ressortir. Zane l'observait derrière de grandes caisses abandonnées devant un entrepôt inoccupé.

Le jeune homme décida de continuer à suivre le marchand. Soit ce dernier rentrerait chez lui, soit il allait le conduire à un autre fournisseur. Une fois de plus, le marchand sembla ne prêter aucune attention à son environnement ni se soucier d'être suivi. Il s'éloigna de la fonderie d'un pas pressé.

Zane esquiva les quelques passants sans perdre le marchand de vue. Très vite, cependant, Mudara changea d'attitude ; il faillit même repérer le garçon en se retournant brusquement pour vérifier si on le suivait. Heureusement, Zane se trouvait à ce moment-là au beau milieu d'une zone mal éclairée. Sinon, il aurait été découvert.

Il comprit que c'était exactement le genre d'attitude dont Caleb lui avait dit de se méfier. Le marchand se rendait désormais à un endroit où il ne voulait pas qu'on le voie. Sans trop savoir pourquoi, Zane comprit que ça devenait dangereux.

Caleb avait maintes fois parlé aux garçons des risques qu'ils couraient dans cette nouvelle vie qui s'était offerte à eux. Pour la première fois, Zane comprit pleinement ce que son beau-père avait voulu dire. La bouche sèche et le cœur battant, il rassembla tout son courage et continua à filer le marchand.

Il prit soin de graver dans sa mémoire les tournants qu'il prenait et les repères qu'il croisait, car il se trouvait à présent dans un secteur de la capitale qui lui était totalement inconnu. Il avait le sentiment que c'était le genre d'endroit où il ne valait mieux pas se trouver après la nuit tombée. Ce quartier avait quelque chose de menaçant, avec ses rues privées de lanternes dans lesquelles on entendait des voix lointaines et étouffées. Quelque part, une femme se mit à rire, d'un rire dur et strident qui ne reflétait aucune joie.

Mudara disparut à l'angle d'une nouvelle rue. Zane pressa le pas et risqua un coup d'œil de l'autre côté. Juste en face, le marchand était occupé à frapper bruyamment sur une porte anonyme, en respectant un code étrange : un coup, une pause, puis deux coups, puis encore un, puis trois.

La porte s'ouvrit. Les cheveux de Zane se dressèrent sur sa nuque, et un frisson traversa tout son corps. Sur le seuil se tenait un homme vêtu de noir dont les traits restaient invisibles dans l'obscurité. Mais la tunique, le pantalon et le turban correspondaient exactement à la description qu'on lui avait fournie avant son départ de l'île du Sorcier. L'homme était un assassin izmali, un Faucon de la Nuit keshian.

Mudara prononça quelques mots rapides et lui tendit l'amulette. Apparemment, l'assassin n'était pas content de le voir et regarda derrière lui, vérifiant d'abord un côté de la rue, puis l'autre. Zane espérait que l'individu ne possédait aucun pouvoir particulier, car s'il le trouvait là, c'en serait fini de lui.

Il regarda les deux hommes se disputer. Il était clair, à voir les gestes de Mudara, qu'il tentait de convaincre l'assassin. Puis le marchand éleva la voix, et Zane l'entendit dire :

— … vaut la peine. Si ces gens sont bien ceux dont on nous a dit de nous méfier, on peut se servir d'eux pour nous mener à…

D'un geste, l'assassin lui fit signe de baisser d'un ton, et Mudara obéit. L'assassin prononça encore quelques mots à voix basse, puis il rentra dans le bâtiment et ferma la porte au nez de Mudara. Le marchand tourna le dos à Zane et commença à redescendre la rue.

Zane voulut le suivre, mais deux mains puissantes l'attrapèrent et l'obligèrent à se retourner. Avant qu'il puisse dire un mot, l'une de ces mains se plaqua sur sa bouche, et une voix dit à son oreille :

— Tais-toi si tu veux rester en vie.

Zane avait l'impression que son cœur allait exploser, mais il réussit à garder la tête froide et acquiesça pour montrer qu'il avait compris.

La main disparut alors, et un homme avec une épaisse barbe noire chuchota :

— Suis-moi et ne dis pas un mot tant que je ne t'aurai pas dit qu'on est en sécurité.

Il s'éloigna d'un pas vif, et Zane le suivit. Ils passèrent près d'une demi-heure à traverser des ruelles en courant d'une embrasure de porte à une autre. Enfin, ils arrivèrent dans une partie plus peuplée et mieux éclairée de la capitale. L'inconnu se retourna et demanda :

— Tu es Zane, c'est bien ça ?

— C'est ça, répondit le jeune homme, hors d'haleine, les genoux flageolant sous l'effet de la fatigue et de la peur.

— Chezarul m'a envoyé te chercher sur la place, mais quand je suis arrivé, tu partais derrière le marchand. Tu l'as suivi et je t'ai suivi, car je craignais que, si je te rattrapais, le marchand nous voie.

Zane hocha la tête.

— Pourquoi m'avoir retenu tout à l'heure, alors ?

— Si tu avais continué à suivre le marchand, tu te serais fait tuer. C'est dans leurs habitudes de quitter leurs réunions par un chemin détourné ; quiconque les suit est impitoyablement assassiné. On a perdu quatre bons agents comme ça avant de comprendre leur tactique.

— Qui sont-ils ?

— La guilde de la Mort. Les Faucons de la Nuit, répondit le barbu. Je m'appelle Choyoba. (Il regarda autour de lui.) Viens, je vais te ramener aux *Trois Saules*.

Zane acquiesça et le suivit.

— Tu as bien agi, dit Chezarul à Zane.

Caleb approuva ce compliment d'un hochement de tête.

— Je suis d'accord.

Mais Zane se sentait trop vidé par cette expérience pour leur offrir ne serait-ce qu'un sourire. Il se contenta de hocher la tête.

— Alors, maintenant, vous savez où trouver les Faucons de la Nuit ? dit Tad.

Chezarul secoua la tête.

— Non, mon jeune ami. Ce sont eux qui nous ont trouvés.

Voyant à sa tête que Tad ne comprenait pas, Caleb expliqua :

— C'est un piège.

— Comment ça ? demanda Zane.

— La fausse amulette était placée là pour qu'un membre du Conclave la trouve. N'importe qui d'autre l'aurait ignorée ou l'aurait achetée comme porte-bonheur, mais, en me renseignant sur un médaillon similaire à celui-là, j'ai indiqué aux Faucons de la Nuit que je les cherchais. L'amulette était peut-être là depuis des mois. C'est le genre de choses qui n'intéresse que nous. Et on va mordre à l'hameçon.

— Je ne vois pas…, commença Tad.

— Les Faucons de la Nuit nous ont tendu un piège. Ils savaient qu'avec tous ces meurtres ils finiraient bien par attirer notre attention, expliqua Caleb. Alors, ils ont sorti une fausse amulette, mais qui ressemble beaucoup à leur propre emblème. Ils savaient que quiconque serait à la recherche de la guilde de la Mort poserait des questions sur l'origine de l'objet.

» Nous avons agi exactement comme ils s'y attendaient. Nous avons enquêté, et ils vont nous livrer ce que nous avons demandé. La dispute dont tu as été témoin concernait certainement la façon de s'y prendre. Ils doivent hésiter entre deux solutions : nous refuser les vraies amulettes et essayer de nous suivre depuis le marché, ou accepter de nous en fournir des copies avant de nous tendre un piège. Quand on viendra chercher les marchandises, soit ils nous tomberont dessus, soit ils nous suivront jusqu'ici, ce qui est plus probable. Ensuite, ils nous tueront.

— Ces chiens d'assassins sont une plaie pour la paix de notre cité, déplora Chezarul. Pire, ils sont mauvais pour les affaires. Un jour, nous mettrons un terme à leur activité, et j'espère que ce jour est proche. (Il se tourna vers Caleb.) Évite le marché demain. J'ai besoin de préparer la rencontre à venir, et certains de mes hommes ne sont pas en ville en ce moment. Donne-moi deux jours pour rassembler mes forces, puis va voir le marchand. Dans trois jours, les Faucons viendront ici, et nous serons prêts à les accueillir.

— Pablo ne sera pas ravi qu'on transforme son auberge en champ de bataille, fit remarquer Caleb.

— Il ne se passera rien de si terrible qu'on ne puisse pas remonter le moral à Pablo avec de l'or, répliqua Chezarul. De plus, il est, à sa manière, aussi résolu que nous.

Caleb hocha la tête.

— Très bien. Demain, j'emmènerai les garçons faire une promenade à cheval le long des rives de l'Overn. On ira observer la nature et peut-être pêcher des poissons exotiques dans le lac.

Chezarul sourit.

— Ou capturer des crocodiles ?

— Par exemple. On reviendra voir Mudara dans deux jours.

— Bien, dit le négociant. En attendant, je vous souhaite une bonne nuit à tous.

Après son départ, Caleb se tourna vers Tad.

— Descends dans la salle commune dire à Jommy qu'il peut monter, maintenant.

Tad s'en alla, et Zane prit la parole.

— As-tu l'intention de garder Jommy avec nous ?
— Je crois, pour le moment. C'est un bagarreur. Et puis, comme il est originaire de Novindus, il est peu probable qu'il ait le moindre lien avec les Faucons de la Nuit. En plus, il y a quelque chose que j'aime bien chez lui.

Zane hocha la tête.

— Il nous a offert son aide, à Tad et à moi, sans aucune raison.
— Si, il avait une raison, rectifia Caleb. Il possède un sens de l'équité que n'ont pas la plupart des gens.

Tad et Jommy entrèrent dans la pièce.

— Jommy, est-ce que tu sais monter à cheval ? demanda Caleb.
— Assez pour ne pas me casser la figure si on est pas trop pressés, répondit le rouquin.
— Tant mieux, parce qu'on va se rendre à cheval jusqu'au lac, demain, et j'aimerais que tu nous accompagnes.
— Vous me proposez un boulot ?
— En quelque sorte, répondit Caleb. Je t'en parlerai en chemin. Pour l'heure, allez dormir, tous les trois.

Les trois garçons quittèrent la chambre de Caleb et traversèrent le couloir pour entrer dans la leur. La veille au soir, à la demande de leur beau-père, Pablo Maguire leur avait monté une paillasse ; Zane la déroula et l'installa entre les deux lits. Jommy s'affala dessus, et Tad lui dit :

— J'espère que le couchage n'est pas trop dur.

Jommy éclata de rire.

— Ça fait presque un an que je dors à même le sol, sur la pierre ou sur la terre battue. Mon dernier lit, c'était un hamac dans la cale d'un navire. Je n'ai plus eu de vrai lit à moi depuis que mon père m'a foutu dehors. Alors, ça me va très bien.

Tad éteignit la lanterne, et l'obscurité envahit la pièce. Tad et Jommy s'endormirent aussitôt, mais Zane eut du mal à trouver le sommeil. Il n'arrivait pas à chasser de son esprit la vision d'un assassin vêtu de noir, à peine entrevu sur le seuil d'une maison.

14

Une nouvelle découverte

Magnus observait la scène attentivement.

Nakor tournait autour du Talnoy. Trois autres Très-Puissants tsurani l'observaient également.

— Ça ne saute pas aux yeux, dit Nakor. Et je peux me tromper, mais… (il passa la main au-dessus du heaume de la créature et ajouta :) si mon idée fonctionne…

Le Talnoy s'assit. Magnus écarquilla les yeux, puis sourit.

— Tu as réussi, dit-il en serrant dans sa main l'anneau auparavant nécessaire pour contrôler la créature.

— Je crois maintenant pouvoir mettre au point un moyen de diriger le Talnoy sans l'anneau, déclara Nakor. Ce serait une bonne chose, puisque le fait de porter l'anneau rend fou.

— Très impressionnant, Nakor, commenta Illianda.

Contrairement aux autres Très-Puissants, Illianda n'était guère perturbé par le fait que le petit Isalani retors ne s'intégrait pas dans le schéma traditionnel de la magie tsurani : il n'appartenait ni à la Voie supérieure ni à la Voie inférieure. La plupart du temps, Nakor niait même pratiquer la magie. Illianda semblait s'en moquer, tant que les résultats étaient là.

— Mais nous devons continuer à nous préoccuper des failles spontanées qui apparaissent à cause de cette créature, rappela Fomoine. Si nous n'arrivons pas à établir des sorts protecteurs autour d'elle, nous allons devoir la renvoyer sur Midkemia, pour détourner la menace qui pèse sur notre monde. Depuis votre dernière visite, on nous a encore signalé l'apparition d'une possible faille. Rien n'est sûr, mais deux de nos frères magiciens se sont rendus sur place pour s'en assurer.

Nakor hocha la tête.

— J'en parlerai à Pug. Lui aussi essaie de comprendre les sorts qui ont protégé la créature de toute magie de détection pendant si longtemps.

— Peut-être parviendrons-nous à détourner les forces magiques qui traquent le Talnoy en le ramenant sur Midkemia, dit Magnus. Mais comment savoir s'il n'est pas déjà trop tard ?

Les trois magiciens tsurani échangèrent un regard interrogateur, puis Savdari répondit :

— S'il est trop tard, alors nous devrons nous aussi nous pencher sur l'état de nos ressources afin d'anticiper toute invasion de notre monde. Et s'il ne l'est pas, alors nous gagnerons tous un peu de temps en faisant passer le Talnoy d'un monde à l'autre. Vous pourriez le garder quelques semaines, puis nous le renvoyer, puis le reprendre, qu'en pensez-vous ?

— C'est possible, reconnut Magnus. J'en parlerai à mon père dès ce soir. J'espère simplement que nous trouverons bientôt un sort de protection efficace et qu'il ne sera pas nécessaire de lui faire faire la navette entre nos deux mondes.

— S'il le faut, il ne sera pas difficile de traverser rapidement la faille pour amener le Talnoy au port des Étoiles et peut-être ailleurs ensuite, assura Nakor.

Les trois magiciens tsurani s'inclinèrent.

— Comme toujours, saluez Milamber de notre part, dit Illianda en utilisant le nom tsurani de Pug.

Magnus et Nakor s'inclinèrent également.

— Je n'y manquerai pas. Lui aussi envoie ses amitiés aux Très-Puissants de Tsuranuanni.

Ils sortirent de la pièce abritant le Talnoy et remontèrent plusieurs couloirs pour rejoindre la salle de la faille.

Contrairement à autrefois, la faille entre l'assemblée des Magiciens, sur Kelewan, et l'académie du port des Étoiles, sur Midkemia, ne restait plus continuellement ouverte. En raison de l'inquiétude provoquée par l'apparition des failles vers le monde des Dasatis, Pug et les Très-Puissants avaient décidé qu'il valait mieux n'ouvrir une faille qu'en cas de besoin.

Magnus se campa devant l'appareil et tendit les bras tout en prononçant l'incantation appropriée. Nakor observa la scène sans faire le moindre commentaire. Le jeune magicien conclut alors le rituel nécessaire pour accorder les énergies qui allaient permettre de combler le gouffre entre les deux mondes.

Un étrange bourdonnement résonna dans la pièce pendant un moment. Les cheveux de Magnus et de Nakor se dressèrent sur leur nuque, comme si la foudre était tombée à proximité. Puis un néant gris miroitant apparut devant les deux hommes. Sans hésiter, tous deux pénétrèrent à l'intérieur. Brusquement, ils se retrouvèrent sur l'île du port des Étoiles.

Quelques magiciens s'étaient rassemblés lorsque la faille était apparue. Mais, en voyant Magnus et Nakor, ils se contentèrent de les saluer d'un signe de tête avant de s'en aller. Magnus se retourna et, d'un geste, fit disparaître la faille.

— Mon père m'a raconté qu'il a bien failli mourir en essayant de refermer la première faille tsurani, fit-il remarquer avec un sourire désabusé.

— Moi aussi, il m'a raconté cette histoire, répondit Nakor. Mais, avant que tes pouvoirs te montent à la tête, dis-toi qu'il a dû éteindre une machine créée par une dizaine de Très-Puissants et qu'il a eu besoin de l'aide de ton grand-père.

Magnus haussa les épaules.

— Je n'essayais pas de me comparer à mon père ou à mon grand-père, Nakor. (Il commença à marcher en direction de la plage.) Je voulais simplement faire remarquer que… Oh, peu importe. C'était juste une idée comme ça.

En arrivant au bord du lac, Magnus sortit un orbe. Un instant plus tard, les deux hommes se retrouvèrent devant le bureau de Pug. Magnus frappa à la porte, et son père répondit : « Entrez. »

Nakor hésita.

— Raconte à ton père ce qu'on a fait et ce qu'on a découvert. Moi, je vais partir à la recherche de Bek.

Magnus hocha la tête, et Nakor s'éloigna. Quelques minutes plus tard, il trouva Bek assis sous un arbre. Il regardait quelques étudiants suivre une conférence donnée par Rosenvar. En voyant Nakor, il se leva d'un bond.

— On s'en va ? demanda-t-il.

— Pourquoi, tu t'ennuies ?

— Énormément. Je ne comprends rien à ce que ce vieil homme raconte. Et les étudiants ne sont pas très aimables avec moi. (Il regarda

Nakor et ajouta d'un ton accusateur :) Et cette chose que tu as faite dans ma tête… (Il laissa transparaître toute sa frustration.) L'un des garçons m'a insulté ; d'habitude, je l'aurais frappé très fort, probablement en plein visage. Et s'il s'était relevé, je l'aurais frappé encore. J'aurais continué jusqu'à ce qu'il ne se relève plus. Mais je n'y suis pas arrivé, Nakor, ajouta-t-il d'un air presque douloureux. Je n'ai même pas réussi à fermer le poing. Il était planté là et il me regardait comme si quelque chose n'allait pas chez moi, et c'était le cas ! Il y a aussi cette jolie fille que je voulais, mais elle a refusé de s'arrêter pour me parler. Quand j'ai essayé de l'empoigner, il m'est arrivé la même chose, putain ! Je ne suis pas arrivé à lever la main pour… (Bek paraissait au bord des larmes.) Qu'est-ce que tu m'as fait, Nakor ?

Le petit Isalani posa la main sur l'épaule du grand jeune homme.

— Quelque chose que j'aurais préféré n'infliger à personne, Bek. Mais, au moins, pendant quelque temps, tu ne pourras pas faire de mal à autrui, sauf si tu es obligé de te défendre.

Bek soupira.

— Et je resterai toujours comme ça ?

— Non, répondit Nakor, pas si tu apprends à contrôler tes pulsions et ta colère.

Bek éclata de rire.

— Je ne me mets jamais en colère, Nakor, pas vraiment.

Le petit homme lui fit signe de s'asseoir à côté de lui.

— Que veux-tu dire ?

Bek haussa les épaules.

— Parfois, je m'énerve et, si j'ai mal, je peux vraiment péter un plomb. Mais, la plupart du temps, je ne ressens que deux choses : soit je trouve qu'une situation est drôle, soit je trouve qu'elle ne l'est pas. Les gens parlent d'amour, de haine, d'envie et tout ça, et je crois savoir de quoi ils parlent, mais je n'en suis pas sûr.

» Je veux dire, j'ai vu comment les gens réagissent les uns par rapport aux autres, et j'ai l'impression de me rappeler les émotions de mon enfance, comme quand ma mère me prenait dans ses bras. Mais, souvent, je ne me soucie pas des mêmes choses que les autres gens. (Il regarda Nakor d'un air presque suppliant.) J'ai souvent pensé que j'étais différent, Nakor. Beaucoup de gens m'ont dit que je le suis.

» Et je m'en fichais. (Il baissa la tête pour s'abîmer dans la contemplation du sol.) Mais cette chose que tu m'as faite, ça me donne l'impression d'être…

— Frustré ?

Bek hocha la tête.

— Je ne peux plus… faire les choses que je faisais avant. Je voulais cette fille, Nakor. Je n'aime pas ne pas pouvoir obtenir ce que je veux !

Il regarda Nakor droit dans les yeux. De nouveau, ce dernier vit des larmes de frustration perler sous les paupières de Bek.

— Personne ne t'a jamais dit non, c'est ça ?

— Si, ça arrive, parfois, mais je les tue, et je prends ce que je veux, de toute façon.

Nakor se tut, puis pensa à quelque chose.

— Quelqu'un m'a raconté un jour l'histoire d'un homme qui voyageait sur un chariot poursuivi par des loups. Quand il a enfin rejoint la sécurité d'une ville, il a trouvé porte close. Pendant qu'il criait à l'aide, les loups l'ont rattrapé et mis en pièces. Qu'est-ce que tu penses de cette histoire, Ralan ?

L'intéressé éclata de rire.

— Je trouve que c'est très drôle ! Je parie qu'il devait avoir l'air vraiment stupéfait quand ces bêtes se sont jetées sur lui !

Nakor se tut, puis se leva.

— Attends-moi ici. Je reviens tout de suite. (L'Isalani marcha tout droit jusqu'au bureau de Pug. Il frappa à la porte, puis l'ouvrit sans attendre que Pug l'invite à entrer.) Il faut que je te parle, c'est urgent, dit-il.

Pug était assis devant une fenêtre ouverte pour profiter de la brise estivale. Magnus était assis en face de lui. Les deux hommes dévisagèrent l'Isalani, visiblement excité.

— Qu'y a-t-il ? lui demanda Pug.

— Cet homme, Ralan Bek, il est important.

— Ça, tu nous l'as déjà dit, lui rappela Magnus.

— Non, encore plus qu'on le pensait. Il comprend les Dasatis.

Pug et Magnus échangèrent un regard surpris.

— On ne s'était pas mis d'accord sur le fait de n'en parler à personne en dehors de notre groupe ? s'étonna Magnus.

Nakor secoua la tête.

— Je ne lui ai rien dit. Il les connaît parce qu'il est comme eux. Je comprends maintenant comment ils sont devenus ce qu'ils sont.

— Voilà qui paraît fascinant, commenta Pug en se laissant aller contre le dossier de sa chaise.

— Je ne prétends pas comprendre tous les détails, mais je crois savoir ce qui s'est passé, dit Nakor.

Pug lui fit signe de s'asseoir et de continuer.

— Quand Kaspar nous a décrit sa vision du monde dasati, nous avons tous eu la même réaction. Après nous être inquiétés de cette menace, on s'est tous demandés comment une telle race avait pu en arriver là. Comment un peuple peut-il s'élever, grandir et prospérer sans compassion, sans générosité et sans le moindre sens de l'intérêt commun ?

» Je parie qu'ils possédaient tout cela autrefois, mais que le Mal a pris l'ascendant sur leur monde. Ralan Bek est un exemple de ce que nous deviendrons si ce même Mal parvient à prédominer ici aussi. (Nakor marqua une pause, puis se leva pour faire les cent pas, comme s'il peinait à formuler ses pensées.)

» Bek est tel que les dieux l'ont fait. C'est ce qu'il m'a dit et il a raison. Il sait aussi que les dieux n'ont pas fait les autres hommes de la même façon. Mais il ne comprend absolument pas ce que tout cela veut dire. (Nakor regarda ses deux interlocuteurs.)

» Personne ici dans cette pièce n'est tel que les autres dieux ont fait les hommes. Chacun de nous est différent, d'une manière ou d'une autre, et cette différence nous condamne à vivre une existence unique, à la fois merveilleuse et terrible – et parfois les deux en même temps, ajouta-t-il en souriant. (Puis son visage redevint songeur.)

» Au cours de notre combat contre les agents du Mal, nous nous sommes souvent demandé à quoi peut bien servir le Mal. La meilleure réponse à laquelle nous sommes parvenus est une hypothèse abstraite : sans le Mal, le Bien n'existerait pas. Notre ultime objectif, pour le bien de tous, serait de parvenir à un équilibre entre le Bien et le Mal, afin d'apporter l'harmonie dans l'univers.

» Et si l'harmonie qu'on recherche n'était qu'une illusion ? Et si l'état naturel des choses était en réalité ce conflit permanent ? Parfois, le Mal triomphe, et parfois c'est au tour du Bien. Nous sommes pris dans les fluctuations constantes des vagues qui submergent notre monde.

— Tu dépeins là une situation plus sinistre encore que d'habitude, Nakor, l'interrompit Pug.

Magnus acquiesça.

— L'image de la fourmilière à l'assaut de la citadelle était plus optimiste que l'idée d'être ballotté par des marées incessantes.

Nakor secoua la tête.

— Mais non, vous ne voyez donc pas ? Ça prouve que, parfois, l'équilibre est détruit ! Parfois, la marée emporte tout ce qui se dresse sur son passage. Prenez Bek, par exemple. Il est affecté par quelque chose qu'il ne comprend pas, mais l'entité n'a pas besoin de sa compréhension pour lui imposer sa volonté ! Les Dasatis n'ont pas choisi d'être maléfiques. Je parie qu'il y a bien longtemps ils nous ressemblaient. Bien sûr, leur monde est différent du nôtre et ils vivent dans une dimension où nous ne pourrions pas survivre, mais les mères dasaties aimaient leurs enfants, avant, et les maris aimaient leurs femmes, et l'amitié et la loyauté florissaient. La chose que nous appelons le Sans-Nom n'est que la manifestation de quelque chose de bien plus grand, qui ne se limite pas à ce monde, à cet univers, ou même à ce niveau de réalité. Le Mal s'étend… (Il chercha ses mots.) Le Mal est partout, Pug. (Puis il sourit.) Mais le Bien aussi. (Nakor frappa son poing droit dans la paume de sa main gauche.)

» Nous croyons comprendre la portée de nos décisions, mais, quand il est question de siècles, de millénaires, on se leurre complètement. La chose que nous combattons préparait déjà ce conflit quand les hommes n'étaient encore guère plus que des bêtes, et elle est en train de gagner. Les Dasatis sont devenus ce qu'ils sont parce que le Mal a conquis leur monde, Pug. Dans leur univers, l'entité que nous appelons le Sans-Nom a rompu l'équilibre et elle a gagné. Ils sont à l'image de ce que nous deviendrons si nous échouons.

Pug se redressa, le teint pâle et les traits tirés.

— Encore une fois, tu dépeins là une vision particulièrement sinistre.

Nakor secoua la tête.

— Mais non, tu ne vois donc pas ? Tout n'est pas perdu. Si le Mal a triomphé là-bas… (il regarda Pug, puis Magnus, et son sourire réapparut) alors le Bien peut triompher ici !

Un peu plus tard, Pug et Nakor partirent se promener au bord de la mer pour laisser la chaude brise et les embruns les revigorer.

— Tu te souviens de Fantus ? demanda Pug.

— L'animal de compagnie de Kulgan, le dragonnet qui traînait de temps en temps dans la cuisine ?

— Il me manque, avoua Pug. Ça fait cinq ans que je ne l'ai pas vu, et il était très vieux, probablement mourant, je crois. Ce n'était pas vraiment un animal de compagnie, plutôt un invité. (Pug contempla les vagues déferlantes couronnées d'écume qui venaient s'échouer sur la plage.) Il était avec Kulgan la nuit où ce dernier m'a conduit à sa cabane dans les bois, près du château de Crydee. Je le voyais tous les jours, à l'époque.

» Quand j'ai ramené mon fils William de Kelewan, Fantus et lui sont devenus copains comme cochons. Mais, après la mort de William, Fantus nous a de moins en moins rendu visite.

— Les dragonnets ont la réputation d'être très intelligents. Peut-être pleurait-il son ami disparu ?

— Sans aucun doute, approuva Pug.

— Pourquoi penses-tu à lui maintenant ? s'enquit Nakor.

Pug s'arrêta et s'assit sur un gros rocher niché dans la paroi de la falaise, à l'endroit où la plage s'arrêtait au pied d'un affleurement rocheux. Pour continuer leur promenade, il aurait fallu qu'ils pataugent dans les bas-fonds pour contourner le promontoire.

— Je ne sais pas. Il était charmant, à sa manière de filou. Il me rappelait une époque plus simple.

Nakor éclata de rire.

— Depuis tout ce temps que nous sommes amis, Pug, je t'ai souvent entendu parler d'une époque plus simple. Mais je n'y inclurais pas la guerre de la Faille, ton emprisonnement sur Kelewan, le fait que tu sois devenu le premier Très-Puissant d'origine barbare et que tu aies mis fin à la guerre. Et je ne te parle même pas du Grand Soulèvement et de toutes ces choses que vous avez accomplies, Tomas, Macros et toi. C'était tout sauf simple !

— Peut-être étais-je alors un homme plus simple, rétorqua Pug d'une voix qui trahissait la fatigue.

— Pas vraiment, mais je veux bien croire que tu appréhendais les choses d'une façon plus simple à l'époque. C'était notre cas à tous, dans notre jeunesse.

— Fantus avait une nature capricieuse, il pouvait être aussi imprévisible qu'un chat ou aussi loyal qu'un chien. Mais je crois que, si je pense à lui aujourd'hui, c'est parce que William et lui étaient inséparables.

— Et tu penses à William ?

— Souvent, ainsi qu'à ma fille adoptive, Gamina.

— Pourquoi maintenant, Pug ?

— Parce que mes enfants sont de nouveau en danger.

Nakor éclata de rire.

— Je sais que ce sont tes fils, Pug, mais le terme d'enfants ne s'applique plus à Magnus et à Caleb. Non seulement ils sont des hommes maintenant, mais ils font également preuve d'une grande détermination et d'une grande force de caractère. N'importe quel père serait fier d'eux.

— Je le sais et j'en suis fier, crois-moi. Mais je suis condamné à voir disparaître avant moi tous ceux que j'aime.

— Comment le sais-tu, Pug ? demanda Nakor.

— Lorsque le démon Jakan a traversé la Triste Mer à la tête de sa flotte, j'ai essayé de détruire son armada à moi tout seul, dans l'un de mes moments de grande arrogance. Résultat, j'ai bien failli me faire tuer par un puissant sort de protection.

— Je m'en souviens, dit Nakor.

— Quand je suis arrivé dans la demeure de Lims-Kragma, la déesse m'a laissé le choix. Seule ma famille connaît la décision que j'ai prise, et encore, en partie seulement. En bref, la déesse m'a permis de revenir et de continuer mon œuvre. En contrepartie, tous ceux que j'aime disparaîtront avant moi.

Sans rien dire, Nakor s'assit sur le rocher à côté de Pug.

— Je ne sais pas quoi dire, Pug, finit-il par avouer au bout d'une longue minute de silence. Mais peut-être qu'il te faut envisager autre chose.

— À savoir ?

— Je suis plus vieux que toi, et tous ceux que j'ai connus étant jeune homme sont morts. Tous. Parfois, je revois des visages, mais je ne parviens pas à me rappeler leur nom. C'est la malédiction des gens qui vivent longtemps. Mais peut-être as-tu reçu cette malédiction avant même de parler à la déesse.

— Comment ça ?

— Comme je te le disais, moi aussi, j'ai vécu plus longtemps que toutes les personnes que j'ai connues étant jeune. Je n'ai jamais vraiment eu de famille ; ma mère est morte avant mon père, et il l'a rejointe peu après. Ça n'a pas eu d'importance à l'époque, car je ne les avais pas vus depuis plus de trente ans et je n'avais pas de frère et sœur. (Il haussa les épaules.) Mais ça ne veut pas dire que je n'ai pas réussi à aimer des gens, Pug. Et il m'a toujours été douloureux de les voir partir.

» Quand un enfant naît en Isalan, on chante une très vieille bénédiction : « Le grand-père meurt, le père meurt, le fils meurt. »

C'est une bénédiction parce qu'elle reflète l'ordre naturel des choses. Je n'ai jamais eu d'enfants, alors je ne saurais imaginer ce que tu as ressenti en perdant William et Gamina. Mais je me souviens combien cela t'a affecté. J'étais là. J'ai vu ce que leur mort représentait pour toi. (Nakor secoua les épaules comme s'il avait du mal à trouver les mots.)

» Mais j'ai perdu ma femme, à deux reprises. La première fois, je l'ai perdue quand elle m'a quittée pour obtenir plus de pouvoirs. Et la deuxième fois… Je l'ai tuée, Pug. J'ai tué Jorna. Son corps à elle était mort depuis des décennies, et elle occupait celui d'un homme quand j'ai mis un terme à sa vie, expliqua-t-il avec un petit rire contrit. Mais ça ne change rien au fait que je l'ai aimée, que j'ai dormi dans ses bras et que sa présence faisait de moi un être plus complet. (Il regarda Pug, les yeux brillant de larmes.) Les dieux nous ont choisis, toi, moi et Tomas, mais cet honneur a un prix.

» J'aime à croire que c'est parce qu'il doit en être ainsi. Peut-être que c'est de la vanité, mais je crois que ça ne concerne que nous trois. Pas Miranda, pas Magnus, personne d'autre. Rien que nous trois.

— Mais pourquoi ?

— Seuls les dieux le savent, répondit Nakor avec un petit rire diabolique. Et ils ne nous disent pas la vérité.

Pug se leva et fit signe à Nakor qu'il était temps de rentrer à la villa.

— Ils nous mentent ?

— Eh bien, en tout cas, ils ne nous disent pas tout. Regarde qui a rencontré Kaspar au-dessus du Ratn'gary.

— Kalkin.

— Oui, Banath, le dieu des Voleurs, des Tricheurs et des Menteurs…

— Tu crois que les Dasatis représentent une menace moins importance que Kalkin le prétend ?

— Oh, je persiste à penser qu'ils sont extrêmement dangereux, mais je crois aussi que Kalkin n'a montré à Kaspar que ce qu'il voulait bien lui faire voir. Les dieux ont leurs raisons, j'en suis sûr, mais je suis parfois un salopard cynique, et j'aimerais bien savoir ce que Kaspar n'a pas vu dans cette vision.

Pug s'arrêta et posa la main sur l'épaule de Nakor pour le retenir.

— Tu n'es pas en train de suggérer ce que je crois ?

Nakor sourit d'un air malicieux.

— Pas encore. Mais il se peut que, dans un avenir proche, nous soyons obligés de visiter le monde dasati.

Pug resta immobile pendant quelques instants, puis il se remit en route.

— Tu voudrais qu'on fasse exprès d'ouvrir une faille vers le monde dasati ? Je n'imagine pas d'acte plus imprudent !

— Oh, je suis sûr qu'il y en a. On n'y a juste pas encore pensé, répondit Nakor en riant.

Pug rit avec lui.

— Je ne suis pas convaincu, Nakor. C'est peut-être la plus mauvaise idée qui ait jamais existé dans l'histoire des très mauvaises idées.

Nakor continua à rire.

— Peut-être. Mais si le fait de se rendre là-bas empêchait les Dasatis de venir ici ? Tu y as pensé ?

Le rire de Pug s'éteignit brusquement.

— Et si… ? (Il continua à avancer, les yeux fixés sur le sol, comme s'il était plongé dans une profonde réflexion. Puis il reprit :) Peut-être qu'on devrait en discuter.

— Bien. Tant qu'on y est, quand vas-tu m'en dire davantage à propos de ces messages envoyés par ton futur toi ?

— Bientôt, mon ami, bientôt. (Pug leva les yeux vers le soleil d'après-midi, qui faisait scintiller les vagues.) Je me demande comment Caleb et les autres se débrouillent à Kesh. On n'a pas eu de leurs nouvelles depuis des jours.

— Oh, je suis sûr qu'ils nous auraient prévenus s'il s'était passé quelque chose d'important.

Caleb se jeta sur la gauche, et l'épée de l'assassin transperça le vide, manquant de peu sa poitrine. Caleb heurta violemment de l'épaule les pierres moussues de l'égout, mais il ignora la douleur brûlante qui l'envahit et enfonça sa propre épée dans le ventre du Faucon de la Nuit.

Il était tombé dans un piège diabolique, préparé et exécuté de façon minutieuse. Caleb maudit sa propre arrogance. Non seulement les hommes de Chezarul n'avaient pas réussi à garder une longueur d'avance sur les Faucons de la Nuit, mais ils se trouvaient clairement désavantagés, à présent.

S'ils étaient encore en vie, c'était uniquement grâce à la chance.

Certains des agents de Chezarul avaient continué à suivre le marchand, Mudara, tandis que d'autres surveillaient la maison où Zane avait vu leur suspect parler avec le Faucon de la Nuit. La veille au soir, l'un des agents de Chezarul était rentré en disant qu'il avait découvert le repaire des assassins. Après plusieurs jours de traque, il semblait que leur patience portait enfin ses fruits.

Apparemment, les Faucons de la Nuit opéraient depuis la cave d'un entrepôt abandonné. Chezarul avait alors planifié un double assaut contre leur repaire, avec des hommes attaquant par les égouts et d'autres par la rue.

Comme les Faucons de la Nuit sévissaient surtout de nuit, il avait été décidé qu'une attaque en plein milieu de l'après-midi surprendrait la plupart des assassins dans leur sommeil.

Guidé par l'un des hommes de Chezarul, Caleb avait conduit son groupe dans les égouts. Il leur avait fallu une matinée entière pour atteindre leurs positions tout autour du repaire supposé des Faucons de la Nuit.

Mais c'était un piège qui les attendait. Ils n'en auraient rien su si un groupe de rats ne s'était pas enfui et si quelqu'un n'avait pas senti une faible odeur de fumée portée par un courant d'air qui n'avait rien à faire là. Caleb avait à peine eu le temps de crier un avertissement avant que les égouts se remplissent de Faucons de la Nuit vêtus de noir. Trois des hommes de Caleb étaient morts avant même de comprendre ce qui leur arrivait ; les autres avaient battu en retraite de manière désordonnée.

L'attaque s'était transformée en déroute. Caleb n'avait plus qu'un seul souci : évacuer les hommes qui avaient survécu. Il les avait fait sortir derrière lui en profitant du fait que le rythme des combats s'était ralenti. À présent, il ne restait plus que lui et quatre autres agents pour tenir l'embouchure du tunnel, juste avant un gros embranchement.

Caleb savait que cette intersection devait rester dégagée pendant encore au moins deux minutes, pour que les derniers agents du Conclave puissent s'enfuir dans la cité qui se trouvait au-dessus de leurs têtes.

D'autres Faucons de la Nuit attendaient sûrement dans les parages, mais il était peu probable qu'ils osent s'en prendre à ses hommes en plein jour. Le guet n'était pas connu pour sa vigilance, mais il savait se montrer agressif et brutal en cas d'agitation publique.

Un conflit armé dans les rues de Kesh se rapprochait suffisamment d'une rébellion pour provoquer une réaction rapide. De plus, lorsque le guet ne parvenait pas à maîtriser une bagarre, il faisait appel à la Légion intérieure. Dans ce cas-là, on n'avait d'autre choix que de fuir ou de mourir.

L'agent qui se trouvait à côté de Caleb reçut une blessure à la poitrine et laissa échapper des gargouillis lorsque ses poumons se remplirent de sang. Caleb abattit son épée et trancha le bras de l'assassin au niveau du coude. Le Faucon de la Nuit tomba à la renverse dans les eaux usées en poussant un hurlement. Caleb continua à tenir sa position en compagnie de deux des hommes de Chezarul. Les Faucons de la Nuit leur laissèrent un instant de répit, le temps de se regrouper.

Un hurlement, plus loin dans le tunnel, fit comprendre à Caleb qu'un autre agent du Conclave avait été tué. Il espérait que sa fin avait été rapide, car les assassins n'hésitaient pas à écorcher vif leurs prisonniers, très lentement, pour leur arracher la moindre information utile avant de les tuer.

Caleb avait perdu sa lanterne au cours de cette retraite éperdue. Un peu de lumière filtrait à travers une grille située vingt mètres plus loin, sur sa gauche. À part ça, l'obscurité régnait dans le tunnel.

Les trois hommes campés devant l'intersection des égouts bandèrent leurs muscles en entendant les Faucons de la Nuit se ruer sur eux. En raison de l'absence de lumière et de la tenue noire des assaillants, Caleb eut du mal à deviner leur nombre jusqu'à ce qu'ils soient pratiquement sur lui.

Il porta un coup de taille à un homme qui esquiva l'attaque en reculant. Puis il se fendit et toucha un autre Faucon de la Nuit à la cuisse. L'assassin s'effondra en gémissant. L'agent situé à droite de Caleb taillada un autre Faucon qui tomba à terre, lui aussi.

Alors, sans la moindre communication verbale, les trois derniers Faucons de la Nuit se replièrent. Le plus proche de l'assassin blessé acheva ce dernier de la pointe de son épée. Le cadavre sombra dans les eaux usées qui tourbillonnaient autour de leurs jambes.

Les Faucons de la Nuit reculèrent lentement, jusqu'à ce qu'ils disparaissaient dans la pénombre. Au bout d'un moment, Caleb ordonna « Suivez-moi ! » et conduisit ses hommes vers le soleil qui filtrait à travers la grille au-dessus de leurs têtes.

En arrivant au niveau de la zone illuminée, Caleb repéra des barreaux en fer fixés au mur et fit signe à ses deux compagnons de sortir des égouts. Quand ils furent en sécurité en haut de l'échelle, Caleb grimpa à son tour.

Les trois hommes sales et éclaboussés de sang surgirent au milieu d'une ruelle dans le quartier des entrepôts. Tout était calme alentour.

— Rendez-vous à l'abri que vous avez choisi, dit Caleb. Si Chezarul a survécu, il sait où me trouver. Sinon, celui qui prendra sa place saura comment me joindre. Pour l'instant, ne faites confiance à personne. Pas un mot sur toute cette affaire, compris ? Maintenant, filez !

Les deux hommes s'éloignèrent d'un pas pressé. Lorsqu'ils eurent disparu, Caleb s'en fut dans la direction opposée.

Il s'arrêta à une fontaine publique et plongea la tête sous l'eau. Il remonta à l'air libre en crachotant et secoua sa longue chevelure trempée – il avait perdu son chapeau quelque part dans les égouts.

Puis il regarda autour de lui. Il n'avait aucun moyen de s'assurer que personne ne l'épiait. Il ne pouvait qu'espérer semer ses possibles poursuivants sur le chemin de son refuge.

Il se remit en route en se demandant comment allaient les garçons. Il leur avait donné des instructions très strictes au cas où il ne serait pas rentré au coucher du soleil. Ils devraient quitter les *Trois Saules* par le chemin qu'il leur avait montré pour se rendre à une maison bien particulière. Là, il leur faudrait frapper à la porte de derrière et prononcer un mot de passe. Pourvu qu'ils suivent ses ordres !

Caleb contourna une pile de caisses entassées au coin de deux ruelles. Tout à coup, une épée s'abattit sur lui en sifflant et s'enfonça dans son épaule gauche. Caleb recula en titubant et se mit en garde pour parer l'attaque qui allait suivre.

Deux Faucons de la Nuit lui bloquaient la route. Caleb savait qu'il devait tuer ces hommes le plus rapidement possible s'il ne voulait pas s'évanouir et se vider de son sang.

L'assassin qui l'avait touché par surprise attaqua le premier, tandis que l'autre se déplaçait sur sa gauche. Caleb saisit l'occasion qui se présentait à lui. Il se baissa et se fendit en orientant son épée vers le haut. Ensuite, dans un saut surhumain, il arracha son arme du ventre du premier Faucon et se retourna en décrivant un arc de cercle. Le deuxième Faucon avait vu Caleb se baisser ; instinctivement, il avait porté sa garde sur la gauche en se disant que son adversaire allait l'attaquer de ce côté. Mais, comme l'épée de Caleb décrivit un tour complet, l'attaque vint de la droite. Le Faucon de la Nuit n'eut pas le temps de ramener son épée pour bloquer le coup ; la lame de Caleb s'enfonça dans son cou.

Le deuxième assassin s'effondra à son tour. Caleb passa à côté de lui d'une démarche mal assurée et remit tant bien que mal son épée au fourreau. Il titubait comme un ivrogne. Il porta la main à son épaule, blessée par deux fois, et se concentra sur une seule idée : réussir à atteindre l'abri avant de perdre connaissance.

— Trois treys, dit Jommy avant de ramasser les pièces de cuivre en riant.

Zane gémit et jeta ses cartes sur la table. Tad se mit à rire.

— Je t'avais dit de ne pas parier.

Jommy était sur le point d'ajouter quelque chose lorsque son sourire s'effaça. Il balaya la pièce du regard et baissa la voix :

— Attention, j'crois que va y avoir du grabuge.

Tad et Zane parcoururent à leur tour la salle commune du regard. Ils constatèrent que quatre hommes en cape grise étaient entrés dans l'auberge et qu'ils s'étaient postés à divers endroits de la pièce, bloquant toutes les issues.

— Qu'est-ce qui se passe ? demanda Tad.

— J'en sais rien, mais ça pue, répondit Jommy. Restez près de moi, les gars. (Il se leva et attendit que Tad et Zane fassent de même.) Tenez-vous prêts.

— Pour quoi faire ? s'enquit Zane tandis que Jommy se dirigeait vers l'homme le plus proche.

L'approche directe du grand rouquin perturba sans doute l'inconnu, car il ne tenta pas de tirer son épée jusqu'à ce que Jommy prenne une chaise et la lui lance dessus, l'empêchant ainsi de sortir son arme.

Tandis que l'homme se baissait pour éviter la chaise, Jommy en ramassa une deuxième et la lui fracassa sur la tête. Au même moment, Pablo Maguire sortit en hâte de la cuisine pour voir quel était le problème. Le vieil homme n'avait pas fait deux pas que l'un des individus en cape grise sortit une petite arbalète et lui tira dessus. Pablo plongea derrière le comptoir, ce qui lui sauva la vie, et réapparut avec un coutelas de marin à la main.

Jommy et Pablo crièrent « Fuyez ! » tous les deux en même temps. Tad et Zane sortirent de l'auberge en courant. Jommy s'arrêta juste le temps de donner un coup de pied dans la tête de l'homme à terre, puis il franchit le seuil de l'établissement d'un bond, deux inconnus en cape grise sur les talons.

Il rattrapa les frères adoptifs ; ensemble, ils rejoignirent le boulevard. Les garçons se dirigeaient vers la place lorsque les hommes en cape grise commencèrent à les rattraper. Jommy jeta un coup d'œil par-dessus son épaule pour s'assurer que Tad et Zane étaient toujours derrière lui, puis il leur cria :

— Suivez-moi !

Il courut jusqu'à la fontaine où les apprentis et les filles avaient l'habitude de se retrouver et il s'arrêta juste devant Arkmet et les autres garçons boulangers.

— T'aurais pas envie de cogner quelqu'un ? demanda-t-il.

— Toi ? dit Arkmet en reculant d'un pas.

— Non, répondit Jommy au moment où Tad et Zane le rejoignaient.

— Eux, alors ? dit Arkmet avec un sourire plein d'espoir.

— Non. (Jommy désigna les deux assassins en cape grise qui avaient poursuivi les deux frères jusque sur la place.) Eux.

Arkmet haussa les épaules.

— Bien sûr.

Jommy, Tad et Zane repartirent au pas de course. Les deux assassins s'avancèrent. Leur cape grise dissimulait leurs armes à la vue du guet. Les garçons boulangers s'interposèrent entre eux et leurs proies.

— Vous êtes bien pressés, fit remarquer Arkmet. On peut savoir pourquoi ?

L'un des assassins, un type à la barbe grise et au crâne chauve, écarta les pans de sa cape et dévoila ses mains armées d'une épée et d'une dague.

— Il ne vaut mieux pas, gamin.

En voyant ces armes, les garçons boulangers reculèrent d'un pas, mais continuèrent à bloquer la route par laquelle Tad, Zane et Jommy s'étaient échappés. Arkmet recula également, en levant les mains.

— On m'avait pas parlé d'armes.

— On ne m'avait pas dit non plus que des imbéciles se mettraient en travers de mon chemin, rétorqua l'assassin.

Il fit un geste menaçant avec sa dague tandis que son compagnon le contournait pour essayer de voir dans quelle direction les trois jeunes gens s'étaient enfuis.

— C'est moi que tu traites d'imbécile ? demanda Arkmet tandis que le deuxième assassin essayait de passer à côté de lui. Hein, c'est de moi que tu parles ?

Dans une fureur stupéfiante, le garçon aux larges épaules donna un coup de poing au premier assassin et l'atteignit au visage, juste au niveau de la mâchoire. Les yeux de l'individu se révulsèrent et ses genoux cédèrent sous lui. Son compagnon se retourna pour voir d'où provenait le bruit et reçut une brique lancée par un autre garçon boulanger. Le projectile l'atteignit au niveau de l'arête du nez et lui projeta violemment la tête en arrière.

Quelqu'un le fit tomber à la renverse. Puis tous les garçons boulangers se réunirent autour des deux assassins pour les piétiner et leur donner des coups de pied. Ils continuèrent bien après que les deux hommes eurent perdu connaissance.

Dans la pénombre, Tad, Zane et Jommy attendaient, tapis contre le mur. Ils avaient couru pendant des heures pour s'assurer que personne ne les suivait. Ils étaient trempés de sueur, car il faisait chaud cette nuit-là et ils ne s'étaient pas reposés depuis une éternité.

— Qu'est-ce qu'on fait maintenant ? demanda Zane.

— On va à l'endroit où Caleb nous a dit d'aller en cas de problème, répondit Tad. Quatre hommes ont essayé de nous tuer, ça compte comme problème, tu ne crois pas ?

— C'est pas moi qui vais te dire le contraire, mec, intervint Jommy. Où est-ce qu'on est censés aller, d'après Caleb ?

— Suivez-moi, dit Tad.

Il guida ses compagnons à travers les rues de la cité. Il se perdit deux fois, mais il finit par retrouver le chemin de la maison dont on lui avait parlé. Suivant les instructions, il ne s'en approcha pas directement. Il en fit le tour en passant par une étroite ruelle et il franchit la clôture en écartant une planche cassée. En compagnie de Zane et de Jommy, il traversa un petit jardin situé à l'arrière du modeste bâtiment. Arrivé devant la porte de la cuisine, il frappa et attendit.

— Qui est là ? demanda une voix masculine.

— Ceux qui cherchent refuge au sein des ombres, répondit Tad.

La porte s'ouvrit aussitôt. Un individu large d'épaules, vêtu d'une tunique et d'un pantalon très simples, les fit entrer rapidement.

— Venez, vite !

Sans un mot, il s'avança jusqu'au centre de la pièce et replia un tapis. En dessous se dissimulait une trappe. L'inconnu fit signe à Zane et à Jommy de l'ouvrir. Un escalier étroit s'enfonçait dans l'obscurité. L'homme alluma une lanterne, puis il fit descendre les garçons.

— Je fermerai en remontant, leur dit-il en arrivant au bas de l'escalier.

Celui-ci donnait sur un étroit tunnel qui s'éloignait de la maison dans la direction par laquelle ils étaient arrivés. Une remise abandonnée se dressait de l'autre côté de la ruelle, et Tad songea qu'ils devaient se trouver à peu près en dessous, à présent.

L'homme s'arrêta devant une porte close et frappa deux coups, puis marqua une pause, avant de frapper un autre coup. Ensuite, il ouvrit la porte.

Les garçons entrèrent dans une petite pièce à peine assez grande pour les contenir tous. Elle était meublée d'un lit simple, d'une chaise et d'une minuscule table. De toute évidence, cette cachette était faite pour une seule personne.

— Vous allez devoir attendre ici jusqu'à demain soir, expliqua l'inconnu. Ensuite, on vous emmènera autre part.

Il passa devant les trois garçons pour sortir de la pièce. Zane et les autres s'aperçurent alors qu'il y avait déjà quelqu'un allongé sur le lit, sans connaissance. L'inconnu s'arrêta sur le seuil de la planque.

— On a fait tout ce qu'on a pu. Il a perdu beaucoup de sang avant d'arriver.

Il referma la porte. Les garçons baissèrent les yeux.

— Caleb, souffla Tad en contemplant le corps immobile sur le lit et ses bandages trempés de sang.

Zane se laissa lentement tomber sur la chaise, tandis que Jommy et Tad s'installaient par terre pour attendre.

15

Imposture

Ser regarda son jeu.

Puis il se redressa légèrement et jeta un coup d'œil sur sa droite, en direction d'Amafi. L'ancien assassin devenu domestique se tenait debout, immobile, contre le mur d'en face. Il avait les mains croisées devant lui. Ser balaya du regard l'immense salle qui ne ressemblait à aucune des maisons de jeu qu'il avait connues dans le Nord. La plupart des jeux d'argent à Roldem et dans le royaume des Isles se déroulaient dans des cercles privés ou dans des tavernes et des auberges ordinaires. *La Maîtresse de la Chance* était le meilleur établissement de jeu de tout Kesh et nul établissement ne pouvait rivaliser avec elle dans les autres nations.

Ici, la norme semblait être de jouer dans des palais ou, pour le peuple, dans des édifices ressemblant fort à des palais. Cette demeure avait autrefois appartenu à un riche marchand avant de devenir un véritable havre pour les joueurs de cartes et les parieurs de toutes sortes. Elle était située à l'extrémité d'un long boulevard, au sommet d'une colline, face au plateau et à la citadelle impériale. Sur l'arrière, elle dominait la ville basse et le Gouffre d'Overn.

Ser était assis au milieu de ce qui devait être autrefois la grande salle de réception où le marchand accueillait ses invités. Derrière lui, en lieu et place d'un mur, se trouvait une colonnade en marbre sculpté qui offrait un panorama splendide des jardins soigneusement entretenus et de la ville en contrebas. À Kesh, soit il faisait chaud, soit il faisait très chaud, si bien que l'air nocturne donnait rarement des frissons. Cependant, Ser ne se souciait pas tant du décor que de sa sécurité, car il avait le dos tourné au jardin, et les gens avaient tendance à mourir de façon inopportune à Kesh, ces derniers temps.

Ser avait mis à profit sa célébrité pour se faire admettre à plusieurs galas, réceptions et fêtes, ainsi que dans des maisons de jeu. Depuis son arrivée dans la capitale, il avait gaspillé bien des heures à écouter des bavardages insipides. Mais il avait récemment entendu quelque chose qui l'avait conduit dans cet endroit et, maintenant, il attendait.

Si ce qu'il avait entendu deux nuits auparavant était vrai, un prince impérial allait venir – incognito –, ce soir, à *La Maîtresse de la Chance* pour s'y détendre et passer une soirée agréable en ville. D'après les agents de Chezarul, il était tout à fait possible qu'on essaie bientôt d'attenter à la vie de ce prince. Ser était là pour s'assurer que cela ne se produirait pas cette nuit.

Un peu plus tôt, Amafi avait remarqué que deux jeunes nobles utilisaient un système de signaux assez flagrants pour communiquer entre eux sur leur jeu respectif. Celui qui avait la main la plus faible faisait monter les paris afin d'aider l'autre à gagner plus d'argent.

Il ne s'agissait pas d'un système à toute épreuve, puisque encore fallait-il que la meilleure main l'emporte également sur tous les autres joueurs autour de la table. Mais les deux nobles gagnaient plus souvent qu'à leur tour, et les enjeux étaient beaucoup plus élevés ici que dans d'autres maisons, si bien que les deux tricheurs avaient plus d'argent que leurs compagnons. Ser aurait aimé leur donner une bonne leçon, mais il avait, ce soir-là, d'autres soucis.

Fils d'un chef tribal, Ser s'était retrouvé mêlé aux intrigues du conclave des Ombres alors qu'il était encore très jeune. L'une des nombreuses choses utiles qu'il avait apprises en grandissant, c'était comment tricher aux cartes. Son talent en la matière avait été à la fois mis à l'épreuve et affiné en jouant au poker avec Nakor, Kaspar et Amafi – tous des tricheurs invétérés. Un jour, une partie avait même dégénéré en un concours de tricheries fortement arrosé de vin, concours qui s'était terminé quand trois rois et deux sept supplémentaires étaient apparus dans le jeu.

Ce soir, Ser jouait avec indifférence. Il gagnait juste assez pour être quitte, tout en perdant suffisamment pour ne pas attirer l'attention sur lui. À un moment donné, il s'excusa auprès de ses partenaires en prétextant qu'il avait besoin de prendre un peu l'air. Il fit signe à son domestique de le rejoindre.

Ils sortirent dans les jardins, dans l'intention évidente de se dégourdir les jambes. Mais Ser voulait également faire une rapide inspection des lieux.

—Quelque chose vous tracasse, Magnificence ? demanda Amafi en roldemois – même s'ils étaient seuls, il préférait employer une langue que l'on ne parlait pas couramment à Kesh.

—De nombreuses choses me tracassent, Amafi.

—Il ne s'agit pas de ces deux gredins, tout de même ?

—Non. Quelqu'un leur donnera une bonne leçon tôt ou tard, mais j'ai bien peur que ce ne soit pas moi. (Ser balaya les jardins du regard.) Jusqu'ici, nous avons appris que nos ennemis choisissent leurs cibles et le lieu de leur assassinat avec grand soin. Alors, que font-ils ici dans ce palais ? demanda-t-il en faisant un grand geste du bras qui englobait les jardins et le bâtiment derrière eux. Il doit bien y avoir une vingtaine de pièces privées à l'étage, ajouta-t-il en contemplant la ville en contrebas, alors on ne sait même pas où va être le prince. Amafi, c'était ton métier, autrefois. Si tu l'exerçais encore, essaierais-tu d'assassiner un membre de la famille impériale dans cet endroit ?

—Non, mais c'est parce que j'ai toujours préféré les ombres au chaos.

—Je ne suis pas sûr de comprendre, avoua Ser.

L'ancien assassin prit son maître par le coude et le fit se retourner, lentement, pour l'amener face au bâtiment. Ser découvrit alors un tableau qui ressemblait à la scène d'un théâtre. Depuis le jardin, on avait vue sur tout le rez-de-chaussée de la demeure. À l'exception de la porte des cuisines et de la porte des toilettes, il s'agissait tout simplement d'une vaste pièce d'un seul tenant, uniquement séparée du monde par sa colonnade.

—Tout est offert à la vue de tous, ce qui est une bonne chose, commenta Amafi. Si quelqu'un souhaite se rendre à l'étage, il doit obligatoirement passer par là d'abord, ajouta-t-il en désignant l'entrée principale. Et il n'existe qu'un seul accès permettant de monter là-haut, c'est cet escalier contre le mur de droite. Je n'ai pas complètement évalué cet édifice comme je l'aurais fait si je voulais y commettre un meurtre, Magnificence, mais je ne vois pas d'autres issues. Il existe peut-être une porte dérobée quelque part dans une cave, mais ça n'a pas d'importance, puisque quiconque voulant l'utiliser devrait d'abord traverser cette salle.

—Alors c'est un bon choix ?

Amafi haussa les épaules.

— Après avoir tué, il faut immédiatement s'en aller. On ne doit pas hésiter, sinon on risque de se faire prendre. Je préfère les ombres. Je préfère m'éloigner de mes victimes avant qu'elles refroidissent et, encore mieux, avant qu'on les trouve. D'autres préfèrent le chaos pour couvrir leurs traces. (Amafi balaya les jardins du regard.) Si je devais tuer un homme dans cette demeure, je me cacherais ici, dans les jardins. Profitant de la confusion qui suivrait le meurtre, je m'échapperai par ici.

Ser essaya de prendre un air désinvolte en se retournant pour contempler de nouveau le décor qui les entourait. Le jardin était de forme rectangulaire, avec un bassin, rectangulaire également, en son centre. De petites haies délimitaient les lieux, et d'étroits chemins conduisaient les promeneurs vers un promontoire d'où ils pouvaient contempler la ville basse et les rivages du Gouffre d'Overn. Quelques bancs et supports de torches étaient également répartis sur la propriété.

— Tu utiliserais une arbalète ?

— Trop d'imprécision, répondit Amafi. Donc non, à moins qu'il n'y ait pas d'autre solution. Vous, bien sûr, vous pourriez utiliser un arc avec une grande efficacité. Moi, de mon côté, je choisirais une fléchette.

— Une fléchette ?

— Trempée dans le poison. (Se prenant au jeu, Amafi regarda tout autour de lui.) Je dissimulerais une sarbacane sous ma cape. Ou, en cas de nuit chaude comme celle-ci, je la cacherais sous ma tunique ou dans ma manche. Elle n'aurait pas besoin d'être plus longue que ça, ajouta-t-il en écartant les mains d'environ trente centimètres. Quant à la fléchette, je la cacherais dans une petite pochette suffisamment solide pour que je ne me pique pas avec ma propre arme.

» Ensuite, j'épierais ma proie jusqu'à ce que je sache si elle va rester assise à une table de jeu, monter à l'étage ou sortir dans le jardin. Toute la difficulté réside dans la faculté d'être prêt au bon moment : sortir la sarbacane et insérer la fléchette en quelques secondes, puis frapper la cible et s'enfuir avant qu'elle touche le sol.

— Comment s'assurer alors qu'on a réussi ?

— Il existe plusieurs venins et extraits de plantes mortels, Magnificence, qui ont juste besoin de piquer la peau pour provoquer une mort rapide. Ils sont très dangereux à manipuler, mais avec de l'entraînement… (Il haussa les épaules.) Ça n'a jamais été mon premier choix, mais je maîtrise la technique.

» Je préparerais également un moyen d'évasion par le jardin, ajouta Amafi en désignant le mur du fond. J'attacherais une corde à une statue dissimulée dans une haie et je descendrais dans le jardin de la maison qui se trouve en contrebas pendant que les femmes ici se mettraient à hurler et à appeler la garde. En bref, je me servirais du chaos pour couvrir ma fuite.

—Qu'utiliserais-tu s'il te fallait choisir autre chose que la sarbacane et le poison ?

—Une dague lancée de main de maître pourrait suffire, mais cela augmente le risque d'être vu.

—C'est également mon avis.

—Mais vous seriez surpris de tout ce que les gens ne voient pas, Magnificence. Ils regardent le cadavre s'effondrer, ils voient le sang, ils entendent les hurlements des femmes et les jurons des hommes, et alors ils regardent tout autour d'eux en se demandant s'ils sont en danger. Mais ils ne remarquent pas la disparition de l'homme banal, vêtu d'une tenue quelconque, qui se trouvait en bordure de la foule jusqu'alors. C'est encore mieux s'il y a beaucoup de hurlements et une bousculade.

» Non, c'est facile de tuer un homme. C'est de ne pas se faire prendre qui complique les choses.

—Donc, en supposant que le prince vienne ce soir, comment t'y prendrais-tu pour le tuer ?

—Magnificence, je n'accepterais jamais un contrat pareil. C'est une chose que de tuer de riches marchands et même des membres de la petite noblesse – on court toujours le risque que quelqu'un souhaite se venger, mais il est faible. Tôt ou tard, le fils hérite de la propriété du père et considère comme une dépense inutile la somme à verser à la police locale pour retrouver le meurtrier. Après tout, ça ne ramène pas le disparu, même s'il était très aimé et manque énormément à ses proches.

—Tu es un salopard cynique, Amafi. On ne te l'a jamais dit ?

—Plus d'une fois, Magnificence, mais n'oubliez pas quel est mon métier. (Il sourit et haussa les épaules.) Non, pour assassiner la royauté, il faut des fanatiques, des gens prêts à sacrifier leur vie. Un professionnel n'accepterait jamais un contrat pareil.

—Parle-moi des Faucons de la Nuit.

Amafi prit Ser par le coude et l'entraîna dans le coin du jardin le plus éloigné de la maison.

— Parmi les membres de ma profession, ils sont légendaires, ce qui signifie qu'il y a une part de vérité et une part de mythe dans leur histoire.

— Continue.

— On pense qu'il s'agissait autrefois d'une grande famille d'hommes et de femmes qui ont élevé le meurtre au rang d'art véritable. Pendant des générations, ils se sont livrés à leur commerce discrètement, sans se faire remarquer, sauf par ceux qui avaient besoin de leurs services. Puis, il y a un siècle environ, les choses ont changé. Ils sont devenus une secte, et leur nombre s'est multiplié. Ensuite, ils se sont fait quasiment exterminer par les soldats du royaume.

» Depuis, les rumeurs abondent sur leur retour.

— Ce sont plus que des rumeurs, hélas, déplora Ser. Trouve-nous un moyen rapide de sortir d'ici, ajouta-t-il en regardant aux alentours.

Amafi hocha la tête. Ser retourna à sa partie de cartes. Il continua à jouer avec indifférence pendant une heure encore, guettant les signes de l'arrivée d'un prince de la maison impériale. Le soleil était couché depuis trois heures, à peu près, et les personnes désireuses de passer une soirée en ville devaient forcément arriver à destination en ce moment même. Ser ramassa ses gains et repartit à la recherche de son domestique.

Amafi se tenait appuyé contre une colonne, du côté gauche de la pièce, juste devant les larges marches qui descendaient dans le jardin.

— C'est fait, annonça-t-il lorsque Ser le rejoignit. J'ai découvert deux issues possibles qui ne nécessitent pas de passer par la porte principale.

» La première est une échelle de corde dont les jardiniers se servent pour tailler les haies qui bordent le jardin. Elle est assez longue pour permettre de rejoindre le toit de la villa située juste en dessous de celle-ci. Enfin, de l'autre côté du jardin se trouve un chemin rocailleux. Il est très escarpé, mais permet de descendre la colline jusqu'à un endroit où il est possible de sauter sur la route en contrebas sans craindre de blessure. Les deux offrent l'avantage de partir rapidement.

— C'est bien, Amafi.

— Je suis là pour vous servir, Magnificence.

Ser résista à la tentation de lui rappeler qu'il avait déjà essayé de le tuer à deux reprises au moins.

— Redis-moi, si tu devais tendre une embuscade à un prince de la maison impériale de Kesh ici même, comment t'y prendrais-tu ?

— Je me trouverai une cachette et j'attendrai que quelqu'un me l'amène, répondit Amafi.

— Mais, pour cela, il te faudrait un agent au sein de l'escorte impériale.

Amafi haussa les épaules.

— Et ce ne serait pas possible ?

Ser réfléchit.

— Si, tout à fait. (Il resta un moment perdu dans ses pensées. Puis il reprit :) Mais si aucun prince ne fait son apparition ce soir, alors nous saurons que nos informations étaient erronées et que cet exercice était inutile. Attendons encore une heure. Si personne ne vient, nous regagnerons notre appartement.

— Bien, Magnificence, répondit Amafi en le saluant d'un signe de tête. Vous allez retourner jouer ?

— Non, je ne suis pas d'humeur. Je pense que je vais me promener dans la salle un moment pour voir qui est entré depuis que j'ai quitté la table.

Amafi prit discrètement position près de leur moyen d'évasion le plus proche, et Ser partit visiter la salle.

En matière de maison de jeu, celle-ci était probablement la plus grande et la plus opulente qu'il ait jamais vue, mais il s'y sentait un peu perdu. Tous les établissements de jeu du royaume des Isles, de Roldem, d'Olasko et des autres nations du Nord regorgeaient de tables pour maximiser les bénéfices de l'entrepreneur. Ici, cependant, l'on avait installé en plusieurs endroits de la salle des tas de coussins autour de tables basses où les riches et les nobles se prélassaient, discutaient ou se livraient à d'autres vices. Dans un coin sombre, plusieurs jeunes sang-pur étaient allongés et se faisaient passer une longue pipe d'où s'échappait une odeur suave écœurante. Ser comprit qu'il ne s'agissait pas d'une variété exotique de tabac qu'ils fumaient là.

Quelques jeunes femmes extraordinairement attirantes avaient fait leur apparition. Plusieurs d'entre elles esquissèrent un sourire enjôleur en passant devant Ser. Jeu, drogue, sexe, boisson, nul besoin de quitter cet endroit puisque l'on pouvait y satisfaire tous ses appétits, songea Ser.

Une heure passa, pendant laquelle il déambula ainsi dans la salle. Puis il s'en alla trouver Amafi.

— Personne ne viendra ce soir, lui dit-il.

— C'est bizarre, Magnificence, reconnut Amafi. Mais il n'est pas inhabituel qu'un noble, en particulier un prince, change d'avis.

— Je ne crois pas. Je crois qu'on nous a donné des informations erronées.

— Dans quelle intention ?

— Je n'en sais rien, mais dis-moi ce qui a changé dans la pièce depuis notre dernière conversation ?

Amafi avait beau ne plus être tout jeune, il n'avait rien perdu de son talent.

— Un homme est assis près du bas de l'escalier comme s'il buvait un coup, perdu dans ses pensées – sauf que ça fait une heure qu'il n'a pas fait remplir son verre.

» Il y a deux courtisanes qui se promènent à travers toute la salle ; pourtant, je les ai vues par deux fois refuser les avances d'hommes fortunés qui recherchaient leur compagnie. (Il jeta un coup d'œil en direction de la seconde issue, de l'autre côté de la pièce.) Et quelqu'un barre le chemin au cas où quiconque voudrait partir par l'étroit chemin au fond du jardin.

— Et si quelqu'un savait que tu as déployé l'échelle de corde des jardiniers, je parie qu'il y aurait un garde là-bas également.

— Alors c'est un piège ?

— Je le crois, affirma Ser.

— Qui nous est destiné ?

— Il serait stupide de penser le contraire.

— La visite du prince et la possible tentative d'assassinat contre lui n'étaient donc pas une rumeur, mais un appât ?

Ser hocha la tête.

— Si c'était moi la cible, et non le prince, comment t'y prendrais-tu ?

Amafi observa la salle avec un regard neuf.

— Une attaque directe, en public, est à éliminer d'office, Magnificence. Et puis personne ne serait assez bête pour défier un champion de la cour des Maîtres de Roldem à l'épée. Même si je dépêchais trois bretteurs sur place, vous réussiriez sûrement à vous en sortir, à moins qu'ils soient vraiment très bons.

» Mais, en même temps, je ne voudrais pas mettre trois autres personnes au courant de mon projet… à moins qu'elles soient de ma famille.

— Les Faucons de la Nuit.

Amafi hocha la tête et regarda les deux jeunes femmes.

— À mon avis, ces deux-là n'en sont pas. À la place des Faucons, je les emploierais seulement pour vous attirer à l'étage dans une pièce isolée, où un assassin armé d'une dague vous attendrait derrière un rideau. Ou alors, je leur demanderais de vous tenir occupé ici en attendant que quelqu'un d'autre arrive. (Il haussa les épaules.) Quant à la manière de vous tuer, ma préférence serait d'attendre devant la porte d'entrée, dissimulé parmi les ombres, et de courir le risque de vous frapper par-derrière, avant que vous puissiez tirer votre légendaire rapière.

Ser sourit.

— C'est comme ça que nous nous sommes rencontrés, si je me souviens bien.

— Ah, mais je n'essayais pas de vous tuer, ce jour-là, Magnificence, je voulais seulement entrer à votre service. Si j'avais souhaité votre mort, je me serais montré plus prudent.

— Très bien, mais qu'en est-il de ce soir ? Faut-il se méfier du chaos ou des ombres ?

Amafi regarda de nouveau autour de lui tout en riant comme si Ser avait dit quelque chose d'amusant.

— Je ne sais pas. J'aurais misé sur le chaos s'il y avait eu plus de monde. Malgré tout, nous sommes trop nombreux pour une tentative depuis les ombres.

— Donc, tu crois que je suis en sécurité jusqu'à ce qu'on s'en aille ?

— Je le pense, Magnificence, mais je resterais sur mes gardes si j'étais vous, surtout si vous deviez vous rendre au petit coin.

— Oui, se faire égorger pendant qu'on se soulage, il y a plus digne comme façon de mourir.

— Ça s'est déjà vu.

— L'homme qui garde le chemin dehors, c'est un Faucon de la Nuit ou une espèce de mercenaire ?

— Difficile à dire, Magnificence, répondit Amafi. Je ne pense pas qu'ils posteraient quelqu'un pour vous affronter là-bas. Il s'agit plutôt d'une personne destinée à leur faire signe que vous êtes parti par un chemin détourné… je miserais donc plutôt sur une espèce de mercenaire.

— Faire signe à qui ?

— Certainement pas à ces deux filles, en tout cas, répondit Amafi. Retournez donc à une table ; de mon côté, je vais essayer de trouver le complice de l'individu dont nous parlions.

Ser hocha la tête et s'en alla prendre place à une nouvelle table, car il en avait assez de regarder tricher les deux frères tout en masquant son agacement. Il fit la connaissance de deux marchands du Sud et d'un petit fonctionnaire du palais qui avait perdu une modeste quantité d'or au profit de deux voyageurs des Isles.

Tout ce petit monde était très aimable. Lorsque les présentations furent faites, les deux voyageurs s'intéressèrent aux relations que Ser avait peut-être avec des gens qu'ils connaissaient à Yabon.

Ser esquiva leurs questions en répondant que, bien qu'il soit un baron de la cour de Yabon, il avait passé la plus grande partie de sa vie dans l'Est, en particulier dans la ville de Roldem. L'un de ces messieurs se rendit compte alors que leur nouveau compagnon de jeu était un ancien champion de la cour des Maîtres. La conversation n'en demeura pas moins ennuyeuse pour Ser, mais il avait réussi à détourner l'attention de son passé yabonais fictif.

Le temps s'égrena lentement. Environ deux heures après minuit, un groupe de jeunes gens ivres entrèrent dans la maison de jeu. Deux d'entre eux dénichèrent rapidement des filles et montèrent à l'étage avec elles, tandis que les trois autres trouvaient une place autour d'une grande table sur laquelle se jouait une partie d'osselets. L'un parut même s'endormir rapidement.

Amafi vint trouver Ser.

— Magnificence, un mot, je vous prie.

Ser s'excusa auprès de ses compagnons et suivit son domestique dans un coin désert.

— Quelqu'un s'impatiente. Vous voyez l'homme qui fait semblant de somnoler dans le coin, là-bas ?

— Oui.

— Il est entré en compagnie des jeunes gens ivres, mais il ne faisait pas partie de leur groupe. Il est plus vieux, et son ébriété n'est que feinte. Je pense que, en ce moment même, il observe la salle sous ses paupières à moitié baissées.

— C'est un Faucon de la Nuit ?

— J'en suis presque sûr, car ils n'enverraient pas un simple sous-fifre pour vous pousser dans leurs bras.

— Est-il dangereux ?

—Très, car il est prêt à mourir pour son clan. Peut-être a-t-il reçu l'ordre de vous laisser le tuer, afin que d'autres puissent vous surprendre au-dehors quand vous prendrez la fuite.

—Bande de fanatiques, lâcha Ser comme s'il s'agissait d'un juron.

—Que voulez-vous que je fasse ?

—Attends ici, répondit Ser.

Il s'approcha des deux filles qui déambulaient depuis des heures en essayant de prétendre qu'elles s'amusaient bien. Leur visage s'illumina visiblement en voyant Ser se diriger vers elles. Toutes deux étaient vêtues à la manière des sang-pur, même s'il était évident, en voyant leur teint pâle et leurs yeux clairs, qu'elles n'appartenaient pas à cette caste. En plus de leur pagne en lin et de leur torque, elles portaient un bandeau de gaze qui leur couvrait la poitrine, même si l'on voyait à travers. Leurs bijoux paraissaient bon marché et tape-à-l'œil, et il était évident pour Ser que les deux filles ne se trouvaient pas dans leur élément habituel. La plupart du temps, elles devaient certainement vendre leurs charmes dans un bordel de réputation moyenne ou hanter les modestes auberges de la capitale. Dans quelques années, quand leur beauté fanerait, elles se retrouveraient à battre le pavé dans le quartier le plus pauvre de la ville.

La plus grande des deux, qui avait les cheveux roux foncé, prit la parole :

—Je disais justement à mon amie que, si un homme dans cette pièce devait venir nous parler, j'espérais que ce serait toi, mon mignon !

Toutes deux pouffèrent de rire. Sr sourit et se pencha vers elles.

—Que diriez-vous de toucher encore plus d'or qu'on vous en a promis ?

Une expression choquée se peignit sur le visage des demoiselles. Ser passa un bras autour leur taille et les attira contre lui comme pour faire plus ample connaissance. Mais, en réalité, il les tenait d'une main ferme.

—Souriez, les filles, on nous regarde. Ces types qui vous ont promis de l'or si vous réussissez à m'attirer à l'étage, ils ne vous paieront pas, ils vont vous trancher la gorge. Alors, dites-moi, préférez-vous la vie et l'or ou désirez-vous assister à une spectaculaire tuerie ici et maintenant ?

La fille la plus petite, qui avait les cheveux noirs, paraissait sur le point de s'évanouir. De son côté, la rouquine protesta :

—On nous avait promis que personne ne serait blessé, que c'était juste une blague.

—Ce n'est pas une blague. Dites-moi ce qu'ils vous ont donné.

—Comment ça ?

—Qu'est-ce qu'ils vous ont donné pour m'empoisonner ?

—Ce n'est pas du poison, répondit la brune d'une voix tremblante de peur. C'est juste quelques gouttes de potion pour vous faire dormir. Ils ont dit qu'ils allaient vous traîner hors d'ici et vous mettre dans une caravane en partance pour le Sud. Ils ont dit que vous aviez fricoté avec une femme mariée et qu'ils voulaient vous donner une leçon.

Ser secoua la tête en s'esclaffant bruyamment, avant de chuchoter :

—Et vous, bien sûr, vous les avez crus.

—Pour dix pièces d'or la nuit, j'aurais accepté de croire que vous étiez Sung la pure, répliqua la rouquine.

—Bien, voilà ce qu'on va faire. Montez avec moi et donnez-moi la potion. (Il fit signe à Amafi de les rejoindre.) Je vais passer un peu de temps avec mes nouvelles amies avant de faire une nouvelle partie. Règle ça avec le propriétaire.

Amafi s'inclina et s'en alla trouver le propriétaire de l'établissement tandis que Ser attendait, en tenant toujours les filles par la taille. Elles firent affectueusement courir leurs mains le long de ses bras, mais elles ne cessaient de jeter des coups d'œil anxieux dans toute la salle.

—Ne regardez personne, chuchota Ser. Gardez les yeux fixés sur moi.

Amafi revint quelques instants plus tard.

—En haut de l'escalier, Magnificence, la chambre au bout du couloir.

Ser prit la clé, en sachant que l'homme près du jardin ou celui qui faisait semblant de dormir sur son fauteuil en avaient sûrement un double.

—Quand le type qui somnole se lèvera, suis-le, chuchota-t-il à Amafi. Quand il arrivera devant la porte, aide-le à entrer dans la chambre.

Ser conduisit les filles à l'étage. Une fois dans la chambre, il leur fit signe de se placer dans le coin le plus éloigné de la porte. Il était soulagé qu'il s'agisse d'une grande pièce. Une immense fenêtre surplombait le jardin, juste au-dessus de l'endroit où Amafi avait caché l'échelle de corde. Comme dans la plupart des maisons keshianes, la fenêtre était dépourvue de vitre ; elle ne se fermait qu'au moyen de volets en bois destinés à ombrager la pièce ou à la protéger lors des rares occasions où il faisait frais.

— Donnez-moi la potion, ordonna Ser.

La rouquine lui tendit une petite fiole. Il prit alors sa bourse et la lança à la brune.

— Il y a environ trois cents pièces d'or là-dedans. Quand je vous le dirai, dépêchez-vous de sortir, mais ne donnez pas l'impression que vous fuyez. Si vous voulez rester en vie pour dépenser cet or, ne retournez pas à votre bordel ou à l'endroit où vous vivez – ils ont sûrement posté quelqu'un là-bas pour vous éliminer. Attendez l'aube, que le marché ouvre, et achetez-vous une robe comme en portent les femmes du désert. Couvrez-vous de façon à ce qu'on ne vous voie plus que les yeux. Ensuite, engagez un garde du corps à la guilde des Mercenaires – il ne devrait pas vous coûter plus de dix pièces d'or.

Tout en parlant, Ser enregistra tous les détails de l'agencement de la pièce : le grand lit à même le sol, les deux tables basses, une de chaque côté, le grand plateau de fruits et de sucreries au pied du lit et la jarre en terre cuite dans laquelle on pouvait mettre des pichets de vin ou de bière à rafraîchir.

— Partez avec la première caravane à destination du Nord, ajouta-t-il. Si vous réussissez à atteindre le royaume, Queg, Roldem ou tout autre endroit qui ne soit pas dans l'empire, vous survivrez sûrement.

La brune paraissait sur le point de s'évanouir.

— Vous voulez qu'on quitte Kesh ? Mais qu'est-ce qu'on va faire ensuite ?

Ser sourit.

— Ce que tu fais depuis que tes parents t'ont jetée dehors, ma belle. Coucher avec des hommes pour de l'argent. Si tu es maligne, tu te trouveras un vieux mari très riche avant de perdre ta beauté. Sinon, je te conseille de mettre de l'or de côté.

» Voilà tous les conseils que j'avais à vous donner. Je pense qu'un visiteur importun ne va pas tarder à nous rejoindre. Allez donc vous asseoir sur le lit et bavardez toutes les deux comme si vous jouiez avec un client.

Ser se rendit jusqu'à la porte, qu'il entrouvrit légèrement, de façon à apercevoir quiconque remonterait le couloir. Il attendit patiemment tandis que les filles babillaient. Malgré la peur, elles faisaient de leur mieux pour paraître enjouées.

Près d'une demi-heure s'écoula avant que quelqu'un apparaisse en haut de l'escalier. Comme Ser s'y attendait, il s'agissait de l'homme qui avait fait semblant de dormir.

L'individu avait parcouru environ la moitié du couloir lorsque Amafi apparut derrière lui. Même si le vieil assassin n'avait plus envie de tuer pour gagner sa vie, il n'avait pas tout perdu de son talent. Il se glissa derrière une colonne juste un instant avant que le Faucon de la Nuit jette un coup d'œil par-dessus son épaule pour s'assurer qu'on ne l'avait pas suivi. Ser s'émerveilla des facultés du vieux tueur. Il l'avait vu se glisser dans l'ombre de la colonne, mais il n'aurait su dire où il se trouvait en cet instant.

Le Faucon de la Nuit n'était plus qu'à quelques mètres de la porte. Ser fit signe aux deux filles. La rouquine laissa échapper un gloussement forcé et la brune partit d'un éclat de rire qui sonnait creux. Mais le Faucon de la Nuit ne parut rien remarquer.

Lorsqu'il arriva suffisamment près de la porte pour s'apercevoir qu'elle était légèrement entrouverte, il s'immobilisa. Au même moment, Amafi sortit de sa cachette et se jeta sur l'assassin en deux enjambées.

Ce dernier dut le sentir arriver, car il se retourna au dernier instant, un poignard à la main, apparu comme par magie. Amafi évita tout juste de se faire embrocher.

Ser n'hésita pas une seconde. Il ouvrit la porte et, avec la poignée de son épée, frappa le Faucon de la Nuit derrière l'oreille. L'assassin s'effondra sans un bruit. Ser le prit sous les aisselles tandis qu'Amafi lui soulevait les pieds ; ensemble, ils le transportèrent dans la chambre. L'homme gémit quand ils le jetèrent sur le lit. Rapidement, Ser lui administra la potion.

— D'après ce qu'on m'a dit, ces types ont la sale habitude de se suicider, dit Ser. Alors, non seulement on va les laisser sur leur faim ce soir, mais en plus on va essayer de ramener celui-là dans un endroit où on pourra lui soutirer des informations.

— J'en doute, mais on peut toujours essayer, répondit Amafi. Qu'est-ce qu'on fait pour elles ? ajouta-t-il en désignant les filles d'un signe de tête.

— Il est temps de partir, mesdemoiselles, décréta Ser. Si vous voulez rester en vie, suivez mes instructions. Par ailleurs, je vous conseille d'inviter quelques-uns de ces gamins ivres et bruyants à vous raccompagner en ville, ça augmentera vos chances de survie.

Les filles hochèrent la tête et s'en allèrent sans un mot.

— Qu'est-ce qu'on fait maintenant ? demanda Amafi.

Ser leva les bras pour baisser les rideaux et arracha les lourdes cordes qui les bordaient.

— Nous allons l'attacher et le faire descendre dans le jardin. Si on reste plaqué contre le mur, le type qui surveille l'escalier en attendant que son ami redescende ne vous verra peut-être pas.

— On ne peut qu'essayer.

Ils ficelèrent leur prisonnier, puis Ser fut le premier à sortir par la fenêtre. Il se laissa pendre dans le vide en s'accrochant au rebord, puis il lâcha prise et atterrit sur ses pieds dans un bruit sourd. Il regarda au-delà de la colonnade du rez-de-chaussée et vit que la sentinelle avait les yeux fixés sur l'escalier à l'intérieur.

Ser fit signe à Amafi de faire descendre le Faucon de la Nuit, qu'il reçut pratiquement sur la tête. Quelques instants plus tard, Amafi atterrit durement sur les fesses à côté de son maître.

— Je ne suis plus ce que j'étais, Magnificence, murmura-t-il.

— La prochaine fois, tu passeras le premier et je le laisserai tomber sur toi.

— Si vous le dites, Magnificence.

Amafi et Ser traînèrent l'assassin évanoui sur le chemin qui menait à la haie délimitant la propriété. Amafi déroula l'échelle de corde et descendit rapidement. Ser jeta le prisonnier en travers de son épaule et descendit à son tour, avec la plus grande prudence, jusqu'au bas de l'échelle. Puis, d'un seul bras, il abaissa le prisonnier jusqu'à une hauteur d'où Amafi pouvait guider sa chute.

Enfin, Ser sauta à son tour sur le toit de la maison.

— Est-ce qu'on connaît une route qui permet de s'éloigner rapidement de cette villa, Amafi ?

Ce dernier indiqua du doigt une direction et aida Ser à remettre le Faucon de la Nuit sur son épaule. Puis ils traversèrent le toit de la demeure sur la pointe des pieds. Ser entendit craquer des tuiles sous leurs bottes, et il demanda pardon en silence au propriétaire de cette belle villa, car celui-ci risquait d'avoir une mauvaise surprise la prochaine fois qu'il pleuvrait à Kesh. Ser suivit Amafi en espérant qu'ils parviendraient à atteindre sans encombre l'abri le plus proche.

16

L'attente

La porte s'ouvrit.

Tad, Zane et Jommy avaient passé la nuit entre moments de veille et épisodes de somnolence. Ils levèrent les yeux et virent entrer une jeune fille qui avait à peu près leur âge. Elle portait une petite marmite, plusieurs bols empilés les uns sur les autres et, sous le bras, un paquet enveloppé dans un linge.

Les garçons se levèrent pour lui permettre d'accéder à la table. Après y avoir déposé ses fardeaux, elle ouvrit le linge et en sortit la moitié d'une miche de pain et un petit fromage rond.

— Mon père m'a demandé de vous apporter ces victuailles, expliqua-t-elle dans un murmure.

Corpulente, elle avait un joli sourire, de grands yeux bruns et de longs cheveux noirs.

Jommy distribua un bol à chacun de ses compagnons, puis leur servit de la soupe, pendant que la jeune fille s'en allait vérifier l'état de Caleb.

— Il a perdu beaucoup de sang, fit-elle remarquer, mais il a repris des couleurs depuis hier soir et il respire bien. S'il se réveille, donnez-lui quelque chose à manger. (Elle jeta un coup d'œil dans la marmite et ajouta :) Il va falloir lui en laisser un peu, d'accord ?

Tad acquiesça et essaya de lui répondre, mais il avait la bouche pleine, alors Zane remercia la jeune fille à sa place.

— Mam'zelle, est-ce que vous savez ce qu'on est censés faire, maintenant ? demanda Jommy.

— Vous devez attendre, répondit-elle en balayant la pièce du regard avant de refermer la porte derrière elle.

Kaspar traversa rapidement les couloirs du palais, Pasko sur les talons. L'aube venait à peine de se lever, et pourtant la convocation était arrivée près d'un quart d'heure plus tôt. L'ancien duc avait été obligé de s'habiller sans prendre de bain ni se raser. Il avait quitté sa chambre l'estomac vide, lui qui avait adopté l'habitude keshiane de boire de grandes tasses de café chaud le matin, au petit déjeuner et après.

Il arriva dans le bureau de Turgan Bey, qui lui fit signe de s'asseoir et congédia Pasko d'un geste. L'agent du Conclave qui se faisait passer pour un domestique s'inclina et quitta la pièce, tandis que le secrétaire de Bey fermait la porte.

— Du café ? demanda Bey en désignant une grande carafe en terre cuite sur la table, à côté de deux tasses.

Kaspar versa le liquide chaud et amer dans l'un des récipients en disant :

— Volontiers, merci. J'ai pris l'habitude d'en boire le matin depuis mon arrivée.

Bey sourit.

— Le café est un produit pour lequel on développe parfois une addiction plus grande encore que pour ces drogues qu'on achète sur le marché.

Il fit signe à Kaspar de le suivre sur le balcon qui surplombait le jardin. La pénombre nocturne avait laissé la place à la douce lumière grise de l'aube. Les traînées de rose et d'argent dans le ciel présageaient du bleu éclatant à venir. Il allait encore faire très chaud ce jour-là, car l'empire s'apprêtait à célébrer Banapis, la fête du solstice d'été. Kaspar avait fini par s'habituer aux nuits chaudes et aux journées plus étouffantes encore. S'il n'avait pas eu peur d'avoir l'air ridicule dans une tenue keshiane, il aurait déjà envoyé Pasko lui chercher un pagne en lin et une paire de sandales.

— Le sang a coulé la nuit dernière, Kaspar, annonça Bey à voix basse.

— Je l'ignorais.

— Eh bien, maintenant, vous le savez.

— Qui est mort ?

— Avec certitude ? Le prince Nauka.

— Le petit-neveu de l'empereur ? s'étonna Kaspar.

— Lui-même, et un fervent partisan de Sezioti. (Bey secoua la tête et poussa un long soupir, comme pour libérer sa frustration.) Ça me rend fou de savoir que Dangaí est derrière tout ça.

—Vous êtes sûr que personne ne le manipule ?

—Il est vrai que, du temps du règne de Lakeisha, son fils Awari s'est fait manipuler par Celui-dont-le-nom-a-été-oublié, reconnut Bey.

Kaspar hocha la tête. Il connaissait suffisamment le passé récent des Keshians pour savoir que le nom du seigneur Niromi avait été effacé de toutes les annales. Les familles keshianes avaient désormais l'interdiction d'appeler leurs enfants Niromi – cela faisait partie du châtiment du traître.

—Dangaí n'est le pion de personne. Il a entièrement pris le contrôle de la Légion intérieure. Si les choses tournent mal, nous risquons de revivre la dernière tentative de coup d'État, lorsque les gardes de l'impératrice Lakeisha ont dû affronter la Légion intérieure au sein même de ce palais. (Il contempla le jardin pendant quelques instants, puis se tourna de nouveau vers Kaspar.)

» Saviez-vous que plus de un millier d'officiers de la Légion intérieure furent jetés dans le Gouffre ? Les crocodiles festoyèrent pendant des mois. (Il soupira.) Cette fois-ci, cependant, je ne sais pas si la garde du palais se dresserait contre la Légion, car Sezioti n'est pas un personnage populaire. Il est respecté, ça oui, et même apprécié par certains, mais il n'est pas populaire.

—Mais pourquoi tous ces meurtres ? Pourquoi ne pas en appeler directement à la galerie des Seigneurs et Maîtres ? D'après mes informations, il me semble que Dangaí l'emporterait facilement.

—Parce que nous sommes une nation de traditions, et non de lois, soupira Bey. Ici, contrairement au royaume des Isles, le décret de « Grande Liberté » n'existe pas. La galerie des Seigneurs et Maîtres n'a pas son mot à dire concernant la nomination de l'héritier, alors qu'au royaume le congrès des Seigneurs doit approuver la nomination du roi. Si l'empereur, béni soit-il, décide de faire de Sezioti son héritier, alors Sezioti sera notre prochain souverain ou, du moins, il siégera sur le trône jusqu'à ce que Dangaí s'en empare en coupant la tête de son frère.

» Kaspar, j'ai besoin de preuves qui montrent non seulement que Dangaí a manigancé tout cela, mais également qu'il est en cheville avec ces ennemis dont seule une poignée d'entre nous ont connaissance : Varen et les Faucons de la Nuit.

—Que puis-je faire pour vous aider ?

—Il n'y a pas eu que l'assassinat du prince Nauka cette nuit. *La Maîtresse de la Chance* est une maison de jeu située en haut de la colline des Vents d'été – l'un des meilleurs quartiers de la capitale. Elle fait également office de bordel, et d'étranges événements s'y sont déroulés la nuit dernière. Serwin Fauconnier a disparu. Il s'est rendu à l'étage avec deux putains, et deux hommes l'ont suivi là-haut. L'un n'était autre que le soi-disant serviteur de Ser, le vieil assassin Petro Amafi. Quelque temps après, les deux filles sont redescendues seules, ont invité quelques gamins ivres à les accompagner et ont quitté la maison. La chambre à l'étage était déserte, et la corde d'un rideau pendait de la fenêtre.

» On peut supposer que Fauconnier a échappé à un piège quelconque. Mais je veux savoir qui était cet homme mystérieux qui est monté juste avant Amafi, et où ont bien pu l'emmener Serwin Fauconnier et son domestique.

— Je n'en ai aucune idée, avoua Kaspar.

— Eh bien, je suppose que votre domestique, Pasko, doit connaître un moyen pour lui faire parvenir un message.

— Je lui demanderai de s'en occuper dès que nous aurons terminé cet entretien.

— J'ai deux maîtres, Kaspar. Je sers ceux que vous servez aussi, car je crois que leur cause est juste et que, sur le long terme, leurs objectifs aideront également mon autre maître, l'empereur. Je ne peux pas mieux le servir qu'en lui apportant la preuve d'un complot – pas des devinettes, pas de vagues détails, mais des preuves solides.

» Dernier point : la nuit dernière, on m'a parlé d'une attaque dans une auberge appelée *Les Trois Saules*, qui appartient à un ancien citoyen du royaume du nom de Pablo Maguire. Un négociant du val des Rêves séjournait là-bas, un homme dont on ne sait pas très bien s'il est Keshian ou Islien. Il avait avec lui trois adolescents, des apprentis, apparemment. Leur maître s'était absenté et les garçons étaient occupés à dîner lorsqu'une altercation a éclaté.

» J'ignore pourquoi on s'en est pris à ces trois garçons, mais il est clair que cette affaire a quelque chose de louche. (Bey regarda Kaspar droit dans les yeux.) Ce Maguire ne serait-il pas un autre de vos agents ?

— Je suis comme vous, Turgan, on ne me dit que ce que je dois savoir, pas plus.

Le vieil homme corpulent poussa un profond soupir.

— Je comprends pourquoi nos maîtres agissent ainsi, mais je dois avouer que ça m'agace prodigieusement de savoir d'autres agents – des alliés potentiels – à portée de la main, sans pouvoir faire appel à eux.

— Tous ces secrets sont nécessaires. L'ennemi ne peut pas nous arracher des informations que l'on n'a pas, rappela Kaspar.

— Dans ce cas, envoyez votre domestique en mission et commencez à répandre la nouvelle : il me faut une preuve de la duplicité de Dangaï, et le plus tôt sera le mieux si l'on ne veut pas que Kesh plonge dans une guerre civile.

— Qu'ont découvert vos propres agents ?

Turgan Bey se tordit les mais d'un air frustré.

— Je ne peux faire confiance qu'à une poignée de ceux qui se prétendent à mon service – trop d'alliances se sont faites et défaites autour de la succession.

» La fête de Banapis commence dans moins de deux semaines, et de nombreux visiteurs vont affluer en ville. L'empereur doit faire ce qui sera peut-être sa dernière apparition publique. Il s'adressera à la galerie des Seigneurs et Maîtres, puis il sortira sur un balcon pour saluer la foule, même s'il est peu probable que les gens pourront le voir.

» Bref, s'il doit y avoir un coup d'État, celui-ci se produira très certainement à ce moment-là. La Légion intérieure sera en ville, ce qui ne sera pas le cas des Auriges ni de l'armée impériale.

— Je verrai ce que je peux découvrir. Vous avez une idée de l'endroit où Ser peut bien se terrer ?

— Non. Parlez-en à votre domestique, Pasko, ou allez voir au *Joyeux Jongleur*, l'auberge où il séjournait. Retrouvez sa trace et voyez s'il a découvert quelque chose.

» Discutez-en avec nos amis du Nord, pendant que vous y êtes. Mais faites tout ce qui est en votre pouvoir, Kaspar, pour m'aider à garder cet empire intact. Ensuite, si votre beau-frère refuse toujours de vous laisser rentrer en Olasko, je veillerai à ce que Sezioti fasse de vous un prince de l'empire.

Kaspar sourit.

— Merci, mais on dirait que ma soif de pouvoir appartient au passé. Je me suis aperçu que le fait de travailler pour nos amis du Nord me donne une raison de me lever le matin. Personne ne peut en demander plus.

Il s'inclina et quitta la pièce. En sortant, il fit signe à Pasko, qui attendait tranquillement sur un banc à l'extérieur de la pièce. Le vieux domestique lui emboîta le pas.

— Je me rends de ce pas jusqu'à une auberge appelée *Le Joyeux Jongleur*. De ton côté, on a bien dû t'indiquer un endroit où aller en cas de problèmes inattendus, alors vas-y. Quelque chose a mal tourné la nuit dernière, et nos amis sont partis se terrer quelque part… en espérant qu'ils ne se soient pas fait tuer en chemin. (Il baissa la voix.) Il faut que je parle à Ser et à Caleb, et le plus tôt sera le mieux.

Pasko hocha la tête et tourna dans un corridor qui allait le conduire dans la ville basse, en passant par l'entrée des domestiques. Kaspar se dépêcha quant à lui de se rendre au bureau du gardien de la maison impériale pour y demander qu'on lui prépare une monture le plus rapidement possible. Il se demanda distraitement s'il pourrait trouver une tasse de café quelque part, et peut-être un petit pain ou une tranche de jambon pour ne pas s'en aller au-devant du chaos, le ventre vide.

L'entrepôt était cerné par des gardes loyaux envers le Conclave. À l'intérieur, Ser regardait sans s'émouvoir Amafi poursuivre l'interrogatoire de l'assassin. Ils devaient à la chance et à leur talent le fait d'avoir réussi à amener, juste avant l'aube, leur prisonnier inconscient dans cet entrepôt désert.

Mais, à présent, ils pouvaient respirer librement. Ils étaient en sécurité, au moins pour un temps, et le prisonnier pouvait hurler autant qu'il voulait, personne ne l'entendrait à part ses geôliers. De fait, en dépit de son refus de parler, il faisait beaucoup de bruit depuis plus de deux heures.

Amafi s'éloigna de l'assassin, attaché par des liens en cuir sur une lourde chaise en bois, laquelle était à son tour attachée à une poutre du plafond. L'installation de ce système avait été nécessaire après que l'assassin avait essayé de se fracasser le crâne contre le sol. Fort heureusement pour Ser, le Faucon de la Nuit n'avait réussi qu'à s'assommer et avait repris connaissance en moins d'une heure.

— Magnificence, nous avons atteint un stade où nous devons nous reposer, lui et moi, annonça Amafi à voix basse.

De la tête, il fit signe à Ser de l'accompagner à l'autre bout de l'entrepôt. Lorsqu'ils furent suffisamment loin du prisonnier, Amafi reprit :

— La torture est un art, Magnificence. N'importe qui peut frapper un homme jusqu'à lui faire perdre connaissance. N'importe qui également peut infliger la douleur au point de faire pratiquement perdre l'esprit à un prisonnier.

— Où en sommes-nous avec lui ?

— Cet homme a appris à supporter la douleur, Magnificence, et c'est un fanatique. Il préférerait mourir dans d'atroces souffrances plutôt que de trahir son clan. L'astuce, c'est donc de le convaincre que ses tourments vont être interminables. Alors, il parlera.

» Mais, à ce moment-là, il faudra qu'il croie que la vérité est la seule échappatoire possible à la douleur, à la trahison et à tout ce qui motive son silence. Car si son mental est encore fort, il ne fera que mentir. Et s'il est trop abîmé, il dira uniquement ce que, d'après lui, nous voulons entendre.

Ser hocha la tête. Il ne trouvait aucun plaisir à regarder Amafi infliger une telle douleur à un autre être humain, mais il avait vu tant de morts et de souffrances depuis son enfance que cela ne le perturbait qu'un tout petit peu. Il gardait toujours à l'esprit que les gens auxquels ils s'opposaient étaient responsables du massacre de son peuple – ils avaient provoqué l'extermination quasi complète des Orosinis. Ser avait une nouvelle famille à Opardum, et cette famille risquait de souffrir, comme tous les habitants de Midkemia, si le Conclave échouait.

— Que faut-il faire ?

— D'abord, il faut que les hommes postés dehors couvrent les fenêtres, de façon à ce qu'il fasse toujours noir à l'intérieur. Nous devons lui faire perdre la notion du temps, pour qu'il pense qu'il est resté ici plus longtemps qu'en réalité. De mon côté, je vais retourner à l'auberge nous chercher une ou deux tenues de rechange, encore une fois pour lui faire croire que beaucoup de temps s'est écoulé. Enfin, il faut apporter de la nourriture et du vin – mais du cognac, ce serait encore mieux – de façon à l'apaiser quand ça deviendra nécessaire.

— Fais au mieux.

Amafi se dépêcha de quitter l'entrepôt. De son côté, Ser retourna auprès du prisonnier qui baignait dans son sang et dans ses propres déjections. Ser et lui échangèrent un long regard, mais ni l'un ni l'autre ne parlèrent.

Caleb s'assit en grognant. Les garçons avaient essayé de rester calmes toute la journée, mais ils n'avaient pas la notion du temps dans cette petite cave sans fenêtre, et les minutes leur paraissaient des heures.

Les nerfs à fleur de peau, Tad et Zane en étaient déjà pratiquement venus aux mains, mais Jommy avait mis un terme à cette altercation avant qu'elle s'envenime.

La jeune fille était venue leur apporter un autre repas en leur promettant qu'on n'allait plus tarder à prendre une décision concernant leur transfert. Mais elle avait refusé de rester avec eux ou de répondre à d'autres questions.

— Tu vas bien ? s'enquit Tad en voyant que Caleb était réveillé.

— Je ne vais pas aussi mal que j'en ai l'air, en tout cas, répondit son père adoptif. J'ai deux plaies à l'épaule, mais aucune n'est profonde. J'ai aussi récolté une entaille en travers du scalp, mais ça n'est pas aussi terrible qu'il y paraît, c'est juste que ces blessures-là saignent toujours abondamment. Nous étions déjà loin et en sécurité lorsque je me suis évanoui ; je ne me rappelle pas grand-chose, à part que les gars m'ont porté… (Il regarda autour de lui.) On est où, au fait ?

Tad le lui indiqua, et Caleb hocha la tête.

— Maintenant, dites-moi, comment vous êtes-vous retrouvés ici, les garçons ?

Ces derniers racontèrent ce qui s'était passé aux *Trois Saules*. Caleb secoua la tête.

— Si ces quatre tueurs avaient voulu votre mort, vous ne seriez plus de ce monde. Ils ont fait ça pour que vous les meniez jusqu'ici, ajouta-t-il d'une voix pleine d'inquiétude.

— On les a semés, le rassura Jommy en souriant. J'les ai conduits tout droit dans les bras des garçons boulangers. Et ces idiots, eh ben, en bonnes brutes qu'ils sont, ils ont décidé de s'amuser un peu avec ces tueurs. Je me suis retourné pour jeter un coup d'œil quand on a quitté la place, et les garçons boulangers s'en donnaient à cœur joie en bourrant de coups de pied les deux types qui nous suivaient.

— Je suis surpris que les garçons boulangers ne soient pas tous morts, rétorqua Caleb.

— L'effet de surprise, ça fait des miracles, répondit Jommy.

— Et la stupidité aussi. Tu aurais très bien pu faire tuer ces garçons, Jommy.

Ce dernier perdit le sourire.

— Eh ben, j'attendais pas de merci pour avoir sauvé ces deux gamins, mais je m'attendais pas non plus à des critiques. Vous auriez préféré que ce soit nous plutôt que eux ?

Caleb leva les mains en signe de reddition.

— Désolé, tu as raison. Je n'étais pas là. Je ne sais pas ce que j'aurais fait à ta place.

— Qu'est-ce qu'on fait maintenant, Caleb ? demanda Tad.

— Il faut que je me repose encore quelques jours, mais pas ici. On a déjà suffisamment mis ces gens en danger. Donc, il faut qu'on se trouve une bonne cachette. (Il passa la main dans ses longs cheveux et s'aperçut qu'ils étaient poisseux de sang.) Et il faut que je fasse un brin de toilette.

Il s'assit, s'efforça de reprendre son souffle pendant quelques minutes et dit :

— Il faut que je fasse un brin de toilette.

— Tu l'as déjà dit, lui fit remarquer Zane.

Caleb hocha la tête.

— S'ils savent où nous sommes...

— Non, ils ne le savent pas, répondit Tad. Sinon, ils seraient déjà là, depuis le temps.

— Oui, dit Caleb. Je... Tu as raison.

— Vous devriez vous allonger un peu, mec, d'accord ? intervint Jommy. Je m'occupe de tout.

Caleb s'allongea et se rendormit presque aussitôt.

— Eh bien, dit Jommy, je crois que le moment est bien choisi pour vous demander pourquoi est-ce que tant de gens veulent nous tuer.

Tout en fixant Tad et Zane d'un regard neutre, il se laissa aller nonchalamment contre le dossier de l'unique chaise, en attendant une réponse.

Deux autres repas leur furent de nouveau livrés avant que Caleb se réveille de nouveau. Les garçons jugèrent qu'il devait être à peu près le milieu de la matinée lorsqu'il s'assit de nouveau.

— Je dois avoir une fracture du crâne, grogna-t-il.

— À l'œil nu, on dirait pas, répliqua Jommy. Attendez ici.

Le jeune homme se leva, passa à côté de Tad et de Zane, toujours assis par terre, et quitta la pièce.

— Où il va ? demanda Caleb.

— Je ne sais pas, répondit Zane. Pisser, peut-être ?

— Vous n'êtes pas sortis dehors, n'est-ce pas ? s'inquiéta Caleb en se servant du dossier de la chaise pour se lever.

— Non, répondit Tad. Ils nous ont laissé un pot de chambre devant la porte.

Au même moment, Jommy rentra et posa une cuvette en porcelaine sur la table. Il en sortit une serviette pliée qu'il tendit à Caleb, puis il versa de l'eau dans la cuvette à l'aide d'un broc assorti.

—Vous avez dit que vous vouliez faire un brin de toilette.

Caleb enleva sa chemise tachée de sang et commença à se laver.

—Il y a aussi des vêtements propres pour vous, annonça Jommy. Je vais aller les chercher.

Jommy ressortit et revint quelques minutes plus tard avec une chemise propre et un nouveau chapeau.

—J'ai vu que vous aviez perdu votre chapeau, alors j'ai demandé à notre hôte s'il pouvait vous en trouver un nouveau, expliqua le jeune homme à Caleb.

—Merci, ça va me permettre de cacher la misère.

—Bon, intervint Zane, reprenons où on en était. Quand tu t'es de nouveau évanoui, Caleb, on parlait de ce qu'on allait faire ensuite.

—Notre dernière conversation est un peu floue pour moi, mais, si je me souviens bien, vous avez échappé à quatre assassins, c'est bien ça ?

—C'est ça, approuva Jommy. Et, d'après ce que ces deux-là m'ont raconté, on est au beau milieu de la mare aux crocodiles et l'eau continue à monter.

—Qu'est-ce que vous lui avez dit ? s'inquiéta Caleb.

Tad et Zane se regardèrent, mais ce fut Jommy qui répondit.

—Ils m'en ont raconté assez pour que je comprenne que j'ai plus vraiment le choix. Soit je reste avec vous jusqu'au bout, soit je serai un homme mort à la seconde où j'essaierai de quitter la ville. Je suis pas sûr d'avoir compris tout ce qu'ils ont dit, et je vous laisse décider s'il y a autre chose que je dois savoir, mais faut que vous sachiez une chose, l'ami : je vous laisserai pas tomber. Vous m'avez traité plus que correctement ; vous m'avez nourri quand tout ce que j'ai fait, c'est éviter qu'on tape sur ces gamins comme sur des tambours pendant une fête. Faut pas leur en vouloir ; j'ai réussi à les convaincre que, si je devais me faire tuer, je méritais au moins de savoir pourquoi.

—Il a raison, Caleb, renchérit Tad.

—Tu cours un grand danger maintenant, prévint Caleb en regardant Jommy.

Le garçon de Novindus haussa les épaules.

—J'ai pas cessé de flirter avec le danger depuis que Rolie et moi on est partis de chez nous. J'aurais très bien pu mourir à sa place.

Alors, qu'est-ce que ça va changer, un peu de danger en plus ou en moins ? Je trouve que vous êtes des gens bien et, si je dois tenter ma chance avec quelqu'un, autant que ce soit vous.

— Alors, c'est réglé, décida Tad. Maintenant, où on va ?

— Dans une auberge pas très loin d'ici, répondit Caleb. Zane, j'ai besoin que tu te rendes sur place avant nous. Ce n'est pas loin, tu devrais pouvoir t'y rendre sans difficulté. Si nos ennemis continuent à nous traquer, ils sont à la recherche de trois garçons, pas d'un seul. Tes cheveux bruns te désignent comme le choix évident : c'est toi qui ressembles le plus à un Keshian. Je vais t'expliquer ce que tu dois dire. On te rejoindra sous peu.

Zane écouta les instructions de Caleb attentivement, puis s'en alla. Après son départ, Caleb se tourna vers Jommy et Tad.

— Il faut que je me rende quelque part avant de vous rejoindre. Si, demain matin, je ne suis toujours pas là, allez trouver l'aubergiste et dites-lui que vous devez quitter la ville avec la première caravane. Allez au caravansérail, mais ne partez pas avec la caravane en question. C'est un code, quelqu'un sera là pour vous ramener à la maison rapidement. Compris ?

— Où tu vas ? demanda Tad.

— Voir quelqu'un à cause de ce qui s'est passé la nuit dernière...

— Non, c'était il y a deux nuits, rectifia Tad.

— D'accord, à cause de ce qui s'est passé il y a deux nuits. Quelqu'un savait qu'on allait venir, Tad, et on nous a donné une bonne correction. Je suis désolé d'avoir perdu autant de bons agents. Maintenant, il faut que je sache comment ils ont découvert qu'on allait venir et comment ils savaient que vous, les garçons, vous seriez aux *Trois Saules*. Il faut aussi que je découvre si d'autres méfaits ont été commis pendant que j'étais inconscient.

— Sois prudent, Caleb, le supplia Tad. Je n'ai pas envie de dire à maman que tu es mort.

— Alors, on est deux, fils, répondit Caleb. Bon, attendez quelques minutes, puis partez pour l'auberge où j'ai envoyé Zane. Jommy, tu sortiras le premier. Tad, tu le suivras peu après. Si quelqu'un vous cherche, encore une fois, ils s'attendent à voir trois garçons ensemble, pas un seul. Puisse Ruthia vous sourire, dit-il en invoquant la déesse de la Chance.

— À vous aussi, Caleb, répondit Jommy. (Il attendit le départ de Caleb, puis dit à Tad :) C'est un sacré père que tu t'es trouvé là, mec !

Tad se contenta de hocher la tête.

Caleb avait réuni sa chevelure sous son chapeau. Il portait une cape bon marché qui dissimulait son gilet et son pantalon en cuir. Il n'avait pas l'intention de rester dehors très longtemps, mais il ne voulait pas courir le risque de se faire repérer. Sans cadavre pour prouver qu'il était mort, les hommes de Varen étaient certainement à sa recherche.

En sortant de l'abri, il avait été surpris de découvrir qu'il était midi – il avait perdu toute notion du temps depuis qu'il était entré dans les égouts, deux jours plus tôt. Il traversa la ville comme s'il n'était qu'un voyageur pas du tout équipé pour la chaleur keshiane – il ne serait pas le premier étranger à insister pour porter une tenue aussi exotique aux yeux des autochtones.

Il s'était arrêté en premier lieu chez un modeste prêteur sur gages qui tenait boutique au bord d'une petite place. Après cela, il s'était rendu chez un armurier à qui il avait acheté une nouvelle épée. Puis il était reparti pour sa destination actuelle : une ruelle qui s'enfonçait dans l'un des quartiers les plus mal famés de la capitale.

Cela faisait près de une heure qu'il patientait, tapi dans l'ombre, lorsque enfin ce qu'il attendait apparut : il s'agissait d'un jeune garçon, mais pas trop petit non plus, car Caleb n'avait que faire d'un simple garnement, il lui fallait un voleur ou un mendiant inexpérimenté.

Lorsque le gamin passa devant lui, Caleb tendit la main et l'attrapa par le col avant de le tirer en arrière. Mais il faillit le perdre, car le garçon se tortilla pour essayer d'enlever sa tunique. Caleb lui fit alors un croche-pied et le bloqua à terre en posant son pied botté sur sa poitrine.

Efflanqué, le garçon avait les cheveux noirs et les yeux bruns. Sa peau avait sans doute la couleur du cacao, mais c'était difficile à dire, avec toute cette couche de saleté qui lui maculait le visage. Il portait une simple tunique grise et un pantalon court tout aussi sale et il allait pieds nus.

— Pitié, maître ! s'exclama-t-il. Je ne vous ai rien fait !

— C'est vrai, reconnut Caleb, et je ne te ferai rien moi non plus, à condition que tu me rendes un service.

— Demandez, maître, et j'obéirai.

— Comment savoir si tu ne t'enfuiras pas à la seconde où j'ôterais mon pied de ta poitrine ?

— Je le jure par tous les dieux, maître, et sur la tête de ma grand-mère, bénie soit-elle, et au nom de l'empereur, béni soit-il lui aussi !

Caleb sortit une pièce de sa bourse et l'exhiba au bout de ses doigts. L'expression du gamin passa aussitôt de la terreur à la cupidité. Caleb retira son pied, et l'enfant se releva d'un bond. Il tendit la main vers la pièce, mais Caleb la mit hors de sa portée.

— Quand tu m'auras rendu service.

— Mais comment savoir, maître, si je serai récompensé une fois la mission finie ?

— Dois-je prêter serment sur la tête de ma grand-mère ? répliqua Caleb.

— Non, bien sûr, mais…

— Il n'y a pas de mais, petit seigneur de la vermine, répondit Caleb en utilisant une expression keshiane. Si tu ne m'obéis pas, alors je donnerai cet or à quelqu'un d'autre.

Mais il savait que cette seule pièce d'or représentait plus que le garçon ne pouvait voler ou mendier en six mois.

— Que dois-je faire ?

— Quel est ton nom ?

— Je m'appelle Shabeer, si cela plaît à mon maître.

— Alors, Shabeer, va porter un message de ma part et reviens avec la réponse.

— Et si la réponse vous déplaît, maître ?

— Tu auras quand même ta récompense.

— Dans ce cas, quel est le message et à qui dois-je le porter ?

— Il me faut rencontrer le représentant de la confrérie des Loqueteux. J'ai besoin de parler avec celui qui commande aux voleurs et aux mendiants de Kesh, car je souhaite passer un marché avec lui. Cela représente beaucoup d'or et tout autant de danger.

— En matière d'or et de danger, je connais quelqu'un qui pourrait correspondre à votre description, maître.

— Alors, va lui parler. Moi, je reste ici. Sache cependant que j'ai de puissants amis. La trahison ne t'apportera que la mort, alors que la loyauté te rapportera de l'or.

— J'entends et j'obéis, maître, répondit le gamin avant de s'éloigner en sautillant.

Caleb se fondit de nouveau parmi les ombres pour attendre.

17

Renseignements

Ser se déplaçait silencieusement dans l'égout.

Il ne doutait pas de l'authenticité du message reçu un peu plus tôt et il était soulagé de savoir Caleb encore en vie. Ce dernier avait également envoyé un message à Kaspar, si bien que tous les trois étaient sur le point de se retrouver.

La seule inquiétude de Ser concernait le lieu de la rencontre. Il suivait un petit mendiant crasseux du nom de Shabeer, qui pataugeait dans un ruisseau d'eaux usées à l'intérieur d'un énorme tunnel sous le quartier des abattoirs de la ville de Kesh.

— J'ai les yeux qui saignent, dit Ser.

— Vraiment, maître ? s'exclama le gamin, inquiet de se voir accuser si quelque chose tournait mal.

L'autre maître étranger s'était montré d'une incroyable générosité, et le petit mendiant ne désirait rien tant que de continuer à le satisfaire.

— Non, c'est juste une façon de parler.

— Vous savez, on finit par s'y habituer, maître, dit le garçon.

— Au bout de combien de temps ?

— Un an, deux tout au plus.

Ser faillit éclater de rire, mais il s'efforçait de ne pas respirer trop profondément. Au fil des ans, il avait connu divers endroits à la puanteur inégalée, parmi lesquels la forteresse du Désespoir, la prison de Kaspar, arrivait en tête du palmarès. Mais rien ne l'avait préparé à l'odeur nauséabonde omniprésente de cet égout keshian.

Il comprenait pourquoi la réunion avait lieu là. Les abattoirs, les tanneries et autres lieux malodorants avaient été cantonnés à l'autre bout de la ville, au bord du lac, de manière à les éloigner des zones résidentielles. Ils se dressaient du côté de la capitale le plus exposé aux vents dominants, de sorte que ces derniers emportaient la puanteur. Mais ça n'empêchait pas le quartier tout entier d'empester.

Ils arrivèrent au pied d'un déversoir. Shabeer grimpa sur une pierre inégale qui était en réalité un ingénieux marchepied. Il se hissa dans le déversoir et disparut dans la pénombre.

— Ralentis, petit! s'écria Ser, qui tenait la lanterne.

Il suivit Shabeer et fut obligé de se courber pour ne pas se cogner la tête contre la voûte, plus basse que dans le tunnel précédent. L'enfant le guida sur deux cents mètres environs, jusqu'à une grande zone de captage circulaire.

Plusieurs ruisseaux de fluides malodorants dégoulinaient du plafond. Shabeer fit signe à Ser de rester près du mur de gauche. Puis il contourna lentement la zone de captage jusqu'à une série de barreaux en fer encastrés dans la brique.

Ser suivit le garçon qui, arrivé en haut de l'échelle, poussa une trappe au-dessus de sa tête. Ils émergèrent dans une pièce brillamment éclairée. Caleb et Kaspar étaient déjà là, assis l'un et l'autre autour d'une grande table. À côté d'eux se trouvait une chaise vide.

Dès que Ser se hissa hors de l'ouverture, il entendit une voix résonner à l'autre bout de la pièce.

— Prenez place, voulez-vous?

La grande table dominait les lieux. Elle était taillée dans du bois brut, sans le moindre ornement, mais elle était robuste, et Ser s'aperçut que sa fonction première était de ralentir quiconque cherchant à attaquer la personne assise à l'autre bout.

Il s'agissait d'un individu corpulent, vêtu d'une robe rayée, identique à celle que portaient les hommes du Jal-Pur. Mais il n'appartenait pas aux tribus du désert. Il possédait un cou de taureau, un crâne entièrement rasé et des sourcils si pâles qu'on aurait dit qu'il n'en avait pas. Il devait avoir entre trente et soixante ans, mais c'était difficile à dire. L'unique bougie ne fournissait pas assez de lumière pour que Ser puisse se prononcer. Deux hommes en armes l'encadraient: ses gardes du corps.

Après que Ser eut pris place, l'homme prit la parole.

— Vous pouvez m'appeler Magistrat, c'est le titre honorifique que me donnent ceux qui vivent dans les égouts et les ruelles. Cela fera l'affaire pour l'instant.

» Votre ami Caleb s'est montré très généreux en achetant pour vous une partie de mon temps, messieurs. Le temps, c'est de l'argent, comme vous le savez, alors venons-en directement au fait : que voulez-vous demander à la confrérie des Loqueteux ?

— Parlez-vous en son nom ? demanda Caleb.

— Autant que n'importe quel autre, lui fut-il répondu. C'est-à-dire pas du tout. (Il regarda Ser droit dans les yeux.) Nous ne sommes pas comme vos célèbres Moqueurs de Krondor, soumis à une discipline de fer et à une surveillance des plus strictes, Serwin Fauconnier du royaume des Isles.

Kaspar lança un regard à Caleb. Le Magistrat surprit cet échange et reprit :

— Oui, nous savons également qui vous êtes, Kaspar d'Olasko. (Il montra Caleb du doigt.) En revanche, nous ne vous connaissons que de nom, l'ami. Vos origines sont quelque peu obscures. Quoi qu'il en soit, si le Juste de Krondor commande, moi (il se posa la main sur la poitrine et inclina le buste), je ne fais que suggérer. Si c'est une bonne suggestion, je suis pratiquement sûr qu'elle sera entendue.

» Maintenant, dites-moi, que puis-je pour vous ?

— Nous cherchons les Faucons de la Nuit, répondit Caleb.

— D'après mes informations, vous les avez trouvés la semaine dernière. On a vu un nombre de cadavres inhabituellement élevé flotter en direction de l'Overn pour nourrir les crocodiles. La plupart d'entre eux portaient du noir.

— On nous a tendu un piège, reconnut Caleb.

— De toute évidence.

— Nous avons besoin de renseignements, expliqua Kaspar. Il nous faut découvrir où se trouve leur véritable repaire.

— Comme je le disais, répondit le gros homme, ici, ce n'est pas comme à Krondor, nous n'avons aucune organisation réelle. Kesh est divisé en quartiers, qui ont chacun leurs lois et leurs dirigeants. À l'air libre, vous trouverez les bandes des rues, les mendiants, les voleurs à la tire et les « musclés » – je crois que, que dans le Nord, vous les appelez des « gros bras ». Tous obéissent à leurs propres dirigeants. Ces derniers obéissent à leur tour à des personnes plus puissantes encore et chacun protège son autorité jalousement.

» La bande des Abattoirs contrôle le quartier où nous sommes. Au sud-est, on trouve les Garçons des Docks. Des bandes comme ça, il y en a une centaine, toutes affublées de sobriquets imagés : les Tire-laine, la bande de la Grand-Place, les Chiens doux, les Gardes de caravane et bien d'autres. Un voleur peut exercer son métier en toute impunité dans son quartier, mais s'il se fait prendre dans un autre, il risque d'être sévèrement remis à sa place. C'est ainsi que vont les choses à Kesh.

» Sous terre, les égouts sont également divisés en quartiers, ou cantons, et chacun abrite ceux qui sont tolérés par la bande qui règne au-dessus de leurs têtes. Le reste est un no man's land. Tout le monde est libre de s'y déplacer, mais à ses risques et périls. Il n'existe aucune règle formelle mais, il y a des traditions et des conventions.

—Et votre rôle dans tout ça ? s'enquit Ser.

—Je n'ai que peu d'importance, je sers d'intermédiaire pour passer des accords. Je suis une espèce de magistrat au sein de la confrérie des Loqueteux, d'où le titre honorifique. Si un conflit éclate, on fait appel à moi pour trancher. Je fournis également des services et des… informations.

—Mais elles ont un prix, devina Caleb.

L'homme sourit, dévoilant deux dents recouvertes d'or.

—De toute évidence. Je me fais vieux, il faut que je pense à mon avenir. Je possède une petite ferme de l'autre côté de l'Overn. Un jour, j'y prendrai ma retraite et je regarderai mes serviteurs s'occuper de mes champs. Cependant, je ne suis pas pressé ; j'ai horreur du métier de fermier.

» Donc, vous souhaitez découvrir le repaire des Faucons de la Nuit. Cela vous coûtera beaucoup d'or.

—Combien ? demanda Caleb.

—Beaucoup.

—C'est-à-dire ?

—Une grosse somme, pour être franc. Il va falloir que je soudoie quelques voleurs très effrayés. Plus ils sont effrayés et plus ils coûtent cher. Or, peu de chose dans cette ville les effraie autant que les Faucons de la Nuit.

» Il existe plusieurs zones en ville, y compris dans les égouts, où les voleurs avisés ne mettent jamais les pieds. Ceux qui le font ont tendance à disparaître. Les histoires habituelles circulent, à propos de monstres, de policiers impériaux et de bandes renégates. Mais vos oiseaux noirs ont sûrement fait leur nid dans l'une de ces zones. Reste à pouvoir les retrouver.

—Comment ça ? s'étonna Ser.

Le gros homme secoua la tête.

— Les rumeurs parlent de magie et d'esprits maléfiques. Même s'il est vrai que les voleurs comptent parmi les idiots les plus superstitieux de Kesh, je ne balaierais pas d'emblée ces rumeurs. Si elles sont fondées, même les plus discrets des Loqueteux auront bien du mal à s'approcher de la zone en question. Difficile de passer outre une amulette de protection qui vous fait tomber raide mort sitôt que vous posez les yeux dessus.

» Tout ça pour dire que je n'offre aucune garantie. Passons maintenant aux négociations. Pour commencer, je vais avoir besoin de trois cents pièces d'or, pour les pots-de-vin et les récompenses. Personnellement, je demande cent autres pièces d'or. Ce sera mon salaire. Une fois que nous aurons obtenu les renseignements voulus, je vous demanderai, pour les bandes, dix pièces d'or pour chacun de leurs hommes tués au cours de la traque. Ce sera le prix du sang. Enfin, vous me verserez encore cinq cents pièces d'or.

— Entendu ! répondit Caleb en se levant.

— Ah ! s'exclama le gros homme en riant. Je savais que j'aurais dû demander plus. Mais ce qui est fait est fait.

Les autres se levèrent également.

— Où pourrons-nous vous trouver ? demanda Ser.

— C'est moi qui vous trouverai, Ser Fauconnier. Kaspar réside au palais, un endroit très difficile d'accès pour nous. Quant à Caleb, il doit se terrer, puisqu'il y a un contrat sur sa tête.

» En revanche, en ce qui vous concerne, même si l'on parle d'une tentative d'agression sur un noble étranger il y a quelques nuits de cela, à *La Maîtresse de la Chance*, je crois pouvoir affirmer que, pendant quelques jours au moins, vous allez pouvoir vous balader en ville sans redouter une mort instantanée.

— Pourquoi dites-vous cela ? s'étonna Ser. Ils n'ont pas eu peur d'essayer de me tuer, à *La Maîtresse de la Chance*.

— Si les Faucons de la Nuit avaient voulu votre mort, jeune seigneur, vous ne seriez plus de ce monde. Tout le monde sait quel escrimeur vous êtes. Ils auraient donc utilisé une fléchette ou empoisonné votre breuvage, et personne n'aurait rien remarqué. Non, ils vous voulaient vivant, pour pouvoir vous interroger, de la même manière, nul doute, que vous interrogez à présent leur homme.

— Vous êtes au courant ?

— C'est mon métier de tout savoir, répliqua le gros homme en se levant en dernier. Ne vous inquiétez pas. Les Faucons de la Nuit sont dangereux, mais leur nombre est limité et ils ne peuvent pas avoir l'œil partout. Moi, d'un autre côté, j'ai des yeux et des oreilles dans tous les coins de la ville.

» Contrairement aux nobles et aux riches marchands au-dessus de nos têtes, je ne me promène pas au grand jour sans la moindre peur, convaincu qu'il ne peut rien m'arriver en raison de mon rang ou de mes origines. Moi, je sais qu'il y a des mains dans la pénombre et des dagues dans ces mains. Je vous préviendrai si j'apprends qu'un danger vous menace.

— Et pourquoi feriez-vous ça ? s'étonna Caleb.

— Parce que vous ne pourrez pas me payer si vous êtes mort. (Il désigna la trappe.) Sortez un par un, et dans cet ordre : d'abord Kaspar d'Olasko, puis Caleb, puis Serwin. Chacun d'entre vous aura un guide qui vous permettra de sortir des égouts en toute sécurité. Je vous suggère de prendre un bain en arrivant dans vos logements, parce que la puanteur de ces lieux s'insinue jusque dans la peau. Bonne soirée et bon voyage, messieurs.

Les trois visiteurs firent comme on leur avait demandé et se retrouvèrent bientôt de nouveau dans les tunnels. Chacun espérait qu'ils étaient enfin sur le point de renverser le cours de ce conflit.

Turgan Bey se tenait immobile. Il portait autour du cou le torque cérémoniel de sa charge, une magnifique création de pierres polies et de métal émaillé sertis d'or.

Il s'apprêtait à présenter Kaspar à l'empereur, même si la question de l'asile politique était réglée depuis des semaines. L'ancien duc allait jurer fidélité à l'empire, en échange de quoi ils ne le pendraient pas, ils ne le flagelleraient pas jusqu'à ce que mort s'ensuive et ils ne le jetteraient pas aux crocodiles.

Pour la première fois depuis qu'il avait perdu son duché, Kaspar se retrouvait devant Diigaí, le très vieil empereur de Kesh la Grande.

Bien que très frêle, Diigaí se tenait encore droit. Mais ses mouvements ne laissaient plus guère transparaître le formidable chasseur qu'il avait été. Comme ses ancêtres avant lui, il avait chassé le grand lion à crinière noire des plaines keshianes. Son torse flétri portait encore les cicatrices de ses triomphes, aussi pâles puissent-elles être.

Il était assis sur un trône d'ivoire, enchâssé dans du marbre noir. Derrière lui, un faucon aux ailes déployées était sculpté en bas-relief sur le mur : il s'agissait de l'emblème de Kesh. À côté du trône se dressait un perchoir en bois, sur lequel se trouvait un faucon vivant, qui se lissait les plumes tout en observant les occupants de la pièce.

Le maître de cérémonie se tenait au pied de l'estrade, véritable masse de pierre incrustée d'ivoire qui comptait treize marches. L'homme resplendissait avec sa grande coiffe de plumes rares et ses insignes en or. Autour de la taille, il portait la traditionnelle ceinture dorée de sa charge, ainsi que le pagne en lin ordinaire. Mais, plutôt que d'aller torse nu, il avait le droit de porter une peau de léopard sur une épaule.

Non pas qu'il ait besoin d'un signe distinctif supplémentaire pour rappeler son rang, songea Kaspar en regardant la coiffe qui donnait l'impression qu'elle allait tomber de son crâne luisant d'un instant à l'autre. Malgré tout, d'une manière typiquement keshiane, la présentation de la demande de Kaspar avait été relativement expéditive. Cela n'avait pris qu'une demi-heure jusqu'ici, et l'homme semblait en avoir pratiquement terminé.

Kaspar avait cessé d'écouter au bout des cinq premières minutes pour repenser au conflit à venir et aux événements qui avaient abouti à sa destitution. Même s'il n'éprouvait aucun amour particulier pour Kesh, il reconnaissait que son souverain était un homme à l'honneur sans tache, qui méritait mieux que de voir son empire arraché des mains de son héritier légitime.

Kaspar savait également que la personne à l'origine de tous ces troubles n'était pas un prince ambitieux, mais un sorcier fou qui avait joué un grand rôle dans sa propre chute. L'empereur et l'ancien duc n'avaient pas fait les mêmes choix, mais le résultat risquait d'être le même : plus de chaos dans la région et l'avantage à ceux qui servaient les forces du mal dans cet hémisphère.

Il revécut les événements qui l'avaient mené à sa perte : la façon dont Leso Varen s'était insinué dans sa maison, l'influence qu'il avait eue sur lui, subtile d'abord et puis flagrante ensuite, et enfin sa ruine. Même s'il avait retrouvé une partie de son humanité et de sa morale, Kaspar voulait toujours faire couler le sang de Varen.

Ses années d'expérience de courtisan se firent soudain sentir, car il se rendit compte juste à temps qu'on venait de prononcer son nom pour le présenter. Il revint alors au moment présent et s'avança pour s'incliner avec grâce, comme s'il était resté suspendu aux lèvres du maître de cérémonie durant tout ce temps.

C'était la troisième fois déjà qu'on le présentait à l'empereur. La première fois, Kaspar n'était qu'un enfant, prince héritier du duché d'Olasko, en voyage officiel à Kesh avec son père. Lors de la deuxième, il venait d'entamer son règne.

Cette fois-ci, il se présentait en tant que suppliant et demandait refuge pour échapper aux conséquences de ses actes. Telle était du moins l'histoire que Turgan Bey avait mise au point pour rallier à sa cause le seigneur Semalcar, premier chancelier et maître du Cheval – le titre qu'on donnait au commandant de la cavalerie impériale. Sa demande d'asile politique était également soutenue par le seigneur Rawa, commandant des Auriges impériaux.

Kaspar nota que les deux princes, Sezioti et Dangaí, étaient absents de la cour.

Il leva les yeux et déclara, comme le voulait la coutume :

— Celui-qui-incarne-Kesh, je sollicite votre protection et vous prie de me sauver de l'injustice en m'offrant le refuge de votre palais. De mon côté, je vous offre ma loyauté et jure de vous défendre sur ma vie et sur mon honneur, s'il plaît à l'empire.

Diigaí sourit et fit un geste de la main.

— Qu'il en soit ainsi. Est-ce bien vous, Kaspar ? chuchota-t-il. Cela fait quoi ? près de vingt ans qu'on ne vous a pas vu ?

— En effet, Majesté, répondit l'ancien duc.

— Jouez-vous encore ?

Kaspar sourit, car la mémoire de l'empereur paraissait intacte en dépit de son âge. Ils avaient joué une partie d'échecs quand il était enfant, et Kaspar avait réussi cinq bons mouvements avant de se faire battre à plate couture.

— Oui, Majesté, je joue encore aux échecs.

— Tant mieux. Demandez donc à Turgan Bey de vous conduire dans mes appartements ce soir, après le dîner. Nous jouerons une partie, rien que nous deux.

— Ce sera un honneur pour moi, Majesté, répondit Kaspar qui s'éloigna du trône tout en s'inclinant plusieurs fois.

Lorsqu'il eut atteint la distance requise, il tourna les talons et ressortit par la porte principale. Pasko l'attendait patiemment dans le couloir.

— Je vais jouer aux échecs avec l'empereur après le dîner, raconta Kaspar tandis que Pasko lui emboîtait le pas.

— L'empereur vous a invité à lui rendre visite dans ses appartements privés ? s'étonna le vieux domestique en haussant les sourcils.

— En effet, répondit Kaspar d'un air agacé.

— Ça n'a pas l'air de vous faire plaisir, monseigneur.

— Parce que c'est le cas, répondit Kaspar à voix basse. Ce vieux bonhomme ne nous apportera rien tant qu'il continuera à vivre. Seule sa mort est importante. (Ils prirent le chemin des appartements qu'on leur avait donnés dans l'aile réservée aux invités.) Or, s'il y a bien quelque chose qui pourrait inciter des gens à lancer un contrat sur ma tête, c'est bien cette visite.

— Pourquoi ?

— Parce qu'à Kesh tout le monde appartient à une faction, répondit Kaspar dans un murmure tandis que ses bottes martelaient bruyamment le sol en marbre. Si je suis dans les petits papiers de l'empereur mais que je ne suis pas un membre de ta faction… ?

— Vous devez être, dans ce cas, un membre de l'opposition, répondit Pasko en haussant les épaules.

— Exactement. On peut s'attendre à au moins deux visites de politesse cet après-midi. Fais nettoyer ma plus belle tenue, qu'elle soit prête pour ce soir.

— Vous la portez en ce moment même, monseigneur.

— Tu sais, Pasko, gouverner une nation avait parfois ses avantages, notamment la prodigieuse garde-robe qui allait avec. Vois si tu peux trouver en ville un tailleur qui me fera un pantalon, une chemise et une veste à la mode olaskienne d'ici le coucher du soleil. Et trouve-moi un bottier aussi. Je n'aurai pas de bottes neuves d'ici ce soir, mais je peux au moins faire réparer et cirer celles-ci. Il me faut aussi un chapeau, je suppose. Tu sais quoi faire.

— Oui, monseigneur, répondit Pasko, qui fit une révérence avant de s'en aller.

De son côté, Kaspar n'avait pour l'heure aucune idée de ce qu'il devait faire. Pourvu que, d'ici ce soir, une idée lui vienne pour le guider !

Le prisonnier s'affaissa sur sa chaise.

— Ranime-le, ordonna Ser.

Amafi s'interposa.

— Magnificence, cela fait deux jours maintenant que je m'applique pour tenter de lui arracher des aveux. Cet homme a été conditionné pour mourir plutôt que de trahir son clan. (Il jeta un coup d'œil par-dessus son épaule en direction du prisonnier inconscient.) Je suis un assassin de métier, Magnificence. Certains apprécient ce genre d'entreprise, mais pas moi. Cependant, j'ai découvert que la torture, comme toute chose dans cette vie, peut être utilisée à bon ou à mauvais escient, c'est pourquoi, même si je n'y prends aucun plaisir, je suis malgré tout fier de mon talent.

» Il devrait être prêt à parler si on le laisse se reposer un moment. Il faut trouver une cellule dans laquelle l'isoler et le laisser se réveiller seul, afin qu'il puisse récupérer un petit peu. À ce stade, l'incertitude est notre meilleure alliée.

—Nous n'avons plus le temps d'attendre, rétorqua Ser. Ranime-le maintenant.

—Magnificence, il en sera fait selon vos souhaits, mais il ne nous dira que ce que l'on a – de son point de vue – envie d'entendre, et ça n'aura aucun rapport avec la vérité.

Ser était frustré. Les forces de Varen étaient passées en mode offensif, au vu de l'embuscade qui avait coûté la vie à la moitié des hommes de Caleb et de la tentative d'enlèvement dont lui-même avait été victime. Il était d'accord avec Kaspar : si le but de Varen était de plonger Kesh dans le chaos, alors il n'aurait pas de meilleure occasion que la fête de Banapis pour tenter un coup d'État majeur.

Ser réfléchit aux paroles d'Amafi, puis hocha la tête.

—Fais de ton mieux. Mais si Leso Varen est dans cette ville, je veux savoir où. Je ne demanderai pas à Pug ou à Magnus de venir tant que je ne saurais pas avec certitude si le sorcier est à Kesh.

—Bien, Magnificence, répondit Amafi en s'inclinant. (Il fit signe à deux des gardes qui se trouvaient là depuis leur arrivée dans cet entrepôt.) Nous devons le déplacer.

Ser savait qu'il était risqué de conduire le prisonnier dans un autre lieu de détention. Mais, si Amafi avait raison, alors tout espoir de lui soutirer des informations dépendait autant de l'absence de torture que d'une nouvelle séance de souffrances.

Merde, pensa Ser. Il tourna le dos aux autres et se dirigea vers la porte. Il allait se rendre dans une certaine auberge, où un certain barman allait prendre un certain message et s'assurer que, d'une manière ou d'une autre, il parviendrait sur l'île du Sorcier le lendemain.

Nakor entra en coup de vent dans le bureau.

Assis autour d'une petite table, Miranda et Pug déjeunaient en parlant de leur journée.

—Je viens de recevoir des nouvelles, annonça le petit joueur nerveux.

— De Caleb ?

— Non, de Ser Fauconnier. Varen pourrait se trouver à Kesh. (Nakor regarda le message arrivé dans un cylindre spécialement créé pour téléporter rapidement ce genre de missives. Puis il le tendit à Pug.) Caleb va bien, même s'il est un peu abîmé après être tombé dans un piège.

Miranda parut inquiète.

— « Abîmé » ?

— Il a encore été blessé, expliqua Nakor d'un air tout à fait sérieux. (Il secoua la tête.) Il est en train d'amasser une jolie collection de cicatrices. Malgré tout, il va bien, et c'est tout ce que je dirai à Marie. Je laisserai de côté l'histoire des cicatrices.

— Je crois que ça vaut mieux, approuva Pug, qui lisait le rapport. Kaspar a pris contact avec Turgan Bey, comme prévu. Caleb pensait avoir trouvé les Faucons de la Nuit, mais ce sont eux qui l'ont trouvé, apparemment.

— Devrait-on se rendre sur place ? s'enquit Miranda. Si Varen est en ville, ces trois-là n'ont aucun moyen de se protéger contre lui.

Pug secoua la tête.

— Ce n'est pas tout à fait vrai. J'ai envoyé certaines personnes là-bas pour garder un œil sur nos trois agents. Et puis, il ne nous faut que quelques minutes pour nous rendre sur place en cas de besoin.

— D'accord, mais pourquoi ne pas y aller tout de suite ? protesta Miranda, en digne mère poule qu'elle était.

— Parce que, si je me téléporte à Kesh, Varen serait capable d'envoyer la subtilité au diable et de faire sauter la ville tout entière juste pour essayer de me tuer. Quant à Nakor, Magnus et toi, il vous connaît de réputation, alors ce serait tout aussi dangereux si vous y alliez à ma place.

— Qu'est-ce qui le retient de faire sauter la ville tout de suite ? rétorqua Miranda.

Nakor haussa les épaules.

— S'il voulait plonger l'empire dans le chaos, ça marcherait, mais les effets seraient de courte durée, car une menace extérieure de ce genre ne ferait que rapprocher les Keshians, les obligeant à mettre leurs différends de côté. En revanche, si l'une des factions prend le dessus dans la galerie des Seigneurs et Maîtres, ça changera tout, surtout si le sang coule. Cela pourrait provoquer des années de troubles dans l'empire.

» Avec l'assassinat de nombreuses personnes dans la capitale, les frontières deviendraient instables. Le gouverneur de Durbin pourrait prendre assez d'assurance pour déclarer l'indépendance de sa cité, et les tribus du Jal-Pur pourraient se rebeller. Certains États de la Confédération keshiane se rebelleraient également à coup sûr.

» Tu vois, Varen veut que le chaos s'installe et perdure, il ne veut pas d'un conflit rapidement résolu.

— Notre mission est de veiller à ce que notre ennemi n'obtienne pas ce qu'il veut, renchérit Pug.

— Je veux le voir mort, décréta Miranda.

— Le problème, c'est surtout qu'il le reste, rappela Nakor.

— Qu'en est-il de cette faille de mort à Opardum ? Est-ce qu'elle nous a apporté des réponses ?

— Je le pense, répondit Nakor. Le problème avec la façon dont notre univers fonctionne, c'est que tous les nécromants bossent pour l'autre camp. Si on pouvait en trouver un qui veuille bien œuvrer pour le Bien…, ajouta-t-il en haussant les épaules.

— La rapidité avec laquelle Varen réussit à sauter d'un corps à l'autre me conduit à penser qu'il a dû mettre son âme à l'abri dans un récipient quelconque.

— Je croyais que les urnes d'âme n'étaient qu'un mythe, protesta Miranda.

Pug haussa les épaules d'un air agacé.

— J'ai vu trop de choses dans ma vie pour présumer que telle ou telle information est un mythe. D'habitude, il s'agit juste de quelque chose que je n'ai pas encore rencontré.

Miranda fronça les sourcils en regardant son époux.

— Je voulais parler des urnes d'âme dans les histoires.

— Mais ces histoires s'appuient apparemment sur des faits, intervint Nakor. Il existe bien des façons de posséder un corps. Ta mère, par exemple, excellait dans ce domaine. Mais elle était vulnérable. Si le corps qu'elle habitait mourait, alors elle mourait elle aussi.

Nakor n'avait jamais dit à Miranda que c'était lui qui avait détruit l'esprit de sa mère. Elle croyait que Jorna, également connue sous le nom de dame Clovis, était morte quand le démon Jakan avait pris le contrôle de l'armée de la reine Émeraude.

— Mais Varen survit à la mort de son hôte et réussit à trouver un nouveau corps. Cela signifie donc que son âme, son essence ou son esprit, appelle ça comme tu voudras, doit se trouver ailleurs et qu'une partie doit être reliée à quelque chose, peut-être une urne d'âme ou un autre objet. Il pourrait aussi bien s'agir du presse-papier sur son bureau que d'une véritable urne. (Nakor haussa les épaules.) D'une manière ou d'une autre, c'est lié à la faille de mort qu'il fabriquait. C'est pourquoi, à mon avis, il est important de continuer à suivre la piste à partir de cette faille minuscule qu'on a trouvée à l'ouest de Maladon.

— Et notre fils ? demanda Miranda avec impatience.

— J'enverrai Magnus sur place, promit Pug. Il doit bientôt rentrer de Kelewan. Dès qu'il sera là, je l'enverrai à Kesh parler directement avec Caleb. Il est vrai que le rapport de Ser n'est pas suffisamment complet.

Cela n'eut pas vraiment l'air de rassurer Miranda.

— Je préférerais y aller moi-même.

Pug se mit à rire.

— Premièrement, les traditions keshianes font qu'aucune femme ne sort seule la nuit, quel que soit son rang. Deuxièmement, Magnus est d'un tempérament beaucoup plus égal que le tien, mon amour.

Elle lui lança un regard noir, mais elle ne répondit pas.

— Nous irons là-bas tous les deux lorsque le moment viendra de porter un sérieux coup à Varen, ajouta Pug.

Cette fois, la réponse parut satisfaire Miranda.

— Très bien, mais je veux qu'on me prévienne dès qu'on aura des nouvelles de Caleb.

— Oui, ma chérie, assura Pug en regardant Nakor.

Le petit homme sourit d'un air malicieux.

Kaspar avançait, entouré de gardes de la maison impériale.

Physiquement, ils étaient impressionnants. Tous mesuraient plus d'un mètre quatre-vingt, et la plupart étaient proches des deux mètres. Tous avaient la peau noire, ce qui laissait à penser qu'ils appartenaient, sinon aux sang-pur, du moins aux tribus apparentées de l'Overn. Ils portaient le pagne en lin des sang-pur et une ceinture de cuir incrusté de bronze. Kaspar remarqua qu'ils portaient des sandales fermées, sans doute dans une intention d'efficacité martiale et non de confort. Chacun était armé d'une longue lame incurvée qui reposait sur sa hanche, et tous portaient autour du cou un torque de bataille en fer décoré d'argent.

Des domestiques conduisirent Kaspar et son escorte à travers une succession de galeries, la plupart décorées de fontaines ou d'oiseaux exotiques, jusqu'à une salle gigantesque que dominait un lit immense. Ce dernier mesurait facilement trois mètres carrés et se dressait au sommet d'une estrade, au centre de la pièce.

D'ailleurs, celle-ci ressemblait plus à un pavillon qu'à une chambre avec ses nombreux rideaux que l'on pouvait ouvrir ou fermer selon le degré d'intimité requis. Pour le moment, tous étaient ouverts, offrant à l'empereur une vue stupéfiante du palais en contrebas et de la cité au-delà.

Diigaí était assis sur un siège incurvé, non loin du lit. Sur une table devant lui se trouvait le plus bel échiquier que Kaspar ait jamais vu. L'empereur lui fit signe d'approcher.

—Venez vous asseoir, mon garçon. Jouons un peu.

Kaspar s'assit et regarda autour de lui. L'empereur était entouré de jeunes femmes à la beauté époustouflante, toutes vêtues à la mode légère des sang-pur. Kaspar n'était pas homme à se laisser tourner la tête à la vue d'un joli visage ou d'une ample poitrine. Cependant, même lui fut impressionné par leur beauté exquise et leur nombre.

L'empereur les congédia d'un geste de la main.

—J'ai besoin d'autant d'intimité que possible, mes amours. Allez-vous-en.

Les filles s'en allèrent en échangeant des murmures et des rires étouffés. Les domestiques tirèrent les rideaux de gaze, ne laissant ouvert que le côté qui donnait sur la cité.

—Voilà toute l'intimité à laquelle j'ai droit, Kaspar, déclara l'empereur en laissant tomber les formalités d'usage. Je vous donne les blancs.

Kaspar hocha la tête et souleva un pion.

L'échiquier avait été taillé dans du bois de rose avec une précision saisissante. Les carreaux, en ébène et en ivoire, étaient sertis de minuscules liserés d'or si bien appliqués que la surface était totalement lisse. Les pièces étaient sculptées dans de l'onyx et de la calcédoine blanche, et la précision des détails en faisait de véritables œuvres d'art. Kaspar souleva la reine blanche et découvrit un visage à la beauté majestueuse. Chaque couronne était en or. En examinant de plus près les autres pièces, il découvrit de minuscules gemmes incrustées dans le sceptre du prêtre et s'aperçut que l'épée du cavalier était en platine.

—Allez, mon garçon, bougez, s'impatienta l'empereur.

Kaspar avança son pion en souriant. Cela faisait des années qu'on ne l'avait plus appelé « garçon ».

L'empereur se pencha en avant et dit, sur le ton de la confidence :

— Je parie que vous êtes surpris par la présence de toutes ces jolies filles.

Kaspar se mit à rire.

— Je dois avouer, Majesté, que leur beauté a failli me désarmer.

L'empereur sourit jusqu'aux oreilles. Kaspar fut frappé de voir combien ses dents paraissaient blanches et fortes comparées à sa peau mate et âgée.

— Quel est le dicton, déjà ? « Je suis vieux, mais je ne suis pas encore mort » ? (Il pouffa de rire.) Elles ne sont ici que pour m'espionner. Je crois que chacune travaille pour un ministre, un général, un noble ou une guilde quelconque. On me les a offertes en cadeau, le saviez-vous ?

— Ce sont des esclaves ?

— Pas du tout. Aucun esclave n'aurait le droit de s'approcher à moins de cent pas de mon impériale personne. Et les sang-pur ne peuvent être réduits en esclavage. Si l'un d'eux viole les lois au point de mériter la servitude, nous préférons le jeter aux crocodiles. (Il déplaça son propre pion et baissa la voix plus encore :) C'est l'un des avantages de mon rang. Je couche avec l'une d'entre elles de temps et temps et, même si… rien de significatif ne se produit, j'entends des choses. (Diigaí fit signe à Kaspar de se pencher plus près et chuchota :) Elles croient que je suis sénile. (De nouveau, il pouffa de rire. Pour la première fois depuis qu'il était enfant, Kaspar vit une petite lueur s'allumer dans les yeux de l'empereur.) Et je ne m'avise surtout pas de les détromper.

Kaspar ne fit aucun commentaire. Il se demandait pourquoi l'on admettait – non, pourquoi l'on traînait pratiquement de force – un étranger renégat comme lui au sein du cercle privé de l'empereur. Il bougea un nouveau pion.

La partie suivit son cours, lentement, jusqu'à ce que Diigaí reprenne la parole :

— Kaspar, j'ai bien peur qu'à cette même date, l'année prochaine, je ne sois plus de ce monde. (Il contempla la situation des pièces sur l'échiquier et ajouta :) Ce sera peut-être déjà le cas à cette même date, le mois prochain.

— Quelqu'un en voudrait-il à votre vie, Majesté ?

— Toujours. C'est la tradition, à Kesh. Mes fils sont tous morts jeunes, et seul l'un d'eux a eu des fils à son tour. Si j'avais une petite-fille raisonnablement intelligente, je la marierais et ferais de son époux le futur empereur, comme il en a été pour moi lorsque Lakeisha nous a mariés, Sharana et moi. (Il sourit en déplaçant une nouvelle pièce.) C'était une sacrée femme. Avez-vous jamais couché avec elle ?

— Je n'ai pas eu cet honneur, gloussa Kaspar.

— Vous êtes probablement le seul souverain de passage à Kesh dans ce cas-là.

— Je crois que je n'avais que quinze ans à l'époque, Majesté.

— Cela ne l'aurait pas arrêtée. Elle était sans doute trop occupée à coucher avec votre père, alors. (Sans laisser à Kaspar le temps de répondre, l'empereur poursuivit :) Je tiens de source sûre qu'elle a couché avec les deux princes des Isles. Mais c'était avant notre mariage. Ah, les femmes sang-pur au pouvoir ! Il n'existe au monde rien de comparable.

— Je veux bien le croire, approuva Kaspar.

— Sharana était une femme de caractère, aux idées bien arrêtées et dotée d'une nature impitoyable. Parfois, elle ne m'adressait pas la parole pendant des semaines si elle était en colère contre moi. Je dois avouer que j'ai fini par l'aimer, d'une certaine façon. Au bout de quarante ans, elle me manque encore, soupira-t-il.

» Si j'avais une petite-fille comme elle, je vous la donnerais en mariage, Kaspar.

— À moi, Sire ? s'écria Kaspar, réellement surpris.

L'empereur s'empara de l'une des pièces de son invité.

— Je vais faire échec et mat en quatre coups si vous n'y prenez pas garde. Oui, je vous aurais choisi, vous, mais pas parce que je vous apprécie particulièrement – ce n'est pas le cas. Vous êtes un salopard meurtrier qui ne connaît pas le remords, mais ce sont précisément les qualités nécessaires pour diriger cet empire.

— Eh bien, merci, Majesté… je crois.

L'empereur se mit à rire.

— Au moins, vous vous accrocheriez de toutes vos forces à ce qu'on vous aurait donné. J'ai peur que mon petit-fils ne voie l'empire se dissoudre en de nombreuses petites nations avant la fin de son règne.

— Sezioti ?

L'empereur secoua la tête.

— Non, Dangaí. Sezioti est un érudit, alors nos chasseurs et nos guerriers le sous-estiment. Pourtant, lui trouverait un moyen de préserver la paix. Mais il est peu probable qu'il hérite du trône. Dangaí est trop puissant. Même si le seigneur Rawa soutient l'aîné des princes, nombre de ses Auriges impériaux sont des amis de Dangaí. Cela vaut également pour la cavalerie impériale : le seigneur Semalcar est proche de Sezioti, mais la plupart de ses cavaliers ne l'aiment pas.

» N'oubliez pas que ces hommes ne sont pas de simples soldats. Chaque cavalier est un sang-pur, et chaque Aurige également. (L'empereur but une gorgée de vin.) Nous avons trop de maudits nobles à Kesh, Kaspar.

— Le seigneur Bey raconte qu'en ville on ne peut pas jeter une galette d'orge de la charrette d'un camelot sans atteindre un noble.

L'empereur rit de nouveau.

— Vraiment, il a dit ça ? C'est amusant, et tout à fait vrai. (Baissant de nouveau la voix, il ajouta :) Vous travaillez avec Bey, n'est-ce pas ?

— Je ne vois pas de quoi vous parlez, Majesté, répondit Kaspar en déplaçant un pion pour contrer l'attaque de l'empereur.

— Bey est un homme bien, probablement l'un des meilleurs, mais, comme tous les autres, il croit que je ne suis qu'un vieux fou croulant. Je me garde bien de le détromper.

» Venons-en au fait. Je ne sais pas ce que vous faites ici. Mais votre déguisement de noble du royaume était pathétique et si transparent que même un vieux croulant comme moi ne pouvait s'y laisser prendre. De toute évidence, vous vous attendiez à être pris en flagrant délit, tout comme vous espériez vous retrouver aux bons soins de Turgan Bey. Je dois admettre que je ne m'attendais pas à la demande d'asile, mais c'était bien joué. Qui a eu cette idée ?

— Moi, Majesté.

— Je sais que vous ne resterez pas longtemps à Kesh. À la minute où vous aurez terminé ce qui vous amenait ici, vous partirez – au mépris sans doute du serment que vous avez prononcé…

— Je ne violerai jamais ce serment, Majesté.

— Dans ce cas, vous êtes un idiot, Kaspar. Les serments sont faits pour être violés, si l'on peut échapper aux conséquences. Si Dangaí monte sur le trône, Kesh deviendra peut-être l'ennemie de vos maîtres, qui qu'ils soient, et vous devrez alors prendre les armes contre nous.

— Mes « maîtres » ?

— Votre nation ne s'est pas retournée contre vous toute seule, Kaspar. (Il pointa son index sur l'ancien duc.) Avez-vous oublié que ce sont des soldats keshians qui ont assailli votre citadelle pendant que le royaume s'amusait à se promener dans Opardum ? Et n'allez pas croire que j'ignorais que vous aviez été banni à l'autre bout du monde. Pourtant, vous voilà, moins de trois ans plus tard, et vous n'êtes pas arrivé vêtu comme un gueux. Vous aviez des ressources, Kaspar, ainsi que certains des meilleurs faux documents que j'ai jamais vus – oui, j'ai demandé qu'on les subtilise dans le bureau de Bey afin de pouvoir les examiner de près. Je ne serais pas surpris que le prince de Krondor et le duc Erik les aient faits spécialement pour vous.

» Je sais qu'il y a une raison à votre présence ici. Ce que je voudrais savoir, c'est si cette raison va vous pousser à améliorer ou à empirer la situation à Kesh.

Kaspar se laissa aller contre le dossier de sa chaise.

—J'espère améliorer la situation, Majesté. (Il se pencha en avant.) Vous avez raison, je sers des gens qui voudraient mettre un terme à un dangereux problème.

—À savoir le magicien dément, Varen ?

—Je dois dire que je suis impressionné, Majesté.

L'empereur se pencha également.

—Avec tous les espions qui se promènent à Kesh ces jours-ci, l'idée ne vous a même pas effleuré que certains pouvaient travailler pour moi ? (Il se redressa.) Nous avons des soupçons depuis quelque temps déjà, mais votre arrivée a achevé de me convaincre. Les rapports en provenance d'Opardum disaient qu'il était mort aux mains de Serwin Fauconnier – ce qui nous amène, soit dit en passant, à la seule chose qui m'a vraiment surprise dans toute cette affaire : le fait que vous arriviez tous les deux ensemble et vivants.

—Nous sommes parvenus à un accord.

—Quoi qu'il en soit, j'ai reçu des rapports confus et embrouillés, alors je les ai montrés à certains magiciens qui savent interpréter ce genre de choses – quelques-uns viennent du port des Étoiles. On en a tiré trois hypothèses : soit un sorcier complètement fou du nom de Sidi, que nous avons tué il y a cent ans environ, est revenu nous hanter, soit votre Varen en a réchappé et se trouve ici, à Kesh, soit un troisième monstre a surgi de nulle part et se trouve être lui aussi un puissant nécromant. La deuxième hypothèse me paraît être la plus probable.

Kaspar ne vit aucun mal à dire à l'empereur ce qu'il avait appris auprès de Pug.

—Il semblerait que Varen et Sidi ne soient qu'une seule et même personne.

—Ah, voilà qui explique beaucoup de choses. Je préfère les réponses simples, et celle-ci est la plus élégante à notre problème. Mais pourquoi êtes-vous ici ?

— Je suis venu régler mes comptes.
— Tant mieux. Pendant que vous y êtes, essayez de faire en sorte que mon empire reste intact.
— Je ferai de mon mieux, Majesté.
— J'ai un plan et j'espère vivre assez longtemps pour le mener à bien. Si Dangaí parvient à résister à ses pulsions usurpatrices un petit moment encore, j'ai peut-être une solution qui nous apportera un nouveau siècle de paix. Sinon, j'ai bien peur que ce soit la guerre civile.
— Nous avons quasiment le même objectif, Majesté, avoua Kaspar, car nombre de problèmes actuels de l'empire peuvent être imputés à Varen. Il appelle la rébellion de ses vœux.
— Mais pourquoi ?
— Parce qu'il sert la cause du Mal, Majesté. Il n'a même pas besoin que la rébellion aboutisse ; une sédition aurait des répercussions pendant plus d'une décennie. Même les innocents souffriraient. Et, si le coup d'État était un succès, toutes les autres familles puissantes ne seraient plus que du gibier pour les chacals et autres charognards.
— Pourquoi ? répéta l'empereur.
— L'objectif de Varen n'est pas d'obtenir le pouvoir pour lui-même, mais de saper la puissance de tout le monde. Il se nourrit du chaos et il a un plan à grande échelle. Il veut que les nations se fassent la guerre, que les trônes basculent et que les armées se mettent en marche.
— J'ai vécu trop longtemps, soupira l'empereur. Échec, ajouta-t-il en déplaçant une pièce.

Kaspar réfléchit à la situation en contemplant l'échiquier. Plus le chaos régnerait dans l'empire et plus il y aurait de la place pour le Mal. L'ancien duc avait passé deux ans sur l'île du Sorcier en compagnie de Pug et de ses collègues. Il avait contemplé les Dasatis en compagnie du dieu Kalkin. Varen n'était que le premier des nombreux problèmes que le Conclave devrait résoudre.

Mais, en dépit de tous ses pouvoirs, le sorcier était mortel et pouvait encore être éliminé.

Kaspar allongea son roi, concédant la victoire à son adversaire.
— Vous avez gagné, Majesté.
— Comme toujours, Kaspar, répondit l'empereur, le regard acéré. Je ne suis pas encore mort.

Avec beaucoup de présomption, l'ancien duc tendit le bras au-dessus de la table et prit la main impériale.

— Et il en sera ainsi encore un bon moment, si j'ai mon mot à dire.

Les deux hommes se serrèrent la main. Puis Diigaí déclara :

— Il est temps pour vous de retourner à vos appartements, et pour moi de reprendre le rôle du vieux fou lubrique. (Élevant la voix, il ajouta :) Où sont mes beautés ?

Aussitôt, les rideaux commencèrent à s'ouvrir et les jeunes femmes revinrent.

— Il y a des rôles plus pénibles à jouer, souffla l'empereur.

— Effectivement, reconnut Kaspar en hochant la tête.

Un serviteur le guida hors des appartements impériaux. Tout en s'en retournant vers son propre logement, il s'interrogea sur le rôle que l'empereur tenait dans la pièce qui se jouait en ce moment même. *Suis-je pour lui un véritable allié ?* se demanda-t-il. *Ou joue-t-il à un autre jeu avec moi ?*

Kaspar rentra chez lui sans encombre, mais il eut du mal à trouver le sommeil cette nuit-là.

18

Un nouveau plan

Le prisonnier ouvrit lentement les yeux.
Une jolie fille était penchée au-dessus de lui. Sa chevelure brune nouée en queue-de-cheval et sa robe la désignaient comme une femme du peuple mejun – des nomades des plaines qui suivaient les grands troupeaux d'antilopes au sud du Gouffre d'Overn.

— Chut, murmura-t-elle en lui humectant le visage à l'aide d'un linge humide. Vous êtes en sécurité pour l'instant.

L'homme pouvait à peine parler tant son visage était enflé à la suite des coups répétés que lui avait infligés Amafi. Il était resté attaché à une chaise pendant des jours. On l'avait frappé et obligé à faire sous lui. On lui avait refusé toute nourriture et on ne lui avait donné que la stricte quantité d'eau nécessaire pour survivre.

Mais il n'avait pas trahi sa famille.

— Vous pouvez vous asseoir ? lui demanda la fille, dont l'accent trahissait plus encore ses origines nomades.

Il gémit en sourdine tandis qu'elle l'aidait à se redresser.

— Buvez doucement, dit-elle en portant une tasse à ses lèvres. Cela va vous requinquer.

Le prisonnier obéit et s'aperçut que le breuvage amer lui rendait effectivement des forces tout en atténuant la douleur.

— Qui es-tu ? chuchota-t-il d'une voix rauque.

— Quelqu'un qu'on a payé pour vous libérer. Je m'appelle Iesha.

— Me libérer ?

— Tout ce que je sais, c'est que je dois vous faire sortir d'ici et vous emmener dans les égouts. Quelqu'un vous attend là-bas pour vous conduire autre part. Je ne sais pas qui il est ni où il doit vous conduire, et je ne veux pas le savoir. Les hommes qui vous retiennent prisonnier me font peur, alors je m'en irais dès que j'aurais mon or. (Elle tira sur le bras du Faucon de la Nuit.) Vous êtes capable de vous lever ?

Il se leva en gémissant, mais réussit à garder l'équilibre.

—Venez, on n'a pas beaucoup de temps, dit Iesha.

—Où sont les gardes ?

—Ils vous croient mourant, alors ils ont relâché leur vigilance. Un message a éloigné l'un d'eux, et l'autre dort à son poste. On n'a pas beaucoup de chemin à faire, mais il ne faut pas faire de bruit.

—Allons-y.

Ils se trouvaient dans une petite pièce, à l'intérieur d'un bâtiment qui ressemblait à une maison abandonnée. Iesha passa son bras autour de la taille du Faucon de la Nuit afin qu'il puisse s'appuyer sur elle. Ils avancèrent jusqu'à une cuisine meublée d'une seule table, sur laquelle reposait une lanterne. Un homme affalé sur la table ronflait doucement. La jeune fille aida le prisonnier à contourner le meuble pour entrer dans une autre pièce, puis ils franchirent une porte qui donnait sur la rue.

Il regarda de part et d'autre. Il faisait nuit noire, et seuls les petits bruits de la ville venaient rompre le silence.

—Où sommes-nous ? demanda-t-il dans un murmure.

—Dans le quartier de Kumhar. On a moins d'un pâté de maisons à parcourir.

Iesha l'aida à atteindre une grille en fer située au milieu de la rue. La jeune fille se pencha et tira sur dessus, mais celle-ci bougea à peine.

—Laisse-moi t'aider, intervint le prisonnier affaibli.

Il faillit crier de douleur en se penchant pour saisir la grille. Ensemble, la jeune fille et le Faucon de la Nuit la soulevèrent et la déposèrent sur le côté. À la lueur d'une lanterne éloignée, ils parvinrent tout juste à distinguer les barreaux en fer scellés dans la pierre.

—Vous pouvez descendre ? chuchota Iesha.

—Oui, répondit le Faucon de la Nuit.

Non sans grande difficulté, il s'assit au bord du trou et laissa ses pieds baller dans le vide. Puis il se retourna et descendit lentement à l'aide des barreaux. Dans un effort de volonté surhumain, il réussit à atteindre le bas, où deux mains puissantes se tendirent pour le rattraper.

Un homme en haillons les attendait. Quand la fille les rejoignit, il se tourna vers le prisonnier.

—À partir d'ici, c'est moi qui prends le relais.

— Je ne te connais pas, fit remarquer le Faucon de la Nuit, méfiant.

— Moi non plus, je ne te connais, mais on m'a payé pour te conduire jusqu'à un endroit où quelqu'un d'autre t'attend. On doit se dépêcher avant que quelqu'un remarque ta disparition.

— Attendez ! protesta la fille. Et mon or, alors ?

— Voilà pour toi, répondit le type en haillons.

D'un geste brusque, il sortit une dague de sa manche et l'enfonça dans le ventre de la jeune fille. Les yeux écarquillés, elle remua les lèvres, mais aucun son n'en sortit. Puis ses yeux se révulsèrent et elle tomba à la renverse dans les eaux sales qui parcouraient l'égout.

— Viens, dit l'homme en haillons.

Le prisonnier jeta un coup d'œil au cadavre de la fille.

— Tu as bien fait. Comme ça, elle ne dira à personne où elle m'a emmené.

— On me paie une somme rondelette pour veiller à ce que tu ne laisses aucune trace. Dès que je t'aurai remis entre les mains de tes copains, je reviendrai ici remettre la grille à sa place. Viens, dépêche-toi.

Le prisonnier était affaibli, mais l'idée d'échapper à ses tourmenteurs lui donnait des ailes. En pataugeant dans les eaux usées, il suivit le type en haillons qui le conduisit jusqu'à une grande intersection où l'attendaient deux hommes vêtus de noir. Ils avaient le visage masqué, de sorte qu'on ne leur voyait plus que les yeux.

— Tuez-le, leur souffla-t-il.

L'un des Faucons de la Nuit hocha la tête. Dans un sifflement métallique, il sortit son épée du fourreau et frappa rapidement l'homme en haillons qui s'effondra. L'autre Faucon passa son bras autour de la taille du blessé.

— Viens, mon frère, chuchota-t-il.

Ils s'enfoncèrent dans le vaste tunnel et tournèrent à droite. L'ancien prisonnier s'arrêta au bout d'un pas.

— Attendez ! Qu'est-ce qu'on…

Il s'interrompit brusquement. Puis il leva la main et arracha le masque de l'homme qui le soutenait.

— Toi ! siffla-t-il entre ses dents en reculant.

Amafi réagit à la vitesse de l'éclair et lui trancha la gorge. Le prisonnier tomba à la renverse tandis que le sang giclait de son cou.

— Maintenant, on sait, dit Ser en enlevant son masque à son tour.

— Oui, Magnificence. Maintenant, on est fixés.

Ils retournèrent auprès du type en haillons.

—Vous pouvez vous relever, maintenant, lui dit Ser.

Chezarul s'assit au beau milieu de la fange en secouant la tête.

—Qu'est-ce qu'on ne ferait pas pour la cause !

Ser rit.

—Comme je vous comprends !

Les trois hommes retournèrent à l'endroit où gisait la jeune fille, les bras en croix.

—Lela, on ne t'a jamais dit que tu fais une belle morte ?

—Merci, Ser, répondit la jeune fille en s'asseyant.

Il lui tendit la main et l'aida à se relever.

—Vous vous en êtes bien sortis tous les deux.

—Vous êtes sûr de vos informations, maintenant ? s'enquit Chezarul.

—Aussi sûr qu'on le sera jamais, répondit Ser. Il ne restait que deux endroits pouvant abriter le repaire des Faucons de la Nuit. Si notre ami a refusé de partir vers le nord, c'est que leur cachette se trouve certainement au sud. Il serait mort plutôt que de parler, alors c'était le seul moyen de le découvrir.

—Quand allons-nous attaquer, Magnificence ? s'enquit Amafi.

—Demain, à midi, répondit Ser. Ce sont des créatures de la nuit, nous devons donc les frapper au moment où ils sont le plus vulnérable. Chezarul, dites à Caleb de rassembler tout le monde. Je m'occupe du reste.

Chezarul acquiesça et s'enfonça dans l'égout en remontant à contre-courant.

—Je vais aller voir ceux qui se trouvent encore dans l'abri, Magnificence, proposa Amafi, et je vais faire porter un message à Pasko, pour tenir Kaspar au courant de nos faits et gestes.

—Sois prudent, lui recommanda Ser. Ils sont toujours à notre recherche.

—Ces mécréants n'étaient pas encore nés que je me cachais déjà parmi les ombres, Magnificence, répliqua Amafi avant de disparaître en haut de l'échelle.

—Quels sont tes projets ? demanda Ser à Lela en lui offrant un sourire chaleureux qu'elle ne pouvait pas voir, dans la pénombre.

Bien des années plus tôt, Lela avait été sa première maîtresse, quand il était encore Serre du Faucon argenté, le garçon orosini qui commençait tout juste son éducation au sein du Conclave.

— Je vais retourner jouer les serveuses à Krondor. J'entends raconter beaucoup de bêtises, mais je tombe parfois sur une ou deux informations utiles. (Elle se rapprocha de lui et posa la main sur la joue du jeune homme.) Si seulement je pouvais rester un peu plus longtemps ! On dirait que ça va devenir excitant par ici. Je dois dire que j'ai pensé à toi de temps en temps, ces dernières années.

Ser se mit à rire.

— Je suis marié, Lela.

Elle rit avec lui.

— Ça ne fait aucune différence pour beaucoup d'hommes, Ser. Pour être franche, moi aussi, je m'en moque.

Il la serra dans ses bras.

— Je regrette que ça ne soit pas possible. Mais tu dois t'en aller. Plus vite tu t'éloigneras de cette ville et mieux ce sera pour toi. J'espère que nous nous reverrons dans ses circonstances plus heureuses.

— Et surtout plus propres, rétorqua-t-elle en regardant sa robe et ses mains sales. Très bien.

Elle l'embrassa sur la joue, puis grimpa à son tour à l'échelle. Ser attendit quelques instants avant de la suivre.

Une fois revenue à l'air libre, Lela s'éloigna et disparut, avalée par l'obscurité, tandis que Ser remettait la grille en place. Il regarda autour de lui pour s'assurer que personne ne les avait vus. Dans quelques minutes, il serait de retour à l'abri. Il y prendrait un bain, changerait de vêtements et se reposerait un peu, car une mission sanglante les attendait le lendemain. Trop d'hommes valeureux risquaient de mourir.

Cependant, Ser n'arrivait pas à se débarrasser d'un nœud au ventre qui le poussait à se demander s'ils n'avaient pas omis un détail. Tout en continuant à scruter les alentours, de peur qu'on l'épie, il sortit un petit orbe de sa tunique noire et le porta à ses lèvres.

— Midi, demain, chuchota-t-il avant d'appuyer sur un bouton au sommet de l'artefact.

Ensuite, Ser tendit la main, de façon à ce que l'objet repose sur sa paume ouverte ; il n'avait aucune envie de découvrir ce qui se passerait s'il refermait ses doigts autour. Après quelques secondes, l'orbe commença à vibrer puis, brusquement, il disparut.

Les artefacts créés par les magiciens de l'île du Sorcier l'étonneraient toujours. Ser secoua la tête, puis ôta sa tunique noire et son turban. Il les fourra entre les barreaux de la grille, de manière à les laisser tomber dans l'égout en contrebas. Ensuite, sans hésiter, il tourna les talons. Il y avait beaucoup à faire avant le lendemain midi.

— Tu en es sûr ? demanda Caleb.

— Non, répondit Ser, mais je suis aussi convaincu qu'on peut l'être. Le Magistrat de la confrérie des Loqueteux nous a dit que les Faucons de la Nuit devaient forcément se cacher dans l'un ou l'autre de ces endroits. Nous avons conduit le prisonnier jusqu'à l'un des grands égouts qui mènent directement à ces deux sites. Je savais que si on partait dans la bonne direction, le prisonnier ne dirait rien, alors qu'il protesterait si on prenait la mauvaise. Il a protesté, et c'était la seule information qu'il était possible de lui soutirer.

Caleb, Pasko et Amafi se trouvaient dans la chambre de Ser, dans la quatrième auberge qu'il fréquentait depuis son agression à *La Maîtresse de la Chance*. Kaspar était pour l'heure en train de dîner avec les princes impériaux, Sezioti et Dangaí.

— Tu as prévenu mon père ? demanda Caleb.

— Oui, répondit Ser.

— Malgré tout, quelque chose me perturbe encore.

— Quoi donc ?

— Si les Faucons de la Nuit sont cachés dans les égouts au sud de la ville, qui tue les voleurs qui s'aventurent trop près de l'autre site, au nord ?

— Tu penses qu'il peut y avoir deux repaires ?

Caleb haussa les épaules.

— C'est peu probable. En revanche, Varen choisirait-il d'installer son repaire près des Faucons de la Nuit ? Ils travaillent pour lui, mais pas comme domestiques.

— Tu penses que Varen aussi dispose d'une cachette dans les égouts ?

— C'est toi qui as visité ses appartements à Opardum, pas moi. Quel meilleur endroit pour dissimuler ses activités que les égouts en dessous des abattoirs ?

Ser ne répondit pas tout de suite.

— Cet endroit est situé non loin du lieu où nous avons rencontré le Magistrat.

— Et si le prisonnier ne s'inquiétait pas du fait que tu l'éloignais du repaire de sa famille ? Si, au contraire, il redoutait que tu l'emmènes quelque part où il serait puni ?

— Alors, je pourrais être en train de me précipiter dans la mauvaise direction, au risque de faire tuer tout le monde, reconnut Ser. (Caleb haussa les épaules.) J'aimais mieux l'époque où j'étais étudiant et où tu étais mon professeur, Caleb. C'était toi qui prenais les décisions difficiles alors.

L'intéressé haussa de nouveau les épaules, mais en souriant, cette fois.

— C'est comme de décider de s'aventurer dans une grotte pour tuer un ours, pas vrai ?

— C'est moins dangereux de le faire sortir que de le pourchasser à l'intérieur, conclut Ser en hochant la tête.

Les deux hommes se regardèrent alors, les yeux écarquillés.

— Tu penses la même chose que moi ? demanda Ser.

— Il ne faut pas infiltrer leur repaire ; il faut les obliger à en sortir, acquiesça Caleb.

Ser se tourna vers Pasko et Amafi.

— Faites passer le message. Tout le monde doit rester à son poste jusqu'à nouvel ordre. On doit revoir notre plan.

— Bien, Magnificence, répondit Amafi en se dirigeant vers la porte.

— Vous feriez bien de vous dépêcher, rétorqua Pasko d'une voix sourde et grondante qui soulignait l'importance de ses paroles. Il ne reste plus qu'une semaine avant Banapis, et les festivités commencent demain. À cette heure-ci la semaine prochaine, ce sera le chaos à tous les coins de rue, à n'importe quelle heure.

Caleb hocha la tête et se leva.

— Je vais essayer de mettre la main sur ce petit mendiant, afin de prévenir le Magistrat. Il faut qu'on sache jusqu'à quelle distance on peut approcher ces deux sites dans les égouts.

— Espérons que ses informations soient valides. Je n'aimerais pas être celui qui découvrira que le Magistrat se trompait d'un rien, fit remarquer Ser en rapprochant son pouce et son index.

— On trouvera un moyen sûr de les attirer hors de leur repaire, promit Caleb. Père arrive de bonne heure demain en vue de l'attaque, je suis sûr qu'il aura bien un tour ou deux en réserve.

— En parlant de tours, reprit Ser, on aurait bien besoin de l'aide de Nakor, aussi. Il n'y a pas de salopard plus rusé que lui en ce bas monde.

— Je vais poser la question à mon père. Maintenant, retrouve-moi Shabeer pendant que j'échafaude un plan pour demain.

— Et Kaspar ? s'enquit Ser au moment d'ouvrir la porte.

— Je vais renvoyer Pasko au palais avant que notre ami aille se coucher.

Ser s'en alla. Caleb tourna alors son attention vers le problème qui le préoccupait désormais : comment faire sortir les Faucons de la Nuit de leur repaire sans se faire tuer au passage ?

Kaspar venait de découvrir qu'à Kesh un dîner avec les deux prétendants au trône, même informel, impliquait la présence d'une dizaine d'autres membres éminents de l'empire, d'une vingtaine de serviteurs autour des convives, d'une autre vingtaine pour apporter et débarrasser les plats, ainsi que des musiciens, des jongleurs, un grand nombre de femmes très attirantes, des mets excellents et du bon vin en abondance.

Kaspar avait droit à une place d'honneur à la gauche du prince Dangaï, lequel était assis à une extrémité de la longue table, en face de son frère aîné, le prince Sezioti. La place en haut de la table avait volontairement été laissée vacante pour indiquer l'absence de toute personne d'un rang supérieur à celui des deux princes. Cela permettait également d'éviter tout conflit entre les deux frères.

Un peu plus tôt dans la journée, Kaspar avait reçu cette invitation « informelle » – une note parfaitement rédigée à la main par un secrétaire impérial, qu'un domestique lui avait apportée sur un coussin en velours. Il avait dû annuler sa réunion avec Caleb et Ser, car personne ne pouvait dire non aux princes impériaux. Sans doute cette invitation abrupte était-elle la conséquence directe de sa partie d'échecs avec l'empereur, la veille au soir. Comme Kaspar l'avait prédit à Pasko, les deux princes voulaient désormais savoir quelle faction il privilégiait.

Le repas avait été cuisiné à la perfection, mais Kaspar mangea avec parcimonie car, dans moins de quinze heures, il allait devoir se battre et mettre sa vie en péril.

— Les plats et les boissons ne seraient-ils pas à votre goût, monseigneur Kaspar ? s'étonna le prince Dangaï.

— Au contraire, Altesse. Ils sont incomparables.

— C'est juste que vous semblez manger si peu et boire encore moins.

Kaspar dévisagea le plus jeune des deux prétendants au trône. Il était d'âge moyen, ou peut-être un petit peu plus vieux que l'ancien duc, mais il possédait un corps encore vigoureux et fait pour les champs de bataille. Il avait les bras et les épaules très musclés et semblait n'avoir que très peu de graisse. Il avait le crâne entièrement rasé, mais il portait la barbe et la moustache. Comme son grand-père et son frère, il avait la peau couleur d'une noix brune. Son visage luisait à cause de la chaleur. Kaspar regrettait de ne pas avoir eu l'audace d'abandonner la tenue traditionnelle olaskienne au profit du pagne keshian, car celui-ci devait être bien plus confortable.

— Mon estomac me joue des tours, ce soir, Altesse. J'aimerais m'assurer que je me porte suffisamment bien pour profiter de la fête qui nous attend la semaine prochaine.

— C'est effectivement un spectacle mémorable, fit remarquer le prince Sezioti de l'autre côté de la table. Tous les ans, le maître de cérémonie s'efforce d'organiser une fête plus grandiose que la précédente.

Dangaí ricana.

— Combien de défilés d'éléphants ou de singes paradant sur le dos d'un zèbre te faut-il ? (Il se mit à rire.) En regarder passer quelques-uns, c'est distrayant, mais au bout de la première demi-heure, ça devient… (Il haussa les épaules.) Malgré tout, la populace a l'air d'apprécier.

Sezioti rit à son tour.

— Comme toi quand tu avais six ans, petit frère. Tu n'arrêtais pas de crier « soulève-moi plus haut, Sezi ! » jusqu'à ce que j'aie l'impression que mes bras allaient se décrocher de mon corps.

Dangaí hocha la tête.

— Je m'en souviens, mon frère. Je m'en souviens.

Kaspar compara les deux hommes. La ressemblance familiale était évidente, mais Sezioti était bien moins musclé que son frère. Il avait tué son lion, comme n'importe quel sang-pur, mais il n'avait sans doute plus chassé depuis ce jour-là, ce qui devait remonter à trente-cinq ans. Il possédait un visage plus mince que Dangaí et ressemblait davantage à un homme porté sur les études.

Un détail troublait Kaspar : chacun des deux frères semblait sincèrement apprécier la compagnie de l'autre. Il régnait entre eux une aisance filiale, comme le montraient leurs remarques badines, qui provenait de plusieurs décennies passées ensemble. Kaspar avait été un enfant unique jusqu'à la naissance de sa sœur, sur le tard, mais même un aveugle n'aurait pas manqué de voir que ces deux frères étaient proches.

Kaspar essaya d'imaginer ce qui pourrait en faire des ennemis, en vain. Qu'ils se disputent, ça, oui, car tous les frères se querellaient de temps en temps. Il les voyait bien se lancer dans un débat passionné sur la meilleure façon de gouverner l'empire. Mais, pour lui, la réponse était évidente : Sezioti devait rester l'héritier et Dangaí devait prendre le commandement de l'armée tout entière. Il deviendrait ainsi le supérieur du maître du Cheval, du chef des Auriges impériaux et des commandants de la Légion intérieure. Si l'on confiait la sécurité de l'empire aux bons soins de Dangaí, il ne ferait aucun mal à son frère.

Qu'est-ce qui cloche ? se demanda Kaspar. *Quel est donc le détail que je ne vois pas ?*

Il décida d'enquêter un peu.

— Prince Dangaí, avant mon départ d'Olasko, je travaillais sur quelques problèmes commerciaux mineurs entre Kesh et mon duché. Ont-ils été résolus depuis ?

Dangaí cassa un os de coquelet en deux pour en sucer la moelle. Puis il pointa l'os sur son frère en disant :

— Cela relève davantage des compétences de Sezi, je dois le reconnaître. Les questions militaires ont tendance à occuper la plus grande partie de mon temps. Sezi ?

— Le problème ne vient pas d'Olasko, répondit le prince Sezioti. Il vient de Roldem, qui insiste pour que toutes les marchandises keshianes qui partent du Havre Mauve ou de Pont Suet à destination des royaumes de l'Est transitent par Roldem.

» Nous pourrions acheminer par voie de terre les marchandises jusqu'aux ports isliens de Taunton ou de Timons, mais il nous faudrait alors payer des droits de douane au royaume. Nous pourrions aussi expédier nos marchandises à partir de Queral et d'Hansulé et contourner à la voile les pics du Quor, mais ces pirates de Roldem ont la mainmise sur tous les échanges commerciaux qui s'effectuent en mer des Royaumes.

— À l'exception des navires des Isles, rappela Kaspar.

Sezioti hocha la tête et sourit d'un air contrit.

— Effectivement, parce que le royaume possède une marine que même Roldem respecte. Kesh, d'un autre côté, est un animal terrestre. Nos marins ne valent pas mieux que des pirates.

— Tu parles là d'un sujet qui me tient tout particulièrement à cœur, mon frère, intervint Dangaí avant de se tourner vers Kaspar. Nous avons tous deux insisté auprès de notre grand-père pour faire construire une escadre de navires modernes qui mouilleraient au large de Pont Suet. Une dizaine de gros bâtiments de guerre pourrait faire réfléchir Roldem.

Sezioti approuva, et la conversation se poursuivit longtemps sur le sujet des besoins commerciaux et militaires et de leur relation avec les pays voisins.

Quand le dîner se termina, Kaspar prit congé en ayant l'impression que ces deux hommes étaient vraiment faits pour gouverner conjointement, quel que soit celui qui monterait sur le trône. Où était donc la rivalité dont il avait tellement entendu parler ?

Il médita là-dessus jusqu'à ce qu'il arrive dans ses appartements, où l'attendait Pasko.

— Quelles nouvelles ? demanda Kaspar.

Pasko lui fit signe de le suivre sur le balcon.

— Caleb a convaincu Serwin qu'il nous faut plus d'informations avant d'attaquer, expliqua-t-il une fois qu'ils furent dehors. D'après lui, il pourrait très bien y avoir deux repaires de Faucons de la Nuit, à moins que la deuxième zone interdite d'accès dans les égouts abrite la tanière du sorcier. Quoi qu'il en soit, Pug arrive demain. C'est lui qui décidera de la marche à suivre.

— Mince, fit Kaspar.

Pasko sourit.

— Vous étiez si impatient que ça de vous battre, monseigneur ?

— Non, mais si j'avais su qu'on ne se battrait pas demain, j'aurais mangé plus et j'aurais descendu une sacrée quantité de vin !

19

Pièges

Caleb se déplaçait prudemment dans l'obscurité.

Plusieurs heures plus tôt, il avait quitté l'abri pour entrer dans les égouts en compagnie de Ser Fauconnier. Ensuite, ils s'étaient séparés. L'un était parti vers le nord, l'autre vers le sud. Tous deux étaient suivis comme leur ombre par d'autres membres du Conclave. En sachant qu'on protégeait leurs arrières, les deux hommes pouvaient se concentrer entièrement sur leur mission.

Caleb avançait pas à pas, pataugeant jusqu'aux genoux dans de l'eau pleine d'immondices. Ser et lui s'étaient portés volontaires pour explorer les deux zones inconnues, car ils avaient tous deux reçu un entraînement dans le domaine des arts magiques sur l'île du Sorcier. Même s'ils n'étaient pas magiciens, leur sensibilité à la présence de la magie leur donnait une meilleure chance de survie. Si des voleurs confirmés mouraient, cela signifiait que ces lieux n'étaient pas seulement protégés par des sentinelles vigilantes.

Caleb savait que Ser se montrerait tout aussi prudent dans son approche et que ni l'un ni l'autre ne pousseraient leur exploration au-delà des limites du raisonnable. Malgré tout, il n'existait aucune garantie ; tous les deux savaient qu'ils couraient un grand risque.

Pug et Magnus étaient arrivés le matin même, au cas où Varen déciderait d'agir directement. Pug avait décidé que le risque de se faire repérer était tempéré par le fait que leur présence sur place était nécessaire. Varen avait choqué Pug en menant personnellement l'assaut contre l'île du Sorcier, deux ans plus tôt, car ce n'était pas son mode opératoire habituel. Pug avait bien raison de comparer Varen à un cafard, car Serwin

Fauconnier et Kaspar d'Olasko avaient tué le magicien à deux reprises au cours des trois dernières années. Malgré tout, il ne voulait toujours pas mourir.

Ser et Caleb s'étaient portés volontaires pour cette mission de reconnaissance, car les sorts de protection mis en place par Varen étaient peut-être spécifiquement programmés pour détecter l'usage de la magie ou la présence de magiciens. Les deux hommes avaient été entraînés à repérer la présence de la magie, et Pug estimait qu'ils étaient les mieux placés pour effectuer cette mission et revenir sains et saufs.

Quelque chose heurta la jambe de Caleb, qui baissa les yeux. Un chat mort flottait à la surface, le corps pris par la rigidité cadavérique. Caleb perçut quelque chose et se pencha en tendant la main gauche. Lorsque ses doigts effleurèrent l'animal, il éprouva de faibles picotements. Il suspendit son geste. Le chat n'était pas mort de façon naturelle, il avait été tué.

Caleb ferma les yeux et s'efforça de se détendre, en bloquant les petits bruits des égouts : les clapotis de l'eau, les faibles échos des lointaines roues à aube et le grondement des lourds chariots qui passaient dans la rue au-dessus de sa tête. Il laissa vagabonder ses sens sans rien chercher de précis… jusqu'à ce qu'il trouve quelque chose !

Il ouvrit les yeux et fouilla la pénombre en sachant qu'il était presque impossible de voir quoi que ce soit. Le seul éclairage provenait des grilles au-dessus de lui. Étrangement espacées, elles laissaient filtrer le soleil. Les yeux de Caleb s'étaient habitués à l'obscurité, mais il savait que les sorts de protection qu'il venait de détecter étaient sûrement invisibles.

Il fit deux pas en avant et sentit ses cheveux se dresser sur sa nuque. Il était tout proche, mais il ne pouvait aller plus loin sans se mettre en danger.

Caleb attendit pendant près de une heure. À en croire le plan fourni par le Magistrat, s'il y avait des Faucons de la Nuit dans cette partie de la ville, il devrait pouvoir entendre quelque chose : un faible murmure, un bruit de pas sur la pierre, le mouvement d'une chaise ou le cliquetis d'une tasse.

Il continua à attendre.

Au bout de la deuxième heure, Caleb était convaincu qu'il n'y avait personne.

Il recula et sortit sa dague. En silence, il fit une marque sur une pierre, sur le mur de droite. Puis il tourna les talons et se dépêcha de retourner à l'endroit où attendait son père.

Pug réfléchissait à ce qu'il venait d'apprendre. Ser était revenu faire un rapport presque identique à celui de Caleb. Il n'avait pas croisé de cadavre de chat, mais il avait éprouvé la même gêne et avait lui aussi atteint un endroit où ses cheveux s'étaient dressés sur sa nuque. Comme Caleb, il avait reculé pour observer et attendre.

Lui non plus n'avait rien vu, rien entendu.

Il s'était seulement rendu compte que, contrairement au reste des égouts, il n'y avait pas le moindre rat à cet endroit. Il n'avait relevé aucun signe de leur présence. Il avait fini par arriver à la même conclusion que Caleb et avait lui aussi fait une croix sur le mur du tunnel avant de rebrousser chemin.

— Que sait-on de la cité au-dessus de ces deux emplacements ? demanda Pug.

— La zone que Caleb a visitée se trouve loin au sud, répondit Chezarul, près des tanneries, des abattoirs, des teintureries et des autres commerces qui demandent beaucoup d'eau et qui sentent mauvais.

— C'est donc un endroit où les gens ne vont que quand c'est nécessaire, résuma Pug.

— La zone du nord est située sous une partie très pauvre de la ville, qui abrite des centaines de taudis, de minuscules auberges et des commerces de toutes sortes, tous entassés les uns sur les autres.

— Un endroit où peu de gens prêteront attention aux allées et venues d'étrangers.

— Exactement, approuva le Keshian. Comme dans de nombreux quartiers pauvres de la ville, les crimes pullulent à cet endroit. En y mettant le prix, on peut y trouver tout ce qu'on désire, même si c'est illégal.

Pug examina les possibilités qui s'offraient à lui.

— Ces deux zones me paraissent toutes les deux être de bonnes cachettes, quoique pour des raisons différentes. Toutes deux disposent d'accès rapides donnant sur les rues au-dessus et les égouts environnants.

— Allons-nous envoyer des agents là-bas en essayant d'y accéder par la rue ? demanda Magnus.

— Non, les sorts de protection sont certainement destinés à éviter ce genre d'intrusion également. Je crois que je ne vais pas pouvoir faire autrement que de descendre dans les égouts pour examiner ces sorts moi-même, soupira Pug. (Il contempla sa longue robe de bure noire – il portait toujours ce style de vêtements depuis qu'il était rentré de Kelewan, voilà une éternité.) C'est la première fois que je préférais avoir un pantalon et des bottes plutôt que ma robe et mes sandales.

— On peut toujours aller te chercher des vêtements de rechange à la maison, père, répondit doucement Magnus.

— Tu sais ce qu'il faut faire ?

— Oui. Tu prends le nord et moi le sud.

Pug acquiesça.

— Caleb, tu viens avec moi. Serwin accompagnera Magnus.

— Et les autres, alors ? demanda Chezarul. Ça fait déjà deux heures que nos hommes sont en place. Plus on attend et plus on court le risque que quelqu'un les découvre par hasard.

Il ne prenait pas la peine de dissimuler sa frustration ; il était arrivé ce matin-là prêt à mener un assaut contre les Faucons de la Nuit, et voilà qu'on lui demandait de ronger son frein.

— Qu'ils attendent encore un peu, répondit Pug. S'il n'y a pas de combats, ils pourront rentrer chez eux un par un ou deux par deux. N'oubliez pas que, si on attaque Varen prématurément, nombre d'entre eux perdront la vie inutilement.

Le commerçant hocha la tête sans que sa frustration semble diminuer pour autant.

Les deux magiciens suivirent Ser et Caleb, puis se séparèrent au niveau du grand tunnel. Pug agita la main pour dire au revoir à Serwin et à son fils aîné, puis il suivit Caleb dans la pénombre.

Ils se déplaçaient en faisant le moins de bruit possible. Ils s'arrêtèrent plusieurs fois pour s'assurer que personne ne les suivait et, surtout, qu'aucun piège n'avait été installé depuis la visite de Caleb.

Enfin, ils parvinrent à l'endroit où ce dernier avait marqué le mur du tunnel.

— Je le sens, moi aussi, murmura Pug. (Il tapota l'épaule de son fils.) Retourne dans la dernière galerie que nous avons traversée et veille à ce que personne ne me surprenne. Ça risque de prendre du temps.

Caleb fit ce qu'on lui demandait et attendit en observant son père de loin. Depuis toutes ces années qu'il travaillait pour le Conclave, c'était la première fois que Caleb avait l'occasion de voir son père utiliser ses pouvoirs pour de bon. Jusque-là, il l'avait seulement vu faire des démonstrations aux étudiants de l'île. Pug s'apprêtait peut-être à affronter un dangereux ennemi, plus redoutable encore que tout ce qu'il avait jamais connu. Caleb éprouva alors une émotion inconnue : il s'inquiétait pour la sécurité de son père.

— Recule, recommanda Magnus.

— Jusqu'où ? demanda Ser en commençant à s'éloigner dans le tunnel.

— Si tu peux me voir, c'est que tu es encore trop près, répondit le magicien aux cheveux blancs. Le risque est élevé.

Ser remonta jusqu'au tournant précédent et attendit. Ses yeux ne cessaient de fouiller l'obscurité et ses oreilles suivaient les rythmes et les bruits ambiants des égouts. Son éducation de chasseur lui était très utile quand il jouait les sentinelles, car il n'existait pas beaucoup d'hommes au monde capables de surprendre un Orosini.

Il repensa à la façon dont cette improbable épopée avait commencé, quand il était enfant dans les montagnes où vivait son peuple. Il se rappela comment les folles ambitions de Kaspar avaient amené l'oblitération des siens.

Kaspar. Encore maintenant, il aurait pu le tuer à mains nues s'il l'avait fallu. Pourtant, sa rencontre avec l'ancien duc d'Olasko avait influencé et façonné son existence bien plus que tout le reste. Certes, Pasko, Caleb et les autres avaient été ses professeurs. Mais ils s'étaient servis de son désir de vengeance pour l'obliger à se transformer en un personnage qui dépassait de loin tout ce qu'il avait pu imaginer enfant.

Ensuite, au cours des années vécues auprès de Kaspar, quand il avait infiltré sa maison, puis plus tard lorsque ce dernier était venu prévenir le Conclave au sujet du Talnoy et des Dasatis, Ser avait découvert plusieurs choses troublantes. Tout d'abord, il avait fini par réellement apprécier le bonhomme. Kaspar était un compagnon charmant, bien éduqué et plein d'esprit. C'était aussi un chasseur accompli ; seuls Serwin et Caleb le surpassaient dans ce domaine. Enfin, en tant que bretteur, l'ancien duc arrivait deuxième derrière Ser parmi les membres du Conclave. Loin de l'influence de Leso Varen, il apparaissait comme un homme plein de remords qui cherchait la rédemption en se mettant au service des mêmes personnes qui avaient précipité sa ruine.

Bien sûr, on pouvait toujours avancer que Kaspar l'avait bien mérité et que le Conclave avait surtout cherché à éliminer Leso Varen plutôt qu'à calmer les ambitions mesquines du duc d'Olasko. Mais c'était Serwin qui, avec l'aide du Conclave, de Kesh la Grande et du royaume des Isles, avait écrasé la nation de Kaspar lors d'une attaque éclair. C'était lui également qui avait exilé l'ancien souverain, le condamnant à une année de misère à l'autre bout du monde.

Ser sourit. À en croire les histoires racontées par Kaspar au cours des deux dernières années, l'ancien duc avait dû effectuer quelques jolies tâches humiliantes au cours de cette période. Ce qui amusait le plus le jeune homme, c'était la vision d'un Kaspar portant le Talnoy sur son dos jusqu'au Pavillon des Dieux sans savoir qu'il lui suffisait de passer à son doigt l'anneau qui se trouvait dans sa bourse pour ordonner à la créature de le porter lui !

Ser pouffa de rire en essayant de ne pas faire trop de bruit.

Puis le tunnel explosa.

Avant même que le bruit et l'onde de choc l'atteignent, Pug sentit le spasme à travers la magie qu'il étudiait. Par réflexe, il érigea une barrière en travers du tunnel, à quelques centimètres du mur d'énergie qu'il examinait.

Il s'agissait, comme il s'en doutait, d'un piège mortel pour quiconque tenterait de s'engager dans le passage sans la bonne clé. Les artificiers de l'île du Sorcier auraient sans problème pu dupliquer les sortilèges nécessaires pour traverser sains et saufs, mais Pug ne disposait pas du temps nécessaire pour ça. Il essayait de contrer le sort de protection avec sa propre magie quand les égouts tremblèrent en raison de la lointaine explosion.

Pug eut à peine le temps d'ériger son bouclier avant que le sort défensif qui lui faisait face se déclenche à son tour dans une lumière blanche aveuglante. Le magicien comprit aussitôt ce qui s'était passé. Son fils aîné, dans son impatience, avait fini par détruire le sortilège protecteur plutôt que de le neutraliser.

On entendit un bruit semblable à celui de la foudre lorsqu'elle tombe à proximité. Puis une odeur actinique envahit les égouts, neutralisant la puanteur habituelle des lieux pendant quelques instants. Cette odeur fut suivie presque immédiatement d'une brutale compression de l'air dans les tunnels, annonciatrice d'un immense coup de tonnerre.

Caleb se couvrit les yeux. Puis, les oreilles bourdonnantes, il se retourna pour voir ce que faisait son père. Ce dernier lui fit signe de le rejoindre.

— Qu'est-ce qui s'est passé, père ? demanda son fils cadet.

— C'était ton frère, répondit Pug par-dessus son épaule. Les deux barrières étaient reliées et, quand Magnus a perdu patience…

Eh bien, j'imagine qu'elles sont tombées toutes les deux, maintenant. (Il ferma les yeux un instant, puis reprit :) Viens.

Il avait demandé à leurs hommes de quitter leur cachette pour les suivre, Magnus et lui, dans les prétendus repaires des Faucons de la Nuit.

Pug commença à marcher en direction de la zone précédemment protégée par une magie létale.

— Qu'a fait Magnus ? s'enquit Caleb.

— Messire James, l'ancien duc de Krondor, était du temps de sa jeunesse un voleur connu sous le nom de Jimmy les Mains Vives.

— Je sais, père. Tu nous as raconté de nombreuses histoires à son sujet.

— Eh bien, Jimmy m'a dit un jour qu'il y a deux façons d'ouvrir une serrure dont on n'a pas la clé. (Comme ils arrivaient dans un long passage plongé dans l'obscurité, Pug leva la main, et une lumière apparut autour de ses doigts. Il continua à marcher en tenant bien haut sa main luisante, comme s'il s'agissait d'une torche.) La première, c'est de la forcer.

— Et la deuxième ? demanda Caleb.

Pug sourit d'un air contrit.

— Il faut se procurer un marteau vraiment très gros.

— La patience n'a jamais été le fort de Magnus, père.

— Tout comme la subtilité. Exactement comme ta mère, même si ça me fait de la peine de l'admettre.

— Ne blâme pas notre mère. Personnellement, c'est à Nakor que je reproche d'avoir une si mauvaise influence sur lui.

Pug gloussa.

— Toutes ces années que tu as passées auprès des elfes t'ont donné un sens de l'humour noir face au danger.

Ils aperçurent une lueur à l'autre bout du tunnel. Pug éteignit alors la sienne. En se rapprochant de l'extrémité du passage, ils sentirent le sol commencer à grimper sous leurs pieds, comme s'il s'agissait d'une rampe. À l'autre bout de ce long tunnel, une large grille laissait passer beaucoup de lumière. Devant eux se dressait une grande porte en bois.

— Je crois que l'heure n'est plus à la subtilité, fit remarquer Pug. (Il vit Caleb hocher la tête et lui demanda :) Protège tes yeux.

Caleb se détourna. Un crépitement résonna dans le tunnel, et le fils cadet du magicien sentit, pendant un instant, la température augmenter de manière significative.

— Tu peux regarder, maintenant.

Caleb regarda la porte, qui n'était plus qu'un petit tas de charbon fumant. Des voix résonnèrent derrière eux. Une compagnie de trente hommes, tous loyaux envers le Conclave, arriva avec Chezarul à sa tête. Pug regarda à travers la fumée qui s'élevait jusqu'à la grille.

— Je m'en doutais.

— Quoi ?

Pug fit signe à son fils de franchir le seuil avec lui. Une fois à l'intérieur, Caleb se rendit compte qu'ils se trouvaient dans une vaste cave, et que celle-ci était complètement déserte.

— Père, il n'y a personne, dit Caleb tandis que les hommes d'armes les rejoignaient

— Ils ont fui ? demanda Chezarul.

Pug secoua la tête.

— Ils sont partis depuis des jours. J'imagine qu'ils ont fui juste après ta première attaque, mon fils, ajouta-t-il en regardant Caleb. Je pense qu'ils ont laissé ces sorts de protection en place pour nous faire perdre notre temps. Et c'est exactement ce qu'on a fait.

— Mais alors où est Varen ? Où sont les Faucons de la Nuit ? s'écria Caleb, visiblement frustré.

Pug secoua la tête.

— Ensemble, je pense, mais à part ça… Chezarul, dites à vos hommes de fouiller les lieux, aussi bien ici que dans les entrepôts au-dessus de nos têtes. Dites-leur de marquer l'emplacement de tout ce qu'ils trouveront et de ne toucher à rien. Je ne crois pas que les Faucons de la Nuit aient laissé des indices derrière eux, mais on ne sait jamais. (Il regarda son fils.) Je me demande ce qu'a trouvé ton frère…

Ser se souleva hors de la fange et recracha des choses sur le goût desquelles il préférait ne pas s'interroger. L'explosion l'avait pris totalement au dépourvu, et ses oreilles bourdonnaient encore.

Il se leva et s'efforça d'ôter avec sa main le plus de saletés possible. Quand le bourdonnement dans ses oreilles s'éteignit, il entendit des hommes arriver au pas de course dans le tunnel. Il sortit son épée du fourreau.

Lorsqu'il fut certain que ces hommes étaient à lui, Ser leur fit signe de le suivre, puis il s'engagea dans le petit tunnel où était Magnus. Il avait du mal à le distinguer dans la pénombre, mais il se déplaça aussi vite qu'il le put dans la fange épaisse et finit par rattraper le magicien.

Magnus s'arrêta à l'endroit où le tunnel commençait à grimper.

— Désolé pour le bruit, dit-il quand Ser le rattrapa. Je n'avais pas d'autre solution.

— Un petit avertissement, peut-être ?

— Pas le temps, répliqua Magnus en se tournant de nouveau vers les ténèbres qui leur tendaient les bras. Nos hommes vont arriver ?

— Vous ne les entendez pas ?

— J'ai déjà du mal à t'entendre, toi, répliqua Magnus. Quand le piège s'est déclenché, j'ai à peine eu le temps d'ériger un bouclier. Je n'ai donc pas réfléchi aux subtilités, comme le fait de pouvoir entendre ou voir après coup.

— Nos hommes devraient nous rattraper d'ici une minute ou deux.

— Attendons-les. J'en ai assez des surprises.

Moins de deux minutes plus tard, une compagnie de trente hommes les rejoignit.

— Tout le monde est prêt ? s'enquit Magnus.

Sans laisser à quiconque le temps de répondre, il tourna les talons et commença à grimper dans l'obscurité devant eux.

Ser fit signe aux hommes d'allumer quelques lanternes. Juste au moment où l'on s'occupait de la première, de la lumière jaillit tout autour de Magnus. Ser haussa les épaules et dit à l'homme qui tenait la lanterne de la garder allumée malgré tout. Puis il se lança à la poursuite du grand magicien.

En arrivant à l'autre bout du tunnel, ils se retrouvèrent devant une grande ouverture fermée par une grille en fer. Derrière s'entassaient des détritus jusqu'à hauteur de la taille d'un homme. Au-dessus de l'ouverture se trouvait un passage vertical sur lequel donnaient plusieurs déversoirs. Un filet régulier d'immondices dégoulinait derrière la grille.

— Personne n'est donc censé nettoyer ce bassin de rétention ? protesta Ser.

— Il va falloir poser la question aux ingénieurs du gouvernement impérial, à supposer que quiconque soit responsable de ce bazar, répondit Magnus.

— On dirait un cul-de-sac, reprit Ser. Regardez toutes ces ordures, personne n'est passé ici depuis des années.

— Les apparences sont parfois trompeuses, répondit Magnus.

Il fit passer son bâton dans la main gauche et tendit la main droite, paume vers l'avant. Le bruit du métal que l'on torture résonna dans le tunnel tandis que le fer se tordait. De la poussière et des petits débris de pierre tombèrent de la voûte lorsque la grille fut arrachée à la maçonnerie et tomba en avant, libérant la masse de détritus qu'elle contenait jusque-là. Les hommes derrière Ser se collèrent contre les parois du tunnel pour permettre aux ordures de passer à côté d'eux en flottant.

— Voyons voir ce qu'il y a là-haut, déclara Magnus lorsque l'eau qui s'écoulait du bassin se réduisit à un petit ruisseau.

Ils grimpèrent jusqu'à un énorme puisard, plein d'une boue à l'odeur fétide.

— Qu'est-ce que c'est ? demanda Ser.

— On dirait une espèce de compost, répondit Magnus. Comme dans une ferme, à l'endroit où ils stockent tout le fumier pour pouvoir le réutiliser comme engrais. (Il se pencha un peu et leva la tête en plissant les yeux dans la pénombre.) Je me demande ce que c'est, ça, là-haut ?

L'un des hommes derrière eux entendit la question et prit la parole.

— Si je ne m'abuse, on est juste en dessous d'un marché. Des chariots amènent des produits de la ferme ici tous les jours.

— Vous devez avoir raison, approuva Magnus. Ce truc a une odeur différente.

— C'est surtout des légumes et des fruits qu'on jette là-dedans pour les laisser pourrir, reprit l'homme. Il suffit d'une ou deux bonnes averses pour laver le tout.

— Des fruits et légumes en train de pourrir, ça n'a pas la même odeur que la viande gâtée, approuva Ser. Y a-t-il autre chose ?

Magnus secoua la tête.

— Il y a peut-être quelque chose caché dans cette mélasse, mais j'en doute. Je crois qu'on nous a menés sur une fausse...

Il s'interrompit lorsque quelque chose attira son regard.

— Qu'est-ce qu'il y a ? demanda Ser.

— Par là-bas, tu vois quelque chose ? demanda le magicien en pointant du doigt.

D'après Caleb, qui avait chassé avec lui à de nombreuses reprises, Serwin Fauconnier possédait un regard plus acéré que n'importe qui au monde. Il était capable de voir un faucon à un kilomètre ou de repérer un faon caché dans un fourré. Lorsque Magnus lui eut indiqué l'endroit où regarder, il repéra tout de suite quelque chose.

— Je vais aller le chercher, dit-il en entrant dans la cuve.

Il s'enfonça dans la fange jusqu'aux cuisses avant que ses pieds touchent enfin le sol au fond de la cuve.

— C'est courageux de ta part, fit remarquer Magnus.

— Je suis déjà dans un de ces états ! répliqua Ser en pataugeant dans le compost pour atteindre l'objet.

— Qu'est-ce que c'est ? demanda le magicien.

Ser se pencha.

— Je crois qu'il s'agit d'une espèce de bocal en pierre.

— N'y touche pas ! s'écria Magnus au moment où les doigts de son compagnon effleuraient l'objet.

Une douleur atroce envahit le bras de Ser tandis qu'une lumière aveuglante emplissait le tunnel. Magnus se tourna vers les hommes de Chezarul.

— Fuyez !

Ils n'eurent pas besoin de se le faire dire deux fois. Magnus se retourna de nouveau et vit des flammes jaillir du récipient que Ser avait touché. Aussitôt, il lança un sortilège bouclier pour enfermer son compagnon au sein d'un enchantement qui le protégerait momentanément de toute nouvelle blessure.

Cependant, en dépit de l'éclat aveuglant, Magnus vit Ser se tordre de douleur tout en essayant de rester debout. Il recula en titubant et leva son bras droit, grièvement brûlé. La chair cloquée était noire par endroits, et de petites flammes bordaient encore la manche de Ser, dont le visage n'était plus qu'un masque de souffrance.

Magnus comprit qu'il n'avait que quelques instants pour sortir Ser de là. Sinon, la chaleur de l'explosion allait devenir plus forte que son sort bouclier et tuer son compagnon. Le magicien fit le calme en lui et s'efforça de contacter Pug.

— *Père !*

Aussitôt, Pug apparut à ses côtés. D'un geste de la main, il repoussa la chaleur qui augmentait rapidement. Le compost autour de la jarre bouillonnait, crépitait et séchait si rapidement qu'il commençait à brûler.

Ser tituba en direction des deux magiciens.

— Il faut le sortir de là ! s'écria Magnus.

Pug ferma les yeux et formula une incantation. Tout à coup, le feu disparut. Magnus et son père réagirent alors rapidement. Sans prendre garde à la chaleur qui se dégageait du compost, ils attrapèrent Ser au moment où ce dernier s'effondrait.

— Emmène-le sur l'île ! s'exclama Pug.

Magnus coinça son bâton au creux de son bras et plongea la main sous sa robe. Il en sortit un orbe tsurani et passa son autre bras autour des épaules de Ser. Ils disparurent brusquement.

Pug regarda la cuve pleine d'ordures fumantes et s'avança jusqu'au récipient en pierre qui se trouvait au centre. La chaleur avait brûlé le compost tout autour, si bien que l'objet reposait sur la pierre nue. Le magicien se pencha pour toucher l'objet. Celui-ci se mit à vibrer, plein d'une énergie magique qui n'était hélas que trop familière.

Pug souleva le bocal.

— Je te tiens ! souffla-t-il avec une note de triomphe dans la voix.

20

Leso Varen

Ser serrait les dents.

La douleur était intense, et la puanteur de la chair brûlée sur son bras droit écœurante. Mais Nakor appliqua rapidement dessus des compresses imbibées d'une solution obtenue à partir d'une poudre qu'il avait sortie de son sac à dos omniprésent. Miranda arriva dans la pièce où l'on avait installé Ser à son arrivée sur l'île. Elle tenait à la main une tasse en terre cuite.

— Tiens, bois ça, ça va soulager la douleur.

Caleb aida Ser à s'asseoir pour boire.

— Qu'est-ce que c'est ? demanda le jeune homme. Une nouvelle potion magique ?

— Du cognac, rectifia Miranda. Mais je peux te donner quelque chose pour t'assommer, si tu préfères.

Les larmes aux yeux et les dents serrées, Ser ne répondit pas tandis que Nakor finissait d'appliquer les compresses humides sur sa chair carbonisée.

— Attends, fit le petit homme. Du cognac ?

— Oui, répondit Miranda.

Nakor fit un signe de tête à l'intention de Pug, qui posa la main sur le front du bretteur, lequel perdit aussitôt connaissance. Nakor prit alors la tasse des mains de Miranda et la vida d'un trait.

— Merci. Le cognac n'est pas bon pour lui. Le sommeil, c'est ce qu'il y a de mieux. Il va avoir mal pendant quelques jours encore, mais ce sont les démangeaisons qui vont le rendre fou. Il faudra lui donner quelque chose pour y remédier. (Nakor mit la tasse de côté.) Il va dormir pendant un moment. Maintenant, on a d'autres problèmes à régler.

Pug hocha la tête.

— Il faut retourner à Kesh.

— Partez devant, suggéra Nakor. Je vous rejoindrai sous peu avec Bek.

Miranda fit signe à Caleb et à Pug de se rapprocher d'elle. Quand ils furent tous rassemblés, elle les téléporta sans effort dans une villa que possédait le Conclave à quelques kilomètres en dehors de la capitale de l'empire.

— Il faut que je retourne en ville ce soir, prévint Caleb. Les trois garçons sont encore enfermés dans l'un de nos abris…

— Trois ? l'interrompit sa mère. Tu les collectionnes ?

— C'est une longue histoire. Pasko et Amafi m'attendent aussi, de toute façon.

— Tu les rejoindras plus tard, il faut qu'on discute, déclara Pug.

Il fit signe à sa famille de le suivre dans une pièce plus grande qu'on utilisait autrefois pour les réceptions et qui était désormais déserte, à l'exception de quelques chaises et de quelques tables.

Une fois à l'intérieur, Pug balaya la salle du regard. En plus de sa femme et de ses deux fils, il y avait là Chezarul, ainsi que deux de ses lieutenants en qui il avait toute confiance. Ces derniers serviraient de messager s'il y avait besoin de faire parvenir une lettre en ville rapidement. Leurs chevaux étaient déjà sellés. Deux adeptes de l'île du Sorcier patrouillaient le périmètre de la propriété en compagnie d'une dizaine de gardes appartenant à Chezarul, de façon à s'assurer que personne ne pouvait s'introduire en douce sur les lieux.

— Je suis inquiet de savoir que nos ennemis s'attendaient à la première attaque de Caleb, expliqua Pug, et qu'ils ont apparemment fui la ville. Soit nous avons un espion parmi nous, soit nous sommes l'objet d'une surveillance extrêmement subtile. Je peux cependant éliminer la seconde hypothèse, car Miranda et moi avons usé de tous nos artifices pour éviter que cela se produise. Cela signifie donc qu'il y a un espion dans nos rangs.

— Qui était au courant pour l'attaque ? demanda Caleb. (Il désigna Chezarul.) Notre ami ici présent, quelques lieutenants clés, et nous tous dans cette pièce.

— Et Kaspar, rappela Pug.

Caleb prit une profonde inspiration.

— Mais il était au palais et il ne connaissait ni le lieu ni l'heure de l'attaque. Or, les Faucons de la Nuit savaient précisément quand nous allions venir. De plus, Kaspar ignorait tout du raid d'aujourd'hui. Nous ne pouvions le prévenir sans mettre Amafi ou Pasko en danger.

— Donc, s'il y a un espion parmi nous, il se trouve dans cette pièce.

— Je considère ces hommes comme mes propres fils, protesta Chezarul. Je me porte garant de leur loyauté, je leur confierais jusqu'à ma vie.

Pug hocha la tête.

— Je n'en doute pas. (Il regarda le grand maigre qui avait l'air dangereux, un certain Donmati, et son compagnon puissamment musclé, un certain Dahab.) Aucun homme ne peut s'élever aussi haut dans notre société sans avoir été mis à l'épreuve.

— Mais peut-être notre espion ne sait-il pas qu'il en est un, intervint Miranda.

Pug plissa les yeux en regardant sa femme.

— Explique-toi.

— Caleb, où as-tu eu ces informations concernant le repaire des Faucons de la Nuit ? demanda la magicienne.

— D'un homme qui se fait appeler le Magistrat.

— Sait-il qui tu es ?

— Non, il sait seulement que nous étions prêts à lui donner beaucoup d'or, répondit Caleb.

— Donc, il a payé d'autres gens afin de réunir des informations pour toi ?

— Où veux-tu en venir, mon amour ? intervint Pug.

— Eh bien, peut-être que les gens qui surveillaient Caleb, Kaspar et Serwin ne savaient pas à qui, en fin de compte, irait l'information.

Pug se tourna vers Chezarul.

— Combien de temps te faut-il pour prendre contact avec ce Magistrat ?

— Quelques heures, tout au plus. La réponse devrait nous parvenir au matin.

— Dans ce cas, envoie-lui un message et organise une rencontre. Donne-lui toutes les assurances et l'or qu'il voudra, je n'accepterai pas qu'il refuse de nous voir.

Chezarul inclina la tête.

— Tout de suite.

Il fit signe à ses lieutenants de le suivre et s'en alla. Après le départ des trois hommes, Pug se tourna vers Caleb.

— Puisque Serwin est blessé, je veux que tu ailles voir Pasko. Demande-lui de porter un message à Kaspar. Préviens-le qu'apparemment les Faucons de la Nuit ont quitté la ville, mais qu'on ne peut pas en être absolument sûrs. Ils pourraient très bien se cacher dans une maison en bas de la route, pour ce qu'on en sait – à moins qu'ils soient déjà en chemin vers une autre nation.

» Dis-lui aussi que nous ne savons toujours pas où se trouve Varen. (Puis il ajouta, plus pour lui-même que pour Caleb :) Mais s'il ne se terre pas dans les égouts, il est probablement proche du pouvoir. Kaspar comprendra ça mieux que quiconque. Si, tout à coup, quelque chose sort de l'ordinaire au palais, il faut qu'on le sache. (Pug sortit de sa robe un petit objet en argent qui ressemblait à un charme.) Dis-lui de garder ça en permanence sur sa personne et de le briser s'il a besoin de convoquer l'un d'entre nous. (Il posa la main sur sa poitrine, puis désigna Miranda et Magnus.) L'un de nous trois le rejoindra aussitôt. Dis-lui que c'est également utile s'il a besoin de fuir. On pourra les sortir de là rapidement, Pasko et lui.

— Bien, père, répondit Caleb.

Il étreignit Pug, puis son frère et sa mère, avant de partir en courant pour l'écurie, où l'attendait un cheval.

— Un détail me trouble dans cette histoire, dit alors Magnus.

— Un détail seulement ? répliqua sèchement sa mère.

— Il y a d'autres magiciens à Kesh, en dehors de Varen. Certains d'entre eux sont en bons termes avec nous et avec l'académie du port des Étoiles. Mais personne ne nous a prévenus que Varen se trouvait peut-être à Kesh.

— S'il n'y avait eu ces pièges magiques, on pourrait même douter de sa présence, approuva Miranda.

— Peut-être que Varen n'a utilisé aucune magie sortant de l'ordinaire ? suggéra Magnus. Rien ne l'empêche d'habiter le corps de quelqu'un pratiquant déjà la magie. Et on sait qu'il existe un certain nombre de magiciens et de prêtres qui fréquentent le palais de temps à autre.

— En effet, confirma Pug. La rumeur prétend que Diigaí se sert de la magie pour prolonger son existence, puisqu'il est âgé de plus de cent ans. Peut-être y a-t-il davantage de vérité là-dedans que nous le pensions au départ.

— Varen pourrait-il être le magicien qui fournit à l'empereur cette magie de longévité ? s'enquit Magnus.

— Non, répondit Pug. Nous nous sommes déjà penchés sur la question. Même s'il est vrai que les rumeurs abondent sur cette histoire, aucun magicien ni aucun prêtre n'est resté seul avec Diigaí depuis des années. Cela ne veut pas dire qu'il n'en voit pas un en secret, mais nous avons parlé à tous nos contacts dans les temples keshians, et nous savons qu'aucun des prêtres les plus puissants n'aide l'empereur. Même Varen ne saurait posséder quelqu'un de si haut placé sans être découvert.

— Mais de qui s'agit-il alors ? demanda Miranda. Quelle vie a-t-il volée ?

Au même moment, Nakor apparut avec Bek à ses côtés.

— Je voulais m'assurer qu'il resterait à l'écart des ennuis, expliqua le petit homme.

Pug hocha la tête.

— Ralan, va donc en cuisine chercher quelque chose à manger.

Le grand jeune homme fronça les sourcils en se voyant ainsi congédier, mais cela ne l'empêcha pas d'acquiescer et de sortir.

— Nous étions en train de nous demander à qui appartient le corps que Varen occupe actuellement, expliqua Miranda après son départ.

— Je suis enclin à soupçonner quelqu'un du palais, déclara Magnus en regardant son père. Peut-être même l'un des princes ?

— C'est possible mais peu probable, répondit Pug. D'après les dires de Kaspar et de Ser, Varen fait preuve d'un comportement erratique au fil du temps. Il pourrait éviter les soupçons pendant un moment, mais les princes de Kesh sont surveillés de trop près pour que Varen puisse posséder l'un d'eux sans attirer l'attention. Non, il s'agit d'une personne haut placée mais qui n'est pas mise en avant. Il occupe sans doute le corps d'une personne proche de l'empereur, peut-être même l'une de ses concubines.

— Une femme ayant de l'influence sur l'empereur… oui, ça serait possible, reconnut Miranda. Mais je doute cependant qu'il ait choisi un corps de femme. (Avec un petit sourire contrit, elle ajouta :) Vous les hommes semblez posséder certaines inclinations dont vous avez du mal à vous défaire. (Elle marqua une pause, puis reprit :) Je pense qu'il s'est emparé de quelqu'un qui peut provoquer de gros dégâts brusquement et sans prévenir.

— Tu viens juste de désigner la moitié de la noblesse de Kesh, tous les officiers parmi les Auriges et les cavaliers, ainsi qu'une demi-douzaine de généraux de la Légion et de la garde de la maison impériale, rétorqua Pug. Au bon moment, une attaque soudaine... (Il secoua la tête.) Il dispose de tant d'endroits où se cacher.

— Mais nous sommes sûrs qu'il est à Kesh ? se renseigna Nakor.

— Maintenant, oui.

Pug prit un sac posé contre le mur et en sortit le récipient que Ser avait trouvé dans les égouts.

Nakor tendit la main. Pug lui donna l'objet pour qu'il l'examine.

— Qu'est-ce que c'est ? demanda Miranda.

— Oh ! s'exclama Nakor. C'est Varen ! Il est là-dedans !

Miranda réagit aussitôt. Les yeux étincelants, elle fit deux pas et arracha l'objet des mains de Nakor. Il s'agissait d'un simple bocal en terre cuite, dont le couvercle était scellé par un ruban de cire.

— Tu es sûr qu'il n'y a pas de protections ou d'autres sortilèges dessus ?

— La protection est inactive. Si je n'étais pas intervenu, Serwin serait mort.

— Allons-nous le détruire tout de suite ?

— Pas tant qu'on n'aura pas retrouvé Varen, répondit Pug. Si on détruit le récipient maintenant, il le saura. Son âme retournera vers le corps qu'il occupe actuellement et notre ennemi disparaîtra de la circulation. Je ne sais pas ce qu'il complote, mais il préférera y renoncer pour s'enfuir. Ensuite, il travaillera des années dans l'ombre à l'élaboration d'un nouveau plan avant d'oser affronter le Conclave de nouveau. N'oublie pas que cet homme a vécu au moins aussi longtemps que nous, peut-être plus, et qu'il peut facilement fuir d'un corps à l'autre tant que cet objet reste intact.

— Où l'as-tu trouvé ?

Pug leur raconta comment Ser et Magnus l'avaient découvert.

— Brillant, absolument brillant, commenta Nakor en souriant. On aurait pu démanteler cette ville brique par brique sans qu'il nous vienne à l'idée de fouiller une cuve pleine de compost au milieu des égouts. Varen, de son côté, pouvait se rendre au marché aux légumes quand il le voulait pour récupérer le bocal d'un geste de la main.

— C'est pourquoi nous devons conserver cet objet jusqu'au tout dernier instant de la vie de Varen. S'il n'avait pas placé un sort de protection additionnel dans ce tunnel, nous ne l'aurions jamais trouvé. (Pug prit le récipient des mains de sa femme et le remit dans le sac.) J'aurais très bien pu patauger dans la fange à trente centimètres de cet objet sans le découvrir pour autant. C'est le hasard qui a fait que Magnus et Ser l'ont repéré.

» Sans eux, nous aurions concentré tous nos efforts sur la recherche des Faucons de la Nuit et nous aurions pu croire que la crise actuelle à Kesh était terminée.

— Qu'est-ce qu'on fait maintenant ? s'enquit Miranda.

— On attend qu'il se trahisse, répondit Pug. Nous ne tarderons pas à découvrir ce qu'il a planifié. Les Faucons de la Nuit sont sûrement à proximité. Quelque chose se prépare pour la fête de Banapis, il faut donc rester vigilant.

— Les festivités commencent dans moins d'une semaine, père, et la question de la succession n'est pas réglée, rappela Magnus. S'il a prévu quelque chose d'aussi monstrueux qu'un attentat contre la famille impériale ou l'assassinat d'un autre noble, nous ne pourrons rien faire pour éviter que l'empire keshian sombre dans la guerre civile.

Pug hocha la tête.

— C'est le risque. Mais nous tenons enfin une occasion de détruire Varen une fois pour toutes, et c'est plus important que le reste. Si nous sommes attentifs, nous parviendrons peut-être à empêcher le complot meurtrier qu'il a mis en œuvre. Cependant, même si j'aimerais assurer la stabilité de l'empire, retrouver Varen est notre priorité.

— Très bien, acquiesça Magnus. Je vais retourner en ville. Maintenant que Serwin est hors d'état de nous aider pendant quelque temps, nous avons besoin de personnes capables de détecter la magie à proximité du palais. Qu'allez-vous faire tous les deux ?

— Nous allons rester à proximité, nous aussi, répondit Miranda. Le jeu touche à sa fin, et nous ne pouvons nous permettre de trop nous éloigner de vous, au cas où vous auriez besoin d'aide.

Magnus sourit.

— Dis plutôt que tu veux garder un œil sur tes garçons, mère.

Miranda pencha la tête et sourit à son fils aîné.

— J'aime mes enfants. Même quand tu apprenais à faire du feu en pointant un bâton sur tout ce qui était combustible, je t'aimais.

Pug éclata de rire.

— Il avait quel âge, trois ans ?

— Même pas, répondit Miranda. Et tu n'as pas trouvé ça si drôle, sur le moment.

— C'est parce qu'il a bien failli incendier mon bureau.

Miranda serra son fils contre elle.

—Oui, même quand on avait envie de te noyer et de faire comme si tu n'étais jamais venu au monde, nous t'aimions, Magnus, comme nous aimons Caleb. Alors, oui, bien sûr, je veux garder un œil sur mes garçons.

À son tour, Magnus serra sa mère contre lui.

—Cette fois-ci, j'apprécie l'attention, vraiment. (Il recula et prit son bâton à l'endroit où il l'avait posé, contre le mur.) Vous savez où me trouver en cas de besoin, ajouta-t-il avant de disparaître.

—C'est maintenant que ça devient difficile, commenta Pug.

—Oui, c'est toujours très dur d'attendre, confirma Miranda.

Kaspar hocha la tête tandis que Pasko finissait de lire le message de Pug.

Caleb était retourné dans l'abri et avait dit à Amafi et aux garçons que tout était sous contrôle. Puis il avait pris Pasko à part et lui avait transmis les instructions de Pug. Le vieux valet s'était donc rendu au marché du matin pour faire quelques achats. Quand les autres domestiques étaient retournés prendre leur service au palais en se bousculant aux portes, il les avait suivis en prétendant rapporter les emplettes que son maître lui avait demandé de faire dès l'aube.

Pasko tendit à Kaspar l'artefact que Caleb lui avait donné.

—Tu n'aurais pas une petite chaîne, par hasard ? s'enquit l'ancien duc.

Tous deux se tenaient debout sur le balcon, observant les mêmes précautions que celles prises par le seigneur Turgan.

—Dans mes affaires, répondit Pasko en levant le doigt. Un instant, monseigneur. (Il revint quelques minutes plus tard avec une simple chaîne en or.) Au service des nobles comme le jeune Serwin, on en arrive à collecter un certain nombre de choses au fil des ans. On ne sait jamais quand cela peut s'avérer utile.

Il donna la chaîne à Kaspar, qui la passa dans le petit trou du pendentif que Pug lui avait envoyé. Puis, avec l'aide du domestique, l'ancien duc l'attacha autour de son cou.

—Quel est le programme aujourd'hui ? s'enquit Pasko, qui n'était pas rentré au palais depuis deux jours.

—Les réceptions et les fêtes habituelles, ainsi que le premier grand gala des réjouissances.

—Banapis, c'est dans deux jours. Vous avez peur que Varen agisse bientôt ?

Kaspar haussa les épaules.

— Quand il vivait dans ma citadelle, Varen ignorait presque toutes les fonctions d'État, sauf si je lui demandais expressément de se joindre à nous. Apparemment, les mondanités ne l'intéressaient guère. Il rôde probablement dans les sous-sols du palais, déguisé en dératiseur ou en nettoyeur de fumier, pour poser des pièges magiques qui nous détruiront tous en un instant.

— D'après Caleb, Pug pense au contraire que Varen est haut placé, ici même, au palais, et qu'il occupe le corps d'une personne capable d'amener rapidement la nation au bord de la crise.

— Pug a peut-être tort, répondit Kaspar. C'est un puissant magicien, et un type intelligent, mais je suis sûr qu'il serait le premier à nous dire qu'il a commis des erreurs, comme tout le monde. Non, pour ce qu'on en sait, Varen est un cuisinier qui s'apprête à empoisonner le repas de ce soir et, demain, nous serons tous morts. (Kaspar se tapota le menton.) À moins que…

— À moins que quoi, monseigneur ?

— À moins qu'il exige une audience auprès de… (Il se tourna vers Pasko.) Serait-ce possible ?

— Quoi donc, monseigneur ? répondit le vieux domestique, visiblement perplexe.

— J'ai une idée. Elle est tirée par les cheveux, mais je crois que Pug devrait l'entendre. Dis-lui de me retrouver à… (Il regarda de nouveau Pasko.) Non, envoie un message à Caleb pour lui dire qu'il faut que je le voie. Je me rendrai à son auberge ce midi.

Pasko hocha la tête et rentra dans l'appartement. Resté seul sur le balcon, Kaspar réfléchit à l'hypothèse qui lui était venue. C'était probablement la plus ridicule de toutes les théories, mais c'était la seule qui correspondait à tous les critères de la présence de Varen à Kesh.

Il resta seul ainsi pendant une heure à réexaminer ce qu'il savait et ce qu'il redoutait. Plus il réfléchissait à la question et plus il était convaincu d'avoir raison.

— Vous êtes fou ! s'écria Miranda lorsque Kaspar acheva de leur raconter ses soupçons, à elle, à Pug et à Caleb.

— Varen est fou, rétorqua-t-il. Moi, j'ai peut-être tort. Il y a une différence.

— Il est vrai que cette personne est moins surveillée que tous les autres habitants du palais, tant qu'elle remplit les fonctions de sa charge et qu'elle ne parle pas avec quelqu'un de suspect... oui, c'est possible, convint Pug.

— Je ne peux pas le croire, insista Miranda. Quelqu'un aurait déjà dû le remarquer, depuis le temps.

— Peut-être est-ce le cas, mais la politique à Kesh est tellement compliquée que, si un espion ou un ministre quelconque disparaît... (Brusquement, Kaspar écarquilla les yeux.) Peut-être qu'on s'est trompés au sujet des nobles keshians assassinés.

Pug hocha la tête.

— Peut-être qu'ils n'ont pas été assassinés parce qu'ils soutenaient le prince Sezioti, mais parce qu'ils ont remarqué quelque chose de suspect.

— Je dois retourner au palais et m'arranger pour rencontrer Turgan Bey, dit Kaspar. Il faut que je découvre où étaient ces nobles la semaine précédant leur mort.

— Si vos soupçons s'avèrent fondés, dit Miranda, ça va être l'enfer pour le prouver.

— On ne peut pas le prouver, rétorqua Pug. Ceux qui voudront bien nous croire sont déjà dans notre camp. Ceux qui s'opposent à nous le savent peut-être déjà, mais ils s'en moquent, et les autres penseront que Kaspar est fou ou que c'est un criminel.

Caleb, qui était jusque-là resté en retrait, prit la parole.

— Je comprends en partie la logique du raisonnement qui vous a amené à cette conclusion, Kaspar. Mais comment pouvez-vous être aussi sûr de vous ?

— C'est à cause de l'affection évidente que se portent les deux frères. Ils ont certes des mères différentes, mais ils sont très proches. La façon dont ils se parlent... Les luttes intestines font partie de la tradition keshiane, mais les factions qui soutiennent chacun des princes semblent ignorer le fait qu'aucun ne lèverait le petit doigt contre l'autre si leur grand-père désignait l'autre comme héritier.

» Si quiconque s'en prenait à Sezioti, Dangaï sortirait son épée pour protéger son frère et ordonnerait à la Légion intérieure de s'unir à la garde impériale. Et Sezioti n'a rien d'un guerrier, mais il ferait la même chose pour son frère cadet.

» Oui, je suis convaincu de ce que j'avance. Quelqu'un a créé cette rivalité de toutes pièces et tue tous ceux qui soupçonnent quelque chose. Il faut que je parle à Turgan Bey.

Pug hocha la tête.

— Prenez Magnus avec vous, déguisé en domestique. Il se trouve avec Nakor et Bek dans la pièce d'à côté. Caleb, je crois qu'il est temps de renvoyer les garçons sur l'île. Dès que tu les auras déposés en sécurité, reviens ici pour Banapis. Si, comme le pense Kaspar, c'est le jour que Varen a choisi pour agir, il le fera en présence du plus grand nombre possible de Seigneurs et Maîtres.

» Qu'y a-t-il ? ajouta Pug en voyant son fils hésiter.

— Père, je voudrais garder les garçons ici avec moi.

— Pourquoi ? Nous sommes pratiquement sûrs que le sang va très vite se mettre à couler.

— J'essaierai de les tenir à l'écart mais, tôt ou tard, il faudra bien qu'ils passent l'épreuve du feu. Ils s'en sont bien sortis jusque-là, mieux que je l'espérais, et nous allons avoir besoin de toutes les épées que nous pourrons rassembler.

— Y compris Jommy ? Je n'ai même pas rencontré ce garçon, encore.

— Il sait se débrouiller tout seul. Certes, il ne connaît rien à l'escrime, mais c'est un bagarreur qui sait garder la tête froide. Je veillerai à ce que les garçons comprennent qu'ils ne sont que des réservistes, mais je les veux à portée de la main.

— Ils sont sous ta responsabilité, puisque tu es leur père adoptif, concéda Pug. C'est ta décision. Sois prudent, c'est tout, ajouta-t-il en souriant. (Puis il regarda Kaspar, qui s'apprêtait à partir.)

» J'espère que vous avez vu juste car, si c'est le cas, tout sera terminé dans deux jours. Mais je prie pour que vous ayez tort, car tout repose sur notre capacité à convaincre un palais rempli de nobles keshians en colère que nous protégeons leur nation. Je reste à proximité, mais, de toute façon, vous avez l'amulette. Connaissant Varen, il s'est préparé à ma venue, mais il ne s'attend sans doute pas à nous voir tous débarquer. En l'obligeant à se dévoiler devant toute la Cour, nous parviendrons peut-être à sauver cette nation, et Midkemia tout entier.

Kaspar s'en alla sans un mot, mais l'expression sinistre sur son visage reflétait les sentiments de Caleb, de Miranda et de Pug.

Caleb se leva.

— Je vais aller dire aux garçons de se tenir prêts.

Ses parents le serrèrent dans leurs bras.

— J'aimerais que tu changes d'avis et que tu ramènes les garçons sur l'île, lui dit Miranda. Et je serais encore plus heureuse si tu restais avec eux.

— Pourquoi ?
— Tu as une femme, maintenant…
— Et trois beaux-fils, apparemment, renchérit son père.
Caleb sourit.
— Je suis sûr que vous allez aimer Jommy, c'est un bon garçon. Mais nous avons besoin d'épées, père, et il faut que je reste à tes côtés, puisque Ser est blessé. Qu'est-ce que Nakor dit tout le temps sur les magiciens dans une bataille ? « Un magicien lance un sort. Le deuxième magicien réplique. Le premier lance un nouveau sort, et le deuxième essaie de nouveau de l'arrêter. Un soldat arrive et abat le premier magicien pendant qu'il est occupé à se demander quel nouveau sort il va bien pouvoir lancer. »

Pug se mit à rire.
— Quelque chose comme ça, en effet. Mais, s'il t'entend l'imiter comme ça, il va se vexer. De toute façon, Kaspar sera à nos côtés. Et Varen n'aura pas affaire à un, mais à trois magiciens, rappela-t-il.
— Sans oublier Nakor et cet étrange garçon qui le suit partout, ajouta Miranda.
— Si tu m'ordonnes de rester sur l'île, père, j'obéirai, mais je préférerais rester ici.

Pug garda le silence un long moment avant de répondre :
— Je veux que tu restes sur l'île. (Il étreignit de nouveau Caleb.) Mais tu as raison, j'ai besoin de toi ici. Par contre, je dois partir. Miranda, tu veux bien surveiller tout le monde pendant mon absence ?
— Où vas-tu ?
— Sur l'île. Je crois que je viens d'avoir une idée qui pourrait nous aider.

Miranda embrassa son mari, qui sortit un orbe et disparut. Elle prit son fils par le bras et ils sortirent ensemble pour aller chercher les trois garçons.

Après des derniers adieux, Kaspar et Magnus partirent pour le palais en s'arrêtant en chemin pour acheter le déguisement du magicien. Nakor souhaita bonne chance à Caleb et aux garçons, puis, lorsqu'il ne resta plus que lui et Miranda, il demanda :
— Et maintenant ?

Miranda s'assit sur une chaise.
— Maintenant, on commande quelque chose à manger et on attend.

Ralan Bek se tourna vers elle.
— Est-ce que je peux faire quelque chose ?
Nakor posa les mains sur les épaules du jeune homme.
— Bientôt, mon jeune ami, bientôt.

21

Mise en place

Kaspar balaya la foule du regard.

Cette fête signalait le coup d'envoi des célébrations de Banapis, le solstice d'été, la fête la plus ancienne du monde. Son origine se perdait à l'aube des temps, à l'époque où les archives n'existaient pas encore. C'était une journée qui n'appartenait ni à l'année précédente ni à la suivante. D'après la légende, Banapis, connu sous d'autres noms dans d'autres nations, était célébré dans le monde entier.

Kaspar avait découvert que, ce jour-là, c'était le solstice d'hiver que l'on célébrait à Novindus. À l'inverse, quand on fêtait le solstice d'hiver à Kesh et dans les autres nations du Nord, c'était l'été dans le Sud. Il se demanda distraitement si le solstice d'été qu'il avait fêté sur Novindus comptait vraiment, si cela lui donnait vraiment un an supplémentaire.

Pasko et Amafi étaient tous deux présents. À cause de la blessure de Fauconnier, l'ancien assassin n'avait pas d'autres obligations à remplir, et Kaspar s'était dit qu'il aurait bien besoin d'une personne supplémentaire dans la foule. Il savait que Magnus était caché quelque part dans l'assemblée et que Pug et Miranda pouvaient apparaître en un instant si besoin était. Une fois de plus, il regretta l'absence de Fauconnier, dont le talent d'escrimeur était irremplaçable. Enfin, personne ne savait où se trouvait Nakor.

— C'est ce qu'ils appellent une fête intime, Magnificence ? s'étonna Amafi.

— Seulement quand on est l'empereur de Kesh, répondit Pasko. Seuls ses amis les plus proches et ses parents les plus chers sont là.

— Ça ne fait jamais que dix mille personnes, ajouta sèchement Kaspar.

La place qui délimitait le bord du plateau, devant le palais, était aussi grande que la cour d'honneur de la citadelle d'Opardum. Toute l'armée de Kaspar aurait pu se réunir là sans que les soldats soient au coude à coude.

La place était divisée en trois niveaux. Le plus élevé était réservé à la famille impériale ; il s'agissait d'une plate-forme relativement petite à laquelle on accédait par l'intérieur du palais. Environ cinq cents personnes devaient s'y retrouver avec l'empereur et les siens. Si Kaspar avait conservé son titre ducal, il aurait été présent parmi ces invités privilégiés. Cependant, en tant que simple réfugié politique, il s'était vu relégué sur la seconde plate-forme, là où se tiendrait la majorité des participants.

Deux escaliers de six marches en pierre bordaient le deuxième niveau pour descendre vers le troisième. Rien n'empêchait les personnes présentes en bas de monter vers le niveau supérieur, mais chacun savait rester à sa place, même si, durant Banapis, la notion de rang ne voulait plus rien dire. L'absence de gardes et de barrières était la réponse keshiane à cette tradition. Ce jour-là, dans le royaume des Isles et à Roldem, le roi se mêlait à la populace dans les rues. À Kesh, on faisait simplement disparaître les gardes de la maison impériale, vêtus de blanc, pour respecter ce jour d'égalité mythique.

Malgré tout, Kaspar savait que le fait de gravir les marches jusqu'au deuxième niveau provoquerait immédiatement l'apparition de ces mêmes gardes ; quant à essayer d'atteindre la plate-forme supérieure où serait bientôt assis l'empereur, ce serait signer son arrêt de mort. Or, à un moment donné, Kaspar allait devoir y accéder, à cette maudite plate-forme. Il y jeta un coup d'œil. Contrairement aux deux autres niveaux, l'estrade impériale était située suffisamment haut au-dessus du deuxième niveau pour ressembler à un véritable balcon géant, avec une paroi impossible à escalader. Seul un escalier de chaque côté permettait d'y accéder de l'extérieur. Sinon, il fallait entrer dans le palais pour monter jusqu'à l'étage concerné, puis réussir à traverser, soit les appartements impériaux, soit la galerie des Seigneurs et Maîtres.

Une dizaine de gardes de la maison impériale en uniforme blanc interdisait l'accès à ces escaliers. Il aurait fallu pas moins d'une escouade de soldats expérimentés pour parvenir à franchir ce barrage. Kaspar se tourna vers Amafi et Pasko.

— J'ai l'impression que, si on veut aller là-haut, il va falloir passer par la porte de derrière.

Amafi sourit.

— Je connais le chemin, Magnificence.

— Laisse-moi deviner, intervint sèchement Pasko. Tu as déjà assassiné un prince keshian ?

— Pas tout à fait, répondit l'ancien tueur avec sa modestie habituelle, tandis que, autour d'eux, les participants de la fête commençaient à se bousculer pour gagner leurs places. Un jour, on m'a demandé d'éliminer un jeune courtisan qui commençait à poser problème à un petit fonctionnaire du palais. Le courtisan était un sang-pur, le fonctionnaire ne l'était pas et sa femme le trompait. Par malheur, le courtisan s'est étouffé avec un noyau d'olive durant la fête alors qu'il se trouvait sur cette même place. (Amafi sourit.) Ce fut vraiment l'un de mes coups les plus subtils.

— Le soleil se couche, ce sera bientôt le chaos, prophétisa Kaspar. Essayons d'en profiter. Au fils des ans, j'ai remarqué que, la plupart du temps, les gens ne vous posent pas de questions tant que vous leur faites croire que vous savez ce que vous faites. Tâchons donc de donner cette impression.

Il fit signe aux deux domestiques d'ouvrir la voie et les suivit tandis que le deuxième niveau se remplissait de plus en plus.

Il leur fallut plus de temps que Kaspar l'aurait cru pour atteindre l'entrée du palais. Comme il l'avait prédit, les gardes les laissèrent passer sans poser de question.

— Ça fait combien de temps ? demanda l'ancien duc, qui connaissait déjà la réponse.

— Presque trois heures, monseigneur, répondit Pasko. À la minute près.

— Si nous sommes en retard, il ne nous attendra peut-être pas.

— S'il refuse de vous accorder cinq minutes, c'est que vous n'avez pas réussi à le convaincre de l'importance de cette réunion, fit remarquer Amafi.

— Il a des obligations, et nous sommes en retard, rétorqua Kaspar.

Ils arrivèrent dans un couloir et se présentèrent devant une porte gardée par deux soldats en blanc.

— J'aurai ta peau si nous sommes en retard, Amafi ! répéta Kaspar en s'avançant pour franchir le seuil.

Un bref instant, le garde de droite hésita en voyant ce noble étranger et ses deux domestiques. Mais, le temps qu'il jette un coup d'œil à son compagnon, ils étaient déjà passés. Le deuxième garde haussa les épaules, comme pour dire que, maintenant, c'était le problème de quelqu'un d'autre.

Une fois à l'intérieur du périmètre des appartements impériaux, plus personne ne mit en doute le droit qu'ils avaient d'être là. Ils évitèrent la salle du trône et la galerie des Seigneurs et Maîtres, puisque ces pièces allaient bientôt accueillir les membres les plus éminents de l'empire et les invités spéciaux, ceux-là même qui s'en iraient remplir le niveau supérieur de la place, à la nuit tombée, lorsque débuteraient les festivités. En ce moment même, des jongleurs, des danseurs, des musiciens et toutes sortes d'artistes divertissaient la foule déjà rassemblée. Un grand boulevard qui séparait la ville basse du palais avait été fermé à la circulation en vue de la grande parade. Des éléments de la Légion allaient défiler en compagnie des Auriges et de la cavalerie, suivis par des animaux exotiques et, pour finir, un grand char sur lequel on donnerait une représentation théâtrale en l'honneur de l'empereur.

Kaspar arriva dans le bureau de Turgan Bey au moment où ce dernier se levait de sa chaise.

—Ah, vous voilà enfin, dit-il en voyant Kaspar. Votre message m'a paru complètement fou, car je me demandais comment vous arriveriez jusqu'ici.

—Faites comme si vous aviez de bonnes raisons d'être là, ordonna Kaspar à ses domestiques, en faisant signe à Amafi de monter la garde devant la porte et à Pasko d'aller sur la terrasse. (L'ancien duc se pencha ensuite pour murmurer à l'oreille de Bey :) Je sais où se trouve Varen et je pense savoir ce qui va arriver. À qui faites-vous confiance ?

—En ce moment, à très peu de personnes, hélas.

—Est-ce que cela inclut des membres de la Légion intérieure, des Auriges ou des cavaliers ?

—Oui, pour une poignée d'entre eux. Pourquoi ?

—À qui feriez-vous confiance pour sauver votre empire ?

—Kaspar, à quoi rime toute cette histoire ? Notre empereur serait-il en danger ?

—Pire, je crois que toute la famille impériale est concernée.

—Racontez-moi ça rapidement, demanda Bey.

Kaspar lui fit part des soupçons qu'il avait partagés avec Pug deux jours plus tôt. Tout en parlant, il vit le visage de Bey perdre toute couleur.

— Kaspar, je ne veux pas y croire, déclara Turgan Bey lorsque l'ancien duc eut terminé. Mais cela permet d'expliquer tant de choses qui paraissaient jusqu'à présent dépourvues de logique. (Il s'assit de nouveau et garda le silence un moment, puis demanda :) Si vous avez raison, que peut-on faire ?

— Il faut rassembler tous ceux en qui vous avez confiance et leur dire que, lorsque la fête tournera court, il vaudra mieux qu'ils gardent leur épée au fourreau, à moins que leur voisin soit directement menacé. Si un tas de nobles enivrés se mettent à courir dans tous les sens avec leur épée au clair, beaucoup de gens mourront inutilement.

» Il ne faut surtout pas oublier qu'on n'a besoin que de quelques hommes à proximité des princes. Choisissez des personnes sûres et dites-leur bien… bah, vous savez quoi dire. Mais laissez-moi insister sur ce point : les Faucons de la Nuit n'ont pas fui la ville, ils sont ici, dans ce palais, et, ce soir, ils ont l'intention de mettre l'empire à genoux.

— Kaspar, si vous avez raison, on fera de vous un prince de Kesh. (Bey le regarda droit dans les yeux.) Et si vous avez tort, ou si vous avez perdu l'esprit, on nous jettera tous les deux aux crocodiles.

Les yeux de Kaspar trahirent un instant le doute qu'il éprouvait.

— C'est un risque à courir. Nous n'avons pas le choix.

— Où serez-vous installé ?

— Il faut que je trouve une place sur l'estrade, près de la famille impériale.

Bey s'en alla ouvrir un tiroir de son bureau. Il en sortit un petit bâton d'ivoire entouré d'un cercle d'or.

— Ceci vaut bien une escorte armée, Kaspar. Aucun garde ne vous posera de question en le voyant.

— Merci.

— Et maintenant, que fait-on ?

— On attend. On ne pourra rien prouver tant que les Faucons de la Nuit n'auront pas fait le premier geste. À ce moment-là, il faudra réagir rapidement.

Turgan Bey le regarda d'un air extrêmement sérieux.

— Puissent les dieux protéger Kesh.

— Et puissent-ils nous protéger tous, ajouta Kaspar tandis que le maître du Donjon sortait de son bureau.

— Qu'est-ce qu'on fait maintenant, Magnificence ? s'enquit Amafi.

— On attend, répondit Kaspar en s'asseyant sur la chaise de Turgan Bey.

Nakor guidait Bek au sein de la foule.

— C'est merveilleux, Nakor ! s'extasia le grand jeune homme. Je n'ai jamais vu autant de monde !

— Kesh est la plus grande ville du monde, Ralan, expliqua Nakor en hochant la tête.

— Ils s'amusent, là, pas vrai ?

— Oui, et sans qu'il y ait de blessés pour l'instant, répondit le petit joueur.

— C'est une bonne chose ?

— Très, répondit Nakor.

Dès qu'il en avait l'occasion, il s'efforçait d'inculquer à Ralan le concept du Bien. Il savait qu'il lui serait impossible de changer la nature du jeune homme, mais il pouvait au moins essayer de modifier un peu la façon dont il percevait les choses.

Deux policiers costauds traversaient la foule en jouant des coudes et en criant pour que les piétons libèrent le passage. Nakor attrapa Bek par le bras et l'entraîna de l'autre côté du boulevard.

— Il y a bien des années de cela, je suis venu ici avec deux hommes du nom de Guda et de Borric. C'étaient des types bien. Nous allons essayer de refaire ce que j'ai réussi à l'époque avec eux.

— À savoir ? s'enquit Bek.

— Participer à une fête à laquelle on n'est pas invités, répondit Nakor avec un sourire rusé. Suis-moi.

Bek haussa les épaules. Mais l'idée de débarquer sans invitation lui plaisait. Il veilla donc à ne pas perdre le petit Isalani de vue tandis qu'il fendait la foule en direction de l'une des nombreuses entrées du palais.

Abrité des regards derrière une colonnade, Magnus observait la scène depuis les ombres. Il se tenait de l'autre côté du grand boulevard et avait une vue directe sur le niveau supérieur de la place, où il pourrait se téléporter en une poignée de secondes. Il cherchait Kaspar ou Nakor parmi la foule et ressentait de l'appréhension en ne les voyant pas. Si Kaspar avait raison, cette soirée risquait de marquer une étape cruciale dans la courte histoire du conclave des Ombres, car un seul faux pas risquait de provoquer la perte de ses quatre magiciens les plus puissants.

Pug et Miranda patientaient. Ils avaient fait tout ce qu'ils pouvaient, maintenant ils n'avaient plus qu'à attendre le signal. Pug regarda par la fenêtre de la maison presque déserte et songea combien il était étrange de ne plus jamais se sentir chez lui nulle part.

— À quoi penses-tu ? lui demanda doucement sa femme tandis que les bruits de la fête leur parvenaient de loin dans la nuit.

— À Crydee et à mon enfance. L'île du Sorcier est mon foyer, mais…

— Ton foyer, c'est là où tu étais enfant.

Il la regarda. En bien des façons, il se sentait incomplet sans elle. Pourtant, même s'ils vivaient encore cent ans ensemble, il ne la comprendrait jamais vraiment entièrement.

— Tu crois que c'est ce que ressentent nos fils ?

— Quand tout sera fini, pose-leur la question, répondit Miranda en souriant.

Il prit un air songeur.

— Oui, je le ferai. Quand tout sera fini.

Puis il regarda de nouveau par la fenêtre. Il attendait.

Kaspar se frayait rapidement un chemin entre les nombreux membres de la famille impériale tout en s'efforçant d'attirer l'attention de l'un ou l'autre des princes. Il réussit finalement à croiser le regard de Dangaí, qui s'avança à sa rencontre. Il portait son uniforme de chef de la Légion intérieure : des sandales, un pagne et une cuirasse de couleur noire, ainsi qu'un heaume imposant qui lui couvrait entièrement la tête, surmonté d'un magnifique panache en crins de cheval, lui aussi teint en noir.

— Kaspar. Je ne savais pas que vous vous joindriez à nous.

— Je n'étais pas sur la liste des invités du maître de cérémonie, j'en ai peur.

Le prince dévisagea Kaspar, puis sourit.

— Eh bien, il ne s'agit pas d'une cérémonie des plus formelles et tout le monde est déjà à moitié ivre, alors je doute que quiconque en prenne ombrage.

— De combien d'unités de votre légion disposez-vous à proximité ? demanda Kaspar en baissant la voix.

Dangaí plissa les yeux d'un air soupçonneux.

— Pourquoi ?

— Parce que je crois qu'on va essayer d'attenter à votre vie ou à celle de votre frère ce soir, voire qu'on va s'en prendre à vous deux en même temps.

— Pourquoi n'en ai-je pas été averti ? Comment se fait-il que je l'apprenne de la bouche d'un noble étranger à l'empire ?

— Parce que tout votre réseau de renseignement a été corrompu, répondit franchement Kaspar.

Après avoir parlé au Magistrat dans la matinée, Pug et l'ancien duc avaient rassemblé les morceaux d'un bien étrange puzzle : si leur première attaque contre les Faucons de la Nuit avait échoué, si les assassins avaient disparu avant que le Conclave finisse par découvrir leur repaire, c'était parce qu'ils recevaient l'assistance d'espions keshians.

Kaspar avait pris au pied de la lettre l'avertissement de l'empereur, selon qui tout le monde avait des espions. Le Magistrat avait ouvertement admis que avant son entente actuelle avec les membres du Conclave, il avait vendu des informations concernant les faits et gestes de divers étrangers à des hommes qu'il savait être des agents impériaux. C'était la seule explication plausible. Le Conclave s'était retrouvé sous surveillance dès son arrivée dans la capitale. Kaspar et les autres étaient encore en vie uniquement parce que Varen voyait un avantage au fait d'avoir des agents du Conclave à Kesh en train de fomenter des troubles. S'il pouvait les faire passer pour des agents des Isles ou de Roldem, alors l'empire entrerait en guerre contre ces nations.

Le conflit dans les égouts et dans le quartier des entrepôts avait détourné l'attention du seigneur Bey ainsi que celles des policiers et des agents qui travaillaient pour d'autres factions du gouvernement, les empêchant de voir cette simple vérité : tout partait du palais.

— Ce soir, il va se passer quelque chose qui ressemblera à une simple passe d'armes entre vos partisans et ceux de Sezioti. Mais les causes sont en réalité bien plus profondes. Il existe des puissances qui souhaitent voir l'empire plongé dans le chaos et entraîné dans une guerre civile sanglante, Votre Altesse. Il faut me croire quand je vous dis que je suis ici pour empêcher cela si je le puis. Je le jure sur l'honneur qu'il me reste, ainsi que sur ma vie, ajouta Kaspar en regardant le prince directement dans les yeux.

— Que voulez-vous que je fasse ?

L'ancien duc regarda tout autour d'eux.

— Rassemblez le plus d'hommes possible sur la plate-forme impériale. Mais – et c'est là que ça se complique – ils ne doivent pas porter l'uniforme de la Légion intérieure. La dernière fois qu'il y a eu un conflit entre la Légion et la garde de la maison impériale, c'était à cause d'une trahison. Il ne faudrait pas qu'on pense que vous voulez vous emparer du pouvoir, cela ne ferait que servir les intérêts de ceux qui se cachent derrière toute cette folie.

» Vos hommes devront être postés à l'endroit où ils pourront intervenir et ramener l'ordre. Quelque chose va se produire, je ne sais pas encore sous quelle forme, mais je sais que ce sera soudain et inattendu. Les personnes ivres dont vous parliez tout à l'heure pourraient avoir tendance à sortir leur épée d'abord et à réfléchir aux conséquences plus tard. La garde impériale va se précipiter pour défendre votre grand-père si elle le croit en danger, et il suffira d'une erreur pour que les gens commencent à mourir.

» Choisissez des hommes en qui vous avez confiance et qui pourront empêcher les gens de se battre. Il va vous en falloir une centaine, ou plus, pour s'interposer entre ceux qui voudront sûrement s'étriper. Pouvez-vous faire cela ?

— Vous êtes sûr qu'on va essayer de s'en prendre à mon frère et à moi ? demanda le prince Dangaí.

— Et peut-être plus encore, répondit Kaspar. Je vois que vos épouses et vos enfants sont présents, ainsi que de nombreux cousins impériaux et d'autres parents. Il est possible que, si nos ennemis l'emportent ce soir, ils passent au fil de l'épée toute la galerie des Seigneurs et Maîtres.

— Voilà une perspective bien sinistre. (Dangaí fit signe à l'un de ses assistants de le rejoindre et lui donna rapidement des instructions. Puis il se tourna de nouveau vers Kaspar.) Depuis l'époque de mon arrière-arrière-grand-mère, la Légion n'a plus remis les pieds au sein du palais, à cause du conflit qui a fini par amener mon grand-père sur le trône. Vous savez que, si vous avez tort et si mes explications ne sont pas au goût de mon grand-père, demain soir à la même heure, nous nous joindrons peut-être aux crocodiles pour dîner, vous et moi ?

— Si j'étais vous, je ne me ferai pas de soucis au sujet de votre grand-père, répondit Kaspar. Plus que quiconque, il comprendra ce qui est en jeu.

— Je vais aller parler à mon frère, dit le prince.

— Faites, et demandez-lui de réunir ses plus proches alliés autour de lui. Je crains que nous soyons sur le point de sombrer dans le chaos. Si c'est le cas, il faudra jeter du sable sur le feu avant que ça explose.

Dangaí laissa Kaspar, qui fut alors rejoint par Amafi.

— Vous a-t-il cru, Magnificence ?
— Oui. Ou alors, dans moins d'une minute, une troupe de gardes va venir nous arrêter pour nous traîner jusque dans les cachots.
— Espérons qu'il vous a cru, répliqua le vieil assassin. Mes articulations sont trop vieilles pour supporter le froid et l'humidité.

Kaspar ne répondit pas et continua à balayer la pièce du regard, à la recherche du moindre signe annonciateur de trouble.

Lorsque le soleil se coucha, la fête battait son plein. Le défilé avait commencé, et il y avait de la musique et des danses dans les rues autour du boulevard principal.

Au-dessus, sur la place impériale, les nobles et les roturiers influents profitaient des largesses de l'empereur. Avec la tombée de la nuit se rapprochaient deux événements très attendus : l'arrivée de l'empereur Diigaí et le feu d'artifice annuel.

Sur l'ordre de Kaspar, Amafi et Pasko déambulaient continuellement à travers la foule et revenaient fréquemment le voir avec des informations. Ainsi qu'il l'avait promis, le prince Dangaí était en train de positionner ses hommes de manière à ce qu'ils puissent neutraliser tout début de combat. Comme l'avait demandé Kaspar, ils portaient tous une tenue de fête à la place de leur uniforme.

Une demi-heure avant l'arrivée tant attendue de l'empereur, Turgan Bey vint trouver Kaspar. Le gros homme attrapa l'ancien duc par le coude et l'entraîna à l'écart, dans un coin relativement tranquille.

— J'ai parlé au prince Dangaí. D'après lui, c'est votre faute si ma liste d'invités est devenue complètement bordélique.
— Tous vos agents sont-ils ici ? demanda Kaspar.
— Oui, répondit le maître du Donjon impérial, mais je n'ai pas la moindre idée de ce que nous cherchons.
— L'incident se produira certainement lorsque l'empereur aura pris place sur son trône. Les hommes du prince Dangaí vont essayer de ramener l'ordre, mais c'est la garde de la maison impériale qui m'inquiète. S'ils croient l'empereur menacé, ils tueront tous ceux qui voudront l'approcher.

Bey hocha la tête.

— Moi aussi, ça m'inquiète. Il y a beaucoup de nouvelles têtes dans la garde ce mois-ci.
— Des nouvelles têtes ? répéta Kaspar. Je croyais que cela prenait des années pour rejoindre la garde.

— C'est le cas, mais une vingtaine de soldats étaient prêts à prendre leur retraite, et leurs remplacements étaient déjà choisis dans les rangs subalternes. L'empereur a présidé une cérémonie, il y a deux soirs, afin de récompenser les retraités avec de l'or et des terres. Ensuite, il a fait officiellement entrer les promus au sein de sa garde personnelle.

— Est-ce inhabituel ?

— En effet. L'empereur attend d'ordinaire un mois après Banapis pour les départs en retraite et les promotions.

— Connaissez-vous ces nouvelles têtes ?

— Oui, répondit Turgan Bey. Toutes servent au palais depuis des années.

Kaspar baissa la voix pour répondre :

— Les Faucons de la Nuit sont patients.

— Kaspar, ces hommes ont été personnellement choisis par l'empereur, après qu'ils l'ont servi pendant au moins cinq ans, davantage pour la plupart. Tous ont été recommandés par leur officier et sont des vétérans. Leur loyauté ne saurait être remise en question.

— C'est bien ce que je crains, rétorqua Kaspar.

— Il faut que j'y aille, je n'ai pas beaucoup de temps, annonça Turgan. Qu'entendez-vous par là ?

— Je n'ai pas le temps de vous l'expliquer. Dites à vos hommes de rester près des deux princes. Quoi qu'il arrive, il faut qu'ils protègent tous les membres de la famille impériale.

— Très bien. Mais, quoi qu'il arrive, vous et moi nous aurons une longue conversation demain.

— Avec plaisir, si nous sommes encore en vie.

Amafi revint au même moment.

— L'empereur arrive, Magnificence.

— Je n'aurais jamais cru dire un jour une chose pareille, mais j'aimerais mieux que Serwin Fauconnier soit là, dit Kaspar.

— Son épée va nous manquer si une bagarre éclate, approuva Pasko en les rejoignant.

Kaspar désigna de la tête un groupe de fêtards qui riaient et buvaient. Plusieurs épouses et consorts parlaient à des nobles tandis que des enfants jouaient à leurs pieds.

— Si une bagarre éclate, beaucoup de sang innocent sera versé. Il faut donc veiller à ce qu'on n'en arrive pas là. (Kaspar regarda tout autour d'eux.) Est-ce que l'un de vous a aperçu Nakor ou Caleb ?

Les deux hommes répondirent par la négative.

— Maintenant, on attend. La procession devrait commencer dans quelques minutes.

Les trois agents du conclave des Ombres se placèrent aussi près que possible de l'entrée, étant donné leur absence de titre, et se tinrent prêts.

Caleb avançait lentement, mais d'un pas déterminé, dans une rue que l'obscurité envahissait peu à peu. Les trois garçons le suivaient en file indienne. Pratiquement tous les habitants de la ville s'amassaient le long du boulevard impérial, si bien que cette large voie qui longeait le côté droit du palais était effectivement déserte. En ce début de soirée, l'imposant édifice transformait la rue en un canyon obscur, alors même que le soleil n'était pas encore passé en dessous de l'horizon. Bordée d'innombrables petits logements hauts de quatre ou cinq étages, elle servait principalement de voie d'accès aux charrettes et aux chariots qui amenaient des marchandises au palais. Il n'y avait aucune trace d'activité humaine, à part celle des gardes de la maison impériale en faction devant les portails fermés qui, tous les cent mètres, interdisaient l'accès aux niveaux inférieurs du palais.

Caleb et les trois garçons marchaient de l'autre côté de la rue, le long des logements. Ils avançaient à une allure régulière, sans se presser, mais sans traîner non plus, pour ne pas éveiller les soupçons. Chaque fois qu'ils passaient devant un portail, les gardes leur jetaient un rapide coup d'œil, mais ça s'arrêtait là. Tant qu'ils n'essayaient pas d'entrer dans le palais, on les laissait tranquilles.

Ils arrivèrent devant une longue étendue de maisons désertes. Elles paraissaient bien entretenues, mais elles étaient toutes petites et collées les unes contre les autres.

— Tout ce pâté de maisons sert à loger les domestiques qui ne vivent pas entre les murs du palais, expliqua Caleb dans un murmure. Elles devraient toutes être désertes, car tous les domestiques sont de service ce soir normalement.

Il balaya la rue du regard et détecta un mouvement fugace derrière une fenêtre au-dessus de lui. Il recula et leva la main pour réclamer le silence.

Seuls les sang-pur avaient le droit d'entrer dans le palais après le coucher du soleil. La seule exception à cette règle concernait la noblesse étrangère qu'on logeait dans une aile réservée aux visiteurs. Cependant, cette coutume était respectée de façon moins rigoureuse depuis l'accession au trône de Diigaí. Plusieurs postes clés avaient été confiés à des personnes qui n'appartenaient pas aux sang-pur et qui habitaient quand même dans la demeure impériale. Caleb savait que, par n'importe quelle autre nuit, à l'exception de Banapis et de quelques autres fêtes importantes, les logements derrière lui auraient été pleins d'habitants vaquant à leurs occupations.

Il laissa échapper un profond soupir.

— J'ai un mauvais pressentiment.

— Qu'est-ce qu'il y a ? lui demanda Tad.

— Qui est le plus furtif d'entre vous trois ?

— Zane, répondit Tad.

— Tad, répondit Zane en même temps.

— Moi, répondit Jommy de concert. (Voyant la façon dont les trois autres le regardaient, il ajouta :) Ben oui, vous avez déjà vécu pendant deux ans dans la rue, vous ?

Caleb sourit. La rue remontait à perte de vue vers le nord, mais croisait une autre voie venant de l'est. En face de ce croisement se trouvait un autre grand portail.

— Est-ce que tu peux aller jusque là-bas, près de ce mur, et jeter un coup d'œil à ce portail sans qu'on te voie de là-haut ? chuchota-t-il.

Jommy regarda d'un côté, puis de l'autre.

— Ça devrait pas être trop difficile. Mais de qui je dois me cacher ? Je vois personne.

— Au-dessus de nous, deuxième fenêtre. Quelqu'un surveille la rue.

Jommy regarda à l'endroit qu'indiquait Caleb et attendit.

— Je le vois, souffla-t-il au bout d'un moment.

— Tu crois qu'il nous a vus ? demanda Zane.

— Si c'était le cas, quelqu'un serait déjà là, répondit Caleb. Cette personne, qui qu'elle soit, ne regarde pas en bas, mais par là. C'est pour ça que j'ai besoin que Jommy aille discrètement jeter un coup d'œil, pour savoir ce que le guetteur surveille.

Jommy regarda tout autour de lui.

— T'as bien raison. Je reviens tout de suite.

Il remonta furtivement la rue en prenant soin de rester dans l'ombre du mur. Puis, il tourna au croisement et disparut à la vue de ses compagnons.

De longues minutes s'écoulèrent avant que Jommy réapparaisse brusquement.

— Tout ce que je peux dire, murmura-t-il, c'est que, derrière ce portail, il doit y avoir une espèce de terrain de manœuvre. Je suis sûr de rien, parce que je connais pas bien cette partie de la cité. Si c'est pas ça, alors c'est un endroit pour livrer des marchandises au palais. Quoi qu'il en soit, le portail est fermé et il y a deux gardes devant.

— Pourquoi surveille-t-on ce portail, à ton avis? demanda Caleb.

— J'sais pas, mais y a un truc bizarre.

— Comment ça?

— Ben, quand on est passé devant les autres portails, j'ai vu que les gardes se tenaient derrière. Là, ces deux types sont devant.

— C'est parce qu'ils ne sont pas là pour empêcher les gens d'entrer, expliqua Caleb. Au contraire, ils attendent quelqu'un pour le laisser passer.

— Qu'est-ce qu'on fait, maintenant? demanda Zane.

— Certains des hommes de Chezarul doivent se rassembler à une auberge qui ne se trouve pas loin d'ici, celle des *Quatre Vents*.

— Je la connais, dit Jommy. C'est à environ six rues d'ici, vers l'est.

— On était censés les retrouver là-bas. Je crois qu'il vaudrait mieux les ramener ici. (Caleb jeta un coup d'œil en direction du ciel.) Il va bientôt faire nuit noire. Jommy, au croisement, est-ce que tu as aperçu un endroit où on pourrait se cacher?

— Il y a une auberge un peu plus loin.

— Allons jeter un coup d'œil.

Ils se remirent en marche en s'efforçant une nouvelle fois d'adopter une allure qui n'attirerait pas l'attention. Un petit groupe de fêtards apparut au croisement. Ils étaient déjà bien engagés sur le chemin de l'ivresse et saluèrent Caleb et les garçons en criant. Caleb leur répondit par une banalité.

Ils tournèrent dans l'autre rue et se rendirent jusqu'à l'auberge, dont l'enseigne montrait un crocodile à la gueule ouverte. Le bâtiment ne payait pas de mine.

— J'imagine qu'il s'agit d'un établissement fréquenté par les domestiques du palais, remarqua Caleb en ouvrant la porte. Je ne vois pas des marchands séjourner ici.

Il entra dans une pièce pratiquement bondée. Quelques secondes plus tard, on entendit des épées sortir en sifflant de leur fourreau. Devant Caleb se tenait plus d'une dizaine d'hommes, certains vêtus de l'uniforme noir de la Légion intérieure, d'autres aux couleurs de la garde de la maison impériale, des Auriges impériaux ou de la maison du Cheval. Caleb n'eut besoin que d'un instant pour comprendre ce qui se passait.

—Ce sont des Faucons de la Nuit ! s'écria-t-il.

Zane et Tad sortirent aussitôt leur épée, eux aussi. De son côté, Jommy s'écarta de l'entrée, tourna les talons et s'enfuit.

Caleb recula en disant :

—Ils ne peuvent franchir le seuil que par groupe de un ou deux.

Puis le premier bretteur se jeta sur lui.

Posté en hauteur sur les marches du grand bâtiment en face du palais, Magnus utilisait sa magie pour accroître ses facultés visuelles et observer ce qui se passait sur la place. Il avait déjà repéré Kaspar et vit que l'ancien duc, en compagnie d'Amafi et de Pasko, se trouvait près de la porte par laquelle l'entourage de l'empereur n'allait pas tarder à sortir.

L'imposant maître de cérémonie apparut, resplendissant dans sa coiffe de plumes et sa peau de léopard. Il maniait son impressionnant bâton incrusté d'ivoire, le symbole de sa fonction, comme s'il s'agissait d'une canne. Une dizaine de joueurs de trompette et de tambour le suivait. Lorsqu'il franchit le seuil et posa le pied sur la place, des gardes de la maison impériale accoururent pour former une haie d'honneur jusqu'aux marches permettant d'accéder au trône. Le maître de cérémonie prit la parole.

La procession se mit lentement en marche à l'autre bout de la grande salle et commença à franchir la porte. Nakor et Bek entendirent la voix de stentor du maître de cérémonie qui couvrait les bruits de la foule, mais ils ne distinguaient pas clairement ses mots. En fin de cortège venait une imposante chaise portée par douze personnes, sur laquelle était assis un très vieil homme.

Nakor posa la main sur l'épaule de Bek pour le retenir car, derrière la chaise à porteurs, se trouvaient une dizaine de gardes de la maison impériale armés de pied en cap.

—On attend, souffla le petit homme.

—Quoi donc ?

—Qu'il se passe quelque chose d'intéressant.

Kaspar regardait chaque personne les unes après les autres, sans trop savoir ce qu'il cherchait exactement. Il reconnaissait la plupart, même s'il n'aurait su mettre de nom sur leur visage, car elles étaient déjà en poste lors de sa dernière visite d'État. Les autres, il les avait rencontrées au cours du mois qui venait de s'écouler.

La procession coïncidait avec le défilé qui avait lieu sur le boulevard, juste en dessous du palais. Tout était calculé de façon à ce que l'empereur prenne place sur son trône juste au moment où les éléments les plus colorés et les plus exotiques du défilé passeraient devant lui. Ensuite, il aurait droit à un impressionnant feu d'artifice. Alors, la fête atteindrait son apogée. Les personnes ivres s'évanouiraient dans les rues, les policiers écraseraient la moindre bagarre, des bébés seraient conçus et, le lendemain matin, la vie reprendrait son cours normal.

Tout le monde célébrait Banapis en ville, mais c'était ici, près du palais, qu'on trouvait le plus grand nombre de citoyens, du plus éminent jusqu'au plus humble d'entre eux.

Kaspar regarda autour de lui et s'aperçut que, si les choses échappaient à tout contrôle, l'empire souffrirait plus ici qu'en n'importe quel autre lieu, à n'importe quel autre moment.

La chaise à porteurs de l'empereur franchit la porte, et l'ancien duc posa distraitement la main sur la poignée de son épée. Encore une fois, il attendit.

Caleb venait de tuer un nouvel assassin, habillé comme un garde de la maison impériale, lorsque Zane s'écria :

— Caleb ! Derrière nous !

L'intéressé risqua un coup d'œil sur sa droite et découvrit deux hommes, eux aussi vêtus de blanc, qui couraient dans leur direction.

— Ce doit être les deux types qui gardaient le portail ! cria-t-il. Mais je suis occupé !

Zane et Tad se retournèrent pour faire face aux deux nouveaux arrivants tandis que Caleb continuait à barrer la sortie aux autres Faucons de la Nuit.

— Je prends celui de droite ! s'exclama Zane.

Tad acquiesça, puis chargea celui de gauche.

— Idiot ! protesta Zane en s'élançant derrière son frère adoptif.

L'impétuosité de Tad s'avéra une bonne chose car, lorsqu'il attaqua le garde de gauche, celui de droite, par réflexe, se porta aussitôt au secours de son compagnon. Zane se retrouva alors face à un homme qui lui exposait son flanc gauche.

L'assassin prit conscience de son erreur quelques instants plus tard. Il mourut en essayant de se retourner pour affronter l'adolescent.

Tad tourna alors son attention vers l'adversaire de Zane, mais il constata que son frère s'en sortait très bien tout seul. Il se rappela ce que leur avaient dit Caleb et leurs autres instructeurs sur l'île du Sorcier : deux bretteurs qui n'avaient pas l'habitude de combattre côte à côte risquaient surtout de se gêner l'un l'autre.

Il contourna les deux combattants par la gauche et jeta un rapide coup d'œil à Caleb, qui s'efforçait de tenir la porte. Tad constata que son beau-père se faisait peu à peu repousser au bas des trois marches permettant d'accéder à l'auberge. Jusque-là, l'adversaire de Zane trouvait le combat facile. Cependant, du coin de l'œil, il vit Tad avancer vers lui et il essaya de s'écarter de ce deuxième adversaire en approche.

Tad décrivit un cercle plus grand encore afin de passer rapidement derrière l'homme qu'affrontait son frère adoptif. De son côté, l'assassin s'écarta de Zane pour garder les deux garçons dans son champ de vision.

Zane, haletant et le visage dégoulinant de sueur, apprécia ce répit. Pendant ce temps-là, l'assassin continua à reculer afin de se retrouver dos au mur de l'auberge et d'empêcher les garçons de se retrouver derrière lui. Mais Zane bougeait trop rapidement sur sa droite et Tad trop rapidement sur sa gauche.

Zane fit un signe de tête et Tad acquiesça. Alors, brusquement, ils s'élancèrent en même temps. Le bretteur n'eut alors plus d'autre choix que d'affronter l'un des garçons. Il choisit de continuer à faire face à Zane, présentant son dos à Tad l'espace d'un instant. L'adolescent bondit et donna un coup de taille en travers de la nuque exposée de l'assassin.

Ce dernier n'avait pas encore heurté les pavés que déjà Tad passait en courant à côté de Zane pour rejoindre Caleb. Celui-ci se trouvait à présent dans la rue, face à l'essaim de tueurs qui commençaient à sortir de l'auberge.

— Fuyez ! s'écria Caleb.

— Non, répondit Zane en rejoignant son beau-père et son frère adoptif.

— Par ici ! s'exclama Tad qui commença à reculer vers le haut de la rue, dans la direction opposée à celle du palais.

Caleb et les deux adolescents formèrent une ligne et reculèrent ainsi tandis que pas moins de vingt assassins sortaient de l'auberge. Tous les trois savaient qu'ils allaient bientôt se retrouver encerclés, mais ils ne réussiraient qu'à se faire abattre par-derrière s'ils tournaient le dos à leurs adversaires maintenant. La meilleure solution était de remonter lentement la rue à reculons, tout en bougeant suffisamment vite pour maintenir tous les assassins devant eux.

Ils se trouvaient deux portes plus loin que l'auberge lorsque les assassins hésitèrent. Brusquement, une silhouette couronnée d'une épaisse tignasse rousse passa en courant à côté de Caleb et des adolescents ; c'était Jommy, armé d'un gourdin de la taille d'un jambon. Il l'abattit par-dessus la garde d'un assassin dont il fracassa le crâne en hurlant comme un dément.

Alors, des dizaines d'hommes passèrent à leur tour en courant à côté de Caleb et de ses beaux-fils. L'agent de Chezarul, Donmati, apparut à côté de Caleb.

— Vous allez bien ? demanda l'individu brun et maigre.

— Oui, répondit Caleb en regardant les hommes de Chezarul submerger les assassins. Combien êtes-vous ?

— Cinquante, répondit Donmati.

— Voyez si on peut en prendre un vivant. Ce sont tous des Faucons de la Nuit.

Tad et Zane attendirent un peu, le temps de reprendre leur souffle, puis Tad s'écria : « Allons-y ! » avant de courir rejoindre les hommes de Chezarul.

Caleb hocha la tête et chargea à son tour en compagnie de Zane.

Les Faucons de la Nuit défendirent chèrement leur vie et moururent jusqu'au dernier, en dépit des efforts déployés pour capturer l'un d'entre eux. Brusquement, le silence retomba.

Caleb fit signe aux garçons et à Donmati de le rejoindre.

— J'ai cru que tu t'étais enfui, avoua Caleb à Jommy.

— Nan, répondit l'aimable rouquin. Je suis juste allé chercher de l'aide.

— Tu as bien fait, lui dit Tad en lui serrant l'épaule. Encore quelques minutes de plus, et c'en était fait de nous.

Jommy haussa les épaules.

— J'ai trouvé que vous vous en sortiez plutôt bien.

— On essayait de rester en vie, répondit Zane.

— On n'a pas trouvé le guet, ajouta Donmati.

— Ça ne m'étonne pas. (Caleb désigna le lointain portail, à l'autre bout de la rue où ils se trouvaient.) Quelqu'un a tué les gardes là-bas pour poster des Faucons de la Nuit à leur place. Soit les hommes du guet sont morts également, soit ils maintiennent l'ordre du côté du défilé. (Il rangea son épée en s'efforçant de retrouver son souffle.) J'ai besoin de deux hommes pour fouiller cette auberge. Voyez s'ils peuvent trouver quoi que ce soit d'utile. Et envoyez quelqu'un prévenir Chezarul : nous allons entrer dans le palais.

— Vraiment ? fit Tad.

— L'homme qui a orchestré les événements de cette soirée s'attendait à ce que ces types montent jusqu'aux plus hauts niveaux du palais pour commencer la tuerie, expliqua Caleb en désignant les cadavres des Faucons de la Nuit. Il risque de faire une drôle de tête en nous voyant débarquer à leur place, ajouta-t-il avec un demi-sourire.

Faisant signe à ses compagnons de le suivre, Caleb conduisit les derniers guerriers du Conclave vers le portail du palais, qui n'était plus gardé, désormais.

Le ciel s'illumina d'une explosion de couleurs, et la foule applaudit en riant. Cependant, Kaspar ignora ces prouesses pyrotechniques et continua à dévisager les personnes autour de l'empereur. Il remarqua que les vingt jeunes « assistantes » qui entouraient le vieil homme lors de la partie d'échecs avaient rejoint leur maître en silence et qu'elles formaient un cercle autour de l'estrade. Il s'agissait d'un placement étrange que personne n'aurait remarqué si Kaspar n'avait préféré surveiller l'empereur plutôt qu'admirer le feu d'artifice.

Amafi vint le rejoindre, et Kaspar en profita pour lui demander :

— Tu vois ces courtisanes debout près des gardes impériaux ?

— Elles sont jolies, Magnificence.

— C'est vrai, mais as-tu vu comment elles sont postées ?

— On ne dirait pas des poupées, mais des gardes du corps !

Les jeunes femmes qui avaient ri et fait les coquettes en présence de Kaspar affichaient à présent un sourire forcé. Elles ne cessaient de balayer la place du regard.

— Évite de croiser leur regard, ordonna Kaspar en souriant et en hochant la tête comme si Amafi avait dit quelque chose de drôle. Maintenant, ris et regarde le feu d'artifice.

Amafi obéit.

— Elles aussi, elles surveillent la foule. Que cherchent-elles, Magnificence ?

— Nous, peut-être, chuchota Kaspar à l'oreille d'Amafi. Où est Pasko ?

— De l'autre côté de la place, comme vous l'avez ordonné.
— Bien. Maintenant, si on pouvait...

Mais il n'eut pas le temps de finir sa phrase. L'empereur venait de se lever.

En voyant l'empereur Diigaí debout, le maître de cérémonie frappa le sol en marbre avec le talon de son bâton, et le son se réverbéra à travers la foule. Des années d'éducation à la Cour prirent le dessus, et le silence se fit au niveau supérieur de la place en l'espace de quelques secondes.

Les personnes présentes sur les deux niveaux inférieurs levèrent les yeux. En voyant l'empereur debout, elles se turent à leur tour. En quelques minutes, on n'entendit plus que les bruits en provenance du boulevard ; la populace était trop loin pour voir ce qui se passait là-haut.

— Maintenant ! souffla Kaspar. Ça commence maintenant !

22

L'AFFRONTEMENT

Kaspar agrippa l'épaule d'Amafi.
— Tiens-toi prêt !
— Qu'est-ce qu'on cherche ?
— Je ne sais pas, avoua l'ancien duc au moment où l'empereur levait les bras.

— Mon peuple ! entonna Diigaí d'une voix qui portait étonnamment loin pour un homme de son âge. (Kaspar ne doutait pas que tout le monde présent sur les deux niveaux inférieurs pouvait également l'entendre.) Ce soir, nous célébrons le solstice d'été, la fête de Banapis !

La foule applaudit, et l'empereur marqua une courte pause. Kaspar empoigna le pendentif que Pug lui avait donné et tira sur la chaîne, qu'il brisa facilement contre son cou. Il garda le pendentif serré dans son poing gauche et posa la main droite sur le pommeau de son épée. Il était prêt à réagir avec l'une ou l'autre de ces deux armes.

Puis il jeta un coup d'œil en direction des deux frères impériaux entourés de leur famille. Sezioti et Dangaí regardaient tous les deux leur grand-père avec intérêt. Le visage de l'aîné trahissait un vague étonnement, car il n'était pas prévu que l'empereur fasse un discours ce soir-là.

Dangaí balaya la place du regard et croisa celui de Kaspar, qui hocha discrètement la tête. Alors, le prince repoussa gentiment son jeune fils derrière lui et posa la main sur la poignée de son épée.

— Nous avons de nombreuses raisons de nous réjouir dans cet empire ! cria l'empereur. Nous sommes en paix et les récoltes sont abondantes. Mais il existe également une cause de chagrin.

(Immédiatement, il y eut un murmure au sein de la foule, qui ne s'attendait pas à un discours pareil au beau milieu de la plus grande fête de l'année.)

» Au cœur de l'empire, parmi toute cette abondance, se cachent ceux qui voudraient voir notre grandeur réduite en cendres ! Il y en a parmi nous qui aimeraient plonger la dague de la trahison dans le cœur de Kesh. Ces traîtres sont parmi nous ce soir !

» Quel malheur, ô Kesh, qu'un homme doive se retrouver confronté à un chagrin pareil, car c'est de ceux qu'il aime le plus, ceux dont il entendait tirer la plus grande joie, que cette douloureuse trahison provient ! (Le vieil homme tendit son bras osseux et pointa l'index sur ses deux petits-fils.)

» Voici les architectes de la folie, les traîtres à leur lignée, ceux qui voudraient faire couler le sang au sein de la maison qui les a abrités. Oui, mes propres petits-fils sont la source de tous les maux qui assaillent l'empire !

Les deux frères restèrent abasourdis. L'expression de Sezioti montrait qu'il avait du mal à en croire ses oreilles et, même si Dangaí s'attendait à ce que les choses dérapent, il n'en restait pas moins perplexe, de toute évidence.

— Mais cette folie qui nous menace prend fin maintenant ! hurla l'empereur. Emparez-vous d'eux !

Plusieurs membres de la garde de la maison impériale hésitèrent, tandis que deux autres s'avançaient aussitôt. Une demi-douzaine d'hommes armés s'interposèrent et leur ordonnèrent de reculer. Il s'agissait de légionnaires ; peu importaient les ordres de l'empereur, ils ne laisseraient pas la garde s'emparer des deux frères.

De nombreux nobles s'écartèrent de cette confrontation tandis que d'autres essayaient au contraire de se rapprocher pour voir ce qui se passait. La tension montait rapidement, et Kaspar serra plus fort encore le pendentif qui lui permettrait de convoquer Pug.

Brusquement, les filles qui se trouvaient au pied de l'estrade sortirent des poignards de sous leur pagne et égorgèrent les gardes qui refusaient d'obéir à leur empereur. Du sang jaillit du cou de plus d'une dizaine d'hommes, et l'empereur s'écria « Au meurtre ! » d'une voix quasi hystérique.

— Magnificence, l'empereur serait-il devenu fou tout à coup ?
— Non, répondit Kaspar en sortant son épée. Il l'est depuis longtemps.

Il passa devant le domestique, hocha la tête à l'intention de Pasko et prit place à côté du prince Dangaí.

——Emparez-vous d'eux ! Tuez-les ! cria l'empereur d'une voix stridente.

Les deux derniers gardes impériaux s'efforcèrent d'avancer en direction des princes, mais furent rapidement repoussés par les légionnaires qui se tenaient devant eux.

Les légionnaires de Dangaí se déplacèrent rapidement parmi la foule présente aux trois niveaux, en incitant les gens à rester calmes pour ne pas aggraver la situation. Mieux valait laisser le drame qui se jouait entre l'empereur et ses petits-fils se dérouler tranquillement. Kaspar entendit de nombreuses voix appeler les personnes autour de lui à garder la tête froide, car de plus en plus de gens commençaient à exprimer leur inquiétude. Nombre d'entre eux tentèrent de fuir la place en dévalant les escaliers jusqu'au niveau inférieur et la rue en contrebas. Mais ils se retrouvèrent bloqués par ceux qui essayaient au contraire de monter pour voir ce qui se passait. Ce conflit d'intérêts menaçait de dégénérer en émeute d'une minute à l'autre.

Kaspar arriva à côté de Dangaí au moment où ce dernier s'écriait :
——Grand-père, quelle folie est-ce là ? Nous n'avons commis aucune trahison !

——Aucune, vraiment ? s'exclama l'empereur.

Kaspar vit que les veines saillaient sur son cou. À plus de cent ans, en dépit de la sorcellerie qui le maintenait en vie, son vieux cœur devait être sur le point d'exploser. Le vieillard avait les yeux écarquillés, les joues empourprées et le front couvert de perles de sueur.

——Pourtant, te voilà à côté d'un agitateur étranger ! Aucune trahison, dis-tu ? (Il désigna Kaspar et le prince et hurla :) Tuez-les !

Pendant un instant, personne ne bougea. Puis les vingt jeunes courtisanes de la chambre de l'empereur passèrent à l'attaque en criant et en brandissant leurs dagues. Les premiers légionnaires qui essayèrent de leur barrer la route furent sauvagement frappés. Plusieurs s'effondrèrent, tandis que d'autres reculaient, victimes de blessures profondes qui saignaient abondamment.

——Défendez-vous ! hurla Kaspar en s'interposant entre la famille impériale et la fille la plus proche. Faites évacuer vos enfants ! ajouta-t-il à l'adresse de Dangaí.

Ce dernier prit son benjamin, un garçon de dix ans, et le poussa en direction de sa mère, tout en sortant son épée de la main droite.

L'une des concubines de l'empereur se jeta sur le prince, qui riposta sans hésiter et lui transperça la poitrine juste sous la cage thoracique. D'une torsion du poignet, il libéra son épée en criant :

— Pas de quartier ! Elles sont toutes ensorcelées !

Si Kaspar n'avait pas demandé à Dangaí de battre le rappel de ses troupes, tout se serait terminé par la mort des deux princes keshians et d'une dizaine de membres de leur famille, voire plus. Mais, grâce aux légionnaires, les filles, qui n'étaient armées que de poignards, furent rapidement éliminées. Aucune ne recula ni ne tenta de se protéger, tant elles étaient concentrées sur un unique but : attaquer les deux frères.

Derrière lui, Kaspar entendit des gens poser des questions et d'autres leur crier la réponse. Puis Caleb apparut, comme surgi de nulle part.

— Nous tenons toutes les entrées de la cour supérieure, annonça-t-il, avant de crier, à l'intention de l'empereur : Les assassins qui devaient commettre un bain de sang ne viendront pas. Ils sont tous morts !

Le visage de l'empereur se tordit de rage et devint presque violet tandis qu'il contemplait, les yeux écarquillés de stupeur, le massacre de ses courtisanes. Puis il regarda Kaspar et Caleb.

— Vous feriez mieux de vous asseoir si vous ne voulez pas avoir une crise cardiaque... Leso !

L'empereur éclata d'un rire dément. Kaspar laissa tomber le pendentif que lui avait donné Pug et le broya sous le talon de sa botte.

Nakor avait du mal à voir quoi que ce soit par-dessus la tête et les épaules des personnes qui s'agglutinaient devant la porte. Une centaine de nobles au moins avait déjà fui la place, et bien d'autres s'efforçaient de les suivre. Mais la plupart des spectateurs avaient les yeux fixés sur l'empereur dément. Ce faisant, ils créaient un goulot d'étranglement qui empêchait les fuyards de rentrer dans le palais. Il était impossible d'avancer dans l'une ou l'autre direction.

— Bek, peux-tu demander à ces personnes de s'écarter, s'il te plaît ?

Le jeune homme sourit. Ses yeux ressemblaient à deux flaques de lumière dans l'ombre de son chapeau noir.

— Avec plaisir, répondit-il en empoignant les deux hommes les plus proches qui leur barraient le chemin. Allez-vous-en, maintenant ! cria-t-il.

Même s'ils avaient voulu protester, les deux Keshians se ravisèrent en voyant le sourire dément qu'affichait le jeune homme. Ils pressèrent le pas pour traverser la grande salle.

Bek était une force de la nature. Sans se soucier de leur rang, il écartait les gens sur son passage et leur criait de s'en aller. Au bout de quelques instants, la foule autour d'eux renonça à observer la confrontation entre le grand-père et ses petits-fils et commença à vider les lieux.

Quelques minutes plus tard, Nakor et Bek purent enfin entrer sur la place.

—Ce n'est pas bon du tout, dit Nakor en levant les yeux vers l'empereur.

Au même moment, un éclair annonça l'arrivée de deux personnes – Pug et Miranda.

—Varen s'est emparé du corps de l'empereur! expliqua Kaspar.

—Oh, cette fois, c'en est trop, protesta l'empereur. Juste au moment où tout se déroulait comme je le voulais…

Avec un cri de pure frustration, il leva la main et fit le geste de lancer quelque chose. Une boule de feu blanc aveuglant jaillit de sa main et vola tout droit vers l'endroit où se tenaient Pug et Miranda.

Aussitôt, un mur d'énergie bleutée et palpitante apparut autour de Kaspar, de Caleb et des princes avant de s'étendre rapidement en arc de cercle pour protéger tous les témoins de la scène.

Une lumière aveuglante heurta la surface de cet anneau protecteur. Les milliers de spectateurs massés de l'autre côté du boulevard applaudirent comme s'il s'agissait d'un nouveau spectacle faisant suite au feu d'artifice.

Une décharge d'énergie crépitante laissa dans l'air une odeur lourde et piquante, comme si la foudre venait juste de tomber.

—C'est terminé! déclara Pug en avançant d'un pas.

Leso Varen, qui possédait le corps du vieil empereur, éclata de rire.

—Ce n'est jamais terminé, Pug! Ne te l'ai-je pas prouvé pendant toutes ces années? Tu peux toujours tuer ce corps, j'en trouverai un autre. Tu ne peux pas m'arrêter.

Pug sortit le bocal caché jusque-là sous sa robe de bure.

—Si, je peux!

Brusquement, l'expression du sorcier se modifia.

—Non! s'exclama-t-il, les yeux écarquillés de stupeur. C'est impossible!

Ses bras frêles se mirent à bouger comme ceux d'un maître de musique dirigeant des ménestrels. Un bourdonnement emplit l'air et poussa encore plus de monde à fuir. Tous ceux qui, sur la place en contrebas, bloquaient la sortie des personnes au-dessus d'eux, sentirent enfin que quelque chose de terrible se préparait. Eux aussi tournèrent les talons pour s'enfuir.

Ils ne comprenaient pas très bien ce qui se passait là-haut, mais ils savaient que cela n'avait rien à voir avec le monde tel qu'ils le connaissaient. C'était de la sorcellerie. Des soldats endurcis à l'épreuve des batailles restaient avec leur épée à la main sans éprouver l'envie de s'en servir, tandis que d'autres reculaient comme des enfants face à un chien errant menaçant. Quelques-uns des vétérans les plus décorés de l'armée keshiane battirent en retraite eux aussi.

— C'est possible, répliqua Pug. La preuve !

Il fracassa le bocal sur le sol en marbre. Le sorcier dément poussa un hurlement de rage impuissante tandis qu'un nuage vert immonde s'échappait du récipient brisé. Cette volute de fumée se mit à tourbillonner comme une tornade et fila tout droit sur Varen.

Ce dernier se pencha en avant et inhala ces miasmes verts à pleins poumons. Puis il se redressa tandis que les pouvoirs de son âme se diffusaient dans tout son corps. Les rides de son visage commencèrent à s'effacer et ses muscles racornis retrouvèrent leur vigueur. Devant les dirigeants de Kesh réunis sur la place, il se mit à rajeunir à vue d'œil.

— D'abord, vous interrompez la fête ! hurla-t-il. Ensuite, vous m'empêchez de tuer ces deux-là, ajouta-t-il en désignant les princes. D'ailleurs, est-ce que vous imaginez à quel point ce fut dur d'ensorceler ces filles pour les obliger à trahir leurs maîtres ? Sans me faire prendre, je veux dire ! C'étaient toutes des espionnes de haut vol ! Ça m'a pris des mois !

L'instinct de Kaspar ne l'avait pas trompé. Le corps appartenait à quelqu'un d'autre, mais l'âme maléfique qui l'habitait était indéniablement celle de Leso Varen.

— Et toi, Kaspar, cria le sorcier. Ça ne t'a pas suffi de demander à cette armure de me tuer une fois déjà ? D'ailleurs, puisqu'on en parle, où est-elle ? ajouta-t-il en regardant autour de lui. Il faut vraiment que je mette la main dessus. Elle me serait tellement utile pour mes autres projets.

— Elle est loin d'ici, répondit Kaspar, vraiment très loin.

— Bah, peu importe. J'ai l'éternité devant moi.

— Si tu meurs aujourd'hui, Varen, c'est terminé, lui rappela Pug.

Varen rugit de rire.

— Tu crois ça, Pug ? Tu crois vraiment que je n'ai pas de plan de secours ? Tu sous-estimes le respect que j'ai pour toi et ta… sorcière ? femme ? Qu'est-ce qu'elle est pour toi ?

Miranda ne répondit pas à la provocation.

— Il rassemble ses pouvoirs, murmura-t-elle.

— Tu ne peux plus t'enfuir nulle part, Sidi, cria Pug.

— Voilà un nom que je n'avais pas entendu depuis longtemps. (Le corps de l'empereur avait retrouvé l'aspect qu'il possédait au sommet de sa gloire. Ses cheveux étaient d'un noir de jais et sa peau lisse luisait de transpiration.) Bon sang, ça fait du bien de se sentir jeune de nouveau ! (Varen regarda les cadavres des courtisanes.) Dommage. Vous n'avez pas idée à quel point c'était frustrant d'être enfermé dans ce vieux corps décrépit… enfin, tant pis. Je trouverai d'autres filles. Mais où en étais-je ? Ah oui ! Il est temps de tuer tout le monde.

— Maintenant ! s'écria Pug.

Magnus réagit aussitôt. Il s'était lancé dans une incantation très lente en regardant son père et sa mère faire face au sorcier fou. En réponse au signal, il se téléporta à côté de ses parents.

Varen leva les mains au-dessus de sa tête, et des vagues d'énergie noire déferlèrent sur l'assemblée. Cette énergie roulait et moutonnait comme de l'eau cascadant sur des rochers. On aurait dit qu'il y avait des flammes tremblotantes à sa surface, comme de l'huile brûlant sur une vague. Ces flammes ne fournissaient ni chaleur ni lumière, il ne s'agissait que d'obscurité vacillante.

Pug, Miranda et Magnus s'efforcèrent de protéger tout le monde autour d'eux, tandis que Kaspar et les deux princes observaient ce spectacle dans un mutisme stupéfait.

Les frères impériaux avaient l'impression que le grand-père qu'ils vénéraient avait rajeuni au point de redevenir l'homme puissant qu'ils avaient connu dans leur enfance. Mais la folie et le mal qui se déversaient de lui tordaient ses traits au point de le rendre méconnaissable. Les princes se tenaient tous deux à côté de Kaspar, et Dangaï avait son épée à la main, mais il était incapable de bouger, paralysé par l'incertitude.

— Ne laissez pas son mal vous toucher ! avertit Pug. Sinon, il vous consumera comme un incendie.

Incrédule et horrifié, Kaspar vit des personnes non protégées par le bouclier magique s'enflammer. Les flammes noires dansèrent sur leur corps, et les malheureux qui vivaient encore hurlèrent leur souffrance tandis que leur chair se couvrait de cloque et noircissait avant de se transformer en cendres. Les flammes liquides poursuivirent leur œuvre implacable et consumèrent jusqu'aux os de leurs victimes en quelques minutes.

Le plus troublant, c'était que ces flammes noires produisaient un froid glacial qui menaçait d'aspirer la vie des personnes protégées par le bouclier. C'était une magie de désespoir et de rage, ce feu noir, et plus Varen se répandait en injures depuis son perchoir, en haut de l'estrade, et plus les flammes se faisaient insistantes.

Du feu noir liquide, songea Kaspar. Les trois magiciens faisaient apparemment tout leur possible pour le repousser. Mais ils étaient obligés d'œuvrer de concert tout en pensant à ceux qu'ils protégeaient, alors que Varen ne souffrait d'aucune contrainte. Il pouvait frapper aveuglément dans toutes les directions sans se soucier du bien-être de quiconque.

Kaspar découvrit ce jour-là le visage du Mal absolu, sans fioriture et sans remords, et cela le plongea dans un profond désespoir. *Comment peut-on espérer résister à une chose pareille?* se demanda-t-il. Pendant un instant, il fut prêt à concéder la défaite.

Puis il aperçut un mouvement derrière le trône, à peine visible à cause du grand incendie noir qui se heurtait aux défenses de Pug.

Nakor fit signe à Bek de le suivre.
—Reste près de moi, ordonna-t-il en levant la main.
—Qu'est-ce qu'on fait ici? demanda Ralan Bek.
—Quelque chose de bien.
—Je me fous du bien, Nakor.
—Quelque chose d'amusant, alors.
—Ah, d'accord! répondit le jeune homme avec le sourire aux lèvres.

Tout le monde autour d'eux s'était enfui. Bek découvrit ainsi qu'une espèce d'affrontement avait lieu entre l'homme sur l'estrade et les trois personnes le long de la balustrade qui bordait le niveau supérieur de la place. Puis, une chose glaciale, noire et liquide parut jaillir autour d'eux. Nakor leva les mains comme pour repousser quelque chose au-dessus de leurs têtes.

Une bulle de force invisible empêcha les flammes noires de les toucher.

— Il faut agir vite, annonça Nakor en gravissant les marches derrière le trône. Je ne peux pas maintenir cette bulle très longtemps. C'est un tour difficile.

Lorsqu'ils arrivèrent près du siège impérial, l'homme devant eux criait comme une poissonnière. Ses insultes résonnaient de façon incohérente tandis qu'il envoyait vague après vague d'énergie létale sur ceux qui se recroquevillaient en contrebas. Seuls Magnus, Miranda et Pug étaient encore debout et utilisaient tout leur art pour protéger tout le monde autour d'eux.

Nakor garda une main levée et posa l'autre sur l'épaule de Bek.

— Tue-le, s'il te plaît.

En souriant, Bek sortit son épée, gravit la dernière marche et enfonça sa lame dans le dos de l'empereur possédé.

Brusquement, les flammes noires huileuses disparurent, et le silence retomba. Kaspar vit Varen se figer, la bouche ouverte et les yeux écarquillés de surprise.

Le sorcier baissa les yeux pour contempler la lame qui sortait de son ventre.

— Encore ?

Puis il tituba lorsque Bek retira son épée, avant de s'effondrer sur l'estrade.

Brusquement, le corps de l'empereur frémit. Pug et les autres magiciens se retournèrent. Nakor, qui se tenait au-dessus du cadavre du sorcier, posa la main sur la poitrine de Bek et lui ordonna de reculer.

Un rugissement monstrueux, comme né de l'accumulation de dix mille années de rage, s'échappa du cadavre. Nombre de témoins dans l'assistance se couvrirent les oreilles en grimaçant de douleur. Une flamme verte éclatante jaillit du corps de l'empereur. En son sein, un mince filament d'énergie verte palpita un instant, puis monta à toute vitesse dans le ciel nocturne avant de filer vers le nord-est.

En un instant, ce fut le chaos, car la plupart de ceux qui restaient voulurent fuir le niveau supérieur de la place. Un véritable exode se déroulait également au niveau inférieur, si bien que, lorsque Pug rejoignit Kaspar et les princes, seule une poignée de soldats loyaux les entourait.

— Qu'est-ce que c'était que ça ? demanda Miranda à son époux tandis que Nakor dévalait les marches du trône.

Pug regarda le petit homme.

— La faille de mort de Varen ?

— Je pense, approuva Nakor.

— Qu'est-ce que ça signifie ? demanda Magnus.

Pug regarda sa femme et son fils.

— Plus tard. Pour l'instant, l'empire est sauvé et Varen a disparu pour toujours.

Cela ne parut pas ravir Miranda, ce qui ne l'empêcha pas d'acquiescer. Elle se retourna au moment où Turgan Bey rejoignait les princes.

— Êtes-vous blessées, Altesses ?

Sezioti s'avança à côté de son frère.

— Nous allons bien, Bey. Mais notre grand-père ?

— Votre grand-père est mort il y a plus d'un an, Altesse, expliqua Kaspar. Sa guérison miraculeuse quand tout le monde le croyait sur son lit de mort était en réalité due au fait que le sorcier Leso Varen s'est emparé de son corps. C'est lui qui a essayé de plonger Kesh dans un conflit sanglant.

— Mais pourquoi ? demanda l'aîné des princes.

— Altesse, rendons-nous à la galerie des Seigneurs et Maîtres afin d'expliquer la situation au plus grand nombre, demanda Pug. Il y a beaucoup à faire.

— À commencer par une décision à prendre, ajouta Kaspar en regardant les deux princes. Vous devez décider de la façon dont vous allez gouverner votre empire.

Pug jeta un coup d'œil par-dessus son épaule et vit que Magnus avait passé un bras autour de la taille de sa mère.

— Venez, dit le maître du Donjon impérial, rentrons à l'intérieur, je vous en prie, Altesses. Nous devons ramener l'ordre au plus vite.

Pug suivit le cortège impérial jusqu'à l'endroit où une centaine de nobles anxieux attendait. Plusieurs centaines d'autres devaient sûrement se rassembler dans la galerie des Seigneurs et Maîtres, à quelques minutes de marche de là.

Dangaí prit la tête du groupe et s'écria d'une voix forte :

— Entendez les paroles de votre empereur ! (Il se tourna vers son frère.) Entendez les paroles de Sezioti, Celui-qui-incarne-Kesh !

Miranda se pencha pour chuchoter à l'oreille de Pug :

— Eh bien, voilà au moins un problème dont nous n'aurons pas à nous inquiéter.

Pug hocha la tête.

— Mais il y en a d'autres.

— N'est-ce pas toujours le cas ? répondit son épouse.

Des centaines de nobles keshians écoutèrent avec stupeur l'histoire que Pug leur raconta. Ils étaient assis dans la galerie des Seigneurs et Maîtres, avec Sezioti sur le trône autrefois occupé par son grand-père et sa grand-mère. Dangaí se tenait à sa droite, tandis que Miranda, Caleb, Nakor, Magnus et Bek se trouvaient sur sa gauche, à une distance respectueuse.

Pug se dressait au centre de la grande arène circulaire, les yeux levés vers les multiples rangées de sièges qui l'environnaient de toutes parts. Il s'exprimait calmement, lentement, en essayant d'expliquer le mieux possible ce conflit long d'un siècle entre ses forces et celles de Varen. Il passa cependant sous silence les détails concernant le Conclave et le rôle qu'ils avaient joués là-dedans. Il donna simplement l'impression aux Seigneurs et Maîtres de Kesh qu'un petit groupe de magiciens dignes de confiance avait traqué un renégat de leur art et mis fin à la menace qu'il représentait. La plupart n'auraient jamais cru à cette histoire s'ils n'avaient assisté à sa conclusion ; à présent, ils étaient enclins à accepter toute explication permettant de ramener un peu d'ordre au sein du chaos dont ils avaient été les témoins.

Ils étaient soulagés que la succession se déroule sans la moindre contestation, puisque les deux frères s'étaient mis d'accord pour laisser régner Sezioti, avec Dangaí comme bras droit.

Lorsque Pug eut terminé son récit, Sezioti prit la parole.

— Mes Seigneurs et Maîtres, demain débutera officiellement la période de deuil pour notre grand-père car, quoi qu'il ait pu se passer ce soir, il a gouverné avec compassion, fermeté et un sens fort de la justice pendant près d'un siècle. (Il poussa un long soupir, comme s'il l'avait retenu jusque-là. Pug comprit que le nouvel empereur était un homme qui sentait le poids de ses soixante et une années de vie.)

» Nous ferons de notre mieux pour être à la hauteur de son héritage et gouverner avec autant de sagesse. (Il balaya la galerie du regard.) Je vous prie de retourner dans vos foyers et de répandre la nouvelle : tout va bien au sein de Kesh la Grande.

Peu à peu, les puissants chefs de l'empire quittèrent la galerie tandis que Turgan Bey faisait signe aux personnes assises au niveau de l'arène de sortir par la porte qui se trouvait derrière le trône. Sezioti fut le dernier à partir et lança par-dessus son épaule un regard empreint de regret.

En traversant le couloir réservé à l'empereur pour faciliter ses allées et venues entre ses appartements privés et la galerie, Nakor s'arrêta. Il attendit que Sezioti arrive à sa hauteur pour lui dire :

— Je suis désolé pour votre grand-père, Majesté. C'était un homme bien.

Sezioti écarquilla les yeux.

— Je vous reconnais ! Mais… je n'étais qu'un enfant…

— Je suis plus vieux que j'en ai l'air, expliqua Nakor en souriant. C'est moi qui ai donné ce bébé faucon à votre grand-père afin que l'on puisse restaurer la lignée des faucons impériaux.

L'empereur lança un coup d'œil à Turgan Bey, qui hocha la tête et haussa les épaules avec un pâle sourire.

— Et lui, qui est-ce ? demanda Sezioti en arrivant devant les appartements impériaux, qui étaient gardés par deux légionnaires, en remplacement des gardes assassinés.

— Il s'appelle Bek, répondit Nakor. Il est avec moi.

— Où allons-nous ? demanda Ralan.

— À la maison pour la nuit, ensuite nous repartirons.

Bek hocha la tête comme si cela expliquait tout. Pug se tourna vers Magnus.

— Va avec Nakor examiner le site où nous a conduit la faille de mort, à l'ouest de Maladon. Si Varen s'est de nouveau échappé, il faut qu'on sache où il est allé.

— Bien, père, répondit Magnus.

Au moment où son fils s'apprêtait à partir en compagnie de Nakor, Pug le retint d'une légère pression sur l'épaule.

— Tu t'en es bien sorti, mon fils. Je suis fier de toi.

Magnus regarda son père par-dessus son épaule et sourit.

— Merci. (Puis il rejoignit Nakor et Bek.) La nuit est encore jeune et le travail nous attend.

Brusquement, tous les trois disparurent. Caleb prit alors la parole.

— Père, les garçons sont avec Chezarul. Je ferais mieux de les rejoindre.

D'un discret hochement de tête, il fit comprendre qu'il souhaitait vraiment s'en aller. Pug devina ce que son fils passait sous silence : si les agents du Conclave ne traînaient pas dans les parages, les autorités keshianes ne pourraient pas les questionner et ils n'auraient pas besoin d'inventer des mensonges.

— Toi aussi, tu t'en es bien sorti, dit Pug avant de regarder son fils cadet s'éloigner en passant entre les domestiques et les soldats qui encombraient le couloir.

Turgan Bey organisa une réception dans les appartements impériaux avec suffisamment de mets, de vin et de bière pour rassasier deux cents personnes. Les domestiques étaient peu nombreux, car la plupart avaient pris la fuite, mais certains, parmi les plus fidèles, restèrent pour servir les participants à cette réunion.

— Majesté, annonça le maître du Donjon, la suite impériale sera prête à vous accueillir, vous et votre famille, d'ici quelques jours.

— Rien ne presse, répondit Sezioti. Je suis bien dans mes appartements actuels. Cette suite était peut-être au goût d'un vieil homme et d'une vingtaine de jeunes filles, mais mes épouses voudront sûrement donner leur avis sur les changements à y apporter.

L'empereur s'assit sur la chaise qu'avait occupée son grand-père pendant la partie d'échecs contre Kaspar.

— Je vous ai écouté attentivement, Pug, et j'ai été le témoin des événements insensés qui se sont déroulés il y a quoi, à peine deux heures ? Pourtant, j'ai encore du mal à y croire.

— Ce n'est pas une mauvaise chose, Majesté, répondit Pug. Le Mal auquel nous avons affaire est… intimidant, et la plupart des gens ne sont même pas prêts à l'appréhender. Laissons l'histoire officielle de Kesh retenir que votre grand-père est mort ce jour et que d'autres sont morts également en raison d'un… incident au cours du feu d'artifice. Certaines fusées étaient défectueuses et, malheureusement, quelques personnes, dont l'empereur, ont péri à cause de ça. N'allons pas perturber votre nation avec des secrets qu'il vaut mieux ne confier qu'à quelques-uns d'entre nous.

— Qu'en est-il de ceux qui nous ont attaqués ? s'enquit Dangaí.

Kaspar regarda Pug, qui l'autorisa à répondre d'un hochement de tête.

— La garde de la maison impériale doit être entièrement démantelée. Puis-je également vous suggérer de garder un œil vigilant sur les plus proches serviteurs de votre grand-père, Majesté ? Varen a eu des années pour préparer ce désordre, et la plupart de ceux qui le servaient appartenaient à la guilde de la Mort.

— D'autres ont été ensorcelés, comme les jeunes filles qui sont mortes cette nuit, renchérit Pug. Certains de ceux-là pourront peut-être

être sauvés par la magie, tandis que d'autres sont sans doute définitivement perdus. Quoi qu'il en soit, il faut à tout prix les identifier tous. Je peux demander aux magiciens du port des Étoiles de s'en charger.

— Comment nous protéger afin qu'une chose pareille ne puisse pas se reproduire ? s'enquit Turgan Bey.

Ce fut Miranda qui lui répondit :

— Monseigneur, pendant des années, mon mari fut un noble du royaume des Isles. Il avait la confiance du roi, ainsi que celle d'Arutha, le défunt prince de Krondor. Les magiciens faisaient partie de la cour princière au même titre que n'importe quel autre conseiller, et leur mission était justement de protéger leur suzerain contre ce genre de maux.

Sezioti regarda son frère, qui acquiesça.

— Si je créais un tel poste de conseiller, auriez-vous quelqu'un à me recommander ?

Pug s'inclina.

— Je peux effectivement vous envoyer une personne digne de confiance qui vous conseillera dans le domaine de la magie, Votre Majesté. (Pug leva les yeux et sourit en ajoutant :) Il pourra s'agir d'un Keshian, et peut-être même d'un sang-pur.

Sezioti hocha la tête et s'efforça de sourire, mais le cœur n'y était pas.

— Nous vous remercions, magicien, pour tout ce que vous et vos amis avez fait pour nous sauver, nous, nos familles et notre nation. Comment pouvons-nous vous récompenser ?

Pug réfléchit un moment avant de répondre :

— Nous ne demandons aucun paiement, car nous n'avons fait que notre devoir, mais nous voudrions vous demander d'envisager deux choses. La première est de reconnaître officiellement un état de fait qui dure depuis près d'un siècle : à savoir que le port des Étoiles n'appartient ni au royaume des Isles ni à l'empire de Kesh la Grande.

— Il sera probablement difficile de convaincre nos Seigneurs et Maîtres, étant donné que le port des Étoiles est un point d'ancrage dans le val des Rêves, mais nous ferons tout pour qu'ils l'acceptent. Quoi d'autre ?

— Nous aimerions que à l'avenir, si un danger similaire à celui de Leso Varen menaçait de nouveau Midkemia, vous voyiez au-delà de vos frontières et vous soyez prêt à nous apporter votre aide, même si Kesh n'y a aucun intérêt immédiat. Vous voulez bien l'envisager ?

— Avant, j'aurais eu beaucoup de mal à comprendre la sagesse de votre requête, maître Pug, mais je puis imaginer ce qu'auraient ressenti les rois de Roldem et des Isles face à ce monstre assis sur le trône de mon grand-père, avec sous ses ordres des armées à la puissance inégalée dans le monde… Oui, si vous avez un jour besoin de l'aide de Kesh, prévenez-nous et nous répondrons à votre appel.

— C'est tout ce que je demande.

— Dans ce cas, je crois que nous en avons fini, déclara Sezioti. Essayons de nous détendre, rappelons-nous notre grand-père pour tout le bien qu'il a fait et efforçons-nous d'effacer de nos mémoires les horreurs de cette nuit.

— Ainsi a parlé Celui-qui-incarne-Kesh, clama Turgan Bey.

Les autres convives hochèrent la tête. Puis le prince Dangaí prit la parole :

— Qu'on aille chercher nos familles. J'aimerais être entouré de mes femmes et de mes enfants.

— Et de nos petits-enfants, renchérit l'empereur. Il serait bon d'entendre des bruits joyeux pour un temps.

— Il en sera fait selon vos désirs, répondit Turgan en s'inclinant avant de faire signe à un serviteur d'aller chercher les familles des deux frères.

Miranda se tourna vers son époux.

— Qu'est-ce qu'on fait maintenant ?

Pug sourit.

— Mangeons quelque chose. Je meurs de faim.

Miranda lui rendit son sourire tout en lui donnant un coup de coude taquin dans les côtes.

— Je voulais parler de la situation.

Le visage de Pug s'assombrit.

— Attendons des nouvelles de Nakor ; ensuite, nous évaluerons les dégâts. Nous avons perdu beaucoup d'hommes à Kesh au cours de cette dernière semaine, et certains de nos agents ont été compromis, ajouta-t-il en regardant tout autour de lui pour s'assurer que personne ne pouvait l'entendre. Il va falloir les déplacer.

— Ça ne sera jamais fini, n'est-ce pas ?

— Non, répondit Pug en l'attirant contre lui. Mais, quelquefois, c'est nous qui gagnons, et ça nous donne alors le droit de nous reposer pendant quelque temps.

— Alors on peut se reposer, maintenant ?

Il l'entoura de ses bras et la serra contre lui.
— Pour cette nuit, mon amour. Pour cette nuit.

Les lueurs de l'aube avaient peine à réchauffer la fraîcheur persistante de l'air. Les gouttes de rosée réfléchissaient la lumière du soleil comme des gemmes scintillantes éparpillées dans l'herbe. Nakor, Pug et Magnus se dépêchaient de rejoindre l'endroit où Nakor et Bek avaient trouvé la minuscule faille.

— Là, s'écria Nakor en passant entre les arbres. Elle était là !
Pug s'avança à l'endroit indiqué par Nakor.
— Eh bien, elle n'est plus là.
— Tu crois que Varen a survécu, père ? demanda Magnus.
— Je crois que tout le sang qu'il a fait couler pendant des années dans la citadelle de Kaspar était destiné à lui donner un moyen de survivre au cas où l'on détruirait le récipient de son âme. (Pug regarda de nouveau à l'endroit indiqué par Nakor.) Je ne peux prétendre penser comme lui, mais je le comprends suffisamment bien pour savoir qu'il n'a reculé devant rien pour échapper à l'anéantissement. Si seulement j'étais revenu plus tôt, si seulement j'avais consacré plus de temps à cette faille !
— Personne ne peut se trouver en deux endroits à la fois, père, pas même toi.
Nakor sourit d'un air malicieux.
— N'en sois pas si sûr, Magnus. C'est seulement un tour qu'il n'a pas encore appris.
— Voyons voir s'il reste quoi que ce soit, dit Pug en fermant les yeux.

Magnus et Nakor gardèrent le silence tandis que Pug concentrait ses pouvoirs. Il tendit son esprit pour retracer le parcours de l'énergie qui était venue d'Opardum jusqu'à cet endroit avant de repartir vers…

Pug rouvrit brusquement les yeux, et son visage perdit toute couleur.
— Varen !
— Qu'y a-t-il, père ?
Pug paraissait vraiment secoué.
— Je reconnais l'un des composés de sa faille. Magnus, Nakor, je sais où Varen s'est enfui.
— Où ? demanda Nakor dont la gaieté habituelle s'était enfuie face à l'immense inquiétude de Pug.

— Il a créé cette faille pour qu'elle s'active à sa mort. Il est parti pour Kelewan. (Pug regarda Nakor.) Leso Varen se trouve maintenant quelque part au sein de l'empire de Tsuranuanni.

Les trois hommes ne soufflèrent mot, car l'âme la plus diabolique qu'ils aient jamais connue errait désormais sur un autre monde, dans une nation trois fois plus grande que Kesh. Ils allaient de nouveau devoir se lancer à sa recherche, en recommençant tout depuis le début.

Jommy battit des paupières, stupéfait. Marie se précipita pour étreindre Caleb et ses fils. L'instant d'avant, Caleb et les garçons se trouvaient dans l'abri de Chezarul, à Kesh, et voilà qu'ils se tenaient à présent devant la villa sur l'île du Sorcier.

Contrairement à son père et à son frère, Caleb était resté une journée supplémentaire à Kesh pour convenir avec Kaspar et Bey de ce qu'il fallait faire pour réinstaurer la présence du Conclave dans la capitale impériale. Magnus avait prévenu Marie que Caleb et les garçons allaient bien et seraient de retour vers midi.

Marie finit d'embrasser ses garçons, puis elle regarda Jommy.

— Qui est-ce ? demanda-t-elle.

Caleb sourit d'un air légèrement coupable.

— Je crois qu'on a réussi à dénicher un troisième enfant nourricier.

Le rouquin sourit.

— Mais vous inquiétez pas. Je vous appellerai pas « m'man », si ça vous perturbe.

Marie secoua la tête en souriant.

— Je suppose que je finirai par m'y habituer. Allez, venez. Je parie que vous mourez de faim, tous.

Caleb passa un bras autour de la taille de sa femme. Jommy s'apprêtait à suivre le couple lorsque Zane lui agrippa le bras.

— On a mangé avant de partir, dit-il.

Jommy se tourna vers lui en plissant le front d'un air perplexe.

— Mais j'ai faim !

— On vous rejoint bientôt, renchérit Tad en attrapant l'autre bras de son camarade. On va faire visiter l'île à Jommy.

— Vaudrait mieux que ça en vaille la peine, prévint le rouquin en se laissant entraîner de force.

— Viens ! insista Tad en se mettant à courir.

— Où on va ? demanda Jommy.

— Au lac ! s'écria Zane en commençant à déboutonner sa tunique.

— Au lac ? Pour quoi faire ?

— Pour nager, répondit Tad.

Jommy s'immobilisa.

— Pour nager ? Mais je veux pas, moi. Je veux manger !

Zane revint sur ses pas et agrippa de nouveau le bras de Jommy.

— Si, tu as envie d'y aller, crois-moi.

Au même moment, on entendit des voix féminines saluer l'arrivée de Tad par des cris de joie et des rires. Le visage de Jommy s'illumina brusquement.

— Des filles ?

— On tenait vraiment à te présenter à certaines personnes.

Brusquement, Jommy s'élança en courant et passa devant Zane. Ce dernier resta seul un instant, avant de suivre le garçon de Novindus, tandis que les rires et les bruits d'éclaboussures résonnaient de plus belle.

Épilogue

Tout recommence

Deux hommes vêtus de noir traversaient le champ à pied. Ils portaient la robe de bure noire des Très-Puissants, les magiciens de l'Assemblée. À l'aube, on leur avait demandé d'aller examiner une nouvelle faille qui s'ouvrait peut-être sur le monde dasati.

— Là ! s'exclama le premier en montrant un point à une courte distance.

Il pressa le pas, suivi par son ami plus grand que lui. Ils s'arrêtèrent tous deux en arrivant auprès de l'objet de leur quête. Le premier magicien leva les mains en un geste défensif.

Une faille s'était formée, pas plus haute qu'une main, mais c'était bel et bien un portail qu'une créature avait franchi. Les deux hommes la contemplèrent d'un air stupéfait.

Elle ne paraissait pas plus grande qu'un nouveau-né, et pourtant elle se tenait debout et les regardait d'un œil noir. Elle était de forme humanoïde, avec deux bras, deux jambes et une tête. Son visage était dépourvu de traits ; deux lignes noires formaient ses yeux et une simple fente remplaçait sa bouche. Elle avait la tête complètement ronde, une véritable sphère. Elle possédait trois doigts à chaque main, avec des pouces opposés, et elle était apparemment vêtue d'un pantalon et d'une tunique noirs. Elle tenait un petit bâton en métal qu'elle planta dans le sol devant la faille en pépiant de défi.

— Qu'est-ce que c'est ? demanda le premier magicien.

— Je ne sais pas, répondit le second.

Son ami lui lança un regard perplexe, car il s'exprimait d'une voix étrange.

— Tu vas bien ? lui demanda-t-il, car le malheureux avait été pris d'une fièvre brutale qui l'avait condamné à garder le lit pendant trois jours. Il ne s'en était remis que la veille.

— Oui, oui, répondit le second magicien.

La créature regarda en direction du soleil levant et frissonna. Pourtant, la journée était déjà chaude. Mais l'étrange petite chose garda la tête tournée vers le soleil sans prendre garde aux deux magiciens.

— Qu'est-ce qu'elle fait ? demanda le plus petit des deux.

— On dirait qu'elle est... (l'autre fit une pause comme s'il cherchait ses mots) fascinée par le soleil.

— Si ce qu'on nous a raconté est vrai, le soleil ne donne aucune lumière sur le monde dasati, rappela le premier magicien.

— Oh vraiment ?

De nouveau, le premier magicien lança un regard perplexe à son ami. Puis il posa les yeux sur le bâton de la créature.

— Regarde ça !

Le minuscule bâton crachait des étincelles violettes qui allaient tout droit dans la faille. Très vite, de minuscules particules d'énergie, comme des éclairs blanc-violet, jaillirent du bâton et s'en allèrent frapper la faille.

— Je crois qu'elle puise de l'énergie, dit le second magicien, d'une voix toujours aussi étrange.

— Pug pense que le Talnoy attire les failles dasaties comme un aimant. Mais, d'après lui, ces failles ont besoin d'une source d'énergie pour rester ouvertes. Il faut détruire ça tout de suite ! s'exclama le magicien d'un ton inquiet.

Il se lança dans une incantation pour détruire la faille et la créature. Voyant cela, le second magicien recula de quelques pas. Puis il leva les mains, et deux lances d'énergie vert et blanc jaillirent de ses doigts. Elles incinérèrent sur-le-champ le premier magicien, à l'endroit même où il se tenait.

La minuscule créature tourna son attention vers ce spectacle et siffla comme un serpent qui veut faire reculer un intrus.

— On ne pouvait pas laisser faire ça, n'est-ce pas ?

Il alla s'agenouiller auprès de la créature inconnue, qui regardait de nouveau en direction du soleil. Elle continuait à trembler, alors même que le soleil poursuivait son ascension dans le ciel et que la chaleur montait. Le second magicien se pencha vers elle.

— Tu n'es pas encore capable de gérer tout ça, pas vrai ?

Les tremblements de la minuscule créature s'accentuèrent encore, jusqu'à ce que, brusquement, elle s'enflamme. L'éclair aveugla momentanément le magicien, qui battit des paupières pour s'éclaircir la vue.

— Eh bien, voilà qui était intéressant, commenta-t-il à voix haute. (Puis il regarda le bâton qui alimentait la faille en énergie.) Alors, comme ça, quelqu'un veut nous rendre visite ?

Il tendit la main et arracha le bâton de la terre. Aussitôt, le flot d'énergie s'arrêta ; moins de cinq minutes plus tard, la faille disparut.

Le magicien cacha le minuscule bâton sous sa robe en disant :

— Il va falloir que je travaille cette langue. Elle est très différente, et mon accent ne convient pas.

En fredonnant, Leso Varen se tourna vers le cadavre noirci et fumant qui avait été un Très-Puissant de l'assemblée des Magiciens.

— Dommage que tu aies tout sacrifié pour le bien de l'empire. (Il s'agenouilla et hissa sans efforts le magicien sur ses épaules.) Mais, au moins, tu auras droit à des funérailles de héros, ou à une prière funèbre. Je ne sais pas comment ils enterrent leurs morts sur ce monde.

Il sortit un orbe de sous sa robe et pressa un bouton. Brusquement, il disparut.

Au milieu de la prairie écrasée de soleil, seule une plaque d'herbe noircie témoignait des événements qui venaient juste de se dérouler dans les vastes plaines de l'empire de Tsuranuanni.

BRAGELONNE, C'EST AUSSI LE CLUB :

Pour recevoir la lettre de Bragelonne annonçant nos parutions et participer à des rencontres exclusives avec les auteurs et les illustrateurs, rien de plus facile !

Faites-nous parvenir vos noms et coordonnées complètes, ainsi que votre date de naissance, à l'adresse suivante :

**Bragelonne
35, rue de la Bienfaisance
75008 Paris**

club@bragelonne.fr

Venez aussi visiter notre site Internet :
http://www.bragelonne.fr
Vous y trouverez toutes les nouveautés, les couvertures, les biographies des auteurs et des illustrateurs, et même des textes inédits, des interviews, des liens vers d'autres sites de Fantasy et de SF, un forum et bien d'autres surprises !

Achevé d'imprimer en septembre 2009
N° d'impression L 73272
Dépôt légal, septembre 2009
Imprimé en France
35294341-1